武汉大学出版社
WUHAN UNIVERSITY PRESS

陆星儿 著

精神科医生

我这人表面上看很随意柔和，但骨子里有一种只听从自己心灵召唤的坚韧，这给自己带来曲折，但也救了我。我的精神始终是浪漫的！

图书在版编目(CIP)数据

精神科医生/陆星儿著.—武汉:武汉大学出版社,2013.7
中国知青文库生命之歌
ISBN 978-7-307-10723-6

Ⅰ.精… Ⅱ.陆… Ⅲ.长篇小说—中国—当代 Ⅳ.I247.5

中国版本图书馆 CIP 数据核字(2013)第 079764 号

责任编辑:张福臣　　责任校对:刘　欣　　版式设计:马　佳

出版发行:**武汉大学出版社**　(430072　武昌　珞珈山)
　　　　　(电子邮件:cbs22@whu.edu.cn 网址:www.wdp.com.cn)
印刷:武汉中科兴业印务有限公司
开本:880×1230　1/32　印张:11.875　字数:269 千字
版次:2013 年 7 月第 1 版　　2013 年 7 月第 1 次印刷
ISBN 978-7-307-10723-6　　定价:25.00 元

版权所有,不得翻印;凡购买我社的图书,如有缺页、倒页、脱页等质量问题,请与当地图书销售部门联系调换。

编委会

主　任　张福臣

编　委　（以姓氏笔画为序）

邓　贤　叶　辛　白　描　刘小萌

刘晓航　陆天明　张承志　张福臣

肖复兴　岳建一　胡发云　姜汉芸

晓　剑　郭小东　高红十　董宏猷

谢春池

内容提要

以写知青和女性文学著称的女作家陆星儿,这次深入精神病医院,不平静的医院生活,令她以深沉的、饱含思虑的笔触写就了这部题材独特、鲜见的力作。

精神科医生谢城池,认为要彻底治愈精神病患者,除以药物加以控制外,还需根据他们的病症、病因,调整其心理压力、工作环境、家庭的氛围……可是,在实施过程中,他碰到了医院要创经济效益、先进单位为保荣誉,由历史原因铸成的恋爱婚姻悲剧等诸多矛盾和阻力,作品由此折射了真实的人、现实的社会问题。

本书内涵深刻,生活气息浓郁,颇具可读性。

总　序

叶　辛

　　40多年前，中国的大地上发生了一场波澜壮阔的知识青年上山下乡运动。"波澜壮阔"四个字，不是我特意选用的形容词，而是当年的习惯说法，广播里这么说，报纸的通栏大标题里这么写。知识青年上山下乡，当年还是毛泽东主席的伟大战略部署，是培养和造就千百万无产阶级革命事业接班人的百年大计，千年大计，万年大计。

　　这一说法，也不是我今天的特意强调，而是天天在我们耳边一再重复宣传的话，以至于老知青们今天聚在一起，讲起当年的话语，忆起当年的情形，唱起当年的歌，仍然会气氛热烈，情绪激动，有说不完的话。

　　说"波澜壮阔"，还因为就是在"知识青年到农村去，接受贫下中农的再教育，很有必要"的指示和召唤之下，1600多万大中城市毕业的知识青年，上山下乡，奔赴农村，奔赴边疆，奔赴草原、渔村、山乡、海岛，在大山深处，在戈壁荒原，在兵团、北大荒和西双版纳，开始了这一代人艰辛、平凡而又非凡的人生。

　　讲完这一段话，我还要作一番解释。首先，我们习惯上讲，中国上山下乡的知识青年，有1700万，我为什么用了1600万这个数字。其实，1700万这个数字，是国务院知青办的权威统计，应该没有错。但是这个统计，是从1955年有知青下乡这件事开始算起的。研究中国知青史的中外专家都知道，从1955年到1966年"文革"初始，十多年的时间里，全国有100多万知青下乡，全国人民所熟知的一些知青先行者，都在这个阶段涌现出来，宣传开去。而发展到"文革"期间，特别是1968年12月21日夜间，毛主席的最新最高指示发表，知识青年上山下乡，掀起了一个前所未有的高潮。那个年头，毛主席的话，一句顶一万句；毛主席的指示，理解的要执行，不理解的也要执行，且落实毛主席的最新指示，要"不过夜"。于是乎全国城乡迅疾地行动起来，在随后的10年时间里，有1600万知青上山下乡。而在此之前，知识青年下乡去，习惯的说法是下乡上山。我最初到贵州山乡插队落户时，发给我们每个知青点集体户的那本小小的刊物，刊名也是《下乡上山》。在大规模的知青下乡形成波澜壮阔之势时，才逐渐规范成"上山下乡"的统一说法。

我还要说明的是，1700万知青上山下乡的数字，是国务院知青办根据大中城市上山下乡的实际数字统计的，比较准确。但是这个数字仍然是有争议的。

为什么呢？

因为国务院知青办统计的是大中城市上山下乡知青的数字，没有统计千百万回乡知青的数字。回乡知青，也被叫作本乡本土的知青，他们在县城中学读书，或者在县城下面的区、城镇、公社的中学读书，如果没有文化大革命，他们读到初中毕业，照样可以考高中；他们读到高中毕业，照样可以报考全国各地所有的大学，就像今天的情形一样，不会因为他们毕业于区级中学、县级中学不允许他们报考北大、清华、复旦、交大、武大、南大。只要成绩好，名牌大学照样录取他们。但是在上山下乡"一片红"的大形势之下，大中城市的毕业生都要汇入上山下乡的洪流，本乡本土的毕业生理所当然地也要回到自己的乡村里去。他们的回归对政府和国家来说，比较简单，就是回到自己出生的村寨上去，回到父母身边去，那里本来就是他们的家。学校和政府不需要为他们支付安置费，也不需要为他们安排交通，只要对他们说，大学停办了，你们毕业以后回到乡村，也像你们的父母一样参加农业劳动，自食其力。千千万万本乡本土的知青就这样回到了他们生于斯、长于斯的乡村里。他们的名字叫"回乡知青"，也是名副其实的知青。

而大中城市的上山下乡知青，和他们就不一样了。他们要离开从小生活的城市，迁出城市户口，注销粮油关系，而学校、政府、国家还要负责把他们送到农村这一"广阔天地"中去。离开城市去往乡村，要坐火车，要坐长途公共汽车，要坐轮船，像北京、上海、天津、广州、武汉、长沙的知青，有的往北去到"反修前哨"的黑龙江、内蒙古、新疆，有的往南到海南、西双版纳，路途相当遥远，所有知青的交通费用，都由国家和政府负担。而每一个插队到村庄、寨子里去的知青，还要为他们拨付安置费，下乡第一年的粮食和生活补贴。所有这一切必须要核对准确，做出计划和安排，国务院知青办统计离开大中城市上山下乡知青的人数，还是有其依据的。

其实我郑重其事写下的这一切，每一个回乡知青当年都是十分明白的。在我插队落户的公社里，我就经常遇到县中、区中毕业的回乡知青，他们和远方来的贵阳知青、上海知青的关系也都很好。

但是现在他们有想法了，他们说：我们也是知青呀！回乡知青怎么就不能算知青呢？不少人觉得他们的想法有道理。于是乎，关于中国知青总人数的说法，又有了新的版本，有的说是2000万，有的说是2400万，也有说3000万的。

看看，对于我们这些过来人来说，一个十分简单的统计数字，就要结合当年的时代背景、具体政策，费好多笔墨才能讲明白。而知识青年上山下乡运动中，还有多多少少类似的情形啊，诸如兵团知青、国营农场知青、插队知青、病退、顶替、老三届、工农兵大学生，等等等等，对于这些显而易见的字眼，今天的年轻一代，已经看不甚明白了。我就经常会碰到今天的中学生向我提出的种种问题：凭啥你们上山下乡一代人要称"老三届"？比你们早读书的人还多着呢，他们不是比你们更老吗？嗳，你们怎么那样笨，让你们下乡，你们完全可以不去啊，还非要争着去，那是你们活该……

有的问题我还能解答，有的问题我除了苦笑，一时间都无从答起。

从这个意义上来说，武汉大学出版社推出反映知青生活的"黄土地之歌"、"红土地之歌"和"黑土地之歌"系列作品这一大型项目，实在是一件大好事。既利于经历过那一时代的知青们回顾以往，理清脉络；又利于今天的年轻一代，懂得和理解他们的上一代人经历了一段什么样的岁月；还给历史留下了一份真切的记忆。

对于知青来说，无论你当年下放在哪个地方，无论你在乡间待过多长时间，无论你如今是取得了很大业绩还是默默无闻，从那一时期起，我们就有了一个共同的称呼：知青。这是时代给我们留下的抹不去的印记。

历史的巨轮带着我们来到了 2012 年，转眼间，距离那段已逝的岁月已 40 多年了。40 多年啊，遗憾也好，感慨也罢，青春无悔也好，不堪回首也罢，我们已经无能为力了。

我们所拥有的只是我们人生的过程，40 多年里的某年、某月、某一天，或将永久地铭记在我们的心中。

风雨如磐见真情，

岁月蹉跎志犹存。

正如出版者所言：1700 万知青平凡而又非凡的人生，虽谈不上"感天动地"，但也是共和国同时代人的成长史。事是史之体，人是史之魂。1700 万知青的成长史也是新中国历史的一部分，不可遗忘，不可断裂，亟求正确定位，给生者或者死者以安慰，给昨天、今天和明天一个交待。

是为序。

第 一 章

关 于 手 册

"1990年7月。炎热。"

"一周前,来精神病防治院报到……"

谢城池犹犹豫豫地写,写下简短的两行字便写不下去了。桌上,是一本比巴掌略大的工作手册。

为什么又想到写?二十年前,他曾对天发誓:不再写日记,不再记录任何有关自己的东西!记忆犹新,清楚得如同镂刻在铜板上,不会磨灭的刀痕:

那是一个深夜,他抱紧厚厚一叠日记簿,像只野猫,没声没息地蹿到后弄堂的天井里,把一本本日记簿绑在一块块瓦片上扔下井。平静的井水,突然"扑通扑通"地闹腾起来,他慌张地逃开了。第二天一早,住天井板壁房里的毛豆阿爸到处扬言:"昨天夜里,有十几只比拳头还大的癞蛤蟆集体跳井,我听得清清爽爽。"第二天中午,谢城池乘上火车去黑龙江插队,轻装上阵,卷两条旧的棉花胎,裹几件替换衣裳,真像去劳动改造。

但时过境迁,他又忍不住要写。像狗改不掉吃屎!他暗暗地、狠狠地嘲笑自己。而"时过境迁"地一笔略过,略过的毕竟是整整二十年青春年华。就这样轻描淡写地略过了?!

谢城池攥着一枝12K金笔。笔崭新的,第一次灌进浓黑的碳素墨水。

"每周三上午门诊。"

"男女病房共一百八十五张病床,基本满。"

"梁大夫移交了十几个病人,大都是精神分裂症,有一个痴呆症,一个严重的忧郁症,一个仍有间息发作的狂躁症……"

工作手册牛皮纸封面,毛毛糙糙的,是一种最粗简的办公用品,好像专供一些车间主任随身放在工作服口袋里,以便随时摸进摸出。其实,他有不少好本子,高级的、精致的、硬质布纹纸的、真丝缎面的。领的、送的、奖的,当然,都是她——他妻子拿回来的。他不屑一顾,碰也不碰,偏偏从床底下的一只旧藤箱里翻出两本纸张已经发黄的工作手册。他还记得,从黑龙江调回来,分到药材公司的仓库里做保管员,仓库主任慷慨地发给他一包工作手册十二本。药材名目繁多,品种数以千计,光靠脑子背不过来。但他自信有好记性,不需要借助抄写记录。何况,他忘不了"落井下本"的情景。

还可以记点什么?

谢城池仰到椅子上。当医生第七天了,面对一群精神残疾的病人,确实会产生许多又新鲜又复杂的感受,但他不愿意也不善于做这样的记录了。面对一页页空白的纸,面对一道道过于细窄的长条格子,他汹涌的思绪似乎拘束了、凝滞了,也渐渐空白了起来。他把脑袋枕着椅背，眼光直直的朝上，看着刚刚粉刷过比石膏还白的天花板——像铺洒了一尘不染的雪——谢城池想。他闭上眼睛，眼前仿佛即是一片白皑皑的雪原。他仿佛又在赶着一架狗爬犁，在厚厚的雪地上疯狂地滑。而猛一回头，只见爬犁的辙痕，奇妙地划出一个又一个大大的问号，且长长的连成一串。是啊，那时候他心里长满了这样多的问号，对一切的一切。这样多的问号，几乎像绳套，差点没把他勒死。他承认，他死过一回了。可现在，又有新的疑问开始包围他——最贴近的，就是摊开的这本工作手册——为什么又想到写？为什么又要做记录？为什么？

"昨天，四楼女病房又住进一个病人，发高烧、昏迷，不断说胡话。她在一家地段医院做护士长，送她来的是那家医院的工会干部。打了退烧针，住在观察室……"

谢城池一笔一画地写，两格并一格地写，有的笔画还越轨超出了界限。他无奈地看看手里的笔。他习惯写大字。格子却有着局限，内容也被规定着：只写工作，只写医务，只写病人。但写着写着，他还是摆脱不了地、情不自禁地在工作手册第一页的最后一行写道：

"为什么要记手册？为什么要来精神病防治院……"

第 二 章

一

偶尔有一丝风,烫人的,好像刚从高炉里燎过,划一根火柴能着。院里的两棵梧桐树被晒得无精打采,叶子都蔫了,软塌塌地垂着,只有躲在枝叶里的一群知了,愈燥热声音愈嘹亮刺耳,把人叫得心烦意乱。

一楼的门诊停了。三楼、四楼的住院病人很听话地开始午睡,尽管热得睡不着,在席子上翻来滚去,但没有人敢出声。所以,护士长宋樱樱认为,精神病人要比幼儿园里的小孩子好哄。当然,有的病人一旦发作,天不怕地不怕,压制或强迫他们得有一套特殊的办法,虽然残酷但是有效,毕竟是治疗精神病的一种方法。

病房安静。楼梯拐角处的一道道小门随时都锁紧着,医生护士上上下下,进进出出,得不断地用钥匙开门,还得习惯性地随手锁门。谢城池来精神病防治院报到的第一天,就在院长办公室领到十几把编了号的钥匙，并由宋樱樱领着，把一道道编了号的门试开一遍，再挂到裤腰上"叮叮当当"的。回到家，他妻子一看到那串钥匙就嘀咕一句："像监牢里的看守！"他不还嘴。每天上班前，谢城池先把一大串钥匙别到裤襻上，像武装警察别手枪一样郑重其事。

天热，病房的门窗都敞开着。窗上有一根根铁条纵横交错，留出的空档，能伸出手臂但钻不出脑袋。窗朝南的病房，风被铁条切割了，可仍然畅通。最闷热的，是那间有西晒的观察室，原先是仓库，墙角还堆着十几只从病床上撤下的垫子。观察室很小，只放一张病床，还有一把椅子和一个吊输液瓶的铁架，如有家属坐着看守，别人再进去，只能侧着身子了。昨天，送来一个正发着高烧的女病人，还没确诊，还在观察。这女病人，是谢城池在门诊值班时收下的，神志完全糊涂了。她高个子，却瘦得只剩下一把骨架。住进观察室时，也没有家属来陪。观察室闷热，像半截货车车厢，有股同候车室差不多的气味。谢城池在病床边站了会儿，就有窒息感，必须张大嘴呼吸。病人接过氧气，打了退热针，体温仍不见下降。

"这房间怎么能做观察室？没病的也要住出病来！"谢城池对护士长宋樱樱说。

"你不要在鸡蛋里挑骨头喔，我们这个医院在区里是先进单位。你知道吗，院长室马上要腾出来做病房，院长只好和你们医生挤着办公。现在病人多起来了，医院就这个条件。"宋樱樱好心告诫这位新来的医生，"我看得出，你眼光蛮厉害的，不过，在这里做医生，还是少挑剔。"

谢城池笑笑。来报到之前，卫生局一位处长找他谈话："这个精神病防治院，是先进单位。我们看你考得不错……"处长的眼神里有恩赐的意味。谢城池隐隐感到，他还没有迈进医院大门，好像已沾染了先进的光。也许，护士长的提醒有道理。他反省过自己，所有的挫折，是否可以归结为一点：他的眼光过于敏感，忍不住地要挑剔……

中午的时候，总值班的护士坐在二楼半的过道口，有一把尼龙躺椅，可半倚着稍稍地闭目养神。谢城池从四楼观察室走到三楼时，靠在躺椅上的小护士，一听到有脚步声，立刻端正身子，扯了扯刚遮没膝盖的白大褂。

"谢大夫，你值了夜班，还不早点回家？"

"观察室里的病人高烧不退。"

"应该转院。"

"再看看情况。"

谢城池在走过二楼半的过道时没停下步。他还不知道这位小护士姓什么。小护士名副其实的小，瘦削的脸像颗剥出壳的瓜子仁，嵌着的小眼睛、小嘴巴都细细巧巧的，笑起来嘴角还有一股稚稚的奶气。谢城池很想停下来问她："护理精神病人害怕吗？"她长得文气、纤秀，应该坐洁净、衡温的电脑间似乎才相配。而楼上病房里有些疯疯癫癫的女病人，因为长期服用有激素的药物，一个个都臃肿、粗粗拙拙。他还想问她："从护校毕业是自愿来精神病防治院的吗？"他是自愿。因此，他妻子不断埋怨："像你这种人，世界上少有！"他不还嘴，对待妻子他有既定的方针：大事不让，小事一律装聋。

二

阿七头学名叫施七，可从来没人这样庄重地称呼他，都喊惯了绰号:"丑八怪!"阿七头的长相的确不堪入目:橄榄头,斜白眼,两条倒挂眉毛又稀又短,像两条僵而不死的毛毛虫。他说话结巴,结巴得厉害时,"毛毛虫"就在他狭窄的脑门下一起一伏地抖动着。阿七头还驼背,八字脚,走路像只企鹅一摇一摆的。但阿七头心肠好,临时留在医院里看门房间,工作极端认真负责,大门口只要有人进出,他两只小斜眼,一左一右的瞥,视线成放射型,连蛛丝马迹也躲避不过。这样酷热的中午,他却一点不瞌睡,聚精会神地守着门房间的小窗口,好像在边防线放哨,时刻会有敌情出现。

"施七,我在四楼观察室,如果有人找,麻烦你喊一声。"谢城池站在停车棚里对着门房间说。

"谢大夫,有,有数嘞!"阿七头听到这一声"施七"的称呼,受宠若惊,还在学堂里读书的时候,班主任老师才叫他名字。他激动地迎出门,在毒辣的日头下站得毕恭毕敬。

"快进去,外面晒死了。"谢城池跑进门房间,把桌上的台扇拧大一档。

那个老式台扇,旧得掉牙了,转动的速度稍稍加快,三瓣铁锈斑斑的叶片,犹如一个患有狂躁性精神症病人,不仅抖动得厉害,还呼叫出令人惊悸的响声。

"还,还是开小……小点,要把病人吵、吵醒的。"阿七头说得恳切。他在三楼的男病房里,断断续续住过几年,很能体会到睡不好觉的痛苦。他发病时,经常兴奋得几天几夜不想睡觉,而且无法自控,有时就野在马路上到处走,狂想着全市的电车在听他指挥由他率领,他只有马不停蹄地走,所有的车子才能开动……

"施七,等会儿你到我办公室来一趟。"

"什,什么事?"

"送你把扇子,门房间太热。"

"谢,谢谢谢,谢……"

阿七头一激动,说话更加粘舌头,一个字粘着一个字的。还有一次,吴院长来告诉他,可以出院了,也可以再留一阵帮医院看门房间,还可以领到几十元钱。阿七头马上回答:"我,我,我看,看,看……"半天"看"不出话。他害怕出院,医院外面没他住的地方,父母早死了,留下九平方米的小屋,现在被阿六头占着。阿六头也三十四五岁了,就指望着这九平方米找对象成家呐。所以,他每次出院回家,阿六头就没好脸色给他看。兄弟俩睡一张床,一人一头,像仇人一样不说话。

"你好好干。"

"我,我晓、晓得。"

谢城池对阿七头有好印象,看他守门房间时的一脸认真,丝毫不亚于那些在市政府大楼门前站岗的解放军。对老院长能留下一个确有困难的病人做临时工,他感到满意。他好像是个观察家,有一种居高临下的眼光。其实,要论资排辈,他得居于几个小护士之后,她们都有护士学校的正规文凭;而他只是半路出家,是个已到中年的实习医生。但是,在他心底凝有一股莫名的高傲感,无论何时何地都顽固不化。在中学里,他优秀惯了杰出惯了,这样的自我感觉牢牢地生了根,以后尽管挨批挨斗,怎么打击,仍没有削弱这种感觉。像一棵树苗植进一块土壤,那土壤便是小树最初最重要的基础,往往决定着这棵树木的一切。

三

梁大夫站在吊扇下，两手叉腰，两条干细的腿圆规似的叉开，好让自己在这只白色的吊扇下占据更大的面积。吊扇制造的风热烘烘的，把敞开的白大褂吹得鼓鼓的，使他像只白色的蝙蝠，一件贴身的丝背心亮晶晶的。

"这鬼天气，要热煞人！"梁大夫向龚大夫抛过去一支"红塔山"烟。

"今朝开荤了！"龚大夫眼疾手快地接烟，马上从灰色西装短裤口袋里摸出火柴。短裤汗湿了，火柴潮了，龚大夫捏瘪火柴盒，投篮似的抛进墙角落的字纸篓里。

梁大夫伸出打火机，火苗扑闪。

龚大夫点着烟，贪婪地吸，很快就落下一截烟灰，比指甲盖还长。龚大夫烟瘾大，但抽不起好烟，还停留在"大前门"的水平，每到月底，还要下降为"飞马牌"。手头的拮据，使龚大夫尤其节约，平时，连一根火柴也不随便糟蹋。相比之下，梁大夫会享受，决不亏待自己，好吃的，好穿的，好抽的，只要力所能及，坚决向高标准看齐——这是他生活的口号和原则。不过，一到梁大夫分发好烟的时候，不是情绪最好就是情绪最坏。龚大夫一边深深品着好烟丝的好味道，一边用眼角对梁大夫进行了察颜观色。

梁大夫情绪很坏，一方面由于天气热，更主要的是因为调动的事又搁浅了。卫生局刚来电话，说有文件下来，各医院的编制暂时冻结。为离开这个精神病防治院，他已悄悄折腾了几年，东托西托，总算得到了局长的首肯，正好又新来个谢医生，自学成材的，拿到过三张文凭。"可想而知，谢医生的能力、工作，完全可以顶替我的。"梁大夫要说服院领导抬抬手放他，终于找到一个挺过硬的理由。院领导的口气松动了。万事俱备，却突然来文件，说变就变，正如一则寓言：乌鸦叼到嘴巴的肥肉没来得及咽，就"哇"地叫一声，肥肉落掉了。梁大夫心里窝火，他一向精明得很，哪像乌鸦般蠢过！

"梁大夫，鲍副院长来关照过，我们几个的办公桌要并一并；下午，两个院长就搬下来办公了。"龚大夫把手里的这支"红塔山"，一直吸到只剩下海绵嘴时，才往烟缸里摁。

梁大夫懒得动，也没情绪动，即便没有办公桌都无所谓。他早晚要走，一定要走的！

龚大夫却猜想，梁大夫一定是不愿意合并，他去年刚升了主任医生，理所当然要有一张独自的办公桌。

这间医生办公室，是整个精神病防治院最大的一个空间。在吊扇两旁，对称地摆着六张办公桌；靠门的一面墙，并排两条长椅，一格格木条已磨褪了油漆，斑驳、破相；墙角有一只挂锁的柜，是存放病历卡的；另外，还有几把折叠椅靠在各张办公桌旁边。塞进这么多东西，最大的空间也不显大了。而整个防治院，包括住院部的病房，只有一高一低的两幢小楼，紧紧毗连。楼前的空地，搭出一块车棚后，就剩下一条通道了。唯一还有舒展余地的，是四楼平台，平台绝对禁止病人上去活动。几年前，有个忧郁症病人，就是爬到平台上跳楼的……有人建议，利用平台再往上加盖两层。但两层楼的建筑费，粗粗预算，需要二三十万。谁拨款？只有靠医院自己创出效益。鲍副院长好像胸有成竹，在全院大会上宣布，年底或明年年初可以动工。目前，四楼的平台上只竖着一根根铁架，天天要晾出一条条白被单。

龚大夫看梁大夫摆出漫不经心的样子,但还是谦和地笑着说:"我和新来的谢医生合用一张桌子。谢医生刚开始看病,没多少东西。"

"你们的桌子原地不动,把我的搬出去。"

"不行,那不行。"

"不就是记记病历卡么?坐在哪儿不能记?"梁大夫嘴角噙着烟,两只小眼睛像两颗金属滚珠又灵活又精神。他小个子,瘦瘦的,下巴尖削,一副猴相。

"再熬个一年,等到平台上真的盖了两层,大家都好宽敞点了。"龚大夫浑身是圆的,腰与身一般的粗,那条灰色西装短裤,如同一只米袋,由于装得太满,前面拉链的齿互相都咬不住了,只好拉一半裂一半,很不得体。

"再熬一年?"梁大夫冷冷一笑,"等着吧!"

"做人么,总要乐观一点,就是看到一张空头支票,心里多少也是安慰。"龚大夫真是心宽体胖的。

四

护士长宋樱樱手脚勤快,特别爱干净,午休的那点时间,她把护士室的地板又拖了一遍,原先的打蜡地板,已被揩得一块块发白。护士室窗明几净,长桌、矮柜一尘不染,整洁得只放有两只插花用的雀巢咖啡瓶。护士们所有的东西,都按宋樱樱的规定,必须收进抽屉、柜子、纸箱,不许乱扔乱放,就是记病历经常要用的笔,也一律插在她们白大褂胸前的小口袋里。那几个刚从护士学校分配来的小护士,开始不习惯,在背后发牢骚,说宋樱樱有洁癖,把她在家里的一套规矩,原封不动地搬到了医院。但副院长鲍敏丽很赞赏宋樱樱的勤快以及对护士室的严格管理,认为做护士工作要的就是勤快。

擦了地板,换了雀巢咖啡瓶里养花的水,又把桌子、柜子抹一遍,宋樱樱已大汗淋漓。她关上门,脱了白大褂,用湿毛巾揩身。她高高瘦瘦,身体干瘪,像两块合拢的夹板,前面也如鸡胸,平平的,似乎从未长大过,两颗浅褐色乳头,像两颗痣,隐隐的,间隔得很开,更不像奶过孩子的。但宋樱樱还在农场做知青的时候,就早早地结婚生孩子了。她女儿今年读高中,长得比她还高,高得让人发愁。宋樱樱除了忙医院的工作,其余的心思都在女儿身上。丈夫在报社当记者,跑经济的,经济一改革,报道就热闹了,所以,他风风火火地满天飞,经常不着家。好在,宋樱樱不用操心他,哪个单位都不会亏待记者,管吃管住还要送礼物。他只要一回家,总有大包小包的拎进门,而且源源不断。宋樱樱也就满足了。至少,这"大包小包",可省下许多日常开销,她基本不跑商店,那"大包小包"拼拼凑凑,足可以摆个卖百货的小铺子了。为这一点,宋樱樱便隐忍了一些心事……

有人敲门,"笃——笃笃",一长两短。这是暗号,表示敲门的是护士。因为有些病人经常来护士室纠缠,有哭有笑又唱又闹的,想安静一会儿都不能,所以才秘密地定个暗号。

宋樱樱穿着富春纺的圆领衫开门。

门外站着谢医生。

宋樱樱有点不好意思了,马上转身去扯搭在椅背上的白大褂。

谢城池礼貌地仍站在门口,但落落大方地看着宋樱樱慌张的动作,没回避眼光。

"谢大夫,你怎么知道我们的暗号?"

"我还知道,每季度领奖金的时候,你们护士室轮流做东请客。"

"不算请客,就是买点零食,大家解解馋。"宋樱樱抿嘴一笑,心想,这位谢医生不简单,才来几天,就把这些细枝末节都摸到了。他看上去斯斯文文,戴一副眼镜,留一头密密麻麻的长头发,漆黑,仿佛刚染过的,大热天,也舍不得剃短,像那些现代派小青年。

"这办法不错,还可以调节调节气氛。"谢城池感觉到宋樱樱在注意他的头发,便不由叉开手指,伸进茂密的发丝里朝后捋了捋。他自己也不能解释,人到中年了,又始终坎坎坷坷不顺当,心绪几乎没有舒展的时候,但是,头发却越长越兴旺,还泛出一层光泽,如同上了釉,摸上去滑手的,像黑貂皮。

"谢大夫,有事吗?"宋樱樱穿好白大褂,用凉开水冲了杯乌梅汁,很客气地端给谢城池。不知为什么,对这位新来的医生,她有好感。她还听说,他也是"知青",去过北大荒。也许,就这个缘故。

"今天晚上,哪个护士值班?"

"我。"

"四楼观察室的女病人,没家属来陪夜,只好辛苦你了。"

"她有点自作自受……我见过她的,有一次区里开护士长会议,她在大会上发言,嘴巴能说,不拿稿子,讲得头头是道,像开了自来水龙头,不打一句格楞。她是区里的优秀护士,刚提了护师,这高级职称很难得的,哎,她自己不爱惜,作出这种病!不过,二十多年前,她有过病史。"

"这次还好,发病的时间不长,拖了一个多月。她丈夫不回家了,幸亏邻居帮忙给地段医院打电话,医院才派人把她送来。我对她们医院的人说了，无论如何把她女儿叫来。她女儿读高中二年级，不小了，应该懂事。"

"现在的女孩子，就因为懂事太早才麻烦呢。我坚决不让我女儿读琼瑶小说，整天爱呀不爱的。"宋樱樱从柜里翻出病历卡看了看。"谢医生，我值班，你还不放心？"她口气多少有点逼人，还多少有点挑战性。对她的工作，从院长、医生到病人、家属，没有人不信任、不满意的。

"我……"谢城池不愿意说假惺惺的话，对放心还是不放心，他还没有判断。其实，说一句"放心"，不费力气，别人听了悦耳。他就是不灵活太认真，即使对一些非原则性的小事情也不肯违心，不肯轻易讨好人，这在无形之中为他自己设下了一些困难和障碍，但他改不了。

"谢大夫，你刚来医院，确实需要对我们这些护士考察考察，所以，你值了夜班又做日班。今天晚上还连轴转吗？"宋樱樱和颜悦色地挖苦道。

谢城池不再接话，觉得无言以对。有时，他会突然显得很木讷，聪明的脑袋像只空罐头什么也没有了。他承认，有些能力在退化，不知不觉，如同活在溶洞里的小鱼，长年不见光线，视力便减弱了。在读高中的时候，他是极有能力的，是高三年级的团支部书记，还当过全校红卫兵总团的头头……谢城池把端在手里的那杯乌梅汁一口喝干，将杯子还给宋樱樱时说了声"谢谢"。

"别那么客气，我这儿，总有好吃的，敞开供应。"宋樱樱立刻把杯子放在水龙头下冲洗，十只细长的手指，像在搓揉一块脏抹布一样，把那只杯子反反复复洗了数遍，才甩干水放到一只搪瓷的白盘里。

谢城池看得吃惊,心想,无论如何不能再来这里喝茶水和饮料。一只杯子竟然需要这样不厌其烦地洗。难道女人都不厌其烦?他又联想到妻子的啰唆,一句话,翻来覆去不知道要讲多少遍,像扎鞋底时的针头,密密麻麻,非要扎进你心里不可。有时,对朝夕相处的妻子,他会突然感到一种强烈的陌生,好像她的一举一动都与己无关,她的一言一行,会使他无动于衷。而有时对比其他无法接近的女人,他又觉得心里只熟悉自己的妻子,并且,她不会让你熟视无睹,她需要重视,需要占据,需要支配。这熟悉,好像又熟悉得过头……

五

下午三点半开始探视。

不到三点半,阿七头绝对不肯开铁门,差一分钟也不行。等在门外的家属,不免要冷言冷语。但护士们希望阿七头把守严格,分秒不让,她们可以从容地做准备工作,把三楼的病人活动室布置成接待室,搬动一条条长桌椅,沿墙壁围成"凹"字形,像召开座谈会一样。

睡醒了午觉,有的病人就坐进了接待室。虽然,他们的等待,不像在幼儿园全托的孩子那么急不可耐、那么欢喜雀跃,但是,一些情感还比较正常的病人,会或多或少地表现出兴奋,他们有的坐立不安,有的高兴得"哼哼唧唧"地唱,有的开始纠缠护士:"我毛病好嘞,我不发神经嘞,让我出院嘞!"也有的病人,只是机械地跟进接待室,坐着发呆,他们的情感彻底冷漠、麻木,见谁都毫无表情,像一个个木偶。还有一些没亲属来探望的病人,可以自由活动,但

"自由"度不大，只限于病房。

吴培恩先生一到探视那天，他的午睡时间就延长到傍晚，如果醒了，就目不转睛地看天花板，仿佛天花板上刻印着一部天书，那些难懂的文章和难认的文字，可以帮助他消磨掉足足一下午。他是个幻觉型的精神分裂症病人，不爱谈话，顽固地沉溺于一些很神的幻觉与妄想，认定了有个"忠诚老实测定公司"和"脑电波工作站"在控制他、透视他，使他不可能再有自己的思想、情感和秘密，因为无法逃脱那个"脑电波工作站"的测定，他必须忠诚、老实。每当他瞪着天花板两眼发直的时候，大概就在接受测定，而不是读什么天书。

"大头娃娃"在探视的两小时里也是"逍遥派"，他父母都去了香港，每月给医院寄来外汇支付成倍的住院费，让他在这个病房里拥有长住"户口"。他是个白痴，生下来就傻头傻脑的，脑袋却特别大，就是不长智力不长能力，连吃饭都不会，抖抖嗦嗦地捏着勺，把一碗饭搅得乱七八糟，就是不知道往嘴里送。可"大头娃娃"喜欢热闹，一看到活动室里人多，嘈嘈杂杂的，就嘻嘻地往人堆里钻，摇来晃去地像部开足马力的老坦克。

四病房的"大学生"，一看到父亲母亲拎着饭盒走进接待室，就开始"哇喇哇喇"哭，闭着眼睛，敞开嗓门，像个裹在襁褓里湿了尿布的婴儿，哄不住劝不止，只能等他哭够了，他母亲才拧来毛巾，一边替他擦脸，一边喂他吃东西，不是蹄髈就是排骨，还有油爆虾、盐水花生米，像塞北京填鸭。"大学生"名副其实读的是生物系，却为毕业分配的事受刺激。送"大学生"来住院时，他母亲痛哭流涕，说他们两家几辈人，就出了一个大学生，眼看着要拿文凭了……

"鬈毛"坐在靠近门口的第一把椅子上，坐得毕恭毕敬，一脸严肃，像个训练有素的军官，又似一座半身雕塑。"鬈毛"长了满头绵羊似的鬈发，又高大又英俊，几个小护士都说他"像个外国兵"。他真当过九年航空兵，在地勤部队。因此，护士长宋樱樱就派给他"带兵"的任务，凡有集体活动，都由"鬈毛"率领。吃早饭带病人列队，他是排头，让大家一个挨一个地跟随着，俨然一副军官样，让一些呆头呆脑的病人很顺从地听他指挥。同样，一到探视时间，属集体活动，他照例坐第一排椅子，坐得理所当然。

"你做啥偏要坐在门口？我告诉过你，门口风大，人进进出出的，到天冷，冻煞人。你就是教不会，就是戆！""鬈毛"的母亲一走到楼梯口，就开始数落。这个瘦小的老女人伶牙俐齿，"你呀，死脑筋，住到医院里来了，还要被人欺侮。我告诉过你，我们不要占人家便宜，但也不好太吃亏！"这女人狭窄的脸，像切开的一囊菜瓜，眼窝子眍眍的，射出很深的眼光，盯人时又挑剔又刻薄。

"护士长说，我是当过兵的，在病房里也要处处起带头作用。""鬈毛"一听到母亲训话，就缩短了脖子浑身紧张，眼光躲躲闪闪的，并神经质地不停地搓手心，又把搓热的手心夹在大腿中间，冷了一样，两肩微微抖瑟，不一会儿，脑袋也耷拉下来，如断了秆的麦穗，很丧气很无奈。一会儿，他妻子还要来。他妻子的喉咙比他母亲的还响亮还尖利；一会儿，她们又要当着他面争吵起来，让大家看笑话；一会儿，护士长冲上来劝架，只有护士长劝得开她们……一想到这些让人心惊肉跳的"一会儿"，"鬈毛"头皮发麻，手背上鼓起一层鸡皮疙瘩，整个人像泄了气一样，做排头时的那股神气完全无影无踪了。

而喜欢蹲在角落里的是个名叫邬朋朋的中年男人，四十多岁，两只眼睛很大，眼光空空洞洞的，像两口早已干枯的井。他前额秃了，头顶上也只有很稀疏的头发，好像用脑过度，把头发都消耗掉了。他是科技大学毕业生，搞化工的，父亲是大学教授。和邬朋朋对话，不管问什么，他头两句的回答很切题很准确，但一过第三句，就开始不着边际地胡说，从大西北的油田讲到毛主席派来的医疗队，他说看见过地火，他说在地底下的石油发光，像一匹金缎子……他大学毕业在参加"四清"工作队时发病，二十多年了，好好坏坏。一年前又送来住院，是因为他母亲死了，他伤心过度，病又发作，夺了厨房里的菜刀要杀他父亲，并口口声声地讲，他有八个父亲，最喜欢第一个父亲，去北京怀仁堂开过会。他去看父亲，脸上觉得光荣……

儿子认或不认，每周两次探视，邬教授都准时来，骑辆破自行车，车头上挂一只皱巴巴的马夹袋，装一些从熟食店里买来的红肠、火腿。老伴死了，累死的，为儿子愁死的。邬教授葬了老伴，一月之间，头发变得雪白。虽然，儿子住进医院之后，想杀他的狂躁念头断除了，邬教授有时还会问儿子："我是不是你爸爸？"邬朋朋开始点头，认了。但意识中邬朋朋仍固执己见："我有八个爸爸。"

邬教授从护士室借了把折叠椅，想启发儿子像别的病人一样坐着吃。邬朋朋却捧着饭盒，转过身去，面对墙角狼吞虎咽。这种病态的固执几乎不可救药。

接待室不大，排了桌椅，又坐进病人、家属，人头济济，热气腾腾。"大学生"的母亲不停地给儿子揩汗，又不断指使丈夫去厕所里搓毛巾。而"鬈毛"的母亲陪儿子坐在门口，有穿堂风吹来，比较凉快，她的闲话也就少了。邬教授不声不响地看着背对他的儿子吃得津津有味，头上冒汗，但他不会想到替儿子搓毛巾、擦汗，他已经做了过去从来不做的事，老伴去世前，他哪里知道熟食店的门是朝南开还是朝北敞！

楼梯正对着接待室的门。"矮冬瓜"从门口到楼梯口滚来滚去，嘴里还嚷嚷着，一口宁波话，含含糊糊听不清。"矮冬瓜"叫顾阿菊，身高只有1.51米，肩膀同屁股一样长得圆圆滚滚，不知谁取的这个绰号，真是形象。顾阿菊得了神经性疑病症，整天怀疑自己胃里生癌，不肯好好吃饭，五十岁的人了，像五岁小孩，要护士嚷着、训着，才慢腾腾地吃两口。尤其到探视那天，她情绪更反常，捂着肚子坚决不吃饭，有时还要赖地蹲在地上喊肚子疼。护士们只好来哄她："'矮冬瓜'，你男人今天会来看你的，他不来，我们帮你打电话！"如果她男人真来了，她变得又乖又安静，笑得合不拢嘴，胃里也舒服了，男人买来的烧鸡，她一口气能啃掉半只。她男人在大学里当教师，研究历史的，还编过几本小册子。

宋樱樱上楼，看到"矮冬瓜"又哭丧着脸，两只手叠在一起捂紧肚子，像肠绞痛一样在楼梯口团团转，有时还用力跺脚，仿佛真痛得要死要活。宋樱樱马上猜到，她男人又没来。已经连着两三个星期他没来探她了。

"顾阿菊，回病房去。楼梯口，人家要走上走下的。"

"我，我胃里难过⋯⋯"

"胃里难过，我给你吃药！"

"我不吃你的药，我不是神经病，是我男人把我骗进来的，我要回去！"

"回病房去。"宋樱樱拖着顾阿菊上四楼女病房。

谢城池正好从四楼观察室走下，在楼梯上碰到她们。

"谢医生,这是你的病人,这两天又不对头了。"宋樱樱像拽着一截树墩子,在一格格的楼梯上,磨磨蹭蹭地往上提。她侧了侧身,让顾阿菊面对谢医生。

顾阿菊一看到谢医生,马上变得顺从,并松开捂着肚子的手,仿佛胀在胃里的一股气突然跑了,她确实感到舒服了一些。对医院里的医生、护士,她心里有比较,比如,这个新来的谢医生比原先那个尖嘴猴腮的梁医生和气得多。谢医生找她了解过胃病的情况,话不多,听起来顺耳,而别的医生都硬说她没有胃病。但她真觉得胃里堵得慌,有石头一样的东西。

"顾阿菊,你男人在大学教书工作忙呀,学生正在考试,等放了暑假,有空了,他会来看你的。"谢城池自从来精神病防治院,也学会了用哄孩子的口气对病人讲话,尽管这些病人奇形怪状又不明事理。他和这个女病人接触过两次,仔细看了她的病历,她没有那些纯属荒唐的表现,有活动能力,情感也比较协调,并有确切的爱与恨,比如,她男人不来看望她,她会心焦、心烦,尽管在表达时,她只说"胃里难过"。所以,他完全同意梁大夫的诊断,她只是疑病性神经症。但顾阿菊的病史记录上,有过"精神分裂症"的诊断,是从别的医院转来的病历卡上摘录的。

"谢医生,我想回家,我没有神经病呀!我住在医院里,我小儿子礼拜天回家,没人烧给他饭吃。"顾阿菊央求得恳切。

"你不是说,家里有小娘娘照顾么,你就安安心心治病吧。"宋樱樱又抓住顾阿菊的手臂往上拽。

"我不能安心呀,小娘娘只管照顾他。他不来看我,工作忙是借口呀!谢医生,你放我回家,我不是神经病,他骗我呀,说好带我来看胃病的,我胃里有癌呀,不想吃饭。"顾阿菊絮絮叨叨地重复那些使所有医生、护士都听烦了的一套话,"谢医生,我说的是真话,我根本不是神经病……"

"顾阿菊,你少说两句!病好了,自然会放你回家,你当我们愿意留你?多少烦!"宋樱樱说话声音高,气势压人,女病房里的病人都有点怕她。"回病房去!不要缠牢谢医生,他值了夜班还没休息过呢。"

顾阿菊这才停了嘴仰起头。她好像没长脖子,扁扁的头似乎是直接安在肩膀上,像个茶壶盖。但仔细看,她五官还算端正,丹凤眼,小嘴巴,就是脸盘过于扁平,把眉眼的优点一笔抹杀了。

这时,一个护士在楼上喊:"谢医生,观察室的病人有家属来了。"

谢城池拍拍顾阿菊的肩:"我给你丈夫打电话,叫他来一趟,我们再商量商量。"

顾阿菊的一只手绕过胸前,摸摸被谢医生拍过的地方,有点疼,又觉得很舒服。

六

住在观察室的病人叫单玫。

"你是单玫的女儿?"谢城池问。

她不回答,没有任何表示,一条狭长秀气的脸绷紧着,眼光冷冷的,像一扇关闭得严实的玻璃窗。她眼睛盯墙,不正视他,两手背在后腰,稍稍把着观察室的门框,一只脚的脚尖轻轻踩着门槛,如同刚飞停下来的蝴蝶,小心警觉,生怕被好奇的孩子逮住。

"你妈妈病了多长时间?"谢城池明知故问。

她还是不说话,但眼睛转动了,迅速瞥了瞥昏睡在病床上的母亲。那一瞥匆匆的、草草的,并且不掩饰地流露出一种轻蔑与不满,并很快收回眼光,又一眨不眨地盯墙,很尖利的眼光好像要把墙看穿一个洞。观察室的墙好久不粉刷,有一块块锈迹。

谢城池推推眼镜。匆匆奔到四楼,脸上的汗还在淌,架在鼻梁上的眼镜便顺着汗流往下滑,焦距动了视线就模糊,可眼前这个女孩子的眼神、眼光,犹如一枝粗粗的碳笔在洁白的纸上划下又深又浓的铅痕,使第一面的印象烙印般地留在心里,并隐隐的有点震动:这不应该是一个女学生的眼神、眼光,更不应该是一个女儿对母亲的眼神、眼光。他用心打量她,她长得小巧玲珑,皮肤黝黑却光滑得像上了釉的瓷。显然,她比躺在病床上的母亲长得更精致也显得更精明。而病人的眉目比较开阔也比较粗糙,眼眶大并有点突出,可以想象,这样的一双眼睛,在没有病症的时候会有热情的。这女孩子可能更像她父亲。在了解病人的病情时,谢城池初步知道,病人的丈夫在车场做调度,据说,当过几年兵,人长得又黑又瘦,平时不爱说话。

突然,病人很痛苦地哼了一声,接着,两只手揪住自己的衣领拼命撕扯,嘴里咕咕哝哝,说得又快又急,一句也听不清;两只眼睛一会儿翻开,一会儿闭紧,很强烈地流露着悔恨加哀怨的表情。

谢城池大步跨进门,掰开病人的手,捏住虎口的几个穴位用力按摩,病人开始挣扎,两只脚像青蛙似的又蹬又踢。

"你过来,摁住你妈妈的脚。"

她迟疑一下,不紧不慢地走到病床边。

"用力,别让她动,我试着做一下催眠,让她好好睡一会儿。"

她这才动手,并俯下身体全力以赴地压。

谢城池拖过一把椅子,定心地坐下,活动开十个手指,如同螃蟹的脚在病人的额头、脸部及眼睛周围缓缓蠕动、爬行,并贴近病人的耳朵,用低得几乎像呼气一样的细声软语,念咒似的说:"我的手放在你的额头上,额头开始发热,你体会一下。我的手摸过你的眼睛,眼皮渐渐沉重,像有胶水把眼睛粘住了,好好体会一下。"他的手指又弹琴似的移到病人的颈部移向肩胛,"背部肌肉也有了沉重的感觉,好像贴住了床,一动也不想动了。你动一下,你感到疲劳,对吗?好了,好了,你眼睛虽然还在转动,转动吧,往上,往左,往右,往左,往下,往右,往上,往下……"

他的声音越来越轻微,像幽灵在黑夜里远去:"睡吧,睡吧,你会感到轻松、愉快,没有了恐惧,没有了紧张,没有了焦虑,没有了痛苦,睡吧,睡吧……"

单玫果然安静了下来,两只脚不动了,伸直了,成小小的"八"字舒展开,她的手也从胸前渐渐松落到床上,手心摊开,手指微曲着,好像真的很倦不想动了。她扭曲的脸也平复了,嘴唇抿住,不再出声也没有了任何表情。对于催眠疗法,谢城池颇有几分把握。在仓库里,他就试验过几次,让两个好动的搬运工像死人一样睡在一条狭长的板凳上,一睡好几个小时竟然纹丝不动。醒来以后,两个搬运工异口同声地说:"脑袋好像用清水冲过,浑身松快!"

观察室又安静了。

"晚上,最好来个人陪一陪,你母亲还在发烧。"

"家里没人了,我明天要读书。"

"你父亲呢?"

"……"

她用上面的牙齿咬住下嘴唇，一会儿，她又用下面的牙齿咬着上嘴唇，两片嫩红的嘴唇上有了几道浅浅的齿印。谢城池感觉到自己的提问触到了要害处，得小心绕开。但是，作为医生，他又必须知道与病人、病情至关重要的情况。

"今天晚上，我们派个护士照顾，但是，你告诉你父亲，明天他一定要来医院。"

"我……"

她为难地看着谢城池。

"你爸爸听你的。"谢城池说得肯定，又进一步鼓励道，"你在父母心目中的位置举足轻重呀！"

她好像并没有被鼓舞起来，反而低垂了眼睑。

"过两天，我找你聊聊，行吗？"谢城池语调恳切。

她不置可否。

"要治好你母亲的病，我们需要家里人配合。"谢城池走到她面前耐心地说。"精神的疾病，除了靠药物，还要有精神、心理的治疗，对这方面的治疗，家属、亲人的因素很重要。你不小了，应该懂得这些道理。"

她右脚的脚尖在地板上划着一道道弧。地板毛毛糙糙的。

"你高中几年级了？"

"高二。"

"你叫什么名字？"

"郑君君。"她小声回答着，并停住脚尖的划动，人站得端正了。

第 三 章

关于手册

谢城池在夜深人静的时候才翻开那本放在抽屉里的工作手册。一星期,他接触了十几个住院病人。他们的病情、病史、病因被记录在病历卡上,都是扼要的、简化的,不可能深入追究,只有面对自己这本手册时,他才能集中心思,展开细想,并侧重地选择病例充分地记。

"病例(一):吴恩培先生。

"护士们都称他先生,当然有戏谑的意思,但是,他身上确有'先生'的气质,尽管蓬着一头干枯的白发,胡子拉碴的,可眉目间仍旧隐存着不俗不凡的秀气。他父亲是个资本家,新中国成立前垄断了市中心一条横马路的所有食品店。他有七八个姐妹,搞不清是几个女人生的。可以明确的是,他自己的母亲就生了他一个儿子。'文化大革命'中,他这个'资产阶级的孝子贤孙'，因'反动言论'被判处二十年徒刑，押送到青海。十年后平反，提前释放时他已变得古怪病态，一年四季只肯穿单衣单裤，又从早到晚喜欢玩水、拖地板、洗澡，有时半夜起床就跳进浴缸里泡着，像条离不开水的鱼。他精神失常了。他母亲害怕送他去医院看病，耽误了治疗。几年前，母亲故世，七八个姐妹都不肯接纳他，才送他来精神病防治院长住，情愿分担住院费。吴恩培先生只能以医院、病房为'家'了。

"大前天去病房看他。他脸上没有血色，没有表情，似乎贴了一个用白报纸糊的面具，眼光冷漠，像死了一样。我和他谈话，他反应不迟钝。

"'你白白地坐了十年牢，怨不怨？'

"'不怨。'

"'为什么？'

"他们有枪杆子，有政权。"

"他的回答仿佛不经思考，眼珠仍像木头。

"'你能听到有人在背后骂你？'

"'是的。有个脑电波工作站，他们告诉我的。'

"'你给我讲讲那个脑电波工作站的具体情况。'

"'那个脑电波工作站，使用300兆赫的超短波电讯设备，专门收听人脑子里的思维电流和讲话电流。他们还有一对心理测谎的发射机和接收机，只要打开发射闸，电磁波就能调幅出对方头脑中的思维电流，你心里想的东西，他们能看得一清二楚。'

"他讲得很认真，好像在给我上课，而且满嘴是科学名词和科学原理。他是交大高材生，学电讯的。但对于电、电脑我一窍不通，无法判断他的那些'名词'和'原理',究竟是科学还是胡说,或科学与胡说各占多少比重。

"昨天,我翻阅了资料。

"一位美国精神病专家说:精神分裂症和妄想狂症都不可遏止地歪曲外部现实,那是一种病态歪曲,使他们对所看到的事情产生错觉。但精神分裂症对现实的歪曲完全是随意的,纯粹是荒诞的。而妄想症恰恰相反,他们虚构的一切,往往符合逻辑,有些内容的构成,完整得无懈可击。

"而吴恩培先生假性妄想中的那个'脑电波工作站'和'忠诚老实测定公司',会让人联想到那个'斗私批修'、'灵魂深处闹革命'的年代,也让我想到自己……"

好像突然落下一道闸,谢城池把自己很流畅的思绪猛地切断。他不愿意再让自己回想或回顾。他已经想得太多,使生活都停顿了下来。在药材公司仓库里断断续续做了十年保管员,就是机械地做一件事:把药品运进来再搬出去。可他无论如何不能让脑子也变得机械,于是,拼命地思想,想那个在学校里崭露头角的自己,当过高三年级的团支部书记;想那个在"革命"中叱咤风云的自己,做全校的红卫兵头头;想那个在北大荒战天斗地的自己,赶马车、套狍子、打铁、伐木、烧窑、挖渠,战斗得豪情、英勇……把一连串的自己,从头到尾地想。想过多少遍?好像总得想出点道理,平衡自己,还要想出一个将来——他当然不甘心埋没在仓库里只保管药材,不甘心一落千丈,就这么碌碌无为——升高三的时候,他是教育局选拔的尖子要保送清华大学的——他功课好、出身好。公正地说,他有过的好风光,是历史造成的,后来历史又改变了一切,一夜间他成了"反动学生"——他是活生生的历史中活生生的一页。

谢城池把合拢的工作手册再打开,又翻看刚记录的那个病例,心里突发奇想:如果,那个吴恩培先生在青海劳改时,能找到一个疏通自己的角度,精神就不至于彻底崩溃,一旦熬出监狱,重新做人,娶个普普通通的女人,安个实实在在的家,忘了从前的那个自己,忘掉去了香港的妻子、女儿……但一个人要完成脱胎换骨的改变何其痛苦何其困难!就连没有思想情感的动物,为保护自己免受侵害,也只是改变表面的毛色。何况人?人是有灵魂的呀!灵魂这东西牵连着心,碰一碰撞一撞,就会钻心的痛。所以,这么多年,他不轻易碰撞自己的灵魂,顽固地保守着自己。他认为,自己对自己的保守是一种清醒。在被历史塑造又改变之后,他始终没有停止对历史、对自己的思考。尽管这样的思考很沉痛,但这样的思考又是那么庄重:历史是什么?自己是什么?

历史像一条滔滔大江,自己是一粒泥沙。当风暴席卷的时候,排天的浪涛把泥沙扬得高昂,给泥沙错觉,以为生活就这样高昂的、轰轰烈烈的。但是,浪涛很快漩入谷底,便把泥沙也裹到一个深不可测的深处。然后,风暴过去,浪涛不见了,平静的江水不再排天也不再深陷,只是漾漾地朝着既定的方向流去。那么泥沙呢?曾被抛下的泥沙,在渐渐往下沉淀。而浪涛颠簸时留下的惯性,使泥沙不情愿沉淀,总要挣扎、反抗。但在历史的长河中,泥沙再活跃再折腾,也只能是一阵子,总得停下来,滞留在河底的一处,有的即使能跟着波浪向前走一段,但也仅仅是一段。而泥沙与泥沙的区别,最重要的好像就是有没有"这一段",有多长的"这一段",以及有着怎样的"这一段"。

吴恩培先生的"这一段"实在太短，仅仅一眨眼，他就身不由己地"沉淀"了。

谢城池又提起笔时，感到这枝精巧的笔有了分量，落下的笔画一撇一捺都感涩重，好像这带格的纸上埋着些细小的沙子有了阻力。他如同写毛笔字一样，缓慢地移动笔尖，在占满三格的空间中写了两个粗粗的黑字："沉淀。"他知道，吴恩培先生的病是不治之症，余下的日子，就是一天天的往河底的更深处更暗处沉淀。但是，做医生的总想治好自己的病人，这是起码的愿望。即使吴恩培先生确是一块不可能消化的骨头，他也得张开嘴再努力地啃一啃。何况，他面对的这些病人特殊，不仅需要医术和药物，因为精神的疾病，往往还得依靠精神治疗——健全心理，健全环境——这是他几年如一日自学、研究脑病学所确立的信念。虽然，对于心理的影响，对于环境的改善，一个普通医生是无能为力的。

"沉淀"——他划一条长长的破折号，接着写道：

"第二次去看吴恩培先生，我告诉他，他三姐来出差，给医院打了电话，询问他的情况。他眼睛仍盯住天花板，苍白的脸像蜡像，毫无生气，对我的话也毫无反应，仿佛根本不记得还有个在外地工作的三阿姐。我又问他：

"'你想不想妻子和女儿？'

"'不想。'

"'你想不想给几个姐姐打电话？'

"'不想。'

"我似乎没话可问了。药物控制了他的那些妄想与幻觉，同时也洗空了他的脑子。而最可怕的，恰恰是这些症状消失以后的情感冷漠,使他心灵变成一个真空般的玻璃器皿,无论注入什么,都不产生任何反应。如果说,有妄想有幻觉存在,尽管怪谬、离奇,还属于病症,这位吴恩培先生还是个病人。一旦发展到似乎没有了症状,又消除了情感反应,不哭不笑,不喜不怒,像一坨冰,像一块铁,像一段木头,他,还算个人吗?! 他,还有可能恢复成人吗?!"

在问号后面再加上个感叹号,是为表达一种表达不清的情绪。谢城池在工作手册上画每个标点符号都非常慎重,并用心斟酌,力求准确。因为,这些简单的符号,往往容纳了复杂的内涵;因为,好久不写东西,他仿佛驾驭不了文字,有时只得借助于符号了。

"病例(二):单玫。

"地段医院护士长。

"入院检查:高烧持续三天,有时昏迷,说胡话,神志不清。烧退以后,对某些日常问题的意识反应正常,比如,问她鸡和鸭有什么区别? 她问答:鸡嘴巴尖,鸭嘴扁;鸭会游泳,鸡不会。言语有序,仪态正,未见幻觉妄想,但经常处于焦虑、恐惧的情绪中,或者情绪极其低落,整天不言不语,目光呆滞。

"精神检查:

"情绪紧张、恐惧,害怕听见门外的声响,即使有人敲门,也会心惊肉跳,尤其对电器的响声更加畏惧,所以不许女儿开灯、开电视机。还有,她总觉得家里什么东西都脏,便请事假留在家里不停地擦地板、揩玻璃窗、洗衣服,有时,把家里三口人所有的皮鞋翻出来一双双擦,从天黑擦到天亮。走在街上一踩到脏东西就跳脚,以为能跳干净,于是,走一路跳一路,引得来往行人都围观她,她却不能劝住自己。

"鉴别诊断：

"①精神分裂症待明。精神分裂症有内容荒谬的妄想，还有其他症状，如幻觉、人格破损、情感冷漠等，该病人缺乏以上症状故不以考虑。

"②焦虑症、强迫症可能。

"治疗方案：

"诊断未定，先暂用氯丙嗪帮助睡眠。"

这份病历像复印在谢城池脑子里，做追记时，他能逐字逐句地复述。而印象更深刻的，是这个病人的女儿，在观察室虽然只有过一面之交。自从接触精神病这门学科，他确认，治疗精神疾病绝对不能疏忽病人的环境，就像戏剧中的规定情节，以不可摆脱的压力，把人推入一种必然的、不可避免的遭遇中，是凶是吉，前途命运仿佛是注定的。而戏剧与精神病，好像完全是风马牛不相及的两件事，谢城池却别出心裁地联系、联想，他总觉得，作为精神病医生，他所面对的疾病特殊，所说"对症下药"，这个"症"字运用到精神病人身上，一定要分成"现象"与"背景"这样两大部分，在分析症状的现象时，必须探究造成现象的背景，因为精神病的病因复杂，有遗传因素，有生理、病理因素，还有心理因素和社会因素。

关于这位女病人的病因，谢城池凭一种直觉，首先把焦点对准她女儿。那个女孩子一副怨天尤人的表情，好像刻在他心里，并不断提醒他：治单玫的病，也许要从她女儿入手。他给郑君君写了封短信，语气却强硬，几乎命令她，务必来医院看望母亲，还直截了当地约定了时间，要找她谈，严正地说明，这是工作需要、治疗需要。第三天，谢城池很意外地收到郑君君的回信，而且，信写得很长。

笔夹在工作手册中，谢城池从包里拿出郑君君的信又从头读。已经读第三遍了。读信，仿佛在听她滔滔不绝地说。隐约在信里的女孩子，和那天在观察室见到的，好像判若两人。

要记录单玫的病情，她女儿的这封信，是重要材料。

谢城池抽出夹在手册中间的笔，把郑君君的信一页页贴到工作手册的背面，作为附录。然后，他又一字一句地读信。

谢大夫：

其实，今天放学以后，我已经走到医院门口，但想来想去又缩回去了。我了解自己，你找我谈，我会一句话也说不出来的。

妈妈精神失常以后，我几乎绝望了，只感到这个曾吸引过我的世界一下子变得那样不可理解。我再也说不清楚自己的感情，对妈妈，对这个家。

谢大夫，你一定能看出来了，我爸爸恨我妈妈，他不肯去医院看她，还咬牙切齿地说：她自作自受！这一阵，我爸爸也瘦得皮包骨头了，有天晚上，他坐在台灯下抽烟，我猛地看他一眼，他的脸像个骷髅，死气沉沉的，我的心不寒而栗。

妈妈不爱爸爸，我有感觉。他们虽然不吵不闹，但也很少有说有笑，而且，妈妈一直喜欢和我睡。小时候，我觉得搂着妈妈睡可舒服了，后来我长大读中学了，妈妈还是经常挤到我的小床上来。我欢迎妈妈来睡，我们可以咬着耳朵说悄悄话呀！过去，我特别喜欢妈妈，她直爽、能干，手脚闲不住，她说自己是劳碌命，她劳碌时从来不愁眉苦脸。她就是性子急，训我的时候，哇喇哇喇够凶的，但凶过之后，又会讨好我。她对医院里的同事也这样,刀子嘴豆腐心,护士们都摸透她脾气了。区里要提拔一名护士为护师,大家推荐妈妈。但要考外语,妈妈突击半年,居然考第一名。妈妈是很灵气很聪明的,她针线活也好,我身上的衣服,从里到外都是妈妈做的,她一边看电视一边织毛衣,还能织出花样,两只手好像有电脑在控制。相比较,我爸爸性格沉闷,回到家,就是看晚报看电视,每个广告都看,连报纸夹缝里的寻人启事都看。爸爸的确平庸,也的确老实,什么事都让着妈妈,所以,他们有矛盾也冲突不起来。因此,居委会年年有"五好家庭"的红纸贴到我家门上。过去,我没有认真想过我们这个家到底是好还是不好。但前几年的冬天,我半夜偶尔起床,常常发觉妈妈还没睡着,有时连连叹气。我问她为什么睡不着,她说有点神经衰弱,但不想吃安眠药,怕吃惯了断不掉。我信了。看她白天还是精神抖擞地上班、忙家务,也就没在意。当然,妈妈明显瘦了,脸上只看见那两只圆圆的大眼睛,我还取笑她像条老金鱼了。妈妈短促地一笑。她的笑仿佛被什么东西拖住了。以前,妈妈爱笑,笑声很长很响的。还记得有个星期天,小娘娘过生日,奶奶请大家吃排骨面,妈妈说医院值班,不去了。爸爸说,早点去,早点吃,不会耽误的,妈妈很犟,说不去就不去。爸爸没有勉强妈妈,不过,他很不高兴。奶奶见妈妈不给小娘娘面子,嘴里嘀嘀咕咕,爸爸才火了。那天,我们很晚才回到家,妈妈不在,我先睡了。睡到半夜,被爸爸妈妈的说话声吵醒。爸爸反反复复追问:你到底去哪里了?妈妈嘴硬:你管不着,我就没自由啦?爸爸狠狠地冲出一句:我看你神经病又发了!妈妈腾地站起来,把桌上的一只玻璃杯像扔手榴弹一下朝墙壁上掷去。

爸爸顿时蔫了。妈妈转身挤到我身边躺下。我只好装睡，一动不动，心里却翻江倒海：爸爸说妈妈神经病又发了那个"又"字什么意思？妈妈也一动不动，身体直挺挺地像根放平的木条。过了好一会儿，我一撩手。感觉到妈妈的枕头湿漉漉的。妈妈在哭，不出声地哭。第二天一早，妈妈用热毛巾焐眼睛、烧早饭。爸爸像没事了，同平常一样，替妈妈的手表上弦，把妈妈的自行车从楼上扛到楼下。妈妈背了包出门，碰到邻居，照样热情地寒暄、招呼。我不想上学了，没睡好，昏头胀脑。尤其爸爸那句话——神经病又发啦——像根鱼刺鲠在我喉咙里，不除掉就痛快不了。考虑再三，暑假里我跑到乡下问外婆。外婆说得含糊：你妈死心眼眼，那时候和班里一个男同学要好，后来，那个男同学去新疆了……外婆又明确地骂道：你爸爸瞎说，不要听他的……

但我断定爸爸的话不是瞎说，一定有根据；我断定，妈妈在年轻时爱过一个人，爱得发疯。

就从那一天开始，我对妈妈的感情复杂了。就从那一天开始，我才明白，我们家为什么很少有亲亲热热的气氛。如果不是因为那天妈妈突然头痛上不了班，我们的家大概会一直太平下去的。

妈妈喊头痛的前一天晚上，她很晚回家，说在郊区看病人，淋了雨有点感冒。第二天，她让我上学时先弯到地段医院帮她请假，并把办公桌钥匙给我，让我取一份填好的表格给他们院长。

谢大夫，在妈妈办公桌的抽屉里，我看到了不该被我看到的东西——一些充满感情的信——就是妈妈爱过的那个男同学在最近两年写来的。从信里我才知道，他从新疆调回来了，住在郊区,也有了家;从信里我才知道,妈妈常常借口到医院值班其实去了郊区……谢大夫,如果在看一部小说,信里的这些情景,我会理解,我会感动。但是,那一切毕竟纠葛着我的家,触及了我的感情。我本能地做出反应,倾向于爸爸:爸爸毕竟没错待妈妈。我怨恨妈妈的那个男同学:他自己已有家了!而且,在妈妈发疯一样地爱他的时候,他不该发疯一样地去新疆。事隔二十年,他又这样……

再去上学,第一节课快完了。我坐在校园里等下课。我也觉得头痛,仿佛被当头劈了一刀。坐进教室,同桌的"蚕豆"说我脸色发青,要陪我去卫生室。突然,她又叫起来:君君,你妈来了,是不是要带你去医院看病?我慌了,叮嘱"蚕豆"别告诉我妈我迟到了一堂课。"蚕豆"有点疑惑。我没解释。妈妈几乎是跌跌撞撞跑来的,神色紧张得像家里着火了。我反而镇定了,主动摸出钥匙还给妈妈。妈妈盯了我一眼,大概没看出什么,似乎松了口气。把妈妈送出教室,上课铃响。一上午的课,我一句也没听进去,心飘飘忽忽的,像丢了魂。放学回家,"蚕豆"拖我快走,我却不想早回家。"蚕豆"说我不够朋友,有话不告诉她。回到家,妈妈还躺着,我和爸爸烧晚饭,炒了四个菜,炖了一锅汤。我夸爸爸菜炒得好,他咧开大嘴憨憨一笑,爸爸的笑,使我动心了。我得维护这个家。我得把看到的信告诉爸爸,干脆把事情摊开,他们就不能在暗地里来往,妈妈会收心。等事过境迁,等爸爸气消了,这个家就会真的太平无事了。否则,对爸爸太不公平!

谢大夫,我很幼稚,为了这个家不破裂,我还以为想出了一举两得的好办法。那天晚上，妈妈又要和我挤着睡，她先坐在床边，两道目光像两柄尖刀刻在我脸上。我马上借口说困了，侧过身躲开她的注视。她扳过我的肩，目光渐渐和软了，温暖了。我……我又想改变主意了。我觉得妈妈也很可怜……

不得不承认，对爸爸妈妈，对自己，对这个世界，我其实一无所知。事情的结果，完全不像我以为的那样。我把看到信的经过告诉爸爸后，爸爸不仅不消气，而且气盛地住到奶奶家去了。妈妈也好像难以收心，精神反而失常了……谢大夫，我好心好意想维护的家，却成了这个样子。怪我么？还是怪妈妈怪爸爸？

我写不下去了……

郑君君

信纸是从横格的练习簿上撕下来的，密密麻麻的小字，一个挨一个，自始至终都写得端正，而且，没一处涂改的。

谢城池把贴好的信对折，让它不露痕迹地合进工作手册。工作手册显得厚实了，但不那么平整了。

第 四 章

一

丫丫的小嘴唇撅成三角形,站在镜子前左看右看。她不喜欢这一身粉红的打扮,这样太像个女孩子,太娃娃气。她爱穿牛仔小短裤,或者是暗格的背带裙。

"妈妈,我不穿这条花裙子!我要穿牛仔短裤!"

余橙橙不理睬女儿。小小年纪,主意挺多,爱穿这个不爱穿那个。下午去音乐厅看模特儿队的出国预演,都是市里、局里的领导,这是很正规的场合,哪能穿牛仔裤!

"妈妈,你听见吗,我不喜欢穿花裙子么!"丫丫跺脚,但小拖鞋是软底的,响声不惊人。

"丫丫,你真不懂事,这条裙子是苹莉阿姨设计的,在童装展评会上得一等奖。今天下午,苹莉阿姨也去看演出,你穿上她设计的花裙子,她会高兴的,下次,她设计的服装去法国比赛,还会带好东西给你。"

余橙橙抬头看钟,快十点钟了,得抓紧把一张表格填好。她挪动椅子,便俯在桌上埋头写:

姓名:余橙橙。
出生年月:1952年5月8日。
学历:大专。
最欣赏设计师:皮尔·卡丹。
最喜欢的色彩:靛蓝、云白、银灰等冷色调。
设计风格:飘逸、简洁。
现任职务:服装公司办公室主任兼公关部主任。
曾获何种奖励:……

获何种奖励?余橙橙搞服装设计,参加过大大小小的比赛,获奖不少。奖状、荣誉证书,还有奖品、奖金,她统统交谢城池保管。谢城池比她仔细、周到,所以,家里的有些琐事,她理所当然地都推给他了,因为她要忙外面的大事。事实也确实如此,他们家从两室一厅的房子到全套进口家具,从程控电话到煤气淋浴器,哪一样不是靠她忙出来的!她真是雄心勃勃,要设计师的职称,要办公室主任的职务,还要兼搞公关,样样不撒手,业务的,事务的,她面面俱到。对源源不断的应付、应酬,她周旋起来却得心应手,像个天生的演员,只要一登台就全身心地进入角色,精神抖擞地扮演得又逼真又生动。而这些年,服装业热门、兴旺,看势头,还在蒸蒸日上。当然,水涨船高,她才忙得有效益有实惠。

"丫丫,去把爸爸叫醒了。"

"爸爸睡得很香呀,他值夜班,天亮时刚躺下的。"

"我们十一点要出门的,中午,苹莉阿姨陪我们吃西餐,他该起床了。"

"你自己去叫吧。"丫丫不愿意看着爸爸没睡醒,但还得硬爬起来的那副难受、无奈的样子。

余橙橙又看钟。

"让爸爸再睡十分钟,来得及的。"

"我跟他说过,值班不要安排在星期六晚上。难得一个礼拜天,我们就看他睡觉。"

"爸爸又不能说了算的,不像你……"

"他自作自受,脑子出毛病了,去这种医院有啥好处?听起来就怪吓人的。"

余橙橙想做什么就得立刻办到。在家里,她有时比女儿还任性。在外面忙得太紧张,和各种各样的人打交道,要有各种各样的脸色去对付,所以回到家里,她像丢盔弃甲,浑身放松了,想怎么就怎么,大事小事都不肯再克制自己。

"好吧,好吧,我去叫醒爸爸。"丫丫懂得见机行事。她能想象,妈妈一进隔壁房间,就会连喊带嚷,不只是叫醒爸爸,还会把大家都叫得心烦。

丫丫去隔壁房间后,余橙橙站起来活动活动腰,天天忙得腰酸背痛的。有位气功师教了几个动作,要她见缝插针地扭一扭,活络筋骨,疏通血脉。她今年四十岁了,工作又操劳忙碌,脸上常有倦容,有时还会显得憔悴,必须淡淡地上妆,精神面貌才有光彩。何况,她的五官长得不秀气,鼻子、嘴巴都过于大,颧骨又偏高,就得用心地修饰，才能扬长避短。好在她是搞服装的，会装束自己。她穿着一件皂蓝的真丝连衣裙，浅淡的色彩荫凉清纯，宽松的裙摆显得轻松飘逸，腰间再束一根深蓝的细皮带，落落大方又自然地勾出了线条。

二

其实，谢城池醒着。在还没有躺下的时候，他就叮嘱自己，稍稍眯一会儿，早点起床，今天是星期天，应该陪女儿玩玩。他很想单独和女儿在一起，玩什么都行，只要她喜欢，只要她满足。他还想定定心心地在厨房里做几只拿手菜。他爱好烹调，尤其在心境良好、时间充裕的情况下，像变魔术一样，往饭桌上端出几盘花样翻新的菜，让她们母女俩惊喜地大叫"好吃"，赞不绝口，这时，他点支烟，喘口气，坐在一旁看她们津津有味地吃，心里会感到一种很充实的愉快。但是，这样的星期天越来越少了，余橙橙总有安排，不断有各种活动，经常有请客吃饭。一开始他还兴奋，可以改善改善、调剂调剂、见识见识，可次数一多，甚至把每个星期天都排满，他就厌烦了，可又不好推托。余橙橙当办公室主任兼搞公关，需要交际、需要有他"妇唱夫随"的陪同。何况，他们还有个漂亮的女儿。余橙橙总把女儿打扮得像个小公主，到哪个场合都领着，谁见谁夸，是能锦上添花的。就像展览自己设计的服装一样，她喜欢展览女儿。对这种炫耀，谢城池心里很反感，他不希望女儿从小太优越，使生活同浮光掠影般虚华。他提醒过橙橙。她不以为然。他说多了，她会顶他两句："你不想想你能给女儿什么？"他哑口无言。丫丫在懂事以后的确问过他："爸爸，你为什么不去学校当老师？为什么老是管仓库？"最近，丫丫又问他："妈妈说，精神病很吓人的，你为什么偏要去那个医院做医生?"他承认,到目前为止,他只给女儿疑问。他还不具备可以让女儿为他骄傲的东西;他承认,这种失败感长期窝在心里很压抑很折磨人,对于一个男人,这无疑是最深沉的最不堪忍受的隐痛了。而离开仓库到了医院,他才感到自己这颗种子好不容易出土了。

丫丫蹑手蹑脚地走到床边。谢城池赶紧装睡,还从鼻孔里呼出轻轻的鼾声,好像真睡得很熟。

丫丫把手放到爸爸身上却不忍心叫了,并自作主张:"再让你睡两分钟吧。"她跪在床前的地毯上,头枕着自己的手,静静地等待两分钟。

谢城池心口怦地一颤:"女儿多可爱啊!"这时,他真想一伸胳膊把女儿抱上床,和她脸贴脸地说会儿话。但是,他也不愿搅了这样难得的宁静。他只有继续装睡,静静地享受女儿赐给的两分钟。

两分钟有多长?丫丫在心里"嘀嗒"地数,却不知道应该数多少个"嘀嗒"。

这时候,余橙橙在房门口亮着声叫嚷了:"怎么搞的,喊了半天喊不醒?"

谢城池弹簧一样地坐起来跳下床,免得继续听她埋怨。他朝丫丫挤挤眼,自觉地去盥洗间刷牙、洗脸、擦身。在家里,他要求自己随和、迁就,一般都采取服从的态度,很少剑拔弩张地和她闹对立。她从小当干部,大队长、中队长,习惯了好摆布别人,喜欢事事听她的心里才舒服。因此,要使家里的气氛风调雨顺,他只有少计较多服从。这十几年,他总是风风雨雨,所以对这个家,他只图平安与和气。

一进盥洗间,谢城池脱了皮拖鞋,顺便套上一双棕色的皮凉鞋。

他对穿着没讲究，下乡时，一年四季穿一身旧军装；在仓库里当保管，从早到晚穿工作服；有几年在专科学校教书，他整天穿运动衫，在操场上跑步、打球，像学生一样。

"不行，不行，今天你可别穿这双皮凉鞋，下午去音乐厅看演出，这是正规场合。我请皮鞋厂又给你定做了一双高级小牛皮的。"余橙橙转身拉开壁橱的门。

橱门里，几十只鞋盒子重重叠叠，垒得像碉堡。余橙橙抽出一只盒子，拿出一双男式黑皮鞋，皮质细腻又光亮。只要谢城池陪她出门，她对他的穿着，要求得更加严格，尤其是衬衫领子，必须浆硬的，干净挺括。她认为，男人要风度首先要清洁。在她印象中，她父亲年轻的时候，对理发、剃须、穿衣、戴帽的讲究一丝不苟，"文化大革命"中即使做了"牛鬼蛇神"，天天扫地运垃圾，但一回到家里，仍习惯地先把手洗得干干净净，把指甲修得整整齐齐。有一次，她对苹莉说："只有在电影和小说里，女人才会爱一个蓬头垢面的男人。"苹莉就反问她："你那个谢城池也不修边幅的呀？"她回答："那是当年。"苹莉又补充说："关键还是你的谢城池不修饰也够帅的，这叫本质好，他的头发黑得多显眼！"余橙橙从来不否认他的形象，并且珍惜。平时，她规定他隔一天得洗头，要用高级的洗发香波，洗得光光爽爽、蓬蓬松松。对她的规定，只要还能接受，谢城池一般不违抗，尽量做到。

"像你这种高个子男子，穿鞋子一定要有轻松感。"余橙橙把小牛皮的新鞋递给他，又发现他穿上的衬衫不合适。"不对，快脱下来，换件新的，衬衫五厂和意大利合资生产的一种名牌，衣料是水洗真丝的，他们刚送来几件，让公司检验的，我拿了两件暗色的，派头大，你穿穿看。"她又进房间拿衬衫去了。

谢城池身上的衬衫从后背滑下，但手臂还穿在袖子里。他被拨弄得昏头昏脑，又要换皮鞋又要调衬衫。到底为什么？他似乎还没搞明白。

"爸爸，我不喜观穿这条花裙子，妈妈偏要我穿！"丫丫趁妈妈不注意，钻进盥洗间，见爸爸身上的衬衫脱落在腰里，伸出衣袖的手像假肢，生硬地贴着肚皮，一副很怪的样子。她对爸爸穿什么都得听妈妈的，也表示义愤，"妈妈从来不让我们听自己的。我想穿牛仔短裤，她就是不许，说下午看模特儿演出。我们俩都快成妈妈的模特儿了，让你穿什么就得穿什么，都是穿给别人看的，不是自己喜欢！"

"这话精彩！"谢城池弯下腰仔细端详女儿，她个子在拔高，对事物有自己的看法了，而且一针见血，说得简洁又明快。站在女儿面前，他突然觉得自己像一把已砍出许多锯齿的钝刀，已没有了从前的锋刃。

"爸爸，今天我们俩集体反对妈妈，行吗？"

"怎么反对？"

"你别穿什么合资的、名牌的衬衫，我坚决换掉花裙子。"

"我本来就不打算换衬衫，因为我不去看模特儿演出。奶奶病了，我得去看奶奶。"谢城池好像这时才真正的醒过来，把脱到一半的衬衫穿好。

"爸爸，我跟你去看奶奶。"丫丫扑到爸爸怀里。

"不行的，你陪妈妈。"

"谁陪你？"

"我不需要人陪。"

"可是,陪妈妈的人多着呢,一到会场上,谁都跑来和她打招呼……"

"你们在嘀咕我什么?"余橙橙捧来了还没开封的新衬衫。

"奶奶病了,下午爸爸去看奶奶。"丫丫抢着说,"妈妈,我也想去看奶奶。"

"你不和我们一块儿去?"余橙橙马上挂下脸,"苹莉请客,今天她男朋友生日。"

"今天我妈生日……"

"你们家从来不过生日的,你不要找借口。"

"但是,应该去一趟,妈妈最近身体不好。"

"你明天下了班去嘛。"

"……"谢城池不想改变主意。他对时装表演没有兴趣,去也是为照顾她的情绪。可是,他不能总这样照顾下去,他也有自己的事。

"你到底去不去?"余橙橙伸开胳膊,把捧在手里的名牌衬衫送到谢城池面前。

"……"谢城池低头把身上这件衬衫的扣子一粒粒扣好,"傍晚,我到音乐厅去接你们……"

"不要你接!"余橙橙把装着硬纸盒的新衬衫,像掼手榴弹一样扔进左侧的壁橱,几十只鞋盒垒成的"碉堡",顿时哗啦啦地塌方了。

三

快到中午的时候,突然下雨了。

夏天的雨短,来得快,去得也利索。雨后,地面湿了一层,水潋漉的，天却更加晴朗，像刚刚浴过的少女的脸，容光焕发。天上没有云，太阳便愈加激情地放射出光芒，照耀着湿的大地，使一股股水汽热腾腾地升起来，走在街上，像蒸在一个偌大的笼屉上。一些怕晒的女人，继续撑着花花绿绿的伞，挡去光线，只是躲不开脚下炙人的热气。

行人渐渐地少了，都不愿意在太阳下面走路。

沿街的几家小铺，生意也清淡，只有一家供应吃面的饮食店，进进出出不见人少。紧挨着饮食店，是一条看不到底的大弄堂。弄堂里的房子混杂，有门窗整整齐齐的多层工房，也有很多破旧的砖房和简陋的板房，偶尔又耸起一幢像鹤立鸡群般的小洋房，使那些砖房、板房更加相形见绌。

阿法的馄饨铺就开在这条弄堂口。虽然，隔壁的饮食店大有压人之势，但是，小有小的灵活，小有小的方便，可以见机行事不断变化，也可以早开门晚打烊，因时、因情制宜。总之，阿法的铺子由自己说了算。这大热天的中午，吃小馄饨的人少，阿法当机立断，改卖油煎菜肉馄饨，外加冰冻绿豆汤。这种搭配法，虽然不伦不类，既不像冷饮店又不同点心店。但阿法坚信，吃了油煎馄饨再喝一碗绿豆汤爽爽口，清凉解渴还防暑，一举几得，价钱又不贵，肯定大受欢迎。果然，隔壁卖冷面的店堂尽管顾客盈门，但他的小铺照样人丁兴旺。对于开铺子，阿法的主张明确：薄利，斩人不要太狠，能赚点钱就行。他只想干得自在、自由。如果光为赚钱，钱就像石碾子，会把人当谷子一样压瘪。因此，阿法的馄饨铺，人缘好顾客多，把这条弄堂的人都吸引过来了，还有好几家双职工的孩子，上学后一顿中饭就包在他这里，像吃食堂一样。为这几个学生，阿法的营业内容还得增加花样：排骨面、盖浇饭，总不能让这些学生天天吃馄饨啊。学生们也领情，做完作业就起劲地来小铺帮忙，拉煤球运煤灰，样样肯干。于是，居委会的大妈来这里贴过红纸头，表彰为"文明单位"，还要让他去个体户协会作介绍。阿法对送上门来的光荣一概不拒，内心里其实并不看重这些。不过，他把小铺的招牌一改再改，越做越大，且挂得有三层楼高，在很远的地方就能夺目。

谢城池拐过十字路口，一抬头就看到了那块招摇的铁牌子，颜色同红绿灯，一半鲜红一半翠绿相间着，十分乡气，却十分耀眼，使他联想到东北小县城里那满街飘扬的幌子。但这个时候，他已经没力气联想，实在饿了，饿得心慌。在医院值班，他不习惯深更半夜吃东西，早上醒来，又被皮鞋、衬衫调来调去地搅坏了情绪。送她们母女俩到车站，余橙橙还在生气，女儿也虎着脸。他再回家骑自行车，已经快到晌午，肚子在"咕咕"乱叫，像藏了只蝈蝈，蹬车的两条腿也同饿空的肠子一样疲软，吃不着力量的轮子仿佛在一片沙地上滚，不由地减速。

终于看到阿法的馄饨铺了。谢城池一抽鼻子仿佛嗅到了一股葱油的香气。一路上，经过多少饭店、点心店，他目不斜视，坚持饿到阿法的小铺子，可以定定心心地吃。这种"定定心心"的感觉，是吃再好的宴席都不能相比的。而这种"感觉"，大概只有阿法理解。他们有着二十几年的交情，进初中就同班，升高中时又一起考进一所重点学校。搞"文化大革命"，他们共同组织了红卫兵团。以后，阿法的遭遇更严峻，下乡到安徽，那年开春挖河修渠，阿法正泡在水里抡锹，满身是泥浆，却突然被几个穿制服的警察铐走，罪名是"文革"中打砸抢，有人命，判七年有期徒刑。那真是不堪回首的经历。如果,那天晚上看守校长室,谢城池没有因为父亲犯病被弟弟叫回了家,那么,他也同样躲不过这七年的牢房生活……

"你这家伙,离开仓库了,也不告诉一声。上个礼拜,马巽方请客,要我通知你,竟然失踪了。接电话的人说,你调动工作了,但不知道调哪里。还挺神秘。"阿法把刚进店门的谢城池按到一条长凳上,像审训犯人一样,他自己叉腿站着,两手插在一条油渍渍的牛仔裤的裤腰里。阿法矮墩墩的,身板结实,皮肤粗黑,像块砸不烂的铁砧。

"马巽方请什么客?"谢城池把长凳拖到墙边,背可以靠着。他饿得没力气了。大铁锅里正在煎着黄澄澄的菜肉馄饨。他嘴里不由涌出口水来。

"马巽方么,他好事多。"阿法从裤袋里摸出一包壳子皱巴巴的"三五"牌香烟,"你先说,调什么好地方了?保密的?安全部?"他抽出的两根香烟,好像被踩躏过,都萎萎的打折了。

"哎,大老板,先请我吃馄饨吧,喂饱了肚子再说。"

"你还没吃饭呐?"

"连早饭都没吃过。"

"节约粮食?"

"不是三年自然灾害的时日,粮食问题不重要了。"

"不重要?你到我们安徽去看看。"

"不谈,不谈。"谢城池急忙摆手。他知道,一谈安徽,阿法就会激动,会像一串点着的鞭炮,"噼里啪啦"响个没完,"快端馄饨,我承认,此时此刻,粮食问题最重要!"

阿法慷慨,用一只蓝边大碗盛,满出一个尖。同时,又端来一大碗绿豆汤，稠稠的，一颗颗煮得绽开了皮的小绿豆，实实在在地沉在碗底。谢城池一筷子搛两只馄饨往嘴里塞，活像从安徽灾区来的，狼吞虎咽，丝毫不见做医生的斯文与风度。

"味道怎么样？"阿法最愿意看别人在他的铺子里吃得快噎死过去，那才是真正的需要吃，真正的觉得好吃。

谢城池鼓着嘴巴说不出话，只是直直地翘起大拇指。直到快消灭了大半碗馄饨，他才长长地吐口气，好像刚咀嚼出馄饨的鲜味。

"你的馄饨，全市第一。"

"你他妈饿了，才说好吃。"

"真好。"谢城池喝口绿豆汤，把嘴里的油腻清除了，稍稍直起腰，"我今天来，就想告诉你，我调到精神病防治院做医生，专治精神病。"

"你做医生？看精神病……"阿法吃惊，"好家伙，你尽出绝招，怎么动出这脑筋，和精神病人打交道？"

"我这个人，改不了，总想让别人需要自己。你应该最了解我，在学校里就这样。那时候有句口号，解放全人类。那时候还真以为自己有崇高的使命，要把受苦受难的人从水深火热之中拯救出来。记得么，在下乡之前，我们成立一个共产公社，还举手宣誓。回想起来，绝对可笑。在专科学校上最后一堂课，我向学生们告别：明天，我要回仓库去了……一个学生站起来问道：'老师，你犯了什么错误？为什么不让你继续教书了？'我坦然地说，我在年轻的时候，犯了个太年轻的错误。但那时候，我们的党和国家也很年轻。年轻的时候容易干蠢事，这不足为奇，不必慌张，而且，应该给予一定的谅解，可我没有得到生活的谅解……课堂上鸦雀无声。我知道学生们都在用心听，但不知道他们是否听懂。这时，下课铃响了，我一边收拾讲台上的备课本，一边还在说，以后，你们在学习上碰到困难，可以去找我。我有点自作多情。谁还会跑到仓库里去求教？但这句话我是脱口而出的。人骨子里的东西很顽固，被人贬到这份上，一搞运动就掮出来当靶子，连当个教师都没资格，可心里还希望有人需要，否则，自己的存在好像就没价值了。那些年，我埋头在仓库里，像蚂蚁落进一口封死的枯井，天天用嘴巴抠着泥末、石屑，总想咬出个洞能钻出来。因为搞药材，我干脆啃医药书，中医西医的都学。卫生局招聘，我偷偷去报考，结果名列第一。安排工作时征求我意见，我说去精神病医院，他们很意外，又派人考核我。阿法，我想了很长时间才做了这个选择。做别的，跟不上、来不及了。看人家出国的出国、发财的发财，我上哪条船都赶不上潮流，人家早已乘风破浪地走远了。你比我转弯快，豁出来开个小铺，至少，来吃馄饨的人需要你。"

"我可没想那么多，什么需要不需要的。蹲七年牢房，什么样的人都接触，头脑反而简单了。一开始，有人问我，为什么事进来的？我的回答还理直气壮，为理想！那些人哈哈大笑：'书呆子，你被理想玩啦！'我像挨了一棒，昏昏沉沉地经常琢磨着这个'玩'字，经常在脑子里来回闪现那一夜的情景：凌副校长从校长室冲出来举着镐头朝我猛地砸来，我心里只有一个强烈的念头，为捍卫毛主席革命路线誓死如归！我顿时浑身是胆，操起自卫用的铁棍子坚决回击了'阶级敌人'的反扑。还真觉得为理想而斗争而献身的时刻到了……后来又插队到最苦的安徽农村，立志去改天换地，情怀壮阔，自以为崇高得很呐。但突然之间，历史翻了个跟斗……所以，牢房里的那些犯人才笑话我们被'玩'了。这个'玩'字，让我痛苦了好几年。

说实话，我们这批人，单纯、单调，连像样的玩具都没有好好玩过，就知道认理，就知道按理做事……不过，既然被'玩'个彻底，倒也简单了，现在只想活个自在、活出自己。总之，生活变成一条直线，没有曲里拐弯的东西了，做事就讲实打实的。你和我不同，你半路出家做起医生，还是精神病医生——想帮助弱者拯救灵魂？你这种想法，在当前尽管已是冷门，但还是像你啊！"阿法又摸出烟，烟壳子空了，他很自然地掉转头朝里屋喊一声，"哎，拿包好烟来。"

阿法的妻子招之即来，一看见谢城池和和气气地一笑，又马上回屋多拿来一包"红塔山"，还用近似夸奖的口气对谢城池说："我们阿法就是抽烟太凶，坐牢坐出来的呀！你们是老同学，劝劝他呀，报纸上讲，抽烟要生肺癌的！"

"不要吓人了。报纸上今天说这个明天说那个，信不过来。"阿法拿过烟就拆。

她立即把烟缸里的烟灰倒干净，又放在水龙头下冲洗。

谢城池对阿法娶这样一个女人为妻，心情很复杂。她在制鞋厂做工，初中没毕业就顶替母亲上班了。她父亲死得早，母亲总有病，她得照料两个弟弟。嫁给阿法时，她三十三岁了，比阿法大三岁，人显得老气，身材不匀称，做新娘子的时候，她给人的感觉就像个养过孩子的中年妇女。但俗话说"女大三抱金砖"。这女人任劳任怨的，平时忙了厂里的活，又赶回来操持家务，还抽空帮阿法张罗这家小铺子。多忙多累，她没一句怪话，总是和和气气，而且，身体越忙越壮实，没病没灾的。参加他们的婚礼，第一眼看到她，谢城池心里不免觉得遗憾。阿法虽然多难多灾，又坐了七年监牢，可在谢城池心目中，阿法是个绝付出色的男人，有魄力有能力可以干成大事的，就是再落魄，并不影响他本身的素质和价值。而嫁他的女人，即使没有动人的面貌，也该有独特的个性。她，毕竟太平常了。

"你再去煎两块面包吐司来，他今天像饿死鬼，真是难得的。"阿法吩咐妻子。

"我马上去弄！"她欢欣鼓舞地奔进里屋，好像受了器重，接到重大使命一样。

谢城池和阿法面对面坐着抽烟。有一大碗馄饨填底，谢城池便踏实了。他喜欢和阿法坐着抽烟，有时不说话，默默的也是一种享受。

"哎，我想起来了，你调到精神病医院，正好可以帮个忙。这条弄堂里有个小学校长，她妹妹最近出了点事，受刺激了，天天喊头痛，她正发愁呢。她的好几个学生，就在我这儿搭伙。"阿法把两只脚都搁到长凳上，膝盖弯曲着，大腿几乎贴住了胸脯。这习惯的姿势，大概是在监狱里养成的。

"我安排一下，哪天有空再过来，你带我去看看。"谢城池让背靠紧阴凉的墙，体温好像降了下来。

"今天没空？"

"下午得去看我母亲。"

"晚上呢？"

"晚上……"谢城池为难了。他已经推掉中午的宴请和下午的看演出，大大的违背了她，触怒了她，这是第一次，也许，她还要发作……他不能晚回家。还有女儿，毕竟是星期天……

"那好吧，有空给我打电话，最好尽快。病拖不起的。"

"或者，你让那个校长带她妹妹来医院先看门诊，我每个礼拜三上午在门诊室值班，让她找我。"

"也好。"

阿法的妻子端来了面包吐司，香喷喷的，又松又软。阿法也馋了，掐灭烟，用手抓了一块，烫得又只好放回盘子里。

"我们阿法就是这副样子，永远像吃不饱的！"阿法的妻子把搭在肩上的一块湿毛巾递给阿法，"揩揩手再吃。"她料定他要陪着一块儿吃的。

阿法听话地擦手。

谢城池看阿法在妻子面前，居然像个幼儿园里的乖孩子，不免意外，还有点吃惊。

阿法的眼睛厉害，看出了谢城池的吃惊，便张开嘴一边往面包吐司咬去，一边说："你老婆能干，少有的。听说，她又在折腾一套房子，在华侨新邨，两室的套房里还有楼梯可以上上下下，这种高级设计，我都想象不出来。"

"你消息太灵。那套房子最近才定下来，我还有没去看过……"谢城池吞吞吐吐，表情不自然。那房子，是余橙橙通过服装公司的关系套来套去才搞成的，不仅多了几平方米，而且，房子的质量、结构都是一流的。关于其中的奥妙，他没详细打听，也不愿多问。自己没本事，不出钱，不出力，何必多嘴多舌？何况，对于建没家庭、造福家庭，他贡献甚小，或者说，心有余力不足，已很不是滋味了，所以谢城池不轻易谈论家里的一切。

"我随便问问。"阿法马上改口。在他们之间有种发自内心的尊重，而有些话是不必说便自然相通的。阿法又把话题扯到精神病防治院，"哎，你那个精神病防治院里，有没有一个姓宋的护士长？"

"有个护士长叫宋樱樱。"

"对，就叫宋樱樱。她丈夫是我们学校高三（五）班的马巽方，记得吗，他专门和我们红卫兵总部作对，宣称他是独立大队。搞大联合，他要作为一派组织占一席地位。那次开的联席会议，不是吵了一天一夜？"

谢城池嚼着煎得又脆又酥的面包吐司，回想那些遥远的、梦一样的往事，隐隐约约地捕捉记忆，似乎还能想起那个马巽方的样子：四四方方的脸，两只三角眼，爱用眼角看人，眼光像刀片一样刻薄，话不多怪点子却多。一些女同学在背后议论说，马巽方长得像电影里的特务。相形之下，谢城池英俊，显然似英雄人物。谢城池的确英雄一时，带领整个红卫兵团步行到井冈山，他走在最前列，阿法紧跟，扛旗护卫，好威武……只是，以后清算那些"英雄行为"，谢城池反反复复挨批，还被视为"三种人"不宜做教师工作，重新"请"回了仓库。再一次回到仓库，他才感到自己似乎再也英雄不起来了。虽然不再英雄，但他不沉沦，安安静静、饶有兴致地研读一部部医学书籍，连星期天也照样专心致志地去坐图书馆，春夏秋冬从不间断。他认为这是对意志的磨练——劲，可鼓不可泄，特别在逆境之中，一旦丧气，会像破的皮球一败涂地再也跳不起来了。因此，他决不让自己气馁，虽然不再读哲学、读马列，却还是保留一个好习惯：关心时事，枕头边永远放一只九波段的半导体，早上醒来第一个动作就是开半导体听新闻，再塞上耳机不影响旁人。晚上一躺到床上，最后一个动作也是开半导体听"美国之音"。对地球上发生的事，不能目睹的就得有所耳闻。这习惯如同他的烟瘾绝对戒不掉。遗憾的是，无论身边小事或世界大事，即使再惊天动地，好像都不需要他再来冲锋陷阵。做英雄的时代已一去不复返。但他还是有点不甘心，毕竟正年富力强，怎么就甘愿做一颗"沙子"，只能滞留在岸上观潮？有人常劝他"死了心"，劝他"吸取教训"，劝他学会"安分"。他会解释一句：实在是习惯，实在是需要。而生活往往就是由一个个"习惯"、"需要"，一环扣一环地结成长长的一根链子。

四

迅速急聚的云层，如千军万马从四面八方不声不响地拥来，在半空中愈积愈厚并密不透风地笼罩着地面，又悄悄地酝酿着一场势不可挡的暴风雨。

宋樱樱最讨厌阴天，尤其是礼拜天，不能洗被子，不能换窗帘，不能调沙发套。她还能做什么？手脚一闲下来，她就像病了一样没精神，吃过午饭就靠在床上看闲书，一本通俗小说，不知道是台湾的还是香港的，封面上是个眼光忧郁的女人，神态病恹恹的。怎么找这样的女人做封面？讨男人欢喜呗！宋樱樱想不通地想。据说，男人们都怜爱带有病态的女人，最好像林黛玉一样弱不禁风、艾艾怨怨的。天晓得！她却这样健壮、勤劳，一天没事情可做、没东西可洗就无聊得慌，只好翻两页这类从头到尾都在谈论"爱与不爱"的小说。而小说中的一个女主人公在自说自话："……我自以为读过很多的书，自以为明白很多的道理，可是，在我需要解释这一切时，它们却毫无用处。我开始恨这些书本，恨这些道理，好像是它们把我蒙蔽了，蒙蔽了他的真实，蒙蔽了生活的真实，也蒙蔽了我自己的真实……"

宋樱樱把这段话又重读一遍，好像读出了一点味道，好像嘴里含一颗青橄榄，多嚼嚼就品出了滋味，很是清口的。是啊，说得有很道理：蒙蔽了那么多的真实，似乎以往的日子，统统是活在虚假当中……什么叫虚假呢？宋樱樱合拢小说，怔怔地逼问自己。她一向不注重抠这些字眼的。她比较务实，从来没体会过那种虚无缥缈的境界和罗曼蒂克的情调。这些东西究竟是什么？她每天实实在在接触到的，就是医院里的精神病人和这个被拾掇得井井有条、一尘不染的家。

"蒙蔽了……真实……他的、生活的、自己的……"宋樱樱第一次调动起全部思想，聚精会神地斟酌这些词语的意思，并浮想联翩。

在那个雨天，她不就是感到被蒙蔽了？对，就得用"蒙蔽"两字才准确。也是个礼拜天，天也是这样阴沉沉地让人感到胸闷烦躁。午饭后雨丝霏霏密密的，像罩下一大块半透明的塑料布，更让人觉得透不过气来。家里也这样安静，女儿让爷爷、奶奶接走了，他去读书了，上午就离开家，先去电台发稿。对他的工作、才能，她一向视为神圣又重要的，一听说他去"发稿"、去"读书"，心里会默默庄重起来。而那个礼拜天下午，她心里的那种庄重感，好像被下个不停的雨冲涤了，有点空空洞洞、没着没落的，很想找件事做做，便突然闪出念头：对，去给他送雨披，让他意外、高兴。这念头很鼓舞她。她兴匆匆地冒雨赶到学校，但还是晚了点。已经下课了，只有稀稀拉拉的几个人在出校门。她很懊丧，满心想着让他惊喜一下的。她难得有这种出其不意的举动。她怏怏地转身要走，偶尔一瞥，见校门口的停车棚外，有两个人影罩在一把印花的雨伞里。雨太密了，把伞和背影洇化得模糊。似乎出于好奇，又仿佛是一种说不清的感觉，使她目不转睛地盯视那伞和背影。这很不礼貌。她却不能控制自己。而且，突发的敏感使她确认，他在伞里。这确认，又使她心慌意乱，两条腿猛地颤栗，舌头都麻了，迈不出步，喊不出声，呆呆地像个竖在地头的稻草人。而花伞和背影丝毫没有在意周围的一切，亲近地、从容地移动，渐渐向雨丝里远去。可是，那"花伞与背影"的画面，深深地烙在她心里了，一闭上眼睛就浮现出来。带花伞的女人是谁？她痛心又怀恨地猜想，但没有哭哭啼啼地去盘问他。她是不轻易哭的。她把怀恨紧紧压在心底，不声不响地又去跟踪过他们，还单独盯梢那把"花伞"，千方百计查清来龙去脉。原来，他们是在大串联的路上认识的……结婚前，他没有向她坦白过这段经历。他还有其他什么事情没向她交底吗？女儿都快十岁了，她还是觉得看不透他。是一个邻居把他介绍给她的，第一面的印象，她只觉得他有点滑稽。他自我介绍说："我叫马巽方，巽，八卦之一，代表风。我这个人，确实有点像风，很随意的。"他不隐讳地说了些经历，如何不服从分配，流浪了几年，除了西藏，几乎跑遍了全中国，"什么活都干，得换点钱，进山里采石，在河边拉纤，上码头扛包……"她听得感动，第三次见面就被他"俘虏"了，并且一直心甘情愿，大概就因为他确实像风一样让人捉摸不定。他脑子实在灵活，里面好像钻了条泥鳅，滑溜溜的，外面一有风吹草动，他就跟着变化，光是工作，调动了近十次，一次比一次理想。五年前，他没有大学文凭，竟然混到电台做了记者。尽管电台没分给他房子，但他把父母给的一间没有煤卫设备的破房子，七换八换，居然像变戏法一样换了一套两室的工房，朝南，还有阳台。期间，他搬了七次家。那时他单身，说走就走，最后一次搬，他的全部家当，只有一只流浪时用的大帆布背包。但是，他终于拥有两室的房子，便拥有了讨老婆的资本。宋樱樱轻而易举地"自投罗网"，不能否认，这两室一套的房子也起到了很大作用。她眼光实在，看准了他具有一种很强大的生存能力。她的眼光没错。如今，在他们两室一套的家里，现代化设备应有尽有……都是他当记者的五年中辛辛苦苦跑来的。她的生活能依靠这样一个有肩膀有实力的男人，她怎么也不肯让步的。所以，对那把"雨伞"她忌恨在心：不过在一个小刊物里当编务、管杂事的，还想侵害别人？她宋樱樱是那么好侵害的吗？她不哭亦不闹。她知道男人要面子，想保住这个家就得保住他的面子。宋樱樱心里再乱，却不乱方寸。万事最要紧的是一个"忍"字。她不动声色，让他开不出口，就是想着迈出家门也摆不出理由。

这就是她内心的真实吗？

宋樱樱没心思再读那个通俗的爱情故事。她自己的故事已够她琢磨够她伤神的了。

天，阴沉得像倒扣一个大铁锅，积蓄在云层里的雨点，犹如马拉松跑道上在等着枪响的无数的人头。千万千万别下雨。宋樱樱下床，光脚踩在地毯上，全身绷紧地看窗外。女儿又去了爷爷、奶奶家，他又去读书，一早出门，又说去电台发稿。只是，她心里早没有了庄重感，取而代之是深深的猜疑，深深的不安，深深的痛楚，深得谁也觉察不出，像藏在海底的涌，无时无刻不在翻腾，可海面却依然平静。

雨，还是落下来了，一点紧接一点，在风中斜斜地划着一道道亮亮的白线，绵绵地连接着，窗外一片朦胧。

宋樱樱把脸离开窗口。她最忌讳礼拜天下雨，那雨丝好像会弯成一个个小小的银钩揪她的心。她三步并两步地跑去厨房，最好的办法还是干活，把大大小小的钢精锅擦一擦。其实，她的厨房，她的炊具已经干净得不能再干净了，不锈钢的煤气灶亮得能照见人，四壁的瓷砖白得晃眼，比医院里的手术间还清洁。但她还是打开一盒去污粉，还是把大大小小的钢精锅一起泡进水池里。

五

有五六个人在一家小店门口躲雨。雨，像倒挂下来的一大片瀑布，砸着屋顶，掷到地面"哗啦啦"地响。马路两边，很快便流动着两条小河，并迅速地漫溢，稍低处的地方，积水把路面完全淹了。

斜支在小店门口的那块帆布篷，主要是用来遮太阳的，挡挡小雨还可以，却抵不住这样的倾盆大雨。帆布篷已湿透了，还被淌不走的雨水压出一个灌饱了的"肚皮"。谢城池个高，头顶差一点就要擦到那个"肚皮"。"肚皮"在渗水了，一滴滴的水珠凝在帆布上，眼看着就要掉下来。

走吧。谢城池仰脸看着渗出帆布的一排排水珠。这里也没法躲了。他看看表，已经是下午三点半了，却还在路上，还得去看望母亲。母亲没病，只是好久不回家，他心里惦记，觉得过意不去。但是，不编个生日的理由，他怎么向余橙橙开口？怎么能推脱她安排的一系列活动？她和他家的关系始终别扭，他对待家务事的态度，无法取决于是非，一切都混淆的，怎么分得清黑白？但有一点，他得端平，他母亲没错待余橙橙。刚从北大荒回到城里的时候，余橙橙家的房子还没落实政策，只好住他家。母亲和两个兄弟照顾她出生干部家庭，住惯大房子的，就把阁楼让出来。从前，他们一家五口人就睡阁楼的地铺，等到他们三兄弟都念书了，晚上还得支起桌子做功课，母亲才主张把后楼的厨房间打扫打扫，搭张铺板。前楼，有个小小的店堂，父亲在新中国成立前用学生意攒的钱开了家烟纸店，主要由母亲掌管。小店柜台只比缝纫机台板稍宽阔一点。因为要让出阁楼，母亲让两个兄弟去睡后楼厨房间的铺板,她自己动手又在厨房后面用铁皮、木条钉了个棚,顶上盖一张油毛毡由她和父亲挤着睡。虽然,让余橙橙睡阁楼的日子不很长久,她家就分到房子,他们结婚的新房就有了着落。后来,烟纸店、阁楼、铁皮小棚也都拆光了,被两个兄弟折腾出一家门面花花绿绿的发廊,镶两扇大玻璃窗,贴满了从香港画报上剪下来的时髦男女头像。但从前的家被改头换面以后,谢城池总觉得不舒服,好像没有了家的感觉,因此,他很少回家了。在他记忆中的那个小烟纸店,尽管小得可怜,一箱箱的酒瓶、汽水瓶、酱油瓶只能堆在门口,没遮没拦的,出售的针线肥皂、话梅橄榄也都是几分几角的小买卖,可母亲却兢兢业业地做着"老板娘",辛苦几十年,操劳了大半辈。母亲的雄心不大,就指望这家小店的小生意供三个儿子读书,一心一意要培养出三个大学生。谢城池没辜负母亲,如果不是"文化大革命",他升学、留学都是稳拿的事。烟纸店的老顾客,都知道"老板娘"的大儿子有出息。但是……似有一种无颜见江东父老的心情——这也是他不常回家的原因。据说,那新开的发廊挺兴隆,母亲也闲不住,帮着烧水、蒸毛巾、扫头发,并按劳取酬,每月有一百四五十元的收入。母亲很满足,月月去银行里存钱,也不知为了什么还要存。对于这一切,谢城池都不便多嘴。他没有力量可以让母亲在晚年坐享清福,甚至,想接母亲去自己家住一阵的念头也自生自灭了。对自己的家,他贡献太小,所以,诸如此类的家务事,他不能说了算,又不愿向余橙橙开口……

雨势不减,一颗颗结实的雨点,溅起朵朵水花。

一个胖胖的中年妇女从店里走出来,手中操一根拖把的木柄,又踮脚站在店门的门槛上,直起木柄对准头顶上的帆布"肚皮"狠狠地戳。盛在"肚皮"里的雨水"哗"地从篷上倾斜着泼下,"肚皮"立刻瘪了,篷里也不再滴水,又可以让大家继续躲避一阵。那胖女人跳下门槛扔了手里的木柄,又去搬动垛在门口的几箱啤酒。木箱沉甸甸的,她直不起腰,只得像推磨似的把一箱箱啤酒移到里面的墙角落。谢城池很想上前去帮她一把。不知为什么,这小店、这妇女的一举一动都使他感觉到亲切。小店经营的品种很杂很齐全,水果、饮料、酸奶、糖果还有日用小百货。他情不自禁地联想到自己家的小烟纸店。那一阵扫"四旧",他把母亲供在货架顶上的一只财神菩萨扔到街上,当众敲碎了。母亲没阻拦,但有好几天她不声不响。其实,摆不摆菩萨,无关紧要也无济于事,那菩萨没有使小烟纸店兴隆也没使他们家富裕。现在,"财神爷"如雨后春笋。谢城池在职业中学教过的几个学生也去外地的乡镇办厂了,几次三番来信动员他一块儿干,他婉言拒绝。他的学生不理解:教书有什么意思?一个月才几十元奖金,又穷又酸。对学生们的诘问,谢城池缄默。他当然知道财大气粗的好处,但他亦有自知之明,他成就不了财大气粗的事,他属于那种固守着一份"意思"才以为值得活下去的一类,而这种"固守"显得很不识时务、很落伍、很不足挂齿、很迂、很傻、很可笑,等等。生活在变,许多事情已变得没那么多"意思"可讲究了。这就是现实。谢城池心里不糊涂,他承认,自己的处境不妙,并没有清高的资本却还是不想放弃清高。清高是一种像灵魂一样的东西,如果放弃了,就没有他了。不管对这个"他"别人如何评价,他自己坚信,只要有机会让他伸展,他是一定能按照他对生活的追求好好地伸展一下的。而机会终于等来了,他调进了医院工作,啃过的那些医学书有用武之地了,何况,还有那么多病人在急切地需要他。没有比这种

"需要"更使谢城池感到振作的了。

离小店五六米远的地方有个公共汽车站,站牌四周有不少冒雨等车的人。车迟迟不来,仿佛也被倾盆大雨截住在什么地方躲避着雨。

谢城池又看表,三点三刻。不能再等下去了,晚饭前总得回到家,他已经逍遥自在了大半天,晚上的时间,无论如何要用来陪她陪女儿。但是,天故意作对,仍黑鸦鸦的好像积储着几天几夜都下不尽的雨。沿街的屋檐下,站满了躲雨的行人,马路上几乎没有人走动,只有一股股积水湍急地流淌着。偶尔,有几辆自行车奋不顾身地猛驶,像冲锋在枪林弹雨中,显得英勇又壮烈。看不清骑车的人,车和人都同流星般划过。谢城池看一眼自己的车,心里突然一阵冲动,决定也要冒雨前进。在更年轻的时候,他哪会这样畏缩这样躲雨?更年轻的时候,一到下阵雨,一有电闪雷鸣,他会兴奋地跑出屋去,迎着雷电暴雨雄赳赳气昂昂地在马路上阔步走。还有,到北大荒的第二年冬天,刮了一场罕见的大烟泡,呼啸的风,犹如成千上万只野狼在嚎,把城里来的姑娘们吓得不敢出声,抱成一团缩在炕头。只有谢城池兴奋不已,在男宿舍里逞强地打赌:谁敢冲出去跑一圈?没有人应战。他自己挺身而出,怎么也得领教一下大烟泡的厉害。他一头撞开门,大吸一口气,身子朝外一横,便立刻被旋转的狂风卷得无影无踪了……在弥漫的风雪中挣扎、搏斗,他第一次发觉自己竟有这样强大的力量。他足足跑完一圈,再跌进门时,大衣帽子冻得像盔甲邦邦硬,被伙伴们抬到热炕上烤化了才能脱下。但一剥开冻硬的大衣,他浑身却是热气腾腾的。他感到心跳得欢快,血流得酣畅,这种从内心体会到的淋漓尽致的快感,以后再也没有过。尤其这些年,他常觉得自己的身外仿佛生出一层无形的壳,把他严实地规定了,并使他规规矩矩的,几乎没有放任和放肆过。就像此时此刻,他同所有的行人一样畏畏缩缩地避雨,躲在这片帆布篷底下,看着不停的大雨只能无奈、发愁。为什么不冲到雨里去?他突然煽动自己,并一煽就动,马上将身子横出了倾斜在头顶上面的篷。

"城池!城池!"

急切的风雨声中响起了急切的呼喊声。

"谁?我在这儿!"

谢城池在飘摇的雨幕中看见一辆自行车像个醉汉失控地在奔跑,跑得晃晃悠悠。他辨别不出是谁在喊,也顾不得分辨,就迎着车跑去,猜想一定发生了什么事,又奇怪这车这人这喊声竟然会跟踪到这里。

"城池,我是阿法。"

"是你啊,怎么啦?"

"你刚走一会儿,我说过的那个小学校长找来了。她说她妹妹想自杀,被邻居发现的。她在外面家访,急忙赶回家,她妹妹还在哭,还不停地吐。她不知道该怎么办了。送到一般医院去看急诊?可说不清到底是什么病,没发烧,还不能看急诊。我说,你早来一步,我那个做医生的同学刚走,他正好是看精神病的。她求我带她来找你。我想你去你母亲家,说不定正好被雨堵在半路上……"阿法被泼下来的雨水呛住了,才停顿一下。他身上的雨披,像一张湿透的纸完全无济于事,衣服裤子都像从水里捞上来的,又裹紧着他敦敦实实的身体,使他活像一截被剥了树皮的树墩。

"你真灵啊,只好让你活捉。走吧!"谢城池感到义不容辞。他冲到墙根去推车。转眼之间,他要去探望母亲的安排以及不能太晚回家的顾虑烟散云消了。

两辆水淋淋的自行车顶着风雨并驾齐驱,并且越蹬越快。

痛快。谢城池从心底里洋溢出一阵实实在在的快感。他看看身旁的阿法。阿法把脸埋在胸前,让头顶去迎接鞭子一样斜抽过来的雨丝。谢城池笑笑,把自己的脸仰得更高,好充分地沐浴那激烈如注的雨水。

六

"天漏了。"

"漏了才好,统统都淹光掉算了!"

"舍得吗?你活得那么好,要什么有什么的。"

"嘿,这有什么?还不都是要来的!"

"别说得那么深刻,骗我,还是骗你自己?你够得意的,找个男朋友是画家,卖幅画成千上万的。你看我,里里外外的都得靠自己,累死了。"

"那是你愿意。"苹莉格格地笑一声,挽住余橙橙的胳膊,用娇滴滴的破嗓音半真半假地说,"你们到底是模范夫妻,白头偕老的,这可不是用钱能买到的呀!"

"哎,人人都有一本难念的经。"余橙橙还算心平。谢城池不能为她创造什么,但有些方面还能满足她。当然,比较苹莉,什么都能从男人那儿得到,她承认,苹莉更会做女人。

用"会做女人"来形容苹莉,太准确了,她天性快活,善于"嘻嘻哈哈"说笑,笑起来又妩媚又动人又开心,极有感染力。每当她说笑的时候,就像演员登台,精神特别焕发、抖擞,眼光一闪闪地发亮。而她妩媚的笑容，很轻快的声调，以及很焕然的眼光，好像含有无坚不摧的力量。苹莉很懂得并且很有意识地调动、运用她的这种力量，有选择、有目的地与各种男人交际周旋，以此来满足自己、实现自己。她说，这叫顺水推舟，省力一点呀！

"好了，我知道你辛苦，晚上继续请你吃饭。"

"不好意思，中午刚吃过你的。"

"没什么不好意思的，你吃我的，我吃别人的，别人再吃别人的，谁知道谁吃谁的？搞不清楚，也没必要搞清楚，有吃就行。你当办公室主任的，天天和人打交道，还讲什么好意思不好意思？别跟我来这一套！"苹莉拉余橙橙出音乐厅休息室，"陪我去打电话，让他给我们联系一个有特色的饭店。他给不少饭店画过画，想去吃顿饭还不是一句话。"

"算了，还得麻烦他，"余橙橙拨开苹莉的手，"再说……"她没法找到谢城池，他母亲家只有公用电话，外面在下大雨，传呼也不方便。

"再说，他要回家吃晚饭的。"苹莉学余橙橙的口气说着，又格格地笑，"我没有说错吧？他又不是三岁小孩子，自己还不会弄饭吃？"

"说好都回家吃饭的。"

"待会儿，我给他打电话。"

余橙橙还是犹豫不决。

"不吃就不吃，不勉强你。"

"主要是……"

"别解释，我理解。"

苹莉看得出余橙橙对现在的生活很珍惜、很小心；看得出余橙橙对谢城池的感情很历史、很古典。她认为，谢城池属于那种"过去式"的男人，有特殊的才干，但怀才不遇；有高尚的热情，却只是务虚，用得空洞，像根蜡烛，把自己烧光，却不能照亮多少地方。当然，他为人可靠，可惜没东西让人靠，没权没钱没势。他唯一的财富，是他的那些经历。恰恰又是那些经历使他缺乏了一种现实感。苹莉觉得，她对男人的评价和需要，现实感才是第一位的。余橙橙和她不同，因为余橙橙毕竟不能再改变什么了。她庆幸自己没有匆匆忙忙地固定下来，就是对待正在交往的这个年富力强的画家，她仍然不让自己过于认真地考虑要不要嫁他的问题。她三十四岁，进入女人最好的阶段，像朵花在开，她不会只让一个人观赏的。

"这样吧，去隔壁咖啡馆坐坐，喝点什么，等雨小点再走。"苹莉不容余橙橙再推托。

"我要喝粒粒橙。"丫丫欢欣地叫道。她喜欢坐咖啡馆唱卡拉OK，不愿意玩儿童乐园，那里是男孩子捣蛋的地方。她紧跟着苹莉阿姨，像条小尾巴。

余橙橙只有服从了。

咖啡厅里没有空位子，大概有一半的人坐进来是为躲雨的。

"走，楼上有单间。"苹莉很熟悉这种场合，"你们坐，我去找经理打声招呼。"

小单间像个绿色的小包厢，用木条钉成格的天花板上，缠着郁郁葱葱的藤，两串葡萄似的小壁灯，嵌在座位两旁，洒出的光线幽雅清淡。丫丫跪在柔软的椅子上，抬着头，全神贯注地看那一条条缠绕得有致有序的藤。

"妈妈,这葡萄就是从藤上摘下来的?"

"可能是这个意思。"

余橙橙一直认为女儿和谢城池有同样活跃的思维和灵敏的感觉。但是,谢城池为档案里一些"文革"中的材料再三受挫,始终不能发挥,命运不佳,很令人叹惜,可又无可奈何。尽管这样,她对他还是满怀希望。在学校里,她是初中部一个普通女生,谢城池是高中部学生会主席。她在心里佩服他。在校园里一看见他风风火火的身影,她的心就会又兴奋又慌张,便走得远远的,好像为避开他,不引起他的注意。可是,她心里最激动的一个念头,就是有机会和他说说话。后来,偶然的机会竟然使她嫁给了他,少女时代的梦实现了。她好像总能如愿以偿。生活很偏心于她。他不同,不断遭遇麻烦,使他像太阳落山一样,光彩一寸寸地黯淡了。虽然,他不屈不挠,即使挨批判,即使被贬到仓库里工作,他仍然自以为是。但终究是"自以为是",没有人承认,社会也不承认。有时她半夜醒来,会听到他一声声的叹气。那叹气声仿佛从胸口的缝隙中挤出来的。她知道,只要还能熬还能忍,他是不肯叹气的。她很想安慰他,却说不出安慰的话。她打开床头壁灯:"怎么啦,不舒服?"他这才坐起来:"没什么,胸口有点闷。"他下床,或者抽支烟,或者喝口水,或者走到窗口坐一会儿透透气。余橙橙瞒着他找父亲帮忙:"能不能托托人,把他档案里的材料销毁掉,那些事不能老压着他呀!或者再调个单位,可以重新开始。他有能力,不管干什么,都会胜任。"父亲摇头:"调单位还好办,动档案,谁肯负责!'文革'时他年轻,那些事,总会了结的。"等待了结,一等就到四十岁,她也三十七了。在等待的过程中,她缺乏耐心,常常会烦躁会抱怨会发火。当然,坐上"服装公司"这条乘风破浪的船,她无论搞设计还是当主任,都加倍地表现加倍地获取,好像要把他的损失一块儿夺回来!这潜在的动力没人了解。对他的感情,她有过很纯情的崇拜,似乎有点盲目。以后,他一直患难,她还能计较什么?而恰恰是从前的盲目和现在的不能计较,构成了他们家——很相安却不和谐——她一帆风顺,如鱼得水;他坎坎坷坷,逆水行舟。但生活就是这样搭配的。好上加好、锦上添花的事不多。她也渐渐习惯了现状。只是对谢城池的有些固执有些偏激,她难以接受。比如,凭他考试的成绩和工作的能力,凭她当办公室主任后建立起来的种种关系,他完全可以去一家市里的大医院。他却执意地挑中精神病防治院,还是区里的,级别则同地段医院,而各方面的条件还不如地段医院。她同他磨了两天嘴皮,摆出很多理由。他丝毫不辩驳,但丝毫不改主意。余橙橙虽感懊恼,但无可奈何。他的执意、倔强,是一种长在骨子里的东西,不轻易暴露,可一旦露骨,那是雷打不动、势不可挡的。余橙橙心里很气,他固执得没道理么。精神病多复杂?多难治?再说,整天和精神病人打交道,他自己还会有什么好感觉!如果把话说得再彻底,他这样固执下去不可能有更好的前途!她有预感。社会在变,人心在变,一切都是变化多端的,人得学会灵活,学会顺应潮流,才能游刃有余地走出一个新天地。他却犟头倔脑,听不进她的劝告;要是再多说几句,他脸一沉,脸色像石灰一样惨白,很吓人。有时还会发脾气,干脆掀桌布,把桌上的玻璃杯摔个粉碎。不过,这样暴烈的情况不多,只是很伤了他自尊心时才发作一次。冷静下来,余橙橙也劝自己不必强求他做什么、怎么做。当初,不就是因为他有不同凡响的气质,有自以为是的自信,她才锲而不舍地追求他,并且,一直追到北大荒……

苹莉回来时，身后跟一位西装笔挺的男人。西装是名牌。对服装余橙橙有职业性的敏感。

"橙橙，我来介绍一下，这位就是梦露咖啡厅经理。我是他们家的生活顾问，他适合穿什么，他夫人该怎么打扮，都向我咨询。别看他年纪比我小，人家去过日本、坦桑尼亚，吃够了苦，才腰缠万贯的，而且，有魄力啊，开私营的咖啡厅，搞合资的乡镇企业。还有什么？你自己坦白！"苹莉一弯身坐下，用笑声加娇滴滴的口气逼那个经理，"交代，这几年你到底挣了多少钱？"

"嘿，玩玩的。你们想吃什么，随便点，我请客。"经理把一份精致的食品单放到余橙橙面前。

"你请客？你这儿有什么呀，最好的就是一客鲜奶油蛋糕，这也算请客？"苹莉从余橙橙手里拿过单子还给经理，"今天可不算请客喔！"

"一句话，我欠你一顿，在什么饭店，你说。"经理表现慷慨。

"这还差不多。告诉你夫人，她要的毛料，我和厂里联系了，哪天一块儿去看看，人家给折扣的！"

"喔，对了，说到毛料，还有件事要托你。"经理在苹莉旁边坐下，好像要托办的那件事较复杂，一句半句的说不完，得坐下来详详细细谈。

一个长得瓷白、娇小的女招待端来了咖啡、鲜奶、方糖，还有三客鲜奶油蛋糕。咖啡具像银器一样，古色古香。丫丫看到蛋糕端来，不客气地用叉子先把最上面的一层奶油刮进嘴里，小舌头有滋有味地卷动着。余橙橙没胃口吃蛋糕，没心思喝咖啡，更听烦了他们正谈着的所谓"托来托去"的事。当上办公室主任，她工作的主要内容就是处理方方面面的"托来托去"的事。当然,她能处理得得心应手。她常觉得自己像一只勤快的蜘蛛在不停地织网:关系户、关系单位,四通八达,有很得意的时候,也有很讨厌的时候。但在星期天,她不愿再想那张网,连听都不想听。

"妈妈,一会儿有小车送我们回家吗?"

"没有。"

"打'TIX'?"

"你口气挺大,开口闭口打'TIX'!"

余橙橙轻轻地说一句,又狠狠地瞪一眼。女儿养娇了。怪谁?她自己虽然没资格拥有专车,但车队归办公室管,她是办公室主任,大大小小的车由她支配。她外出开会、办事,都有小车接送,丫丫经常跟着沾光,只要顺路,就搭车上学。车队的几个司机为讨好主任,还会轮流着弯到学校接丫丫回家。丫丫班里的小朋友都认得出服装公司的那几辆轿车了。丫丫坐得心安,坐得习惯,还坐出了瘾。所以,丫丫丝毫不领会妈妈为什么会突然不满地用眼睛瞪她,便不服气地撇了撇小嘴。

七

七点半才回到家。

雨稍稍小了,还是淅淅沥沥的。

窗户是漆黑的,像两只瞎眼,而别的人家都有灯光。余橙橙在拎包里摸钥匙,又抬头看窗。

"爸爸还没回家呢!"

"怎么搞的?"

"妈妈,我困了。"

"睡吧。"

"不吃饭了?"

"不吃了。"

余橙橙心里怏怏的,没力气也没情绪做饭。

第 五 章

关 于 手 册

"这一阵,最棘手的病人是柳月和顾阿菊。"

谢城池掐灭了烟头,又马上点着一支。已到子夜。查房以后,两个值班护士已休息了。整个医院只有这间大办公室还亮着橘黄色的灯。这灯是新产品,或明或暗可以随意调节。他转动旋钮,调整光线,淡然柔和一点,太亮了刺眼。而一凑在灯下写字的时候,他总是摘掉眼镜,头埋得很低,好像不让思想有任何阻隔,直接地贯穿到字里行间。

"柳月。"

"顾阿菊。"

在抽烟的时候,他的眼睛仍聚精会神地盯着这两个女病人的名字。

关于柳月,前几天他简单地记了两笔:

"被阿法领着,走进一条石库门房子的弄堂。爬上很陡的楼梯,在三楼与二楼之间的亭子间里见到病人和病人的姐姐。病人名叫柳月,在第四食品店做营业员,半年前调到卖糕点的零售柜台做出纳。精神有异常反应两个多月了,一开始较轻微,头痛,时有呕吐、胸闷、手抖,逐渐记忆衰退,情绪紧张、恐怖,拿刀切葱,害怕剁了手指,口渴想喝水,怀疑家里的茶杯被别人用过有传染病,非要下楼去厨房里拿碗才肯喝。过去,她喜欢跳舞、看书,现在一进舞场不会走步了,而且,读晚报都费劲,很短小的文章也读不连贯。所以,她越来越自卑,不与人接触,总觉得自己会给别人惹麻烦。

"病人的姐姐是小学校长,据她说,她妹妹的病,是从丢失一根金项链开始的……"

那个大雨天,谢城池在石库门楼房的那小亭子间里坐了将近两小时。这亭子间只有八九个平方米,因此,几件简单的家具也相应地小,小桌、小柜、小冰箱和一张单人小床。小床对着门,门上挂一块白色的布帘。病人躺在小床上,像只大虾似的蜷着,身上盖了块浅黄的毛巾毯。病人的姐姐说,一早醒来病人就喊头昏,中午吃碗面条,不一会儿开始吐,吐得厉害,肠胃都痉挛了,把胆汁也吐出来了。这是一种神经性的反应,需要让病人尽快镇静。谢城池冒雨回医院取药,还给病人扎了针灸,抑制住兴奋。等病人止吐后安静地睡了,他才离开亭子间。病人的姐姐送他下楼,他们又站在底楼的厨房间里聊几句。厨房间是几家合用的,靠四面墙有四只煤气灶,并不断有人进进出出,谈话并不方便。谢城池和病人姐姐约定,下星期三去医院看门诊,他再详细询问情况。病人姐姐说,她在学校里工作很忙,近百个教职员工,一千多个学生,要管理得井井有条、不出问题、不出事故,还要教育好孩子,还要让教育局和家长们都满意,她应该长出三头六臂。现在,妹妹又碰到麻烦,她只好接妹妹来自己的亭子间住。因为她们的母亲没文化,只是个家庭妇女,父亲在铁路局工作,在外地的机务段上,没办法调回来。而妹妹的这种病,离不开她的照顾安慰。那番话,谢城池听了很感动;那番情景,看了也令人感慨:那样的小亭子间那样小的床,挤两个大人,而她们姐妹俩都长得高高大大的。他想,那病人如果没有这个姐姐,不堪设想了……

病人的姐姐叫柳阳。

她对谢城池说,星期三,她们准时来挂号看门诊,排第一个,因为她还要赶到学校去上班,上午,区里还有人来听课。

谢城池接着记录病人柳月的情况:

"柳阳。病人的姐姐,上南小学校长,是教育局新提拔的一批青年干部之一。其实不年轻了,看上去将近四十。看她的小亭子间,好像还没有结婚。她粗壮结实,说话率直干脆,很适合做小学校长,因为小学里女教师多,以粗犷对琐碎才能制胜。

"上南小学电话:4378621 转校长室。"

对病人的姐姐,谢城池的印象更明确。他有预感,为柳月的病,少不了要和柳阳联系。相比之下,要对柳月做概括更困难,他好像找不到准确的词汇。

"星期三门诊。

"柳阳把柳月领到办公桌旁边的椅子上指着我说,这是谢医生,星期天来给你看过病的,是弄堂口阿法的同学,对我们很关心,你有什么想不通的事,要全部对谢医生讲。还有,你感到什么地方不舒服、不对头,也要详详细细告诉谢医生。柳月听话,怯怯地点头,但有点心神不定,两只手钩在一起,手指头绞来绞去,像个胆小的女孩子一看到陌生人有点不知所措。柳月比柳阳长得匀称、好看，两只大眼睛黑黑的，睫毛也浓浓的，像小熊猫一样。她穿着黑白横条的T恤衫和牛仔裤，很青春气，头发扎成一束，没有刘海，露出宽宽的额头，有开阔感。如果走在街上，谁看得出她是病人？和她谈话，她的思路也有条理：

"'你从什么时候开始感到头痛、头晕？'

"'就从那件事以后……'

"'什么事？'

"'调到糕点柜台不久，我新买的一根金项链丢了，丢得莫名其妙，明明挂在脖子上的，没解开过。我心疼死了，想想真倒霉，对我们组长叨叨过几次。自从上班有了工资，这是我为自己买的最贵重的一样东西。组长劝我想开点，还说破财免灾。有一天下班，我结好账刚要回家，组长叫住我，看旁边没人，就往我手里塞了四百元钱，让我再去买根项链。我拼命推，怎么好拿她的钱？我和她无亲无故，也没有任何关系。她说我不给面子，她说谁能保证今后不碰点灾遇点难，都是一个组的人，总得互相关照。我捏着钱，收也不是还也不好。那天晚上，我去李莉家说了这件事，她是我好朋友，在杂品柜做出纳。李莉中学毕业就来这个店当营业员，是顶替她妈妈的，所以，对这个店上上下下的情况知道得一清二楚，她性格又泼辣，急了就骂人。挨她骂的，都是该骂的。'

"'李莉怎么说？'

"我这么问，是想让她把扯远的话扯回来。她一开口说话，定定的眼光才灵活了，没血色的脸也舒缓了。柳阳在我背后轻轻说，刚生病的时候，她说话颠三倒四的。柳月感觉到柳阳在说她，以为自己说错了什么,不敢再往下说,嘴唇抿了抿。

"'你说得很好,接着说,喝口水。李莉怎么说?'

"'李莉当时就骂起来,这种人不要脸,想收买你呀。这四百元是柜台里的钱。调你这种老实人去他们柜台做出纳,就是别有用心,我一眼就看穿了。店里谁不知道糕点柜台花头最透。上个月轧账,是不是又多出一千多元?每月都这样。他们把屑屑粒粒应该算损耗的部分都卖给顾客,再抠点分量,每年就是一万多元呀!这笔钞票又不能上账,怎么处理?这里的文章就多了。大家心里有数,但谁也不说。月月,我不劝你拿,也不劝你不拿,你自己拿主意。你在这个柜台做出纳,算是知根知底的人,你们组长肯定要给你点小恩小惠,否则,她们自己怎么捞大头?走出李莉家,我就头晕了。这四百元钱,真比我丢了金项链还叫人心烦。回到家里躺到床上,我把李莉的话又从头到尾想一遍,更觉得难办。组长既然拿出了四百元钱,等于向我亮了底牌。配合还是不配合?她给我两条路选择。但配合与不配合,我都没有太平日子了,这比丢了金项链还要难受。怎么办?一夜没睡着,天刚亮,我就奔到姐姐住的亭子间把她敲醒。她懵懵懂懂地听我讲,听到一半,突然清醒了,嗵地坐起来对我说:把四百元钱还给你们店里领导。干吗给领导?姐姐说,让领导了解情况,以后,你们组长万一和你过不去,你们领导可以帮你撑撑腰,你不用怕她了,大不了,再调个柜台做么。听了姐姐的话,我心里才像一块石头落地轻松了一点,心想,到底是姐姐,又是做校长的,比我高明。'

"柳月讲到这里,柳阳激动了,她说,我高明啥?我仔细想过,那四百元钱如果黑黑心让月月拿下来,她就不会得这种病。但我们生来就不是这种人呀,怎么肯接受不明不白的钞票?我父亲在铁路上做了一辈子，老老实实的，领导说调动工作有困难，他就不给领导添麻烦，一年才回家一次。总得相信领导呀！我们学校的老师都说我傻，说这种不上账的钱，他们私下分的，不拿白不拿，反正大家浑水摸鱼，睁一只眼闭一只眼也就过去了。你太认真，反而把自己孤立了，人家还会反咬你一口。我说，不至于倒打一耙吧。我还认为这些老师把别人想得太坏了。结果……啊呀，我太吃惊了。你让月月自己说。

"柳月坐得端端正正，像课堂里最守纪律的学生。但她的眼圈泛出了乌青色，话一停顿，神气就萎了，如同解开绳子的气球一下子瘪塌塌的。可是她坐在我面前，不得不硬撑着。精神病人在兴奋状态时，会连续几天几夜地走、几天几夜地说，仿佛一台机器没有了关闭装置便无休止地运转。而这些病人一旦用药，不断受抑制，反应、感觉逐渐迟缓、漠然，经常会显得疲倦不堪，无精打采，这是药物反应。我想让她回家里休息，另约时间再谈。

"'柳月，累了吧？要不，我们以后再谈。'

"'不累，真的，我一点不累。吃了你给的药，我感到脑子里清爽了许多，有一段时间，我只觉得头重，像只铅球，实心的。想什么事都想不通。比如，我找店里的领导谈了，没想到，第三天去上班，组长就在柜台里阴阳怪气地说，现在好人做不得呀，就像农夫与蛇，到时候恩将仇报！有一个和组长关系密切的营业员，还浪声浪气地说，人心隔肚皮，大家小心点。有人问她这话什么意思？她就用恶狠狠的眼光瞟我。午饭以后，我感觉到组里的人都知道这件事了，她们对我统统爱理不理的，有的干脆避开，好像我得了一种可怕的病，会传染人的；好像是我做了见不得人的事，很坏很坏，很缺德很恶毒。这天下午，这种气氛真让人受不了，我气得胸口痛，又不能声辩不能解释。一下班,我憋不住了,拉着李莉就哭,一个劲地问她,为什么店里的领导和我们组长通气,不分青红皂白?为什么组里的人没一个人同情我、理解我?李莉陪我去附近的公园走走、散散心,她一五一十地把店里的种种关系说得更加透彻了。我这才知道,店里领导对我们柜台账外这笔多出来的钱,完全清爽,而且,这个领导和我们组长早就是串通的。我们组长在店里是个红人,她做营业员几十年了,很有一套,看准了糕点柜台是个肥缺。李莉还给我分析说,领导心里肯定怪你这个柳月不识抬举,他们把糕点柜台做出纳的重要岗位派给你,你聪明一点,轧轧苗头,吃进算了,可你倒好,不出两个月,就捅漏子。这老底可兜不得的呀!可以想象,你们这个糕点柜台的每个营业员,多多少少都能从那笔钱里分到一些。至于分多分少,以什么方式得到,那都是你们组长玩的把戏。就好比你丢了一根项链,她助人为乐地补助你四百元,让你再去买一根,总有点名堂的。你再想想,大家都湿了鞋,你们组长怎么会放过你?你又是做出纳工作,对她的这笔账早晚要知道的,不如早早的把你拉下河。哪晓得你那么纯洁,反而去告她一状……在公园里走到天黑,李莉的嘴巴都说干了,我反而觉得更加心事重重。知道了这些底细,我以后怎么办?好像没法做人了。还得天天听组长连讽带刺的话,天天看大家的冷面孔,真让我心惊肉跳。从那以后,我怕上班,怕看到组长的脸,怕和组里的人说话,更怕碰到店里的领导。我简直像做了贼一样又心虚又胆战。我只有闷头工作,心情坏透了,下了班再也没情绪去跳舞,也没心思去找同学玩,吃过饭就躺在床上想东想西,愈想愈想不开,想得失眠,想得头痛,想得胸闷,有几次想得厉害,把吃的东西都吐了。姐姐看我这副样子又气又急,她说要给我们公司写信反映情况,她说上级机关总要讲原则讲道理的。有天夜里,姐姐熬通宵,真的写了封信寄到我们公司。可是没过几天,我们商店开大会,我们领导就在大会上气呼呼地说,我们商店本来是文明单位,按照公司规定,评上文明单位,可以给每个职工涨半级工资。但是,现在有人给公司里写了匿名信,没根据地诬告我们,公司要派人来调查,涨工资的事只好暂时搁一搁了。不过,请大家放心,我们食品店的先进,保持了十几年,经得起考验的。有人以为,贴一张四分的邮票,就把大家的半级工资敲掉,这是绝对不可能的!大会一散,整个店里闹哄哄地都在议论这封匿名信。我们柜台里的人特别起劲,组长又风言风语地说,好啦,好啦,你们都给我少说两句,难道还想留点话柄给人家写状子好告到市里、告到中央!那个和组长顶要好的营业员还走到我背后戳两句,胳膊想拧动大腿?勿要神经搭错!我没有经受过这样冷言冷语围攻的场面,心里闷得喘不过气,坐在账台前,浑身冒虚汗,手脚不停地抖,好像被绑在一只马达上。李莉不管那套,她来看我。但我不敢和她说话了,怕被组长看见,产生猜疑,又要说那些刺耳的话。我变得胆小,看到店里有人在咬耳朵说话,就坐立不安,就会出汗发抖。而且,不想吃饭,人感到没力气,做什么事都没兴趣了。每天早上,一想到要去店里上班,两腿发软。有一天,我提前一刻钟到店里,组长就怪我来晚了,又挖苦我说,长了眼睛不要只看人家的问题!正在这时候,店里的领导走过来,在组长的耳朵边嘀咕两句走了,组长就跑过来对我说,上面有新规定,每个店门口要派人值勤,实行文明包干,你不是很能发现问题么,店里领导决定把这个任务交给你,从今天开始,账台收钱另外安排人。我一听心里有数,她们不仅不让我当出纳,还不让我当营业员了!我不表态,坐着不动。组长说,我只是传达领导意思,你不服从,你自己去找领导说。说有什么用?他们这样安排,本来就是存心的。我气得真想抡起椅子把玻璃柜台统统砸掉,豁出去了!但我……我知道这也没用,接替我收钱的人来了,我还能不站起来让座?我手撑着桌面想离开椅子,但两只手软绵绵的,身体却重得同沙袋一样,头一会儿重一会儿轻地来回晃,晃得眼花。我赶紧闭眼,又觉得天旋地转,像坐在游乐场飞转的大风车上,吓慌了,心悬着好像不跳了,一下子晕过去了。等我醒过来,我已躺在家里。妈妈说,是李莉和另一个营业员踏黄鱼车把我送回来的。晚上姐姐来看我,我对她说,我不想去店里上班了。她说,不上班怎么行?第二天我只好再去。但是我骑车拐过马路一看到我们店的门面,就又开始头晕呕吐,我马上刹车。我向组长请假,说身体不舒服,她说要有医院的病假条。我只好去医院看病。怪了,一离开商店,我不吐、不晕了。医生看不出我有什么病,当然不肯开病假。我又不能对医生说实话,说了他们也不会相信。可我就是不能再看到商店、柜台、组长、领导……没有病假条,我也不去上班了,天天躲在家里。一开始他们算我旷工,扣奖金扣工资。后来,我身体越来越不好,再到医院看病,医生不敢诊断,但还是开了病假条。姐姐去店里送病假条,组长表示怀疑,把一张病假条翻来覆去看好几遍。'

"这时,柳阳拔开嗓门吼一句:'真气人,她好像认准柳月的病是装出来的,而病假条是开后门搞来的!'

"柳月的话被柳阳猛地一吼打断之后,眼光突然虚了,恍恍惚惚的,还有点惊慌,好像发觉自己迷了路,辨不出方向,不一会,她额头上冒冷汗,很大的一颗一颗,嘴唇马上退了血色,很惨淡,如两小块白白的瓜瓤。她两手握住桌沿,手在抖,薄薄的手背上还透出一根根细细的青筋。

"柳阳立刻扶住柳月对我说:'她发病就这样,像癫痫一样,说来就来.'

"我开了药。还是这些镇静的、催眠的或起抑制作用的。

"拿了药,柳阳忧心忡忡地问我:'这种病,能彻底治好吗?吃药,好像效果不明显,她发病周期越来越短。最伤脑筋的是,不去上班,待在家里,好人也要闲出病来,何况她已经有病,思想越来越窄,钻到牛角尖里,我看……"

搁下笔。

谢城池长长吐口气,抓过烟盒,慢慢地划火柴。黑色的磷,"嘶"地燃出一团红色的火。他没有马上点烟,仿佛存心捉弄这根火柴,看它白白地烧成一枚针似的小黑炭。他扔下火柴,站起来绕着几张办公桌踱步。坐得太久,脑子用得过度,他感到累。一口气把这本工作手册的十几页纸记满,仅仅是一个病人的情况,还记得不齐全。而更重要的是得认真考虑如何治疗。记录毕竟是为了有的放矢、对症下药。柳阳在离开门诊室之前,忧虑的探问很切中要害:能彻底治好吗?要治好,还要彻底。病人和病人亲属对医生的厚望是出自肺腑的。谢城池理解柳阳的忧虑。应该说,柳月的病情不算最严重,她的精神异常是由于"四百元钱事件"的刺激,心理负担过重引起的,只要及时调治,那些异常的精神症状会很快消失。

问题就在于如何调治!

走回自己办公桌,谢城池才点起烟,定定的站着吸,吸得很快很猛,仿佛在考虑一个重大决策,已到了必须定夺的关键时刻。他弯下腰,抓起那支有一定分量的金笔,在工作手册掀过的一页上,两格并一行地继续写道：

"治疗方案：

"1. 找食品店领导谈：改变对待患者的态度，调和气氛，减轻对她的心理压力。

"2. 或者，想办法调个单位，改善自己的工作环境。"

他似乎不假思索地写。

写完打上句号。谢城池有所疑惑地审视自己写出的方案。哪像一个医生的药方？简直是党支部书记或人事干部的思路。但他不想再改动了。只有这么办。对柳月的调治，首先是缓解精神问题和心理问题。他相信自己这"方案"的产生，是依据了患者的病因。

一接触精神病学，他似乎就相信了弗洛伊德的学说并且一开始就注重了精神疗法。

第 六 章

一

病人都在吃早饭。

三楼一间大活动室，一到开饭时间就临时做饭厅，并拢几条长桌，放大锅大盆大勺。负责分饭分菜的炊事员，用大铁勺在大铝锅边脆脆地敲几声，围绕活动室的几间男病房便首先骚动起来，搪瓷碗、不锈钢勺的叮当声雨点一般此起彼落。接着，一支弯弯曲曲的队伍有秩有序地排在活动室门口。站排头的总是"鬈毛"，他站得笔挺，不苟言笑。而跟随他的男病人，一个个都乖乖地闭着嘴，不声不响，很像幼儿园里一群被管束得过于严厉的孩子，呆头呆脑、缩手缩脚。

谢城池总是在病人开早饭时到达医院，先到护士室找值班护士询问情况。

昨天晚上是护士长宋樱樱值班。

护士室刚清扫过，还有水迹的地板擦得一块块发白，窗子也用干布抹过，亮得像没安玻璃一样。窗台上的雀巢咖啡瓶里插一束康乃馨，花瓣鲜红娇嫩，犹如一群小女孩的脸。

谢城池见护士室的门敞着但没有人，就直接坐到桌前翻看堆成一叠的病历卡。在精神病防治院做医生、护士，写病历是桩比较麻烦的事，需要一定的文字功夫，才能够把病人千奇百怪的状况表达得准确。而精神病的病情病因很复杂，即使是相同的病情，因不同的病人，会表现出变化多端的症状、征兆。

宋樱樱去一楼打开水，两只手里拎了三只暖瓶，又上楼下楼的跑得直喘气。

谢城池一听到脚步声，很自觉地迎到门口，接过宋樱樱手里的暖瓶。

"谢谢，"宋樱樱一边活动酸麻的右手，一边从办公桌下端的小柜里拿出一只茶叶筒，"谢医生，你喝喝我的茶，庐山云雾茶，他去江西采访带回来的。"

谢城池对喝茶很讲究，也极能品茶。他接过宋樱樱递来的杯子，小小的抿一口，舌尖就有感觉了，这云雾茶显然不怎么样。

"怎么样？很清香的。"

"还可以。"

"只是还可以？算我白讨好你了。"宋樱樱开玩笑地说，"鲍院长那天来讨茶叶，我还没舍得给她呢。"

"明天，我带点茶叶送给你那位，让他尝尝我的。"谢城池撅嘴吹落漂在杯口的茶叶。

"你别客气，不用给他，他不缺，好吃好喝好玩样样有。"

"现在当记者，的确最吃香。"

"你夫人在服装公司做办公室主任,权力也很大,而且都是实实惠惠的权力。"

他们俩同时一笑了之,才结束了清早一见面的开场白。

"谢大夫,病房里没什么特殊情况,其他病人都正常。照你的意思我已经把单玫安排到三号病房,她退烧以后,脑子还是很糊涂,尤其一看到女儿,她的神态很怪,好像很恐怖很害怕,又好像很内疚很羞愧,两只金鱼眼睛一会儿鼓出来一会儿瘪下去,有时翻出白眼,吓人。昨天晚上,她说梦话,说得很响,我在值班室都听得见,赶紧去病房看她,她睡得不安稳,嘴里嘀嘀咕咕地喊叫,一会儿喊她丈夫的名字,一会儿又喊她女儿,喊声很凄凉,像叫魂一样,听得我汗毛凛凛,只好推醒她,给她吃了两片药,才安静下来。"宋樱樱脱了白大褂又换上皮凉鞋。她做护士工作有资历有威信,处理病人比几个年轻医生更有经验。尽管她没有处方权,但是,根据特殊情况她自作主张地给病人吃点药,当班的医生都会表示信任。而且,她对医嘱的种种领会,能积极灵活地进行补充、修正,不仅使医生满意,她还会提供一些情况为医生做诊断作参考。要论工作,她真是无可挑剔的。

"我接到她女儿一封信。我考虑,在单玫住院期间,得想办法做通她丈夫的工作。"谢城池用征询的口气说,"护士长,你看呢?"

"我看没这个必要。"宋樱樱接话干脆利落,"单玫的问题,在于她自己。她得过这种病,说明她的神经本来就不够健康。有病就治病,很简单。何必花费这种冤枉力气。"她面对着洗手池上方的梳妆镜,拢了拢干草一样枯燥没有光泽的头发,又用一块麻纱手绢当发带,把头顶蓬松的头发暂时压服了一部分,也显得利索、凉快些。"谢医生,我有看法就对你直说了。看得出,你这个人心肠好,做事很认真。但是，好心往往没有好报。这是现实。你来医院时间不长，你不知道，我们这种所谓防治院，不同于正规医院，又是和精神病人打交道，情况很复杂的，过于认真，会给自己添很多麻烦。你做医生就管看病，有些事，抬抬手就过去了，不必太计较。"

"我计较了什么？"谢城池看着镜子里的宋樱樱。

"不是计较，我不会用词，就这么个意思。比如，那个顾阿菊，宁波'矮冬瓜'，你坚持要她出院，干吗坚持？她丈夫希望她住院，把病治彻底，院长也同意她继续住；她本人反正有劳保，医药费、住院费统统好报销，只要她厂里不提意见，就让她住着呗。我们的病房只有保持经常性的客满，医院才有好的收入、好的效益，否则，连奖金也发不出。一举几得，何乐不为！"

"问题是，我认为顾阿菊的病，光靠住院不是办法，她疑病的症状只是现象，而根本的疑虑是对丈夫的不放心。这块心病她自己说不出又道不清，日子长了，抑郁久了，就转化为神经性疑病的症状。你看，我们用药，不如她丈夫待她好一点更有效果。我一直想找她丈夫谈谈，我们需要他配合，但一连好几个星期，他都不来探视，顾阿菊才闹得更加厉害。她那个亲生儿子呢？他怎么不来医院看看？"

"她怕儿子分心，影响学习，她这个儿子挺有出息，去年考上科技大学物理系。"

"明天又到探视时间了，你能不能帮我找一下顾阿菊的丈夫？"

"上门去找？要求我们护士做得这样到家，医院得发给我们几份工钱？"宋樱樱微笑着婉转地说，"谢医生，你不要专门搞新发明。我们总归是医院，不是街道卫生站，也不是居委会妇联，不搞上门服务也不解决家庭纠纷。"

"这倒也是。"谢城池意识到自己的吩咐未免过分了。

"我得回家了。"宋樱樱挎上包走到门口,又折回身替谢城池的茶杯加满水。

"谢谢。"谢城池记得自己说第二声"谢谢"了。在家里,他好像没这样的待遇,因为余橙橙待人,不用这种方式,也不那么具体细致。

"谢什么,我们护士的工作就是照顾人么。谢大夫,以后不要这么客气,开口闭口谢谢,听了别扭。"宋樱樱说话快言快语,动作快手快脚,像一阵风似的走了。

谢城池大大地喝一口水。茶水还有点烫嘴,但烫得舒服,使嗓子热乎乎的解渴。而淡淡的雾气把他眼镜稀稀地蒙了一层,再看病历卡上那些像蚂蚁爬的小字,便模模糊糊的,很多笔画虚掉了,犹如放映机打出一片没对准焦距的字幕。他心想,喝的不愧是云雾啊!他摘下眼镜,用手指抹了抹镜片。

二

兼做饭厅的活动室里,一条条长桌长凳,有规则地摆成两行,病人们盛了饭随便坐。说是随便,可这些位置,好像有着约定俗成的讲究:坐前一排的,总是那几个似乎享有某种资格的老病号——他们在这所精神病防治院里,仿佛拥有长住户口,可以无限期地居留下来。到目前为止,住院时间最长的是吴恩培先生,他理所当然地坐第一排。而坐在吴恩培先生左右的,一个是"大头娃娃",另一个就是邬朋朋。"大头娃娃"嚼着肉馒头,嘴角还不停地淌口水,桌上的一碗稀饭原封不动,得等着护士忙完了来喂他,才能干干净净吃完。

谢城池进饭厅，也首先问候第一排这三个有资格的老病号。

"吴先生，昨晚睡得好吗？脑电波工作站有消息给你吗？"

"没有。"吴恩培先生抬起空洞的眼睛。

"想给你的几个姐姐打电话吗？"

"不打。"

"吴先生，你没有工作单位，你的住院费、医药费、伙食费都是你几个姐姐轮流负担的，你就一点不想和她们说说话？"

"不想。"

吴恩培先生苍白平板的脸，如模子里刚浇出的蜡像。

谢城池直起腰，叹口气。对于正常人，哀莫大于心死。同样道理，对于精神病人，最可怕的就是对人对事的漠然、无动于衷。如果把病人都治到这样的状况，安静是安静了，但是这与治死没有根本区别！可是，谁肯接受这个观点？因为，这些病人分明活着，还喘气还吃饭还说话，医院靠护理他们获取收入……每当看到吴恩培、邬朋朋等这样的病人，谢城池就会在心里反复提醒自己：要想方设法治活病人的精神。他退后两步，看"大头娃娃"和邬朋朋，一个呆呆地等着喂饭，一个傻傻地吃得狼吞虎咽。对邬朋朋的治疗，他决定用中药辅助西药双管齐下。虽然，治愈的希望渺茫，邬朋朋的病史毕竟有二十多年了。有利的因素是，邬教授是个有学问的人，思想开通，他对有病的儿子有感情有耐心，还有人格的力量，一周两次探视，老教授风雨无阻，并且从不迟到早退。而他自己已年过古稀满头银发了。这使谢城池感动、感慨，找邬教授谈过，讲了自己的治疗方案，邬教授明确表态："你放心大胆地治，想怎么治就怎么治。"老教授还说，"我儿子的病就是没希望治好，我也不会失去信心，因为，我对科学有信心，我对医学事业有信心，我相信人类总有一天会找到办法对付这种难治难防的精神疾病。我儿子交给你，就算是一次试验。科学试验，总得有千百次失败，才可能走出成功的一步。"这席谈话，给谢城池很大鼓舞，试验、失败、信心、成功——他从小就熟悉这些颇有气概的话语，欣赏这种有追求有理想的精神，信奉人生活得崇高活得有益的原则。或者说，他熟悉、欣赏与佩服尊重邬教授这样的知识分子。尽管，邬教授因为这个有精神病的儿子，心理被拖累了半生，而到了晚年，老伴死了，他还得为这个仍是壮年的儿子操心操劳。患精神病的至痛至苦，不仅患者本身无法形容，对于这些患者亲属更是有苦说不出，因为说什么都无济于事。

这时，副院长鲍敏丽走进饭厅，两手直插在白大褂的口袋里。这是她习惯的姿势，特别在巡视病房、饭厅的时候，她的手像长在口袋里，不再抽出来做其他动作，而且，身板直挺，仿佛套着一副无形的盔甲，连脖子也硬着，很少转动。整个精神病防治院，病人们一是怕护士长宋樱樱，二是怕副院长鲍敏丽。怕宋樱樱是因为她管得具体；怕鲍敏丽是因为她管得原则。所以，鲍副院长一出现在饭厅门口，病人们不约而同地低下头。唯独"大头娃娃"无所畏惧，傻呼呼地瞪着眼睛，又莫名其妙地咧开嘴乐，因为在他很有限的智商里，从来没有"畏惧"的感觉系统。所以，他看人一律平等，就这副傻样。

鲍副院长偏偏走到"大头娃娃"面前，眼睛扫视了那碗原封不动的稀饭，好像自言自语："你爹妈省省心心地出国赚大钱去了，真把你托到好地方了，就是再高级的幼儿园，也没这么耐心侍候的，顿顿饭都喂到嘴巴里，养得白白胖胖的！"

"鲍副院长，照理，收这种白痴住院没有意义。我们是防治院，要防要治的。"谢城池也向"大头娃娃"走近一步。

"问题是,我们收他一个,他爹妈寄来的钱,相当于收六七个病人!"鲍副院长这时才移动了脸转向谢城池,"我就是来找你的。我刚到医院门口,就被一个病人家属截住了,她说找你。"

"哪个病人?"

"顾阿菊。"

"她丈夫来了。"

"是小姑子吧。"

"她在哪儿?我正要找他们谈,把顾阿菊领回去!"

"在大办公室。我们一道下去。"鲍副院长一走出饭厅,一条手臂像立刻松绑似的从白大褂的口袋里拔出,并在谢城池肩上重重地一拍,"哎,处理病人出院你不要太心急,看看床位情况……"

谢城池感觉到肩上有分量,并马上联想到宋樱樱的劝告:顾阿菊反正公费医疗,只要单位没意见就让她住下去么,而空一张床位对医院的收入、效益有直接影响……

"谢医生,对顾阿菊这种病人,你不能跟她多啰唆,你客气,她就来劲,拼命吵拼命闹。我看,不管她是疑病症还是分裂症,都需要加大些药量,首先要把她的神经质控制住。"鲍副院长一边走下楼一边说,语气肯定。她的两只手统统离开口袋,很灵活很有力地比划,以帮助自己说出的每一句带有肯定性、指令性的话产生立竿见影的效果。

谢城池走在她身后,看这个五十多岁女人的后背,还是有棱有角不失线条,看她舞动的手臂仍然有激情有活力。相形之下,他才四十多岁却显得过于老成了。也许,是心理过于凝重的缘故吧。他想。

等在医生办公室里的女人,已不耐烦地走到门外,一看到鲍副院长和谢城池下楼,又迫不及待地迎到楼梯口。她穿一条中长纤维带隐条的长裤,灰不灰蓝不蓝的,上身套一件正时兴的高腰衫,于是,很夺目地显露出发达的臀部和浑圆的肚皮。她手里拎一只花里胡哨的尼龙袋,袋子撑得鼓鼓的,像只小猪。

"这是谢医生,"鲍副院长介绍,"你们谈吧,我去门诊室有点事。"

"哎……"那女人瞥一眼自己手里的尼龙袋,"鲍副院长,我跟你去门诊室,再耽误你一点点时间,真正一点点。"

"谢医生我走了。"鲍副院长两手又笔直地插进白大褂的口袋继续下楼,好像对那女人的跟随毫不理会。

那女人大概没到门诊室,不一会儿就跑回来了,一进门先把那只花尼龙袋显眼地放到谢城池的办公桌上。尼龙袋已瘦下一大半。

"谢医生,顾阿菊的病真麻烦你了。听你们鲍副院长的口气,她很赏识你的,说你虽然是新调来的,做医生的时间不长,但是对病人态度好。顾阿菊多少烦!算她福气,碰到你这样负责任的医生,还耐心做她思想工作。我们一开始托人把她送进一家精神病医院住院,医生看她实在太闹还给她上过电疗。顾阿菊吵死吵活不肯在那家医院住,我哥哥脾气好,禁不住她烦,又托人转到你们这儿。"

"上电疗?她的病还不至于吧。"谢城池拖出把椅子,没说请坐。他待人一向彬彬有礼,不卑不亢的。但这个女人的一举一动都让人讨厌,说话声做作,听着像一只蚊子在耳边飞来飞去,只想赶快轰走她。

她倒是不客气,马上坐到椅子上,还拖着椅子凑近谢城池,仿佛要定定心心地长谈:"啊呀,谢医生你真不知道,我哥哥被这个神经病缠了多少年,一发毛病,就揪着我哥哥不放,一会儿说这里长癌啦,一会儿喊那儿痛得要命。其实,她比谁都健康,就是神经错乱了。我哥哥真作孽,身体被她闹垮了。谢医生你看看,这是我哥哥刚拍的片子,脑血栓硬化,纯粹是气出来的呀!"她从背包里抽出一张X光片子,举高了,对着窗外射来的光线,手指头点点戳戳。

谢城池仰面看片子。

"谢医生,有危险哦?"

"没有危险……"

谢城池稍稍蹙紧眉头。看片子,一目了然,许多症状在预示这个开始衰老的大脑,可能会渐渐地患上老年痴呆症,需要及时防治。他还没见过这位大学教师,只听宋樱樱等几个护士在一起评头论足地议论,说顾阿菊长得像只矮冬瓜,嫁个男人却是风度翩翩,而且,不亏是大学里当教师的,快言快语,思想反应灵敏机智。可惜……

"谢医生,我哥哥自己有病了,医生关照,一定要清清静静地养一阵。顾阿菊现在偏偏吵着要回家,硬说她没神经病,是被我哥哥骗进来的。你想想,这种情况,怎么让她出院?"那女人一说话又像在舞台上表演,手臂大幅度地动作,身子还辅助着一仰一挫的,使短一截的高腰衫有时提到裤腰上,露出一段粗糙的皮带。"谢医生,我哥哥是大学教师,是他们系里的骨干,教书有水平。他自己还编书、写书,出版了好几本啦。但是,顾阿菊一看到我哥哥写讲义写书稿就要扯,胡说那些书都是抄别人的。我哥哥只好把写好的书稿东塞塞西藏藏。我哥哥被她折腾得苦透苦透。其实,她顾阿菊就是怕我哥哥出书出名更加看不起她……"

"照你这么说，你哥哥以前就看不起你嫂子？"谢城池沉着地听了好一会儿，才突然插进一句。

"我只承认我前面那个嫂子，人家也是大学教师，有文化有教养，知书达理，做事可上路了。他们离婚，是被迫的呀。我嫂子被打成右派了，她怕影响我哥哥和两个孩子的前途才提出离婚的。自从我嫂子摘了右派帽子从青海回来以后，顾阿菊就开始闹翻天了，天天喊胃痛，说胃里生癌了，我劝她，生癌是不痛的。她根本听不进去，非要我哥哥带她去医院看病。真看出病了叫她住院，她又喊天喊地说她没有得神经病！谢医生，不管怎么说，她这副样子不住在医院里好好吃药，将来……"她突然停顿。

"回家也可以继续吃药。"谢城池不变态度，"我们是根据顾阿菊的具体情况，感觉到住医院治疗对她的病没有什么积极作用。她的问题，恐怕还在你哥哥，你们要好好待她。"

"还要怎么个好法？她一发毛病，我哥哥的生活都是我在替她照顾。"

"夫妻么，应该互相照顾。前十几年，顾阿菊毕竟把你哥哥前妻的两个儿子都照顾大了，就看在这份上，你哥哥在她有病的时候，也得设身处地替她想想。住院总不如在自己家舒服自在，何况，我们这里是精神病医院，能不住还是尽量不住的好。我这样劝你们家属，出发点完全是为病人考虑，怎么有利于她的恢复就怎么办，这是我们做医生的责任。"

"那你们医院也得为我们家属想想，她整天疯疯癫癫的，回到家里，叫别人怎么活？"

"她没有整天疯疯癫癫。你哥哥只要来医院看她，给她送点好吃的再陪她说说话,她情绪会变好,精神也会变得正常的。"

"照你这么说,我哥哥总得哄着她?"

"不是哄,是心疼是爱护。"

"那么,现在谁心疼我哥哥?他自己病成这样!"那女人把 X 光片子往桌上一拍,一垂脑袋,"呜呜"地哭起来,还连哭带说,"我哥哥这一辈子苦啊,没过上几天幸福日子,喝了一肚子墨水,还没好好发挥,又被这个宁波女人作出脑血栓……"她越哭越伤心,越哭声音越大,好像受了天大的冤屈。

有两个护士听到哭声跑进办公室。那女人做出一副可怜相,肩膀一耸一耸,好像哭得浑身在抖,手里的一块小毛巾拧成麻花一样,就是不用来擦眼泪。

谢城池用眼色暗示那两个护士快离开。对那女人的哭,他心里只有反感,不说也不劝,只冷冷地看着她哭。等她哭够了,自己觉得再哭也没意思了,他才一边点烟一边说:"你先回去吧,我和院里再研究一下。但是,有一点希望转告你哥哥,我们精神病防治院不是收容所也不是托儿所,你们不能把病人当包袱,心安理得地朝我们这儿扔。对你嫂嫂的病,你哥哥要花点心思,否则,你们一家人都痛苦,他们还有个小儿子在读大学呢,他精神上也会感到有负担的。好啦,我还要上楼看病人去。"他先站起来表示要送客了。

那女人也不得不离开了。

"哎,你的东西。"谢城池指着桌上的花尼龙包。

"嗯,一点点小意思……"那女人瞥一眼谢城池,"真拿不出手。你帮顾阿菊看病,我哥哥说,你们很辛苦的。"

"你拿走。"谢城池的语气斩钉截铁。

"谢医生,这点面子都不给呀?我转了两趟车挤来的,就怕被挤坏,一直抱在手里……"那女人说得恳切。

谢城池不想再说下去,只好拿起花尼龙包往那女人手里塞去。那女人的手像触电一样藏到背后,又连连朝后退,身子贴到了门上。有个护士正好从门口走过,不明真相地朝他们看一眼。

"你把东西拿着,省得我再送回去!"谢城池只觉得那只滑溜溜的花尼龙包会咬手,像一蓬长刺的野花。

那女人很窘,只好接过尼龙包,悻悻地走了。

谢城池松了口气。

三

离探视时间还有半小时。

阿七头开始忙碌了。他扛一把竹编的硬苕帚,先打扫院子,把角角落落都划拉一遍,一片纸屑也不放过。他人瘦小,手脚细短,动作起来也不很协调,把苕帚摆弄得别别扭扭,远看像个小男孩在玩耍孙悟空的金箍棒。但仔细瞅,他确是一脸认真的神情,仿佛在从事一项伟大的工作,谁走过他身边,他都不分心、不抬头招呼。扫了地再洒水。水壶的莲蓬头里飘出一阵阵细雨,均均匀匀地把小院淋得又干净又清爽。接着,阿七头又把楼前车棚里的自行车一辆辆地重新排列,还把男车女车区分开,高的在前,低的在后。车棚经他一折腾果然井井有序。他满头大汗了,用衬衫的衣袖左一下右一下地把额头上的汗抹干,才急忙奔进门房间看钟。在这里的桌上有一只小破闹钟,锈迹斑斑的。还不到四点。

病人的家属陆陆续续来了,三三两两地等在铁门外。又是邬教授到得最早,他把一辆旧车推到靠边的地方,从车把上拎下一只装饭盒、水果的塑料袋,凑近铁栅栏铁门,看阿七头忙完,便唤他过来闲聊几句:"阿七头,这个月拿到多少奖金?你工作很好啊!"

"医院里的奖金,没,没有我的份。我算临时工,要,要做满一年再考虑。我,我不在乎,医院肯,肯留我做,我心里就蛮高兴了。回里弄待,待分配,多少苦恼?天天要去求,求里弄干部,她们把我踢来踢去。要么去残疾人的生产组,那里都是聋子、瞎子。我,我缺啥?她们说我是神经病,缺,缺脑子。你说气人哦?她们不给我安排工作,我心里急,当,当然要发病了。"

"人嘛,凡事要想得开,精神因素第一。你看我,上个月又去报名学书法、绘画,去开发另外半边脑子。搞一辈子外语,又是科技方面的,只发达了一部分。"

"邬先生,你是了,了不起,做了大教授,头发白了,还跑出来学这学那。我这辈子完,完蛋了,要啥没啥。你看我小哥,也没多少文化,但是,有一身力气,跑到坦桑尼亚做两年劳工,去年回来,带,带了七大件,把我家里的九平方米塞,塞足了,我回去一趟,连睡觉的地方都没有。我小哥就希望我一辈,一辈子住医院,那九平方米好腾出来,让他找个对象结,结婚。他小算盘打得精。我不肯。再,再让出房子,我连落脚的地方都没有了。万一,医院不要我看门了……"

"不会的。你做事认真负责,踏踏实实,医生护士在背后都夸你呐。不要灰心,把身体养好,锻炼得结结实实,有空再读点书,将来样样都会有的!"邬教授像在课堂里对学生们谆谆教导着。"你的病恢复得快,还能留在医院工作,拿工钱了,自力更生,这多少好啊!

你看邬朋朋，有时候还不认得我，我对他也不失掉信心。只要活着，信心就不能丢。"上了年纪的人话多，说起来不想停，也因为退休在家，再也没有课堂没有学生了，而他教了一辈子书，讲了一辈子话，却突然没处可说没人可讲。所以，邬教授只要碰到耐心的听众，便控制不住地滔滔不绝。阿七头无愧为最有耐心的听众了。

"我有信心。我真是太，太吃亏了，读书没赶，赶上好时候，毕业分配，又碰到麻烦。"

"也不在于时候。邬朋朋读书读得多少出色，全市的三好学生，保送进科技大学。结果怎么样？一搞'社教'，一搞'四清'，还要没日没夜地搞科研，就把他搞昏了头。"

"看来，做人也不能太，太冒尖，太行。"

"还是要争取什么都行啊！"

"邬先生，说心里话，我，我对自己没要求了，只想保牢现在这份工作。说心理话，看见我小哥，又是电视机又是录像机，一件件扛回来，我怎么不眼红啊！"阿七头说得激动、亢奋，就不由自主地翻白眼，并朝一个方向斜过去，两只白眼球像两颗钉歪的白纽扣，并且，说话也通畅了，一点不结巴，"邬先生，说心里话，我还是有点疑心，鲍副院长看到我，总是铁板着面孔，好像欠了债没还她……"阿七头有点疑神疑鬼，也许是神经过敏，但他见到邬教授还是忍不住地说了出来。去年，他和邬朋朋同住一个病房，邬教授每次来探视，和儿子说不上几句话，就被阿七头等几个不常有亲属来看望的病人团团围住，东拉西扯地说话。邬教授也喜欢有人听他讲，如果听众都听得大惊小怪，他的情绪就会愈加亢奋，把越来越多的病人吸引了过来，直到护士长来轰了，邬先生才拎起空饭盒回家。邬朋朋病重，不懂事理，从来不出病房送老父亲。阿七头不舍得邬教授走，总要搀他下楼，下到护士不允许病人再走下去的地方。

每周两次的探视，阿七头基本上是不等不盼，难得有一次他大姐送来点吃的。他们姐弟八个，他最小，母亲在生他的时候，身体已经干瘪得像一根淌不出汁水的甘蔗，所以，他生下来时，像只小老鼠，有先天性心脏病，又得佝偻病，母亲去世那年，他十岁，但看上去同三四岁的小男孩，到十六七岁仍像个不发育的小僵果。父亲不堪家庭的重负，在母亲去世不久也郁郁地病故了，只留下一间九平方米的小屋……

"阿七头，开门呀，时间到了！"有几个家属在铁门外喊。

阿七头才急忙取出一串拴在裤襻上的钥匙，"哗啦啦"地开了大铁门。家属们一拥而进，个个都拎着大包小包。阿七头站在铁门旁，站得毕恭毕敬，像大宾馆门口训练有素的侍从。

"阿七头，今天不能陪你多说，我和谢医生约好了，我们要谈谈。"

"谈，谈什么？"

"总归是谈邬朋朋了。"

"他脑子清爽一点了吗？"

邬教授摇头。

阿七头一垂脑袋又翻出了斜向眼角的白眼球。每当心里难过的时候，他的黑眼珠就不知去向了。

四

只有在探视的这段时间里，大办公室才稍许清静些。病人、家属和大部分医生、护士都集中在活动室里。

梁大夫一边抽烟一边看报。每天一张的日报、晚报,他必看不误。所以,国际国内的事,大到东欧问题、海湾战争,小到市场信息,哪条小马路上的哪家小商店在出售价廉物美的日用品,他都了如指掌。

大办公室原先有六张办公桌,又搬进院长和副院长的两张,显得拥挤了。为安排合理,既要美观又要方便走动,八张桌子有横有竖,但错落有致。梁大夫的桌子在最里面,和门成斜角,可是,从进门到他桌旁,像走地道一样地要拐几个小弯。他不嫌麻烦,因为,病人、护士有事来办公室,一般总是停留在靠门的几张办公桌周围。鲍副院长和谢城池的办公桌就守着门,因此,他们这两张办公桌常常被各种各样的人占领着。而梁大夫的角落,仿佛独辟了闹中取静的一隅。

谢城池的椅子上这时坐着"鬈毛"的妻子,她按照宋樱樱的吩咐,只能坐在办公室里等"鬈毛"下来接见,因为她婆婆先到一步,已在楼上活动室里。她们婆媳,一个像干柴,一个像火星,只要碰到一起就"噼里啪啦"地烧。虽然她们分家了,各住各的,井水不犯河水。但是,一周两次的探视,她们都争先恐后地来,于是河水与井水在这时候相碰,又如正电负电一碰就爆,常常从活动室吵到办公室,吵得"鬈毛"不到探视时间就开始发愁,有时就干脆躲进厕所。宋樱樱当机立断,坚决不允许她们婆媳碰头,采取"隔离政策"。"鬈毛"是梁大夫负责的病人,他对病人有原则:看病就是看病,诊断、开药、写病历;至于"鬈毛"无能为力方面对的一串矛盾——妻子、房子、儿子等,梁大夫认为这与他治病无关。所以,一到探视时间,他安心看报。"鬈毛"的妻子也知趣,不声不响地等,眼睛都不朝梁大夫的办公桌瞥一瞥。对这个精神病防治院,她似乎有敌意,她不愿意让"鬈毛"住进来的,但婆婆非要送他住院。她认为,"醉翁之意不在酒",婆婆的用心是想拆开他们夫妻。没那么便当!为赌一口气,她也得一次不拉地来医院探视。为来探视,她要向厂里请假,还要麻烦自己的母亲赶三站路去托儿所接儿子。她愈想心里愈气,愈想愈坐立不定,"嗵"地站起来,走出办公室,又管不住自己地走上楼梯。

  正巧,宋樱樱下楼截住她:"急啥,马上下来了。"

  "我等了半个多钟头,还不要急?他们把我当什么?他倒好,讨了老婆,还要被他娘拴着不放!"

  "鬈毛"的妻子年轻漂亮,穿着也时髦,如果她不开口,端坐着,还有几分动人的姿色。可她一张嘴,满口粗俗的话,顿时败坏了这张还看得过去的脸蛋。

  这时,"鬈毛"终于下楼了。但没走下一半,便听到了妻子先声夺人的咋呼声,他两腿立刻紧张得抽筋,哆哆嗦嗦地迈不开步了。

  "鬈毛"的妻子脾气烈,一开口犹如水库开闸,冲出来的话像喷出来的水又湍急又汹涌:"护士长,你评评理,就算他派头大,迟迟不下来接见,也得托人来打声招呼呀。这点道理,他脑子有毛病想不周到,他娘活到六十多岁了,难道也不懂得?我怀疑,她大概不是吃饭的,所以,不干人事!我好心好意来看他,每一次都把我晾在这里干等,这算什么名堂?护士长,麻烦你转达一句话,告诉他娘,礼拜三、礼拜五一早,她必须把东西送到我厂门口,否则,她别想再来接孙子!"她瞪圆两只大眼睛,凶相逼人,把好看的鼻子小嘴统统歪曲了,"护士长,你说气人哦?她稀罕孙子,想捞现成的,就挑拨离间想让她儿子同我离婚。做梦!东东是我生的,是我怀的养的,她想要,没那么便宜!"

"好了,好了,说什么离婚不离婚的,都是气头上的话。"宋樱樱把"鬈毛"妻子拖进办公室,"哇啦哇啦好听啊!我们这里是医院,不是居委会,要吵回家去吵!"

一进办公室,一看到仍被一张大报纸遮住面孔的梁大夫,"鬈毛"妻子才敛声屏气。

正在这时,有人从楼梯上一路喊下来:"护士长,你快来看呀,'鬈毛'蹲在地上,像发癫痫病一样浑身抖。"

宋樱樱和"鬈毛"妻子急忙上楼;"鬈毛"的母亲也闻声下楼。"井水"、"河水"又立刻冲撞起来。

"我叫你不要下来,下来做啥?听她说屁话,把你气成这样!凶得像只雌老虎!""鬈毛"的母亲精精巧巧的,说话伶牙俐齿,薄薄的嘴唇皮像两张透明纸一张一合,"当初谈对象的时候,我就提醒你,不要看到面孔漂亮骨头就酥!妈妈的话都是为你好呀!"

"是呀,你待儿子忒好了,你待人忒精明忒厉害了,你儿子才这么窝囊,才会得这种毛病!""鬈毛"的妻子嘴巴不饶人,一句顶一句。

"到底谁精明谁厉害?你让我儿子和我分家,拉他住出去,高价租房子,还住到郊区,上下班多少不方便?他都听你的摆布。结果怎么样?他上班不是迟到就是来不及吃饭,把身体搞坏把影响搞坏,评级别、涨工资都轮不到他。你帮他去车间吵,反而帮了倒忙。我碰到他们车间主任,听听人家是怎么议论你的喔!凭良心讲,我儿子在部队九年,年年有奖状寄回来的,转业回来同你结了婚,没法要求上进了,一天不如一天。他心里窝囊,人又老实,能拿你怎么办!"

"离婚呀,你不是逼他同我离婚么!"

"你把他折腾成精神病了,再不离婚,他一生都要毁在你手里了!"

"你说说清楚喔,他的精神病到底谁造成的?"

一个婆婆一个媳妇,像两只好斗的公鸡,把楼上楼下的病房、护士室都惊动了,楼梯口、办公室门口围了很多人。宋樱樱连轰带赶,先把看热闹的人驱散,然后把"鬈毛"妻子继续往楼下带,安排到门房间,交代给阿七头看管,再奔上楼,做"鬈毛"工作,让他躺到病房里安静下来。宋樱樱楼上楼下跑,看梁大夫却稳坐办公室袖手旁观,心理不平衡了,绕过曲里拐弯的办公室,掀掉梁大夫双手举着的报纸:"你太潇洒了,百事不管!"

"这种事你管得过来吗?两个活生生的好人,非要吵到病人面前,还个个强词夺理。你想想看,在这种医院做医生有什么意思?你辛辛苦苦治疗他、护理他,好,被老婆、老娘一顿吵,前功尽弃,病又加重了!"

宋樱樱站到电风扇下吹身上的汗。她似乎被梁大夫说服了,也没有劝架的劲了。对梁大夫这种束之高阁的态度,她其实也理解。梁大夫这个人"猴精猴精"的,对任何事情的利弊得失,他心里算计得分毫不差,要他没利没功的多做一点点,他决不松口答应。所以,到精神病防治院那么多年,谁见他吃过亏?谁见他做过一桩份外的事?宋樱樱眼睛最尖,对医院里的人和事看得一清二楚,其中的利害,她心里也掂得真切。虽然,她干工作大刀阔斧,又泼辣又严格;但与人相处,她的言行慎之又慎是颇费心计的。她知道,这位梁大夫尽管不安心工作,尽管对病人态度冷酷,可他很明白最要害、最关键的一件事——笼络住鲍副院长——如果想在这所防治院里"混"得过去。当然,要笼络住一个做领导工作的女人,梁大夫深谙,成本最低、方法最简便的就是说好话。他恰恰能说会道,要他把人说得心花怒放,不费吹灰之力。

没等宋樱樱吹干汗水,"鬈毛"母亲一脸怒气地走进办公室。梁大夫马上放下报纸推开椅子,对宋樱樱说:"我到电疗室,明天要安排一个病人电疗。"

宋樱樱心里在骂,这家伙滑头,又来这一招:三十六计走为上计。

梁大夫刚出办公室,谢城池走进来。

谢城池和邬教授坐在四楼平台上谈了一阵,是来办公室取邬朋朋病历的。他一坐到办公桌旁,"鬈毛"的母亲就缠上来了。

"谢医生,听说你最会给病人做思想工作,求求你开导开导我儿子,我看他住医院比住在家里定心,人也胖了点。你没看到他在家里那受罪的样子,上下班天天抱孩子轧车子,先要把老婆、小囡送到她单位,再赶到自己厂里上班,奔东奔西,哪里还有心思求上进?我这次下决心了,让他在医院里多住一阵,把脑子里的病彻底治一治,再把思想提高提高。我可不能让那个女人害他一辈子!谢医生,我儿子拜托你了!""鬈毛"的母亲说。

"哎,你不懂我们医院规矩,每个医生都有自己的病人,不可以随便插手的!"宋樱樱用胳膊肘推推"鬈毛"的母亲,阻止她再恳求下去。她知道谢医生心肠软,耳朵根也软,只要"鬈毛"母亲再多说几句,他真会应承这位母亲的要求去找"鬈毛"谈思想的。他是好心,梁大夫会怎么想?这时,宋樱樱看到谢城池正习惯地用手指推眼镜——这是他认真考虑问题的习惯动作。她真觉得,和她年龄相仿的谢医生,有时候还像个单纯热情的大学生。所以,她必须帮他挡住"鬈毛"母亲的"进攻","你回病房去,你儿子今天的情况不太好。"

"你放心,梁大夫很有经验。你儿子进医院以后确实好转得明显。梁大夫还会进一步采取措施的。"谢城池送"鬈毛"母亲出办公室,"以后,你们婆媳千万不要当他面吵架了!"

"鬈毛"母亲郁郁地上楼。

宋樱樱仍站在谢城池的办公桌旁,随手拿起邬朋朋的病历卡扫一眼,又对折回办公室的谢城池郑重其事地说:"哎,你管好自己的病人吧!"她拍拍手里的病历卡。

"我对自己的病人绝对不会马虎。"谢城池心领神会。

"你当然不会马虎,不过,也别太认真。"

"什么叫太认真?"

"就是……"宋樱樱表达不清。

"比如这个'鬈毛',他的病症、病因,仔细剖析很值得深思。他在部队九年,几乎不接触人烟,思想比较单纯,可他偏偏有这样一个精明、霸道的母亲,使他从小到大个性受压抑。他对母亲有孝心有感情又有畏惧心理,这又使得他的性格在无形中产生障碍。如果说,报名参军是他第一次从行动上摆脱母亲的约束,那么,恰恰是这一次,他让自己又走进另一种约束之中——部队严明的纪律和军事化的生活。他的部队又在荒漠的边境地区,与世隔绝。天长日久,他对嘈杂、变化多端的都市生活以及错综复杂的人际交往都不能适应了,渐渐地积累起恐慌、自卑、胆怯的心理。而他身边最亲近的两个人:母亲、妻子，又都想控制他，把他搞得四分五裂，许多感觉错乱了，脑子像一瓶糨糊，又粘又混，他怎么思考，都想不出一条能让他透气的思路。这种精神状况，不及时改变，非得精神病不可。但他周围却没有一个人能真正体贴他、体会他，他自己又不具备能力驾驭自己、把握自己。结局就很惨了。只有到我们这个医院里来治疗、吃药。但是，药物究竟能保持他多久的正常状态……"

"你又来了。"宋樱樱把手里的病历卡端端正正放到谢城池面前嘲笑道。"哎，我看你应该去写小说。这哪像做医生看毛病！"

"不是自我标榜，做过精神科医生，将来再去写小说，肯定能写出伟大的传世作品。"谢城池说。

宋樱樱捧腹大笑："我在精神病防治院那么多年了，还没听说过哪个医生想把病历卡编成小说的。"

"真的，不用编，只要把病人、病因以及病人的生活环境如实写出来就会吸引人。"

"原来，你做医生是假，收集素材是真？谢医生，你这些怪念头趁早打消掉，否则，你在我们这个精神病防治院肯定碰壁！我有话在先喔，照理，我只是个护士，不可以在你们医生面前班门弄斧的。我只是觉得，我们还算谈得拢，讲话就随便点。"

"我理解，完全理解。我也不过说说而已，毫无写小说之意。但我还是认为，治精神病，也不能光治表，关键是要治本治根。"

宋樱樱摇头。

"你不同意我的看法？"

"道理上同意，但实际上办不到！"

"办得到办不到总得办办看，既然道理是对的，就存在办得到的可能。有可能就不应放弃。"

宋樱樱笑了,看谢医生说道理时的神态,像小学生在课堂上背书。

"你笑什么?"

"没什么。"

谢城池被她笑得有些不自然了,便改口问道:"这两天,顾阿菊在病房里怎么样?"

"你不是让家属领她出院吗?"宋樱樱说。"我今天刚听到消息,她丈夫要同她离婚,已经向法院起诉了,法院打电话给鲍副院长,这几天可能要来调查。"

"其实,顾阿菊压了许多年的疑心病是有根据的,再没有文化的女人,也有女人特殊的直觉与敏感。"谢城池气愤地说。"前几天,顾阿菊的小姑子来哭哭啼啼吵闹,就是不同意接她出院。原来,他们都盘算好了,像做戏一样。离婚?有什么理由!"

"我只是耳朵边刮到一句,"宋樱樱好像是习惯动作,开始整理谢城池的办公桌,把堆得杂乱的报纸叠得整整齐齐,又把凌乱的杯子、墨水瓶、烟缸、笔筒等东西,按大小高低排成一列。她动作轻松自如,像在收拾家里的房间。同时,嘴也不停着,"这种事不稀奇,也不需要什么理由。得了精神病,只要对方提出离,不少人不得不离。也不能怪对方,可怜的还是病人,离婚以后,大多数病人又复发,又来住院,一直反反复复的。但是,光可怜有什么用?而且,就是可怜也可怜不过来。"

谢城池凝神地看着变得又整齐又干净的桌面,只觉得藏在他脑子里的一些东西仿佛也被搬动了、整理了,想找什么都不那么顺手了。

片刻之后,他眼光才有所活动,大概适应了太干净因而有点陌生的桌面。他摸出烟划着火。

宋樱樱很顺便地把烟缸又从刚排列好的"队伍"中移出,推到谢城池面前。

谢城池很感谢地看看她,心想,她好像天生是个称职的护士,很小的一举一动都做得那么妥帖、舒服。

这时,鲍副院长脚步匆匆地走进来,她没穿白大褂,好像是刚从院外回来,风尘仆仆的,神色又疲惫又兴奋,一头烫得时间已久的鬈发,如一团枯燥的棕,干糙又蓬乱。

"鲍副院长,在局里开会?"宋樱樱马上倒一杯开水递过去,"要不要放一包袋装茶?"

"下午晚上我都不能喝茶,泡得再淡也不行,否则,一夜都睡不好觉。"鲍副院长把手里的包放到自己的办公桌上,到水池边冲了手,没歇过一口气便吩咐宋樱樱,"有件事,还得你去办。"

"非她不可?"谢城池插一句玩笑的话。

"那是院长看得起我。"宋樱樱有几分得意。

"你是护士长么,是医院的一根柱子呀!"鲍副院长先抬举一下,然后再转正题,"哎,你找阿七头谈谈,门房间要调人。"

"他做得好好的,干吗调人?"宋樱樱问。

"当时同意留他是插个空档,因为一时没找到合适的人。"鲍副院长回答,"这件事,我和院长一起定的,说好只让他临时做做的。"

"但这几个月做下来,从医生护士到病人家属都反映他认真负责。再说……"

"这仅仅是一方面的反应。可还有人向我们院部提出严肃的批评，认为不可以让一个患过多年精神分裂症的病人看守门房间。何况，我们这里是精神病防治院，看守问题本来就格外重要，情况也复杂。让阿七头看门，毕竟不可靠。"鲍副院长用毛巾擦干手又撸撸脸，脸色好像顿时光彩了。她口气坚决，毫无商量余地，"我已经告诉管人事的小张办手续了，新调一个人，高头大马的，万一有情况，他挡得牢。"

"那让小张去找阿七头谈么。"宋樱樱不想揽这件事，不想看到阿七头受打击的样子。

"你护理他好几年，他听你的。"

"他听我的，我更难开口了。"

谢城池听她们一来一去地说，默默地抽烟，心里也在为宋樱樱为难。阿七头的病刚恢复得较正常，如果一时想不通，治疗、恢复统统前功尽弃……而关于工作调动、人事安排的问题，他不能多说什么，他只是个医生，只对病人病情有发言权。

"有什么难的？如果对他本人说不妥当，把阿七头姐姐叫来。当初决定把他留下，我们对他姐姐也讲清楚的。"鲍副院长翻开一本小巧的电话簿，"喏，他姐姐学校的电话。"她把小本交给宋樱樱，"定个时间，越快越好！"说完，她拎了包又要走，"我还要到区里去，区长找我，听说区长的妹妹脑子也出问题了。"她拍拍自己的脑袋，"现在精神病的发病率很高，卫生局的统计数很保守。以后，我们这种医院会越来越忙。"她似乎大受鼓舞，精神抖擞的，刚进门时的疲惫已一扫而光了。

又剩下谢城池和宋樱樱。两人不约而同地叹口气，又不约而同地对视一下。

谢城池继续抽烟。

宋樱樱继续整理办公室的窗台、柜子，但动作迟缓，心事重重的：不让阿七头看门，叫他怎么办？是接着住院，还是回家去闲待着？闲着、待着，他会不会再胡思乱想，再一次吃安眠药，再把自己逼上绝路……

五

阿七头站在铁门旁站得脚酸，还是不见谢大夫下楼。下班的医生、护士差不多走光了。

"阿七头，你立在大门口做啥？"宋樱樱推着自行车走出院子，包斜背在肩上，脸也斜着，下巴抵着肩胛，以此避开眼光。她有点心虚，好像做了什么对不起阿七头的事情。

"护，护士长，我等谢，谢医生，有他的挂号信，我怕错，错过他，耽误了事。"阿七头并着并不拢的两条罗圈腿，整个体形像只倒立的葫芦顶着颗橄榄核。

"他马上下来了。"宋樱樱没走出铁门就骑上车，车在驶过铁门时，她的脸仍斜在肩头。

谢城池还在办公室里找一把折扇，把办公桌的抽屉从左到右翻了个遍，想在下班走过门房间时送给阿七头。有一天，他叮嘱阿七头来办公室拿，阿七头可能忘记了，也可能不好意思，扇子始终还在办公桌里放着，他印象中好像在中间抽屉，结果，却在桌子下端的小柜里才寻到。

谢城池理了包下楼，值班的龚医生已买好晚饭上楼了："谢医生，阿七头找你，等在楼前，我让他上来，他说他眼睛要盯牢铁门的，离开人万一出点事情，就怕万一。嗨，这家伙，病好了，还挺像回事。"

"晚饭吃什么？"谢城池朝龚大夫碗里看一眼，才克服了差一点说出口的关于要辞了阿七头的话。

"嗨，晚饭就是对付我们这些值班的，"龚大夫抽抽鼻子，"闻着气味就倒胃口。"

"我抽屉里有肉松，在左边那只抽屉。"谢城池没停下步，脚步急促。他突然想到，一早起来，余橙橙就关照他下了班早点回家，晚饭后要去一位副市长家，副市长夫人要去新加坡访问，磋商办她个人画展的事，急需赶几套裙子、几身旗袍。设计裙子苹莉拿手，做旗袍余橙橙在行，所以，她们俩决定联合起来为副市长夫人服务。副市长夫人为了表示感谢，包了"金世界"的小舞厅，邀请大家一起玩玩。副市长夫人很周到，烫金的请柬上写着"余橙橙夫妇"。谢城池便逃脱不了。但他并不喜欢这种与他没有多大关系的应酬。只是，看到余橙橙兴致极高，他当然不能持扫兴的态度。

果然，阿七头毕恭毕敬地守在楼前，两只眼睛却紧紧地盯着大铁门，全神贯注，谢城池走近了他，他还毫无觉察。

"阿七头，找我？"谢城池招呼着，又随手把折扇交给他，"我叫你来拿的。"

"我，我不好意思。"阿七头这才回神，接过扇子时他很激动，像受到什么重大奖赏，眼睛亮了一亮。然后"啪"地打开扇面，又"啪"地收拢。那"啪"的响声，清脆悦耳，"送，送我那么好的扇子！"他把扇子送到自己的鼻子底下，"还，还有香味呢。"

"找我什么事？"谢城池问，一边去车棚推车。

"喔，有你的挂号信。"阿七头像冲锋一样奔进门房间，开了抽屉的锁，取出一只信封，"谢医生，薄，薄薄的，像只空信封，邮递员还要我敲……敲图章。"

谢城池一捏到信封，两只手指突然抖了抖，薄薄的信封犹如被树胶粘住的知了，挣扎着扑闪翅膀。

"你拆开看看，是空的吗？"阿七头好奇，盯着信封看。

谢城池不想拆也不敢拆，仿佛被封在信壳里的是一种与命运相关联的东西。他心口"啪啪"地跳，跳得奇怪。他忙把信封往包里一塞，背包挂到车龙头上，左脚已蹬上踏脚板，右腿横跨坐垫，自行车自然地向前驶了："我得赶快回家了，家里有事。"他不回头地对阿七头说。说完，自行车已滑出很远，而且，捏车把的两只手心出汗了。自行车一拐出弄堂，看不见医院的铁门了，谢城池立刻刹车，把车推上人行道，立即拿出那只信封拆了起来。但手指很不灵活，把信封扯得像狗啃的齿痕。张开信封，里面真像空的，没有信纸。他不甘心，伸进手指摸。在信封的右下角才触到一小块光滑的硬纸片，如同一张一寸的小照。谢城池小心翼翼地用指头挟出硬纸片。

确是一张小照。

照片上是个虎头虎脑的男孩子，神气十足，宽宽的额头，挺直的大鼻子，两颗黑眼珠像用浓墨点的，栩栩如生。谢城池看呆了，只觉得面熟。一定在哪里见过？最让他吃惊的是，这男孩子也有一头油亮乌黑的浓发，仿佛扣了顶黑狐皮小帽。

她的儿子。他首先肯定。他又翻看信封，落款的地址确是她的，还是北大荒那个小县城。但笔迹好像不是她的。他还记得她写在桦树皮上的字，一个个圆滚滚的，像个小泥蛋，随时会滚来滚去。那些桦树皮，他曾一直藏在藤箱里。有一次又要批判他，来势很猛，他怕影响别人，就把藤箱里所有的信件、照片等都埋到郊外的一棵大树下，还在树干上刻了记号。可再来取时，大树被连根挖掉了，庄稼地少了一大片，取而代之是烟囱林立的厂房。有她字迹的桦树皮和她的一张黑白照都不翼而飞……和她没有任何联系。她真的再也不写来一个字——分别时她说过的，一点不违背。她的心是那么温和又那么倔强……

谢城池捏着这张黑白分明的小照片，目光仿佛要穿透这张硬纸片。男孩？他一直希望自己有个儿子，像活版印刷一样地复制又一个自己。等在妇产科手术门口，护士出来告诉他："恭喜你，你爱人顺产，生了个女儿，胖胖的八斤重！"他心里失望地一沉。当然，在见到活生生的女儿之后，失望的心情消失了。尽管，丫丫长得很像余橙橙，连哭笑的时候都像她。可是，女儿毕竟是他的骨肉……谢城池凝视小照，想从小男孩的脸蛋上找寻到她的影子，哪怕是丝毫的神情或神气。但是，小男孩长得不十分像她。这男孩子像？……像自己。读小学三年级的时候，他也拍过一张黑白小照，游泳卡上要用，母亲一直保存着，照片已发黄了。可猛一看，那个"发黄"的小男孩和眼前这个"黑白"的小男孩，眉目神态一模一样，如同复制品。怎么会像自己？他努力否定。但不是没可能……突然想到"可能"，他的心跳戛然而止。不，不可能！他把小照迅速放回信封。心又渐渐地起搏，一下一下，跳动得缓慢、沉重。他站得笔直，捏着信封的手臂硬邦邦地弯成一个角度，并一动不动地保持着，仿佛被固定了的姿势，像个紧张症患者，毫无知觉，也毫无改变自己动作、状态的欲望。

马路上的车群如放牧的马群滚滚有秩地朝前奔腾，人行道上来来往往的人群默默地在赶路。有人走过谢城池身旁朝他瞪一眼,还咕哝一句:"这人出毛病了,挡着道,像根电线木头!"有人干脆推他一下:"不走靠边站!"

谢城池这才醒过来,把手里的信封揣进口袋,又觉得不妥当,赶紧摸出,掖到背包的最下面。但再想想还不放心,余橙橙有时会翻他的包,好像很无意的。从前他不怕翻,因为没有任何秘密。现在好像不同了。其实,这又算不了什么,不过寄来一张她儿子的照片。关于她,他闪闪烁烁地向余橙橙提到过,余橙橙并不在乎。那像一首童谣,发生在那么遥远的过去,那么遥远的地方。而时间距离会渐渐消融所有的感情。他承认,如果不接到这只近似空的信封,记忆中的她,已藏到心底的很深处,不常浮现了。蹊跷的是,她儿子确实像他。他想,这真是巧事。世上总会有些令人费解的事吧!

谢城池竭力解脱自己。他推着自行车走,好像不愿意急着赶回家,也仿佛没力气驮动这只放进信封和照片之后立刻"沉重"起来的背包。他要走一走,想一想。想什么?工作了一天,脑子很累,什么也想不起来了。但他就是喜欢动脑子喜欢思想,情不自禁地在自己的脑海里"兴风作浪";又如同小火煨着一壶烧开的水,暗暗在沸腾、暗暗在冒气。但有时,他会一反常态,情绪突然降到零度,低落得难以自拔,他便离开家,埋头坐在天桥的阶梯上,像个无家可归、落泊潦倒的流浪汉,由着来往的路人好奇地看他。想当年,他真的流浪过,在兴安岭的崇山里,背个包。搭着森林小火车,漫山遍野地跑,一边为躲避审查,一边还在"了解民情做社会调查"。不敢写笔记,就积极开动脑子记。回到村甲召集那些曾参加过"共产公社"的伙伴们听他侃,他能把所见所闻说上三天三夜,说得有声有色,并加进了自己的观点、思想、理论、感情。小屋热气腾腾，大家盘腿坐在炕上。炕席比现在的电热毯舒服，暖得宜人。旺旺的火炉上炖着冻豆腐熬肉汤，再加进一点酸菜，香气缭绕。女生们不停地嗑着葵瓜子，一片"喀嚓喀嚓"的响声，瓜子壳把砖地都覆盖了。"老爷儿们"喝白干把煮熟的酱油黄豆当下酒菜，抓得满手红赤赤粘乎乎的，就用舌头舔。那时候，没条件讲卫生，不卫生好像更革命；那时候以为凑在一起没完没了地高谈阔论就是革命；那时候……就是那个时候，他认识了她并喜欢她……

谢城池看表。糟糕，快六点钟了。他又开始骑车，拼命骑，像参加跑车比赛，把一批又一批的车队抛在后面。他估计到家六点一刻。再加快骑，提前到六点十分，得争分夺秒。他已想象到余橙橙拉长的脸。毕竟是赶赴市长夫人的邀请，是出席一种相当层次的礼节性活动，又在金世界小舞厅，那不是常人能去的地方，是专供外商、外交人员娱乐的高级场所。但是，赶到家六点十二分了。

不出所料，余橙橙的脸色"多云转阴"，见谢城池大汗淋漓地冲进家门，只当没看见，仍低头给丫丫试鞋。母女俩基本打扮好了。丫丫心满意足地穿一件红格衬衣一条有背带的牛仔裙，又精神又活泼。余橙橙蹲着，一条血牙红色的亚麻长裙拖地，上身套一件手编的、大鸡心领线衫，鲜红的，工艺精巧，式样宽松，又有两只高高的垫肩撑着，显得潇洒又不失韵致。被大鸡心领敞露的脖颈上，还挂一条颗粒均匀成色也好的珍珠项链，又使她高贵了许多。

谢城池朝丫丫挤挤眼。丫丫钩起一只手指问他点了点，又在余橙橙的头顶划着圈，暗示他：妈妈生气了，你当心点！他在她们面前停了一下，想对余橙橙解释一句或者逗她一下，但他只是停一下，只注意到余橙橙上身的线衫网眼过稀,像千疮百孔的墙不挡风,便脱口说一句:"你还得穿件外套!"

"你还有时间管我?几点啦?"余橙橙扫他一眼,"早上还特意关照过的,必须五点半到家,还要洗澡、还要吃饭!"

"我去洗一洗,不吃饭了。"谢城池扔下背包,又下意识地拿起包,直接往盥洗间走去。

"这只破包还不舍得放下?"余橙橙抱起一叠为他准备好的衣服,又盯一眼他手里的包。

"丫丫,把爸爸的包拎到卧室去。"谢城池对女儿说。虽然,他知道这会儿余橙橙没心思来翻他的包,但他还是下意识地采取谨慎保险的做法。他不希望节外生枝地惹出矛盾。尽管,对这个家,对眼前这份似乎很繁华很热闹的生活,他心里有着不自在的感觉,或者说,他理想中家的气氛、内容,好像不是目前这样的。但是,作为一家之主,他并不能拿出实力来主宰和左右这个家。实力这两个字,像两块砖很沉甸甸的呀!没有实力,就无法按自己的意志营造气氛,即使在家庭内部,同样按这个规律运转。可无论这样那样,家,是他立足的岛,面对生活的风浪、波涛,他不能再让脚下的这个"岛"沉没、塌陷。而要维护,总得委屈求全。他能说服自己:有伸有屈才符合生活。

"爸爸,你好换只包了,还用人造革的,太土了!"丫丫嫌弃地拎起包。

"你懂什么叫土?"谢城池感觉到女儿对生活已有了种种挑剔和过分的要求。

"我怎么不懂!"丫丫最反感爸爸、妈妈小看自己。

"好，你懂，你什么都懂！别同你爸爸啰唆了，让他快洗快换衣服，时间不早了。"余橙橙把他的衣服送进盥洗间。衬衫是砂洗真丝，石磨蓝色，很洋气，西裤是藏青色的全毛凡立丁。这样的一身搭配，飘逸轻松又庄重稳健。"哎，衬衫束在裤子里，皮带换根新的。哎，不要塞得太紧喔，真丝衬衫穿得宽松点潇洒。"

一般情况，谢城池都顺从她对自己的种种规定。她学过服装设计，搞过服装设计，习惯以自己的审美眼光为标准，也习惯按自己的喜好设计生活、设计别人。其实，按谢城池的心愿，生活应该简单、朴实，太讲究了累人。

"妈妈，今天出去有小车吗？"丫丫放好背包，习惯地来问。

"有，"余橙橙说，"小李叔叔的车。你不是答应过，送他女儿一个外国发卡吗？"

"我送他一个国产的。"

"小器鬼。"

"外国的好看呀，我自己只有一对么。"

"苹莉阿姨还会送给你的。"余橙橙教训女儿。"小李叔叔来接送我们是加班的，还不得谢谢人家？送个发卡还舍不得！"

"好吧好吧。"丫丫勉强答应。

"你们在谈什么交易？"谢城池穿上石磨蓝的衬衫和藏青色裤子，果然很出效果，风度十足。

"丫丫，爸爸好看吗？"余橙橙让女儿欣赏一下自己对他的规定和设计。

"好看。爸爸比你好看。"丫丫来回打量。

"谁说的。"余橙橙走到大镜子前审视自己，还是感到满意。

"走吧。你又不着急了?"谢城池催促道。穿得焕然一新,他已经感到不自在,不愿意再让余橙橙和女儿把他当模特儿又端详又评论了。

轿车准时地等在楼下了。

丫丫拉开前面的车门,坐在司机小李叔叔旁边的座位。她坐得心安,坐得神气,俨然是这部车的小主人。谢城池斜靠椅背,看女儿高昂着头,一脸傲然、惬意的表情,很奇怪很突然地感到一阵胸痛,且一直痛到心底。他连忙闭上眼睛,双手按住胸口,稍稍压迫有痛感的心脏。但一闭上眼,那张黑白小照,像打出的幻灯片清晰地亮在他眼前:宽宽的额头,挺直的大鼻子,浓密的黑发——像他?……被手按紧的心跳,跳得小心、稳重了一些,心,仿佛卡在一只带铁刺的木盒里。胸痛就因为那些"刺",他虚脱了一样仰在椅背上,眼前继续闪动着那张黑白小照。她的儿子——为什么她把儿子的照片寄来……

"爸,你快看呀,那些男孩子真讨厌,泡在街心花园的喷水池里,把水都搅混了!"丫丫忽然愤愤地嚷起来。

谢城池没作反应。

"爸。"丫丫转过身撩出手臂推他。

"男孩子么顽皮一点没关系。"谢城池不得不睁开眼。

"你爸爸喜欢男孩子,生你的时候,就盼着生儿子!"余橙橙瞟着他说,"你怎么搞的,脸色不对,病了?"

"没有。"谢城池马上警觉地端正身子,竭力地抖擞精神。

"好啊,爸爸你不喜欢我,你重男轻女!"丫丫抗议了,还有理论。

"爸爸当然喜欢你。"谢城池松开放在胸前的手,痛感又奇怪地消失了。

车里沉默了一会儿。

再一会儿,车就开到了"金世界"。这是一幢由黄色有机玻璃镶缀而成的建筑,像皇宫一样辉煌。

六

"护士长,电话!"脸蛋细巧得像瓜子仁的小护士,跑到楼梯口仰脸向四楼的病房喊。

"哎,来了,谢谢你!"宋樱樱下楼时,手里拿着一件需要钉揿纽的半成品衣服。"又是病人家属打来的电话?"

"不,是你丈夫,大记者,我还跟他聊了几句,问他电台里'相会在今宵'的主持人长得好看不好看?他的声音可真好听。"

"爱上了?"

"爱上他的声音不构成问题吧?"小护士诡秘地一笑,"护士长,要是有人爱上你丈夫,你怎么办?"

"让给她,一天都不耽误。"宋樱樱在拎起电话时冲小护士一笑,笑得坦然。"哎,什么事?"她的嘴对着话筒,声调异常亲切。

"我要去出差,突然通知的,很急。"

"去哪儿?"

"珠海。"

"明天走?"

"今天。"

"今天!"宋樱樱提高声音,"是电台的采访任务?怎么不提前两天打招呼?"

"下午的飞机。我告诉你一声。"

"我马上回家。"宋樱樱放下电话。立刻去大办公室找鲍副院长请假。

鲍副院长很通情达理,丝毫不费口舌就准假。她让宋樱樱向值班护士交待一下工作,并且非常宽容地说,"去珠海,十天半个月回不来,去机场送送么,下午就别来了,干脆调休半天,你不是积了好多天假?"

"也好,调休半天。"

在骑车回家的路上,宋樱樱对自己竟然为他出差调休半天感到有点不可捉摸。他们当记者的,就像那些做推销员的一样,出门是家常便饭。一年之中,马巽方总有半年时间在外面采访、开会,参加各种各样的活动,但时间都不长,最多两三天,因为稿件要等着及时播出的。所以,她习惯他出差了,说走就走,背个包,装一套替换衣服,连毛巾牙刷都不带,宾馆里都有。但每次出差回来,总是大包小包满载而归,都是邀请单位发的礼品,有时还有"红包"揣回来,少则五十,多则几百。因此,对他频繁的出差,宋樱樱从来不拖后腿。尽管收来的礼品,有些不是急需的,有些还是多余的。不过,有总比没有好,多的存起来,不急用的留着慢慢用。总之,能省下好大一笔开销。她已经有好几年不买香皂、洗发精、护肤霜等日用品了,连身上穿的羊毛衫、衬衫、旅游鞋,以及家里的电饭煲、电热锅、电熨斗、气压式热水瓶、茶具、咖啡具,统统都是他出差采访后拿回来的;各式的包,各样的笔尤其多,真发愁没地方搁,到过年过节就转送给亲戚、朋友和邻居,也好做个人情。但有一点,宋樱樱把握得很牢:他做记者所得的好处,绝不泄露到她工作的那所精神病防治院里。医院毕竟是个清苦又辛苦的地方，何必让别人眼红自己？何况，那些"好处"带给她的却不仅仅是好处呀……

回到家，马巽方正躺在长沙发上闭目养神。他耳朵里塞着耳机听音乐，脚尖还一点一点地打节拍，毫不感觉有人进屋。宋樱樱知道，他一听音乐就陶醉，打雷都听不见。他最早是玩音响，后来玩录像机，接着玩游戏机，又托人用内部价搞到一台电脑，最近，他看中了日本进口的摄像机，又在积极筹钱了。凡是时尚的、新潮的、先进的，他都要摸到手玩到家，样样不拉，绝对不肯亏待自己。除此之外，他还要享受激动的感情……宋樱樱绕过长沙发悄悄走到他面前，像打量一个陌生人那样，从头到脚地把他瞅一遍。自从那"花伞和背影"钉进她心里，她就暗暗发誓：决不输给那柄"花伞"！像一场拔河比赛，这需要比耐力，比后劲，要拖住时间把力气屏到最后！

"哎，"她用膝盖碰碰他的腿，"下午几点的飞机？"

"三点。"马巽方这才摘除耳机。

"吃饭了吗？"

"哪里有饭吃？我饿死了！"

"你还有饿的时候？我看你吃宴会像跑片赶场次一样。"

"谁也不会请你白吃白喝。多少辛苦！写稿发稿，都是立刻要赶出来的。"

"你们再辛苦，也比不上我们做医生、护士的，尤其动手术的外科医生，一干就是五六个小时，精神得高度集中，能给几元钱辛苦费？不管怎么样，你们还是美差，东跑西跑游山玩水。"

"嗨，那是你想象的。哪里有时间玩？办了事，采访完，紧赶慢赶得回来发稿。"

"这一次去几天呐?"宋樱樱拐弯抹角地才盘问到她心里最需要了解的事实。

"半个月左右。"马巽方接着说,"我正好要去联系台摄像机,可以便宜两千多元。"

"买摄像机的钱够了?"宋樱樱对他玩这个机那个机没意见,只要他不玩感情。

"差不多了。"马巽方从沙发上站起来,"做饭吧。要提前两小时到机场。"

"我到机场去送你。"宋樱樱一边进厨房一边说。

"出差呀,又不是出国。你别去了。"马巽方跟着进厨房,"我帮你切肉吧。"

"你去收拾你自己的东西,半个月呢。"宋樱樱嘴上不说,心里怏怏的不快。她第一次要求送他,表现一点亲密、眷恋,他不领情,一口拒绝。

"东西都装好了。"马巽方推上厨房门,突然拥住她,"我们上床躺一会儿,还来得及……"

宋樱樱毫无准备又十分意外地被他温馨地搂进怀里,鲠在心里的一团不快突然消失,像喝进一口热水马上融化了一片冰雪。他已经很久没有这样主动要求和她温存、亲热。她点点头,目光有点羞涩,像小姑娘一样。她已有很久没有受到他这样亲近的抚爱了,调休半天对了。她忽然闪过一个念头:坚持去送他,送到机场。

上了床,再起床再做饭,时间显得紧张了。马巽方草草扒几口饭,几乎没揿菜。

"你不是饿死了吗?多吃点,到珠海天都黑了。"宋樱樱狠狠地攥了两筷炒肉丝放在他碗里。

"飞机上有吃的。来不及了。"

"把碗里这点吃了。"

马巽方埋下头大口大口吃。宋樱樱看着他吃,心里暗暗地想:他从来没有这样听话,是不是因为他们从来没有像今天这样尽兴、默契的配合?她仿佛第一次尝到淋漓尽致的快感……她用安详的目光看着他,心里在激动地回味,并进一步想到,如果没有"花伞和背影",他们完全可以建设一种很快活的夫妻生活。她对这种建设似乎有了点信心。但仅仅是"有了点",而在她心里还是深深的不安。

"吃饱了,该走了。"马巽方一抹嘴,站起来去拿包,那是一只彩色的牛筋包,大红大绿的,色彩很鲜亮很夺目。

"我送你,下午反正调休了。"宋樱樱执著地离开饭桌,碗里还有没吃净的饭菜。

"我说过,不要送!"马巽方一皱眉头,口气有点不耐烦,并流露出他一向不听话的本色。

"……"宋樱樱站着不动了,并移开自己的目光不再看他。她最恨他那种"不听话"时一皱眉头的神情,仿佛在嫌弃什么,厌恶什么。

"如果方便,我会往家里打电话的。"马巽方立刻纠正态度,走到她面前。

"你走吧,我还没吃完饭。"宋樱樱转身回到饭桌旁,尽量让自己不动声色地坐下。

"那我走了。"马巽方拉开房门时,脚步稍稍停顿一下。

宋樱樱仍然不让自己看他,但眼角的光,还是瞥见了他背着的那只大红大绿的牛筋包。

房门"砰"地关上了。

宋樱樱干巴巴地坐着,懒得马上动手洗碗。

电话铃响了。

找他的。她不愿站起来接电话,安了这部电话,基本为他所用。他回到家,即使深更半夜,还会有电话来找他,他还要拎起电话打出去。

电话铃继续响,响得烦人。

宋樱樱只好去接。

"你是宋樱樱,我是……"

"你是谢大夫,我听出来了。"

"你耳朵真灵啊。"

"什么事?"

"一会儿,有位律师要来找我,为顾阿菊的病。"

"她的病和律师有什么关系?"

"关于诊断问题……电话里说不清。你调休了是吗?那明天上班再说。我第一次接触这种事,想问问你,以前发生过类似的情况没有?"

"我马上来医院。"

"哎……"谢城池来不及阻止,就听到电话"啪嗒"一声切断了。

宋樱樱像获救了一样,为自己不必再干巴巴地坐下去而感到一阵奇怪的轻松。心想,幸好去接了电话,下午不调休了。她看看手表。

七

两位院长的办公桌一并进主治医生的办公室,这间大办公室便经常闹哄哄地像一家杂货铺,医院的一切事务性问题都集中到这里来了,从早到晚不断有电话有人来找,这事那事,嘈嘈杂杂,没完没了。

"谢医生,你们去'催眠室'谈,下午老院长有会议,那里没病人治疗,安静一点。"鲍副院长从抽屉里拿出一把系着根绿绒线的钥匙,"你们先去,我在这里把一点事处理掉再来。"

谢城池带两个律师去"催眠室"。律师一男一女,都是中年人,男的更显老,头发黑白参半,女的微胖,方方正正的脸,给人开朗大方的印象。

"催眠室"在小楼顶上,不安电话,也不许人随便走动,像一片世外桃源。"催眠室"里干净简洁,布窗帘拉得严不透光。老院长负责催眠疗法,每天像个用心的导游,全神贯注地将病人送入深沉的梦乡,在那片梦乡中,病人的脑子仿佛被一股股细密的净水冲洗得刷白,没有记忆,没有印象,没有思绪,没有以前,没有以后,只有休息,只有停顿。老院长来医院上班,先到大办公室报到一下,和鲍副院长交谈几句,然后就钻进"催眠室"百事不管了。这真是两全齐美的态度,他自己省心省事,又让鲍副院长获得全权管理医院的满足。谢城池与老院长接触不多,很尊敬这位老医生,也请教过有关"催眠疗法"的学问。

"催眠疗法的道理是什么?"女律师问。

"催眠,靠什么催?"男律师问。

"以后请我们老院长给你们上一课,这里面学问很深的。"谢城池省略了寒暄和客套,马上一连串地反问。"你们来了解顾阿菊的情况?她丈夫起诉离婚什么理由?她还是我们医院的病人,谁做监护人?"他情绪有点激动,"对这个离婚案,你们受理了?"

"我们按规定受理。"女律师口气和蔼。"起诉书上关于离婚的理由写得很充分,因为被告顾阿菊已患多年精神分裂症,按照法律,一方得了这种病,另一方可以提出离婚。你是精神病大夫,我想,你肯定了解这一点。"

"但是,我对顾阿菊的诊断,并不是精神分裂症,她只是疑病性神经症。"谢城池一刀切入接触到最实质性的问题。他不喜欢谈话绕圈子,"原告的理由是站不住脚的。"

"据我们了解,顾阿菊是从另一家医院转到你们这儿的,但那家医院对她的诊断,好像和你不同。"男律师说。

"不是好像,就是不同,他们的诊断是精神分裂症。"谢城池说。

"那你认为……"女律师微笑着征询道。

"我当然认为我的诊断准确!"谢城池坦然一笑。"你们可以约请市精神病总院的老医生进行会诊,取得权威性的确定。"

"这比较麻烦了。"男律师摇头,"我们也没有这样的力量组织会诊。"

"不是没有力量,是不可能的,毕竟不是件大案。"女律师补充一句。

"那么,两家医院,两个主治医生,两种不同的诊断,你们信谁的?"谢城池语气逼人。

"所以,我们才来找你,想听听你对病人、病情的分析、判断……"女律师从容地说,态度很公允,似乎没有倾向和立场。

门把有转动声。谢城池去开门。鲍副院长一边进门一边摇头:"送走一个病人家属,我赶快来,如果再回到办公室,一下午都走不脱了。"她坐到女律师对面,"我们这种医院和一般医院不同,不光是看病的问题,什么麻烦事都有,打官司的,和单位领导闹矛盾的,夫妻吵架的,邻里纠纷的,病人家属都要找医生说,因为我们的病人都没有头脑呀!但我们毕竟只是医院,医生没那么大能耐什么问题都能帮着解决的。可家属们不一定理解,他们把病人往我们这儿一放,好像医院什么都得包了。"她一坐下来就滔滔不绝地说,快节奏,没间隙,不容别人插嘴。大概院长做惯了,经常有这个来找那个来求,她高高在上,恩赐这个解救那个,因此,她到任何一个场合都会很自然地让自己唱主角,还要唱得满堂喝彩,"比如,你们法院要调查的这个顾阿菊,真叫人头疼,天天叫胃里有癌不肯好好吃饭,我们护士天天要哄要逼。一到探视那天,她丈夫不来,我们医生的办公室就不得太平了,她坐到你面前哭哭啼啼、叽叽咕咕,像块牛皮糖,怎么撵都不走,又同她说不清道理,你们说烦不烦?现在,她家属要求让她长期住院,因为她丈夫被她缠得有病了,脑血栓,照顾不了她,只好求我们医院帮忙。你们说,对这种情况,我们怎么处理?当然,替家属设身处地想想,也真是伤脑筋,谁家摊上这么个病人,日子确实没法过。你说顾阿菊的病,是精神分裂症也好,神经性疑病症也罢,总之,我理解家属的心情和要求。我们作为医院方面,能帮助家属排忧解难,我们就得尽力而为啰!"

谢城池听得目瞪口呆。鲍副院长怎么可以一进来就像宣判似的说这样一套带有结论性、倾向性的话?好像顾阿菊丈夫的离婚要求完全正当,好像顾阿菊就应该长期住在精神病医院里。但顾阿菊的病况明明不是这样的,只要调理得好,坚持吃药,再有好的生活气氛、生活环境,她可以恢复得像正常人一样。但有两个律师在场,他不能公然反对鲍副院长的看法。他点烟了,并且,不掩饰地以沉默表示不满。

"鲍副院长,听了你的话,我很感动。你们做精神病防治工作的,真不简单,很辛苦啊。我接受过几个案子,都涉及到一些精神病人,问题都很棘手、难办。现在社会上,对你们工作的意义认识不足,有机会应该宣传宣传。精神的心理的疾病,确实忽视不得,许多犯罪行为,许多悲剧的发生,都因为精神问题导致的,有些达到完全的病态了,但本人并不认识,周围的人也不以为然。"男律师也兴奋起来,引申开话题,仿佛顾阿菊的问题已一目了然,不需要再探究下去了。

"看到你们这些医生对病人如自家人一样关心照顾,我们也很受教育。"女律师也深受触动地谈起体会。"我家隔壁住了一对夫妻,女的是精神病,好像是严重的忧郁症,从早到晚缩在房间角落里闷声不响,新搬来的人家,都不知道这个男人还有个妻子。他要面子,不送妻子去住精神病医院,而他的家族门风又很严,家规很重,绝对不许离婚,他自己好像也没有离婚的想法,就这样一年年地过下来了。我们是老邻居,很同情他。其实,他应该讲科学,送妻子去精神病医院。可是,你们这种医院听起来就是有点……"

"是呀,好像得什么病都比得精神病好讲一些。"鲍副院长神采飞扬。她只要有人迎合、奉承,就会像打足气的皮球,越拍越高。

"鲍副院长,我可以走了吧?你们谈,我约了两个门诊病人。"谢城池不愿意再奉陪着谈论防治精神病工作的重要性。既然两个来调查的律师已对调查不感兴趣,他觉得自己干坐下去就很无聊了。

"喔……"鲍敏丽被打断谈兴稍稍有点窘,"你们还有什么需要问的?"她问两位律师。

两位律师互相看一眼。

"刚才我们和谢医生已经谈了……"男律师说。

"以后可能还要来麻烦你们……"女律师说。

"那我走了。"谢城池快步走出"催眠室"。

回到办公室,谢城池看到宋樱樱在和梁大夫说着什么,没去打搅,坐到自己的办公桌前又点了支烟。他每天抽烟不多,但是,抽每一支烟似乎都有一种内在的理由,都是必须的。

"哎,谢医生,谈得怎么样?"宋樱樱走过来,还随手扔过来一根口香糖,"烟少抽一点,嚼嚼这东西嘛!"

"我也响应号召。"梁大夫捏灭了烟,双手高举着宋樱樱给他的口香糖,"还是南朝鲜的进口货。"

谢城池把落在桌上的口香糖竖起来插到台历的铁架中,像立块小小的牌坊。

"什么意思?立牌坊还是立牌位?"宋樱樱很能联想,"哎,到底怎么样?看你一脸的不高兴,好像遇灾遇难了。"

"莫名其妙,把我喊去了,什么也没问清楚,就算……"谢城池难以复述刚才的情景,因为这要涉及到鲍副院长,而且大办公室里人多嘴杂,他不能多说什么。教训够多的了。这起码的谨慎,他还具备。尽管他没有为自己修筑起深邃的城府,也学不会世故,经常喜形于色,不会表演。但来到精神病防治院,因为工作得还顺手,还没发生过与人的摩擦,也不曾偶露"峥嵘"。

"不问，不清楚，不是更省你的事吗？"宋樱樱伏在谢城池的办公桌上，声音放轻了说，"我看你还是个激动分子。对有些事，就让它稀里糊涂地过去吧，何必非要钉是钉铆是铆地区分得太清楚？这样做往往吃力不讨好。来医院的路上，我就想，顾阿菊的丈夫要离婚，法院来调查，这些事情说到底，和我们做医生、护士的都无关。我们的责任，就是保证病人有很好的治疗。清官都难断家务事，何况，我们离官还远着呢！"她推推谢城池，"谢医生，算了，听院长的，她怎么对法院说就怎么办呗。家属要让顾阿菊继续住院，如果院里同意，那就继续住呗。你干吗一定要坚持自己的观点？再说，顾阿菊也确实有病，继续住院，也没有原则性错误。"

"问题已经不是住院还是不住院的矛盾，而是顾阿菊该不该被她丈夫说休就休、说离就离！"谢城池气呼呼的，好像是他自己的权利、尊严受到了侵犯。

"休不休就那么回事。不休，顾阿菊也没有幸福，不过有个名份罢了。"梁大夫凑一句，嘴里还嚼着口香糖。

"名份对于有些人也十分重要啊！"谢城池站起来面对梁大夫，摆出像要开展大辩论的架式，"起码不能乘人之危吧！她终究还有病，而且是神经性的病，没有自卫能力，是弱者。"

"社会，本来就是强者占便宜。"梁大夫说。"我们天天打交道的这些病人，多数是最弱最无能的，你花费力气帮助他们，究竟有多少意义？不管怎么说，社会的前进，是要靠强者去推动的。"他拐了几个弯走过来，"老兄，你再多做一段时间，大概就不会那么冲动了。"

看梁大夫以一副长者教训人的姿态参与谈话，谢城池马上觉得无趣，不愿再谈论下去。他对宋樱樱交代一下工作，锁上抽屉要去门诊室，他约了柳月下午三点来复诊。一走出办公室，他听见梁大夫和宋樱樱小声对话：

"他早晚要吃亏的，何必呢？"

"主要是看待病人的角度不对。精神病呀！"

第 七 章

关 于 手 册

　　谢城池从书橱里又翻出所有关于弗洛伊德的书和弗洛伊德自己的著作：《精神分析引论》、《性与梦》、《弗洛伊德心理学与西方文学》、《癔病的病因学》、《释梦》。

　　"对弗洛伊德的精神分析法和心理动力说，世界上尽管有种种非议、批判，认为是唯心主义的，但是，我认为弗洛伊德的潜意识论、心理结构论以及关于'动力学的定律不仅适用人体，而且还适人格'的重大发现，对研究人，研究神经病的起源，有着最科学的指导意义。"

　　谢城池把这些书像砌砖一样一本本堆在桌上。有几本已看旧了，字里行间还画上不少红杠杠蓝道道，边边角角还有铅笔写的眉批，只是字迹已不那么清晰了。读这些比较难懂的书，他却感到津津有味，一些关于心理学的论证论据自然而然地在他心里融化、吸收。那时,他还在药材仓库工作、生活单调,幸好有这些书做伴,他的思想才变得充实。而这些书的每一页,都在探索人的奥秘,都在回答人对自身种种精神现象的疑虑和疑惑。他被那种"探索"与"回答"深深吸引了。当然,那时候只是通读,所有新奇新鲜的感情,还是理性的理论的。现在,他自己也是个精神科医生了,像弗洛伊德最初行医时那样,他也开始认真地接触病人了。弗洛伊德一向醉心于神经系统的研究,把治病的诊疗室当作实验室,而那些精神病人语无伦次地谈话,则成了他的研究资料。他发现,他所诊治的神经失常现象往往取决于一些内在的驱动力,而大多数驱动力是潜意识的。

谢城池掀过一页,在工作手册上又写下一行字:

"内在的驱动力——潜意识。"

什么是内在的驱动力?他的理解是:心理最底层的动机和欲望,也就是潜意识的欲望。而弗洛伊德的深度心理学,把人的心理历程分三层,上层为意识,中层为前意识,底层为潜意识。

"潜意识的观念是遭受过压抑而被摒斥于意识领域之外的,如果要它重复进入意识,就为病者所拒绝了。所以,弗洛伊德以为抵抗和压抑是同一历程的两面。精神分析的目的就在于克服这个抵抗,把潜意识的欲望化为意识,治疗就可以奏效。然而,这个抵抗是不容易制服的,需要精神分析家的高度技巧。"

在最关键的几句话下面,谢城池用一支红色彩笔重重地点上点。他由衷地崇拜这位长年生活在维也纳的犹太人,他的心理学和精神分析法,作为一种科学的世界观应用到对人的研究中,使人类对自身获得本质的真正的认识。

"压抑——抵抗,潜意识的欲望——化为意识。

"前者是神经病的起源。后者是治疗精神病的一种方法。"

谢城池翻开卡尔文·斯·霍尔撰写的《弗洛伊德心理学基础读本》的第四章:"人格的发展",其中有一节谈"压抑"。他仔细读着,并断断续续摘录:

"反宣泄对宣泄的消除或抑制就叫做压抑……不管被压抑的是感知、记忆还是观念,压抑的目的都是为了通过否认或歪曲那些损害自我安全的外部和内部危险来消除现实的、神经性的和道德的焦虑。……如一味依赖压抑来对付危险,会显得畏缩、紧张、呆板、胆怯,从而不能与外界进行有趣味、有意义的交往……压抑还会使身体的某一部位的功能紊乱,或引起身体某些部位的失调,如关节炎、气喘、溃疡……"

谢城池全神贯注地停留在这几行字上。他马上联想到顾阿菊的病、病症、病因,顾阿菊喊胃里生癌,这是一种错觉与失常的感觉。但是,请内科医生诊断过她的肠胃,的确有胃窦炎,还有部分溃疡。是由于长期压抑引起的!可以断定。

找到了理论依据,谢城池立刻又查看顾阿菊病历,并作摘要:

"顾阿菊:五十三岁,女。

"入院检查:患者对地点、时间、人物确认无误,意识清晰,情绪焦虑,表情呈痛苦状,反复诉说自己有胃癌。患者注意力尚集中,动作言语协调,无特殊姿态,只是反复诉说于纠缠,'我胃胀死了。我没有精神病,是胃里生癌,吃不想吃,怎么办?'

"精神检查:

"'一百减七,你连续减下去。'

"顾:'93,86,79,72,65……'

"'国庆节是哪一天?'

"顾:'10月1日。'

"'汽车和电车有什么区别?'

"顾:'汽车用汽油,电车用电。'

"鉴别症断:精神分裂症有疑病妄想,还有其他症状如幻觉、人格破损、情感淡漠等,该患者缺乏这些症状。

"诊断:1. 精神分裂症待明(但在其他医院就诊四个月,有诊断是精神分裂症);2. 焦虑症、疑病症。

"治疗方案:1. 服猴菇菌片治胃窦炎;2. 暂用氯丙嗪帮助睡眠。"

这个"治疗方案"显然要改进。谢城池放下笔。那天,一走出"催眠室",他就命令自己:一定要想办法治好顾阿菊。好像就为了和她丈夫的离婚起诉赌气,为了证明自己的诊断。对顾阿菊的治疗,他的方案已修正过几次,也请老院长辅助以催眠疗法。但是,催眠疗法的治疗效果在顾阿菊身上的表现很短暂,没能铲除病根。还有更切实的办法吗?

"治疗方案:3. 催眠疗法。

"在催眠状态中,顾阿菊诉说自己有一阵经常梦见丈夫的前妻从青海回来了。她说,梦里的她,长得文文雅雅,戴副眼镜,一说话笑眯眯的待人很和气。她的两个儿子尽管是顾阿菊养大的,但他们一见到自己亲娘,就像小猴子找到了走散的猴群,亲热地搂着老猴又蹦又跳,她白辛苦一场。更主要的是,他看到前妻一会儿哭一会儿笑,像个大孩子一样。他前妻到底是有文化的人,懂道理,走到她面前还说了声谢谢。顾阿菊说,就是这声谢谢,把她的心说空了,从梦里醒过来,她还在想这声'谢谢'是什么意思?她总觉得,他前妻谢过她了,心平了,丈夫和儿子就可以讨回去了。"

那次做催眠治疗,谢城池在场。听顾阿菊讲了一些心里的隐事、隐患,使他对这位女病人的病源,有了进一步的明确:顾阿菊在丈夫那儿从没有得到过宠爱,她只充当着保姆的角色,尽心尽意地照料他的生活和他的儿子们。而且,她明显地感觉到他对前妻还有感情。一旦他的前妻从青海结束劳改返回城里,她心里就不能平衡了,有一种说不出的威胁,就像一条木船总在风浪里摇摇摆摆,没有了稳当的时候。对这种"威胁"和"不稳当"的感觉,她确实说不出口,无法表达,因为没有证据没有事实,只是一种感觉和担心,又消除不了,便长期藏在心里压抑着自己……

"老院长来病房看过顾阿菊,为验证治疗效果。我对老院长坦率地谈了顾阿菊病情的反复。我说,在催眠状态中,顾阿菊虽然吐露了一些心事,但我们医生的开导,只是在用暗示来抵抗症候,所以,病人的状态不容易有根本改变。老院长一字一句地听着,又沉思默想了一会儿才问我:你有什么绝招?我大有班门弄斧之嫌。但是,和老院长探讨医术,我应该畅所欲言。我说,这病人好纠缠人,看起来没心没肺的,其实,她心里有说不出的苦。如果,采用'宣泄疗法',也就是把问题讲出来的疗法,让她把压在心里说不出的苦恼说出来,再帮她分析,再帮她提高认识。老院长不表态,只说了一句:可以试试看。不表态是符合老院长性格的,他对人对事慎重、实在,一旦有观点并且说出了口,他一定会言行一致地做到。关键是,老院长不轻易说自己的想法,显得过于谨慎、保守。那天,我把对顾阿菊病情的分析以及想让她出院的考虑都向老院长汇报了,那时的想法还比较浅层,只感到靠一般性的药物治疗,对顾阿菊的病不起作用,硬把她关在医院里未必好。但这些天,我的思路突然转变,决定再改换治疗方案。

"治疗方案:4.用'讲出来'的疗法(有些书称之为'自由联想'疗法,改变病人的心理生活,用具有教育意味的暗示来帮助病人消灭内心对症候的抗拒)。"

"讲出来"的疗法其实已经开始。连续三天,午睡以后,谢城池便主动上四楼女病房找顾阿菊。观察室这一阵空着,他从办公室里搬来一张折叠椅,关上门。安静的观察室确是谈话的好地方。

"第一次找她谈。我想还得循序渐进,从交谈症状以及症候入手:

"'顾阿菊,你仔细讲讲,到底哪里不舒服。'

"'谢医生,这里,这里(她的手撤住上腹部)天天都胀鼓鼓的,肯定生了很多癌,堵塞了。'

"'你不要瞎想瞎猜,要是生那么多癌,你早就动弹不了了,还能这样鲜蹦活跳的?'

"'我不是瞎想瞎说,胃里真的难过,像有锥子在扎,一阵一阵疼,不想吃饭。我对他讲胃里不舒服,他说带我去医院看病,结果把我骗到精神病医院里。谢医生,我没有精神病呀(她一开始仍重复着经常挂在嘴边的这些话)。'

"'你想想看,他是你丈夫,为什么要骗你?'

"'他待我不好。他不来医院看我。'

"'你知道的,他最近有病。'

"'这不算啥毛病，动脑筋累的。他在大学里教书，自己还写书，太吃力，还不吸取教训，写啥短命书，到时候挨人家批判。他前面的老婆就是能说会写，结果被罚到青海劳改。我不让他写书、看见他写就熬不住要讲，他嫌我烦。他待我不好。是呀，他是知识分子，我只是个工人，读了两年书也忘得差不多了。但是，我嫁给他的时候很年轻，蛮漂亮的。他比我大七岁，还拖着两个儿子呢，家里一分存款都没有，结婚的时候，还是用我的积蓄买了两床被子一条羊毛毯，我不计较这些。我待他一心一意的。他这个人聪明，脑子特别灵，他的学生都说他上课好听。我的小三像他，考上科技大学，全校分数最高（讲到这里，她眼睛发亮，两颗眼珠像用去污粉擦洗过的玻璃球），阿大、阿二读书都没有小三读得好。小三总算为我争气了。'

"'阿大、阿二都工作了？'

"'老早就工作了。'

"'他们待你好吗？'

"'场面上过得去，总不像对他们自己的亲生娘。他们礼拜天回来，我烧好吃的给他们改善一下。但是，我生病了，他们从来不到医院来看我。'

"'你自己的儿子不是也没有来过么？'

"'我关照他不让小三来。这是啥医院？精神病医院呀。我不是精神病呀！死老头子没良心，把我骗进来的呀！小三来这种地方看我，心里肯定会难过的。他读书紧张，身体不大好。我不让他来！我住医院了，他星期六回家，他娘娘会烧给他吃吗？'

"'你放心，他娘娘会照顾的。'

"'她只肯照顾我那个死老头子。小三有一天发烧，39度啊，他

娘娘只烧点泡饭给他吃。'

"'你怎么知道的?'

"'我在那个医院住院的时候,溜回家一次正好看到,我就又哭又叫地不肯回医院了,他和他娘娘拿我没办法,只好去办出院手续。没过一个月,又把我骗到这里来了。谢医生,我想回家。上次他娘娘来说,回家也没我住的地方了。我上次溜回家,她娘娘就不让我住大房间。结婚前,我自己有间房子,就是小一点,只有一扇天窗,通外面一间公用的大客堂,比较闷。那一个月,我就住那间小房子。还好,小房子离现在的家近,在对马路,礼拜天小三会来陪陪我。他娘娘好凶,我们家的事她都要插一脚。他们兄妹俩真好,他挣钱后就供他娘娘读高中。他娘娘结了婚,照样三天两头往我们家跑。他娘娘的男人是个老实头,踢一脚也不会哼一声的。世界上真有这种人。'

"'顾阿菊,你也很老实么。'

"'是呀,老实人吃亏。我上班,做家务,管三个孩子,把身体做垮了,生癌了,他就把我往精神病医院里送,还不让回家。'

"'他让你住院,是为了你好。'

"'为我好(她摇头,摇个不停。眼睛又黯下来,像傍黑的天)?'"

第一次谈话就到顾阿菊摇头为止,再怎么启发都深入不下去了。第二次、第三次谈,进展都不明显。谢城池往前翻几页手册,重温这段话:"……如一味依赖压抑来对付危险,会使身体某些部位失调,如关节炎、气喘、溃疡……"他凝神思考了一会儿,又将手册翻后几页,提笔写道:

"依赖压抑——对付危险。"

顾阿菊的最大危险是什么?谢城池在换一行的空格里接着又写:

"他前妻归来。他待她不好——她内心因此不安定、不安全——一种深层的焦虑。"

焦虑的问题，是弗洛伊德神经官能症理论和精神病理论的一个中心。焦虑是由于人体内器官激动而产生的一种令人痛苦的情感经历。焦虑，实际上就是恐惧感，是认识到外界存在着危险、存在着可能给他（她）带来伤害的因素而产生痛苦、忧虑不安的情感经历。谢城池可以确定，这个没多少文化的女病人，丝毫不懂得是自己的"情感经历"：恐惧、焦虑，又长期压抑，造成了神经性疾病。如果，配合催眠疗法和"讲出来"疗法确能治愈她的精神，那么，恢复健康以后的顾阿菊能否面对已经在进行的这个离婚案？

谢城池又点烟了。

家里的这只烟缸很精致，是片玻璃的白桦叶，叶片上还细镂着花纹一样的叶脉，并凹凸地呈现立体感。谢城池钩起一只手指轻轻地将烟灰弹上透明的"白桦叶"。他自己又低头看一眼，大概感觉到一种玷污，马上把"白桦叶"上的烟灰倒在一张废纸上。

面前的工作手册仍翻开着。谢城池目不转睛地盯着最后几个字："一种深沉的焦虑。"突然，他把没吸完的烟扔进由废纸卷成的"喇叭筒"，用手捻了捻，"喇叭筒"立刻现出两个焦糊的圈。他干脆把"喇叭筒"捏成一团掼到字纸篓里，然后，抓起笔龙飞凤舞地写道：

"在顾阿菊治疗过程中，接待两位律师，他们对我的诊断质疑，因为她丈夫的起诉书明确指出：顾阿菊患精神分裂症。所以，要加紧对顾阿菊的治疗。

"治疗方案：5.……"

谢城池把钢笔搁在玻璃的"白桦叶"上陷入了沉思。

第 八 章

一

　　谢城池骑着自行车往阿法的馄饨铺赶去，身体几乎贴在了车把上。车轮飞转，搅起的风呼呼地叫，使他恍恍然地觉得自行车离地了，在腾云驾雾。天黑得像口铁锅，很远很远的才有几颗星星，微小得如飞着几只萤火虫。

　　接到阿法电话时，他已经睡了。电话铃把全家人吵醒，余橙橙恼火了："半夜三更还往人家家里打电话，真不懂事，别理他，干脆把话筒搁起来。"可他还是蹑着手脚下床接电话。阿法的口气很急："你马上来一趟，彭达在我这儿，他有点不行了……""他去你那儿干吗？怎么个不行？""来了再说，快来！"

　　睡意未消的他，摸索着穿衬衣，像消防队员听到火警的呼叫声，一边还得向余橙橙撒个谎："我去医院，有个狂躁症病人发作了……"余橙橙翻个身不理他，他顾不得再哄她一下,便泥鳅似的一滑身冲出了房门。

很多年没见到彭达了,曾听说他在无缝钢管厂做了厂长,谢城池不感到意外。在班里,彭达的学习成绩虽然很差,老师骂他"拖油瓶"。但班里搞什么集体活动的时候,彭达最肯出力,所以在同学中仍旧有一定威信,谁有困难都喜欢找他帮忙,他也都肯拔刀相助。高中没有毕业,彭达就去当兵了,一心想晋升个军官,佩上肩章头戴大盖帽。他身上确有军人气质,长得身高体壮,铁骨铮铮,他自夸是"打不死揍不扁"的。他参军的部队在海岛,他还上过舰艇,开过大炮,摸的都是硬家伙。因此,他复员回来进钢铁厂或钢管厂,好像是顺理成章的事。对于当厂长,管几百几千人,彭达也完全可以胜任,首先,他自己肯干不怕吃苦,还能和群众打成一片,大大咧咧的没有架子,很受群众欢迎。谢城池想象不出,这么一条硬汉子,会让什么样的事搞得"不行了"呢?是工作不行了还是生活不行了?

马路上已很少车辆和行人,红绿灯不再管制,畅通无阻。谢城池奋力地骑,骑在马路中央,骑得自由自在。好久没在深夜里独自骑车了。到精神病防治院工作,每周有两夜值班,而其他几夜,除了要补回那两夜缺睡的疲倦之外,还要看点书,还要往工作手册上记录点什么,还要被余橙橙、女儿支配着做这做那。身边有两个女人,麻烦多了一倍。而现在清静了,谢城池的脑海里又跳出那张黑白小照上、虎头虎脑、生气勃勃的男孩子——像他。真会是我的吗……当这个猜疑如同电极相触爆出电火花,击中他的心灵时,他浑身一颤,双手不禁捏住刹车,车飞出几米后猛地斜倒,他也如同真的触电似的,手脚发麻反应迟钝,脚没能及时踮地,身体随车一起顺势倒下。还好,没有来往的车辆和行人。谢城池坐在地上没有马上爬起来,脑子昏沉沉,他想不起来自己是怎么摔倒的，也想不起来自己的头脑手脚为什么在一刹那间都失去了应变能力。而这时一屁股坐在柏油路上，知觉、感觉分明又清晰：地硬邦邦，凉津津，屁股摔痛了，痛得不厉害，还隐隐有一点奇妙的舒服感，仿佛这样一摔，把全部的积劳积虑，如同破冰被一股洋溢的春水撞碎，筋骨松动了，心情也轻快了。同时，这样的一震动，把那个突如其来的闪念也冲到了九霄云外。不可能！他又竭力否定，并认为自己的念头荒唐，这只能是小说、电影里才有的戏剧情节。他读过美国小说《罗波特史家的风波》，讲的就是这样一个故事：一位大学教授十多年前因公务去法国，偶尔发生了一段浪漫的恋情，而十多年之后突然有一个十岁的儿子找来了……

那也是一段难忘的恋情，短促的交往，热烈的相爱，又陷入不得不分手的痛苦。很多知青返城了，谢城池在犹豫之后的抉择很坚定不移——想方设法返城。虽然，北大荒的黑土在他心底奠定了地基似的一层，但是，他的根毕竟不在这块土里，他的人生理想，也不是针对那块土地的，他的生活在这里留下了难忘的一页，但仅仅是一页。他要走，他要回到可以充分施展他的城里去。可是，她属于那块土地的，因为土生土长。要走了，他只有竭力避免再见她。好几次她来敲门，他不开。他感到自己残忍。他谴责自己，但他还是咬紧牙不开门。从窗缝往外看，她立在屋外的身影，像一张飘在风里的剪纸，那么单薄、无奈，却还要倔倔地等着。在拿到火车票的那一天，行装都收拾好了，简单地钉一只大木箱，棺材一样长，把所有杂七杂八的东西统统塞进去，身上只剩下一只轻便的背包，装一只军用水壶，一本他喜欢随身带着的《世界地图》。木箱托运，用墨汁写上姓名、地址。墨汁很淡，写在木板上，每个字都化成一张小花脸，不仔细看辨不出笔画。还好有几张小标签，细铁丝绕在铁钉上，支楞着，如鸟儿不肯收拢的翅膀，很有一种象征意义。刚检查好标签，又听到她的敲门声。她敲得轻轻的，很从容，很有耐心，每隔三声停一拍，接着再敲三声，好像断定他在屋里，而且决心要敲到他开门为止。他一步步挪到门边，仿佛就为了让顽强的敲门声一下一下刻进心里。她敲了多久？他屏住呼吸，只感到自己的心跳与这韧韧的敲门声那么合拍，一下又一下。

"开门，我知道你在里面！"她忽然不敲了，贴着门小声说。"我要见你。见一见都不许吗？"她语调平静、和婉，没有埋怨也没有责怪，"你走你的，我会把你忘记的，但是，你得让我送送你。"她请求着，很恳切。

他开门了，手在抖。他这时才体会到了什么叫"忍痛割爱"。这"割"字有多严酷，如同生吞活剥要扯开长在肉上的皮。

门开了又关上。

她站在他面前，两只大大的眼睛看着他一眨不眨，好像在鉴别一张名画，是真品还是临摹的？他一眼就感觉她瘦削了许多，脸色像霜打过的玉米叶，苍白干燥。他的心尖好像被割了一刀，痛得冒冷汗，脸色也变了。他一把搂住她，搂得紧紧的，仿佛这能补偿她什么。在他的怀抱里她哆嗦了，如同一只在寒风里冻得太久的小鸟，他低下头，用呼出的热气暖她。她抬起头，把冰冷的脸轻轻放到他的唇边。

"你理解我吗？"

"理解。"

"你不怪我吗？"

"不怪，"她声音柔和得像一缕清晨的霞光，"我知道，我是一棵白桦树，永远长在这里的，也只能长在这里，你们不是，你不是。"

他无言以对。他不想使她伤心，又不能给她真正的安慰呀！

"我只想问你一句话……"她喃喃道。

"问吧。"

"你要说真话，一点也不掺假的。"

"我说真话。"他发誓。

"回城后就娶她？"

他点头。

"你爱她吗？"

他没有马上回答。这问题很难回答，他都不愿回答自己。可他发誓了要对她说真话。如果这一辈子只说一句真话，那么应该是这一句。

"我对她有感情。她也不容易。她爱我，千方百计地帮我返城。你知道，我档案里有一堆莫须有的材料。可是，不论调哪里，档案会先入为主地规定我的一切，活人就被死的材料活活卡着。我这次能办成'困退'，全靠她……"

她不说话了。

两人都沉默。

渐渐地，她把头埋在他胸前，用几乎听不见的声音说道："你能不能好好地爱我一次？第一次，也是最后一次。我这一辈子，只要有这一次就够了，心满意足了，你答应我……"

他不能拒绝，也无法拒绝，但他还是问她："我会伤害你吗？以后你会恨我吗？"

"不，不，你是爱我。我要你的爱。虽然……"她揪住他的衣服，像落在水中快淹没时揪到了一把浮在水面上的草，不管救得了救不了性命，她都拼命揪，哪怕有一丝希望，哪怕只能获得一丝可能。

他抱起她，小心翼翼地放到那只长方形的木箱上。

她一动不动地躺着，好看的眼睛像在听一个童话故事，充满了好奇而憧憬的神情。他把手放在她的胸脯上，那异样的热烈的心跳，直接传递到他的手心间，他的心滚烫了……

像跌伤了一样，谢城池坐在地上扶着摔倒的车。那些隐在心底的往事，被时间的雾盖了一层又一层，平常的时候很少回顾，偶尔回顾好像也看不真切，犹如梦里的事，别人的事，早没有了那种刀割的痛感。生活很现实，时间很无情。谢城池好像不是从车上跌到地上，而是从地上跌到一个记忆的深渊，一些那么久远的往事突然再现，都历历在目，且掀动他的心潮，又萦绕起自己以为不会再有的惦念，以及自以为不该再有的负疚。无论如何，这一段感情冰清玉洁，没有一丝尘土的玷污，像北大荒深冬的积雪，捧一掬，白得耀眼，净得动人。而且，在他所有的经历中，好像只有这一点东西完完整整的，清清朗朗的，无论岁月、时代如何变迁，无论社会的意识观念怎样更新，她留给他的记忆，就似一块方方正正的大理石基奠在他心里，使他在任何时候都有踏实感，即使被"大批判"批得一无是处、支离破碎的时候，只要触摸到这块"大理石"，他就会感到沉着沉静，不急不躁地我行我素，韧韧地以不肯修改的初衷抵抗不公正的风风雨雨。但他却不能用语言说清楚这块"大理石"留给他的究竟是什么？是一段情还是一块难得的净土？他把它封存着。而他愿意尊重她的想法，互相不写信，互相不探听问候，似乎就为了好好地封存。如果说，那个贾宝玉是用挂着的那块"通灵宝玉"护身，那么，他护身的玉便是这块谁也看不见、谁也不知道的"大理石"。

可她出其不意地寄来一张一寸的黑白小照。为什么？埋在心底深处的"大理石"好像被稍稍移动，犹如发生了一场小小的地震，打破了他的沉着与沉静，使他有了猜想和疑虑……

头顶的夜空，如一匹乌黑的缎子严严地遮掩着茫茫穹苍，这样的天要下大雨。谢城池仰起脸长长地吸口气，才像梦醒过来，以手撑地一骨碌爬起，拍拍屁股，再扶起自行车，一腾身骑上。

夜，实在是深了。长长的马路上，车辆、行人寥若晨星。

二

一到弄堂口，谢城池就看到阿法的馄饨铺半敞着门，从门里泻出黯黯的灯光和浓浓的烟雾。

彭达和阿法在一张小方桌旁对坐着，桌上的烟缸里已堆满了小山似的海绵头的烟蒂。和烟缸并排的是一只五粮液的酒瓶，瓶底还剩有浅浅的一点酒，铺子里空气混浊，浓烈的烟味、酒气凝聚着，仿佛把四壁渗透了；尽管开着门也无济于事。谢城池一踏进门先朝彭达看，没看出有什么"不行了"的迹象，这家伙一如既往地粗犷，大脑袋如同狮子头，饱满的脸膛像紫铜铸的，可能是酒喝多了，两只眼睛都红了。谢城池走过去，彭达立刻站起来，他们你一拳我一拳地互相表达了老同学的友情和久别重逢的心情。

"阿法说你不行了。我一路上都在想，你这家伙还会有不行的时候？"谢城池说。

"这就是小业主的诡计多端。"彭达说。

"我不耍点心眼，半夜三更怎么能把你叫出来？人家是三请诸葛亮，我没这份耐心，不管你们一个是大医生，一个是大企业家。所以，只得耍点花招了。"阿法说。

"不过，阿法没说错，我真碰到了过不去的事情。我们俩谈半天了……"彭达边说边把桌上的几包烟一起抓到手里递给谢城池，"外烟、云烟、雪茄烟，你抽什么？"

谢城池拿了支"红塔山"。

"我们谈沦一个如何发展的问题，可惜，谈不到一起。"阿法抽雪茄烟才觉得过瘾，"关键还是所有制不同。他是国营厂厂长，我是个体户，利益不同，思路就不同。"

"阿法，你什么思路？先听听你的。"谢城池从满满一缸烟头中感觉到，他们谈论的不仅仅是这么正经的话题，而在这深夜叫他赶来，不单纯是阿法的"诡计"。从彭达通红的眼睛里，他还是看出点"不行了"的苦经。

"说实话，我有些不太甘心只开个馄饨铺了，想把生意做大，既然有执照有铺面，干吗不充分利用这有利条件？"阿法像汇报工作一样，陈述自己的思路。"我对这位大厂长建议，合作一次，各取所需，走共同富裕的道路。他没听完我的话就摇头。"

"这怎么可能呢？他要我批些钢管给他，他变相给我回扣……"彭达摊摊手，"老同学交情归交情，这种事……"

"彭达，你想不穿，现在政策活了，计划、市场、商品等都有许多孔子好钻，很随便地就能做成生意分点实惠，别人也找不出你的错处，我们干吗不利用？"阿法振振有词。"我们如果能把事情轰轰烈烈地做起来，这个馄饨铺就大大改观了。但我们这些人都是死脑筋，好像你彭厂长批点钢管给一个老同学，就是公私不分，就是歪门邪道，就是不正之风。嘿，别那么清廉、清高，把头伸出来看看外面的世道已经变到哪一步了？我告诉你们，这一步跟不上，我们这辈子也就到此为止。"

谢城池听不出阿法的话哪一句是真，哪一句是假，哪一句是感叹，哪一句是挖苦，哪一句是自诩，哪一句是自嘲。所以，他只是听着。

"我不是想不穿，是没法想穿。你们不知道现在做厂长有多难，对我们这种大企业上头管得很严，改革的好处我们还没轮到，但一会儿来查账，一会儿来个工作组，一会儿组织学习文件，下面还有几千双眼睛盯着，能随便想穿了乱说乱动吗？根本活不起来！我心里有原则：老老实实办厂，老老实实完成生产任务和利润指标，其他的我都不想。"彭达眯起兔子一样的红眼睛，略有醉意又十分清醒地说。

"是啊，你老老实实，什么都老老实实……"阿法的话说到一半戛然而止。

屋里突然安静。三支烟升起直直向上的白线，又在他们头顶弥漫成一片淡淡的雾。

"阿法，你对城池说吧，时间不早了。"彭达先开口，紫铜的脸忽然像被锈蚀了一样，又黯又斑驳。

谢城池只看着自己手指间的香烟在不知不觉中燃去，他心里有所准备。但他多么希望这些已到不惑之年的老同学不再遭遇太大的挫折和难堪的厄运。谁没有被折腾过？都是社会的人，无法脱离历史的摆布。孙悟空有七十二变的功夫，仍然跳不出如来佛的掌心。正因为每个人都十分有限，不能再白白地损害自己消耗自己。离开沉闷的无所作为的仓库，调进精神病防治院，他才深切感到前几年被耽误得太多。

"让我说?"阿法停顿着,似乎难以开口。

"说吧,没什么。"彭达苦涩地一笑,"打听一个人呗。"

"城池,你们医院有个护士长叫宋樱樱吗?"阿法边把烟掐灭边问。

"有啊。"谢城池心口绷紧了,"她丈夫是我们学校高三(6)班的马巽方,在电台做记者。还是你告诉我的。"

"好像是。"

"马巽方待她好吗?"

"我不清楚。"

"她爱她丈夫吗?"

"怎么啦?阿法,别吞吞吐吐,直说吧!"谢城池受不了挠痒痒似的盘问。

"宋樱樱丈夫和彭达的妻子搞到一块儿去了。据说,他们串联时就认识的。后来……"阿法在屋里团团走了一圈,似乎在考虑这说来太长的故事,如何删节得简明扼要。

"我自己说,很简单,我老婆搬出去住了,住她弟弟的房子,她弟弟出国了。有人告诉我,有个男人常去她那儿……"彭达的脸憋得发紫,紫里又透黑。

谢城池听懂了。他替彭达难过。男人最需要维护的就是一个面子,最不能容忍的就是妻子的背叛。而这样窘迫的谈话,在男人之间少见。他能体会,彭达是万不得已了。

"抽烟。"阿法让彭达又接上一支烟,"城池,去探听一下,只要你们那个护士长坚决不撒手,两个家就能保住,马巽方的戏,不过是一段插曲了。"

　　谢城池预感到这任务艰巨。他毕竟刚调到防治院,和宋樱樱只有一般的工作关系,难以探讨这样深入人心的话题。何况,宋樱樱自己丝毫没流露出苦恼不堪的心情,他怎么能冒失地探听?看来宋樱樱真不简单,每天只见她勤快利索地忙碌,把护理精神病人的麻烦、琐碎事务应付得有条有理,安排得有方有寸。而对自己的心事,竟掩藏得这样深,毫无迹象。会不会是搞错人了?谢城池怀疑。

　　"如果不方便……"彭达努力掩饰,但眼神里仍有难言苦衷,这使他一向饱满的脸,突然抽搐,像只风干的荸荠,因失掉太多水分而变得皱巴巴了,"她提出离婚。反正,我答应考虑考虑,就是厂里还没人知道。做了厂长毕竟不同一般工人……暂时不能透露一点风声。如果传到局里,几个局长会兴师动众地下来解围,所以……"

　　"我找宋樱樱谈……"谢城池不忍心听彭达再解释下去。他能想象,彭达在厂里发号施令的时候一定气宇轩昂,但是,他偏偏败给了一个作为他妻子的女人,败得这样垂头丧气。

　　"我得先走一步……"彭达面色很灰,抽身要走,并强打精神地说,"明天还有三个会议,上午、下午、晚上,排满了。现在,大中型企业的改革问题,局里市里都重视起来了,再不抓,我们面前的路都要被人家堵死了。原材料问题、工人的奖金问题、企业的管理问题等等,再不放宽,再不给我们政策,就没有活路了。"一谈工厂,他气色才有所缓和,又来精神了。

　　"我希望你们赶快改革赶快活络起来,我的小铺子也可以借点光。"阿法开玩笑地说,把最后分手的气氛也调整了一下,不至于那么悲怆。

彭达一走,阿法叹了口气:"城池,你想想看,他这样本分勤恳地做厂长,管理几千个人,上缴几千万利润,但是,谁替他想到过厂长也是人,也会碰到他自己过不去的问题。上个星期,我找到他厂里真想让他批点钢材,他表示为难,我当然不强求。中午,他请我到小食堂吃客饭,一菜一汤,我们吃了两个钟头,他特别兴奋,他说,看到老同学就觉得亲切,好像又回到做学生的时代了,他还建议组织老同学经常碰碰头,费用场所由他提供。我们正谈得有兴致,厂办主任找来了,我们只好散伙。他表示遗憾,心里话只说了一半呀。我就约他来小铺子坐坐,看看我的小本经营。我想,请归请,他不一定有空。他却准时到了,还带来瓶五粮液。一杯酒下肚,他就剖心剖腹地倒出了自己的心事。他说,是因为见到我,见到老同学才忍不住了……"

"到底怎么搞的?"谢城池给自己倒酒,调出仓库,他再没有喝过白酒。做医生工作,他要求自己节制,清醒。

"彭达说,她嫌他粗。她父母都是大学教师,她自己也一心一意想读大学,但运气不好,错过了机会。所以,这上半年,她不断地读电大夜大,就是在读夜大期间,她碰到了马巽方。大串联时,他们在火车上认得的。彭达看她喜欢读书想拿文凭,没理由反对。她提出把儿子交外公、外婆带,彭达也同意。外公、外婆有知识,会管教孩子么。这样,她每星期一、三、五读夜大,二、四、六回娘家看儿子,他们夫妻俩各忙各的,几乎没了正常的生活。彭达是个粗人,但是个好人。据说,好人都不太讨人欢喜,少点魅力。"阿法总结道,"有道理吗?"

谢城池笑笑表示赞同。

"老婆跑到别人那儿去了,能不恼火吗?彭达说,他揍了她,她就搬出去住了。她真走了,彭达想想很自卑,很丧气,像打了一场败仗,眼看着人家占你的山头、抢你的房子你却没有反扑的招式。我说他熊,有能耐去揍马巽方这个家伙!这年头,什么东西不靠争不靠夺?"阿法摩拳擦掌地,"这事情要轮到我头上,坚决不咽这口气!"

"你是你,彭达是彭达,你们性格不同,处境也不一样,他当厂长了,许多事情身不由己,人到什么山头就得唱什么歌呀!"谢城池比较冷静,他理解彭达的态度和苦楚。

"我和你们的想法不一样。我就是再有什么,还是认为老婆和家才是最根本最重要的东西。你不知道,蹲在牢里的时候,看到别人的妻子拖儿带女来探监,我真是又心酸又感动,当时我就想,等我熬过这些日子,有哪个女人识货肯跟定我阿法,我这辈子决不亏待她。"

"那是你在牢里的想法,此一时彼一时啊。一个人面对社会,想法就不可能那么单纯了。或者说,有时候顾不过来。谁不想样样都有?要说家、老婆,我该知足了吧?但是,被折腾的那几年,即使有家有老婆还是救不了自己。一个男人,总想活出个自己才甘心。彭达比我们都活得顺利活得像样,事业上已经有成就了。好,这一头压实了,那一头跷起来了。生活,就像儿童乐园里的跷跷板,总是摆不平的。"

"城池,你把我也当精神病了,尽用道理开导。"阿法给谢城池添酒。"你多喝点,说点醉话,我很少听你胡说八道,还不如彭达,人家当了大厂的厂长还肯讲点心里话。"

"我这就是心里话。"谢城池承认阿法对自己的评价,活得很理性,像一股渠道里的水,几乎不横流不泛滥,尽管这渠道这路程又曲折又漫长,但他还是坚韧不拔地不肯越轨不肯漫溢。

至于对家庭对妻子,他同样十分理性,既不像阿法那么有感情,又不似彭达那么粗疏,他亦谨慎亦用心。婚姻这东西,要说它韧,确有千丝万缕的牵扯,再锋利的刀剑也未必能斩得痛快割得干净;要说它脆,确如一箱玻璃器皿,得"小心轻放",一旦磕破撞碎,即使能工巧匠也无法弥补得天衣无缝。所以,对于做丈夫,他谢城池始终是那股渠里的水,不任性不失控。当然,这十几年事业一直不到位,使他没情绪没条件"任性"、"失控"。

"反正,你不说,我也知道……"阿法诈道。

"你知道什么?"谢城池有点心虚了。不知为什么,他又想到了那张一寸的黑白小照和她的那段故事。他没有对任何一个朋友坦白过。但是,在阿法面前,他或多或少提到过她,只要谈起在北大荒的生活,话题里就会点点滴滴地涉及她。

"我知道……"阿法一笑了之。但又感慨道,"现在,人心难测啊!马巽方和彭达还是一个学校的校友,居然这样……"

"不能笼统的说,生活复杂,人的感情更复杂,很难说,马巽方和彭达的妻子到底是怎么回事?"谢城池不愿轻易对别人的事下结论,尤其是感情、爱情。他又联想到正在治疗的女病人单玫,她把初恋时的爱竟然藏了二十多年却丝毫没有褪色,"我接触到几个女病人,都是为了爱情才得精神病的。她们要爱情要得太痴心、太纯粹,往往是一厢情愿,男人不会满足他们的。男人现实得多,包括你我。如果只要爱情,简直寸步难行。"他似乎在为自己曾经有过的选择开脱,"不过,我心里佩服有些女人追求爱情的勇气,在爱情面前,她们真是坚强。我想,彭达的妻子敢于搬出家去住,那是下定决心了。

问题是，对方有没有离婚的打算？有没有同样的决心和勇气？如果仅仅是爱一爱、爱一阵……而且，还要牵涉到我们那位护士长，她坚决不让出位置的话……"他感到宋樱樱不是个能随便让人摆布的人。

"你的预见很对，"阿法说，"我也这么估计。这件事不妙，没什么好结果。弄不好，你那儿又将多个病人。彭达的老婆就是你说的那种女人，喜欢读书，心气很清高，东想西想，不像我老婆平平常常，有饭吃有活儿干，口袋里再有点零钱就知足了。你老婆又一个样，女强人！"

"橙橙的强，也只是强个表面，一碰到感情的事，大多数女人都过不去。我那儿有个女病人，是地段医院护士长，还是区卫生系统的先进工作者，却被一段初恋时的感情折腾成精神病，因为她有家了，还有一个读中学的女儿，丈夫当然恨她，日子过不下去了。而那一头并没有指望，也是有家有责任的。她内心的痛苦难以排泄，每天到了单位里她照样得表现好：好性格，好人缘，好态度，好护士。有这么多的好，仍然不能抵消她内心情感的分裂，以及压抑所带给她的种种苦恼和种种心理障碍。她不得不认为自己不是个'好妻子'，因此，那些好和不好，那么强烈地集于她一身，把她的精神压垮了。"谢城池一边说一边抿酒，一口接一口，酒兴助长了谈兴，使得好激动的他更加亢奋，眼光炯炯的，脸上像上了油彩，亮闪闪地生辉，他自己也感到脸发热，血在往上涌，盖着浓发的脑袋如一块正在燃烧的煤炭，"最近，我要进一步找她女儿谈，她女儿是个关键人物，这一环工作做通了，就像加了催化剂能加快反应速度，使治疗有切实的效果。

"看样子，你对做精神科医生很津津乐道，而且，还做得挺出格，像个党支部书记要把思想工作做到家。"

"那是必须做的,这是治疗中不可忽视的一部分。"

"我没听说过,做精神科医生还要兼做党支部书记的事。"

"说实话,如果按照党支部书记做思想工作的那套方法,绝对治不了精神病。"

"你在贬低那些党支部书记,你还要'反动','反党'?这顶帽子,从'文化大革命'一开始,就扣在你头上,你竟然死不改悔!"阿法风趣地说。

"说我们反动,反党,真是天晓得!其实,我们这批人骨子里很正统、很激情的,这是时代的产物,就像什么树结什么果一样,很难改变的。"

"你还很欣赏自己的这些东西?"

"谈不上欣赏,只是不想否定,这终究是我们的、我自己的东西。我相信,一个人不论走得多远,都离不开他的根本点。"

他们的谈话渐渐地广泛、空玄,渐渐地离开了由彭达引起的话题。但是,他们越谈越投入越沉浸,留在瓶里的酒喝光了。阿法从里屋又拿出两罐青岛啤酒。冰镇啤酒解渴但不过瘾,谢城池建议再开一瓶干白葡萄酒,要长城牌的,他付钱。阿法的小铺店面不大却办得周到,不仅有堂吃,还设了个小柜台零售烟酒糖果,货色不多也不高档,却很有针对性,符合他的基本顾客,也能细水长流地赚些小钱。

"把你的钱收回去!"阿法打开葡萄酒的瓶塞,"怎么能让你付钱?别看你住洋房,蜡地钢窗的,但是我阿法比你富。等我再富起来,相帮你开个心理医疗诊所吧。"

"你还能富起来?"

"当然。"

"怎么个富法？让我也学学。"

"你学不会。你这辈子也学不会。死了这份心吧。看来，我们共产公社的那一伙人中间，真正改不了的是你，还这样孜孜以求，满腔热情地要做改变社会、改变人的工作，而且，听你刚才侃的这些，你对这方面的研究真是动心思下工夫的。"

"你认为有意思吗？"

"意思当然有，但非常困难呐。在我坐牢的时候，总觉得那是场噩梦，不是事实，还会醒过来，可醒过来后我还是我。但一次次被提出去审讯，在强烈得刺眼的灯光下，我已经完全不是我了，而是一个'打砸抢分子'，一个'杀人犯'，一个'狂热的小布尔乔亚'，一个'猖狂的红卫兵头头'。等平反的时候，这些又都不存在了，但从前的那个我也消失了。于是，我变成一个无业游民，一个社会多余分子，一个个体户，一个小摊贩。你说，那么多个'我'，到底哪一个才是真正的？我自己也认不出了。我唯一庆幸的是，我的精神、心理能适应变化，没有成为你的病人。说穿了，你的治疗工作，就是要给那些没有应变能力、走不出迷魂阵的精神病人指出一条清醒的路，以便确立自己。城池啊，我不是泼冷水，我治疗自己，真费了大劲，何况我还不是个病人。如果全依仗外力，这外力得十分强大。我想，你又给自己选择了一条不顺当的路啊！"

谢城池嘴里抿着酸得可口的干白葡萄酒，心里却在一句句地品味阿法的话。毕竟是老同学，是从一条路上走过来的，有许多理解和感觉很相通。

"恕我直言。不是打击你的积极性。"阿法看谢城池沉默不语，忙补充一句。

"你了解我,我的积极性不那么脆弱吧?但有一度,我曾感到自己的精神有些问题,不管在哪里只要开着门就不安心,总要去关门。我知道,这是强迫症的征兆,是精神支撑度达到了极限。我马上调整情绪,克服危机,又恢复了积极性。你这点打击,落毛毛雨一样。"谢城池给阿法斟满酒,"为你打击我,干一杯!"

干白葡萄酒的度数虽不高,也经不住不停地喝。

谢城池感到略有醉意,飘飘欲仙地仿佛已融进一个云雾缭绕的仙境之中,浑身有种逸闲舒畅之感。喝酒喝到醉与不醉之间是最佳状态,马上忌口,恰到好处。能把握到"好处"的才是胜家,才是强者。谢城池却不属于这类,他把杯里的酒一饮而尽,又主动地给自己斟满。不知为什么,他的理性往往在"恰到好处"的地方却突然一溜烟地消失了。等到理性再恢复,"好处"便不见了,只得再左顾右盼地寻找"好处",寻得那么艰难,找得那么费劲;俗话说,这叫"运气"不好,或者说,经常不知不觉地错过好时机。

这会儿,谢城池在一阵阵飘逸的舒服感中兴致再增,又端起酒杯与阿法对饮,直喝到天快放亮。

天亮的时候,谢城池和阿法都不知不觉睡着了,趴在小铺子里的小桌上。

三

公园的茶室开间不大,摆四五张方桌,散乱着十几把藤椅。来这里喝茶清谈的大都是男人、老人。每张桌上放一只暖瓶,每人手里捧一杯热气腾腾的茶水,笃悠悠地享受这小茶室里独有的一份闲适和恬静。也有人边喝茶边抽烟的,淡淡的香茗混合着淡淡的烟味,使小茶室弥漫着一种温暖安详的气氛。

谢城池最喜欢烟茶混合的气味。这是男人的气味。尤其在小憩时，有一杯好茶有一支好烟，那感觉，神仙一般。宋樱樱也习惯烟茶的气味。她家里的那一位，是个不折不扣的"烟鬼"，又有嗜茶的瘾。而对抽烟、喝茶他还有严格的挑剔，不抽外烟只抽云烟，不喝花茶只喝绿茶，且绿茶中要清明前的龙井或更高级的碧螺春、毛尖。茶有讲究，茶具也不能马虎。在家沏茶一定要用宜兴紫砂壶，就是出差在外，背包里也得装个紫砂保暖杯，并且从来自备茶叶，身上随时揣着一个袖珍茶叶筒，是江西的竹筒。他就是如此，时时刻刻，方方面面都活得有滋有味，有收获有效益。

"你喝呀，茶凉了不好喝。"谢城池提起暖瓶往宋樱樱的茶杯里添热水。

"我是乡下人，就爱喝凉开水。"宋樱樱自嘲地一笑。她低头看杯里渐渐沉淀到杯底的茶叶，心里有种感觉，坐她对面的这位谢医生有些方面很像她丈夫，比如，喜欢讲排场，约个病人家属谈话，还要来公园茶室。单玫的女儿不过是个中学生呀。他这么做医生，怎么做得起？一开始她反对，不想来，但谢城池好说歹说，摆了若干条理由，唯一说动她的一句话是：你和单玫都是护士长，一个岗位的，冲这一点，你也得去坐一坐，表示我们医生、护士的重视，坐一会儿你可以先走。她还能推脱吗？

"你不要以为乡下人土，这是老黄历啦！你去郊区看看，乡下人一家一幢楼房，里面装修得像宾馆一样，拉开冰箱，也有易拉罐的饮料，谁家还喝凉开水？"谢城池先扯开几句闲话。他看出宋樱樱不赞成约单玫女儿来茶室谈话，但他感到单玫女儿的情况特殊，她对母亲患精神病,对父母间发生的这种难以启齿的纠葛有负担有压力。所以,在医院里谈显然不合适,去她学校谈也不方便,他考虑再三,才选了这个完全局外的环境。而这个考虑,还包含了另外的任务——彭达的委托……所以,他编织了很多理由拖宋樱樱一起来。

"谢医生,对你说话我不客气了。"宋樱樱直截了当地指出。"你想用这种方法治病人,心意是好的,但绝对行不通。病人那么多,你根本对付不过来。我做了十几年护士了,没见过一个医生像你这样的,病人不照样一批批进院一批批出院。"

"我认为不能光以出院为标准。"谢城池放松地仰在藤椅背上。也许,正因为是公园的茶室,他感到比坐在家里还自如还坦然,"比如,我们把顾阿菊的疑病症治好了放回家,不出几个月,我保证她又会复发,因为,致病的根源没解决。"

"谢医生啊,再高明的医院也解决不了致病的根源!全市有十几家精神病防治院,哪家防治院也防不了病人再复发。"

"总得想办法降低复发率。一是提高病人本身的生理和心理素质,二是改善病人的生活环境。"

"这是理想,不现实的!我们医院所具备的条件,能保证病人出院就是最高目标。还有好多病人,一住几年都治不好,有的根本不能治愈了。"

"其实,用药物来控制精神病的症状不难办到,所有的精神病防治院都这样做这样治的。但是……"谢城池摸出烟和打火机放到桌上。

"你一旦遇一转折,把掩盖的问题都揭开了,可这些问题相当难办呀!"宋樱樱伸手拿过打火机,在手掌间翻来覆去观赏一会儿便打着火,又将燃着火苗的打火机递向谢城池,"中医里有治表治本的说法,这里所说的'本'还是单指病的本身和病人本身。而精神病的'本'越出了病人,涉及整个社会环境,因为人的精神素质取决于文化、修养、习俗、传统的影响,这个根本问题太大了,你解决得了吗?"

谢城池从烟盒里弹出一支烟,凑到宋樱樱伸过来的打火机前吸着。尽管宋樱樱不支持他的治疗方法,但听她畅所欲言的谈话,他才进一步感到她:有思想,做护士也用心,还能将思想表达得流畅,甚至有点动听。本想一坐下来就触及正题,完成"探听"的使命:关于她的家,她的丈夫……但话题一下子便绕开了,并且绕不回来了。他想,今天只能算了,以后再安排时间。这样暗暗地一决定,他心里顿觉轻松了,便长长地透了口气,又酣酣地猛吸了一口烟。

"哎,你怎么不说话?不同意就说不同意么。我看得出,你这个人很固执,说服不了你的,可我也没有说服你的意思啊!但是,我得把我的想法说出来,否则……"宋樱樱大概说累了,手臂软软地搭在藤椅的扶手上。她脸色有些焦黄,如一张被风吹干的树叶,可能是值夜班缺睡觉没能恢复过来。但仔细端详,她眉目端正秀婉,经得住挑剔。

"是啊,到时候你这个护士长就可以说,反正我有言在先的……"谢城池笑着说。

宋樱樱马上叫起来:"我不是这个意思喔!"她的叫声连同眉目间的表情像火花一闪,浮现出一种少女的天真烂漫。但"火花"稍纵即逝,她的脸仍似一张枯叶没有了鲜意。

"是这个意思我也理解,我只能按自己的想法对待病人。至于行得通行不通，总得行行看吧。我这个人认准的东西，不身体力行地去做一做，心里就怎么也过不去。试试看吧，你是护士长，就帮帮我.'谢城池很惋惜她的"火花"太少见太偶尔。他偏爱女人的这份天真与烂漫，哪怕仅仅是火花般一闪。他撅起嘴轻轻呼出旋转的烟圈，仿佛在牵出一缕幽深悠远的回忆……

"能做的我一定做。"宋樱樱看谢城池吐烟圈时的神态，不由地想到他。他坐在房间里抽烟时也常常吐出好看的烟圈，一副百无聊赖的样子。他出差一星期了，破例地挂来一次长途电话，夜里打来的，他说，在给一个青年企业家搞专题报道，能赞助到一些钱让他办其他节目。对他挂回的长途电话，她很意外，又很高兴。也许，那"花伞和背影"的事已经不存在了？怀有愿望的猜测和意外的电话，仿佛把压在她心底里的那种痛楚稍稍减弱了。

"谢谢你。"

"别谢得那么早，或许……"宋樱樱看表，"到时间了，我去公园门口看看，我通知郑君君等在收筹码的地方。如果她到了，我让她自己进来，我回家了。"

宋樱樱推开藤椅抽身走了，谢城池这才意识到要再安排这样的谈话环境，再培养这样的谈话气氛，不是轻而易举的！想到彭达当面请求他时的窘迫，他心里隐隐地有种失职感。但是，仔细观察宋樱樱的一举一动，他仍然看不出有任何破绽。如果，她对丈夫有外遇的隐秘，一无所知，他是万万不忍心让她知道的。他又一反自责的心情，为终究没"探听"而庆幸了。

四

茶室的门像被一股小风悄悄吹开了。

谢城池很敏感地站起来。

郑君君侧身进茶室,眼光成弧线似地一掠,看到谢医生迎门站着。她抿嘴示意,并强迫自己笑,但没有笑出来。

谢城池拍拍他左边的一把藤椅:"放学了?"他接着倒水,"喜欢喝茶吗?要不要喝饮料?"

"我喝茶。我自己来。"郑君君没取下挎在肩上的书包,很懂事地从谢医生手里夺下暖瓶。

"天天背这么多东西,像出远门一样。"谢城池帮郑君君解着沉甸甸的书包时,只感到她瘦削单薄的肩像两块三夹板,她的脸也更加狭长了,同一粒小的瓜子仁,脸色也灰灰的没有神气。她穿一条褐色的灯芯绒西裤,配一件米色带帽的薄绒衫,色彩偏暗。

郑君君耸耸肩:"今天还算少的。"她坐下,目不转睛地看茶杯里在渐渐泡大的一片片茶叶。

"快期中考试了吧?学习很紧张吗?你好像很累。"谢城池把自己的茶杯捧在手里,眼睛却在注视郑君君的茶杯。

"还好,不觉得很累……"

"你爸爸怎么样?"

"老样子,还是不肯去医院……"

"你妈妈好一些了。"

"怎么个好法?"

"情绪稳定了。"

"谢医生,我觉得妈妈的情况不好。上星期六我去医院看她,她躺着盯住我看,眼光很怪,像看到天外来客。我被她看得浑身寒飕飕的。我还是镇定自己,握住她手。妈妈却猛地抽回手,像被开水烫了。突然,她神情又变得很恐怖,嗵地坐起来问我,你,你翻过我箱子了?那只红皮箱。我说,妈,家里哪有什么红皮箱?她坚持说,有的,和你爸爸结婚的时候他送我的。那时候,一共买两只,一只红的,一只绿的。我只好顺着她的话问,那只绿皮箱呢?妈妈眼睛一亮,那只绿的,你爸爸藏在你奶奶家的阁楼上,用麻袋包好的。你爸爸想把这绿皮箱留着将来给你做嫁妆。我打断她的话说,妈妈,你胡说什么呀!妈妈却一脸严肃,郑重其事地向我保证说,我没有胡说,你爸爸真的买过两只皮箱,在我们结婚的时候,一只红的,一只绿的,一只红的,一只绿的⋯⋯她唠唠叨叨着红的绿的,眼光又变得羞答答的。我阻止她再说下去:妈,别想皮箱的事了,睡吧,医生让你少说话多睡觉别累脑子。妈妈不听我的,反而掐住我的手腕拼命摇晃,还哀求着说,君君,求求你,告诉你爸爸,我那只红皮箱里真的没藏什么东西,他不信,你打开给他看,要不,他真的会不睬我的。君君,把皮箱钥匙给你。哎,钥匙哪里去了?她东张西望地转头,好像急着找钥匙,两只手却像两只铁箍卡着我的手腕⋯⋯"君君一直低头说着,说得又急又快,"我妈妈变成这样了⋯⋯"她的声音突然"嘶哑",仿佛是从紧密的缝隙中硬挤出来的,"我每次去医院看她,总觉得这不是我妈妈⋯⋯"她的话渐渐不流畅了。

"喝水。"谢城池把她的茶杯端到她手上,"别着急,我们会把你妈妈的病治好的,你要配合我。"

"我能做什么?"

"你要知道,你妈妈心里的压力,有很大一部分是来自你。"

"因为我看到那些信?"

"不仅仅是关于信。当然,那些信被你看到,你又告诉了你父亲,你妈妈就认为你恨她,讨厌她,不理解她,这对一个做母亲的女人来说,她内心会感到一种说不出的羞辱。她又无法作出解释。"

"自从妈妈病了,又病得那么严重吓人,我心里很后悔,好像这个家是被我搞糟的,如果那天去妈妈单位帮她取什么表格,不看到那些信……"

"你只是根导火线。但生活中只要有炸弹埋着,危险、危机就不可避免。当然,排除得好,也会安宁,没灾没祸的。可排除这样一颗炸弹,单靠一个人的力量还不行,要有各方面的配合。比如你,也是一个方面。"

"我?"郑君君语调低落。她放下茶杯,茶水一口未动。她把胳膊支在桌上,手掌托着尖尖的脸,"我自己也好像病了,头很重,好像睡不醒了,脑子同一盒糨糊,想什么都没答案。有天晚上,'蚕豆'拖我去看几位港台歌星的演唱会录像,有童安格、谭咏麟。'蚕豆'说,让我振奋振奋,她形容我像只小瘟鸡。我勉强去了,因为没有见过投影电视,好奇。放录像在一个不大的厅里,音响也很高级,立体声的摇滚乐的节奏激烈,像一串串惊雷在头顶上炸响,把心震荡得乱跳。我们班几个同学都疯了,跟着银幕上的歌声又唱又吼,又拍手又跺脚。那些最风靡的歌,唱的都是关于爱情,一会儿唱有,一会儿唱没有,一会儿唱爱情永恒,一会儿唱爱情短暂,一会儿把爱情唱得缠缠绵绵,一会儿又把爱情唱得忧忧伤伤,把几个女同学唱得眼泪汪汪的,好像她们都有同感,都经历了复杂的爱情。可我对这些歌曲没有兴趣，那些关于爱情的说法、唱法，怎么也不能感动我，我的心仿佛被一扇石门封存了，只是冷冷地坐在角落里。看着听着，我走神了，眼前好像直挺挺地躺着神志不清的妈妈。她不就是为了爱情……爱情到底是怎么回事？记得去年的时候，我读琼瑶小说，还备了小本子，一边读，一边摘录那些写爱情的词，简直入迷了，但没想到，小说里的情节一旦变成我身边的事实，却是那么残酷，有血有泪的。"

"因为小说里的人毕竟与你无关。"谢城池听着郑君君切切的诉说，只觉得自己像个空盒子，拿不出实实在在给予别人的东西。"生活过早地向你揭示了复杂的一面，而这复杂面，我们这些大人也未必有正确的认识和正确的态度。所以，我想帮你度过这场考验。你能端正好自己，这对治好你妈妈的病很重要。无论如何，不要让你妈妈再感到你对她有看法。你妈妈现在是病人，在发病期间，你们母女就像换了个位置，她像不明事理的孩子，感情不健全，思想也混乱，没有正常的理性，而你，应该像个懂事的大人。"

"我比过去懂事多了，"郑君君松开托下巴的手，把脸放正了，好像以此来作证明，"妈妈住院以后，我心里每天都像阴天一样，做什么都没情绪，上课经常走神，被老师提问，我就回答不出。班里同学都看出我反常。'蚕豆'武断地向我宣布：你肯定碰到什么事了！我坚决否认。'蚕豆'却不放过我。有天放学后，她拽住我书包不撒手，并说，你今天不说实话，我们俩都别回家了！她像耍赖一样，但我领会她的心意。我们俩像拔河似地把书包扯来扯去的，'蚕豆'力气大，终于把我连同书包一起拖进体育室，推坐在垫子上，又拿出一面小镜子对着我的眼睛，要我看看自己，她说，你瘦得像狐狸精了，还想不想活？说实话，不论出什么事我肯定能帮你！我半跪在垫子上，看镜子里的自己，脸色难看得真像只灰耗子。'蚕豆'扔了镜子一把抱住我，我埋在她温暖的胳膊里呜呜地哭起来。这是妈妈生病以来我第一次放声哭。'蚕豆'不劝我，让我哭够了哭累了，干脆躺倒在垫子上。她也默默地陪我躺着，有片刻，我们像死了一样，体育室里很安静，我的心也安静了，'蚕豆'这时才翻个身面对我说，君君，是不是你妈……那天，你妈一走进课堂，我就看她神色慌张得有些失态……别看'蚕豆'人长得粗壮，像个假小子，但她待人很细心，很真诚的。我只有说了，统统说了。我要她发誓，不能再告诉第二个人！她不响，若有所思地像个法官在断案。突然，她一拳头砸在垫子上，又连连捶着，用怒吼的声音说，关键得找到那个男的。他爱过了，就像没事儿了，都让你妈一个人担着？太便宜他了！"她停顿一下。

"你们真去找那个人了？"谢城池迫不及待地插话。

"没有，"郑君君摇头说，"说心里话，我恨那个人，一看到那些信就恨他，他给我妈妈写了那么多甜言蜜语，又不想同自己妻子离婚，这不是欺骗吗？"她用手猛击桌子，把茶杯震得移动了一下。

"也不能简单地说他欺骗。"

"就算不是欺骗，就算他真爱我妈妈，那么，我妈病成这样，他不可能不知道，为什么不敢来医院看看妈妈？"

"他没法来。"

"我也替他想过，他没法来。怕什么？怕碰到我爸爸打起来，怕事情闹大把他的家也闹破，怕消息传到单位领导批评、群众议论，名声败坏了。但他为什么就不怕伤了我妈？他不是口口声声说爱她，爱她！我妈最傻了，全信了他的话。我妈最傻了……"郑君君又哭起来，大颗大颗的眼泪滚在她的小脸上，显得愈加饱满沉重。

"你妈不全是听信他。她主要还是听信自己。看得出，你妈确实爱那个人，初恋时的爱，二十多年不磨灭，那是一份很真很深的情，是你妈妈生命中很有分量的一部分。你应该这样去体谅她。"谢城池避开郑君君对"他"的谴责。这谴责听起来无可非议，他也理解郑君君的心情。问题是，对待爱情，能表现出不顾一切的大无畏精神，那大概是小说里写写的，是女孩子在被爱时的理想。而现实有错综复杂的人际关系，社会又有那么强大的习俗、传统、规范，人被限制在其中，怎么可能无视一切？尤其是男人。《红楼梦》里说，男人的心是泥做的，的确如此，因为男人更具社会性，他们不得不正视社会，他们无法做到完全超脱。所以，对"他"一味谴责也不公平。但这些想法，谢城池不愿全部说给一个还没有入世的少女。现实，常常令人沮丧，令人遗憾，这没有办法。只有一种态度可取：承认残缺，并努力从中来体味残缺的美。这道理似乎只适宜在美学中探讨。谢城池感到自己缺乏一种深入浅出的表达能力。究竟什么叫残缺美？看自己四十年的生活，有一条轨迹，像一脉丘陵，又如一把锯子，总之，看过去七高八低不平整。走着"不平整"的路，他觉得自己时常在体验着一种悲壮的心境，体验着一种不屈不挠的精神。而这种内心的体验一旦说出口好像很空洞，但他确确实实靠着这种体验支撑到今天。所以，他有时会孤芳自赏般肯定一下自己的体验，从中受到鼓励，继续去走不平整的路。当然，他不会要求面前这个十五六岁的女学生来理解赞成他的内心体验。因为一代人有一代人的特点，还都有各自的局限，很难一律。"君君，我还是那个要求，做你爸爸的工作，要他宽容一点，起码在你妈妈有病期间，他要做得人道。你妈妈的病需要家里人的体谅、体贴。"

"谢医生……"郑君君摇头,"我爸爸的工作做不通的,他背后还有我奶奶、娘娘她们,我说十句,顶不过她们说一句。她们恨妈妈,说妈妈没良心,得这种病是报应,还说……"

"做不通也要做。实在不行,我找你爸爸谈谈。你想想,你爸爸不转变态度,你妈就是治好病回到家里,气氛这样冷冰冰,她还会再发病的。"谢城池说。

"我爸爸倔起来像座石头垒的山,谁也推不动。他看起来很老实好说话。"郑君君看一眼手腕上的电子表,"我得回家了,爸爸下班了,太晚,他会着急的。"她想站起来,但还是礼貌地坐着。

"回去吧,看你的了。有进展,我再来推波助澜,我们里外接应帮你妈妈过好这一关。"谢城池仍坐着,"今天时间太短,没有谈得畅快。"

"我心里畅快多了。"郑君君站起来时,脸色舒缓一些了,像淤塞的河道渐渐疏通,凝住的水渐渐流动起来。

谢城池送郑君君到茶室门口,看她走远。公园内外已有很浓的夜色和很亮的灯光。他还想坐一会儿,茶还有味道,还能喝。他喜欢非常紧凑地工作,也喜欢有非常闲适的独处,尤其过年过节的时候,他愿意冷清,不被任何人、任何事打扰。记得在北大荒的几个除夕夜,他都溜到马号套了车,揣根鞭子,"嗯哨,嗯哨"地甩着,一颠一颠地出村,沿着大路走哪儿算哪儿,没有目的地,像一叶荡在波浪里的船。有时,他张开手脚躺在马车上,由着寒风刺骨地吹,手脚冻麻木了,脑子却冻得格外清醒,能想很多的事,想得冲动激烈时,头发根里似乎会冒出一股股热气来抵挡住寒风,他丝毫不感到冷,就像那匹驾辕的枣红马，鼻孔里呼出的仍是一团团热气，只在长长的鬃毛上凝成一片白花花的霜，而枣红马踏出的蹄声"哒哒哒"地更加热烈。

茶室里其他几张小桌都空了，桌上的杯盘暖瓶、果壳纸屑已被服务员拾掇了，擦干净的桌面如一小块歇耕的地。谢城池奇怪自己的联想：歇耕的地？他的思维常常出现这样毫无贯串性的跳跃，刚结束和一个病人亲属的谈话，怎么又想到歇耕的地？他一大口一大口地喝茶，仿佛要压住不规则跳跃的思绪。可是，没等喝干杯里的茶，他脑子里又突发奇想地蹦出一个使他自己都大吃一惊的怪念头：如果那张黑白小照上那个长得十分像他的男孩子就是他的儿子……

歇耕的地——黑白小照——儿子。

谢城池手里的茶杯放到嘴边只是停在了嘴边。他呆着，仿佛毫无防备地被横来的一锤打懵了。这一锤，却明明是从他自己心里生出来，又狠狠地砸在他自己心口上。好像应了这句话：搬起石头砸自己的脚。

儿子——多重的一块"石头"——怎么会搬到自己手上的？干吗偏往自己脚上砸？谢城池捧茶杯的手颤抖一下，两条胳膊突然软塌塌地像两根面条，使手里的茶杯像块石头一样"哐"地砸到桌上。水洒了，茶叶泼了出来，两个服务员不约而同地射来责备的目光。

"对不起……"谢城池主动找来抹布，把桌子揩清爽后，尴尬地朝茶室门口走去。

走出茶室，他感到心跳很快，为砸了茶杯还是为那个奇怪的念头？

天黑透了，好像刚推过一个巨大的油墨滚筒。

五

　　门房间已换人。阿七头的离院，当然没有任何告别仪式。那天，阿七头拎一只帆布旅行袋，满楼转了一圈，从病房到护士室、医生办公室，还有老院长的催眠室，他都周到地去结结巴巴地说声"再见"。大家一致地安慰他：病治好了，迟早能分到好工作，一定比看门房间更有意思。阿七头不停地点头，像只公鸡在啄米。他情绪还好，似乎很有信心迎接医院外面的生活。

　　阿七头走，谢城池没见到，他值了夜班正好在家休息。第二天一早进办公室，看到办公桌上放着一把绢制的小扇子，比手掌还小一圈，一般是送给小女孩玩的。白的绢已发黄，涂在绢上的红花绿叶图案，颜色也驳落了，有一块没一块的。小绢扇下面压了张台历纸，有几行歪歪斜斜的字："也送你把扇子做纪念。我小时候生过一场大病差点死掉，后来活过来了，大姐用卖废纸的钱给我买了这把小扇子，她说，这是孙悟空过火焰山时从铁扇公主那里借来的，藏在身上，能保住身体里的火气，好活得有力气。"谢城池拿着小扇摇了几下，扇出的风隐隐有股发霉的气息。阿七头一定把这扇子当宝物收藏在一个秘密的地方，可藏得太久，结果发霉了。谢城池仔细读台历纸上的话，也觉得这扇子值得收藏，似乎有一种祈求生命的意味，是一个大姐姐对一个体弱多病小弟弟的祈愿。虽然这只是孩子的举动，但包含在其中的一份心情是沉甸甸的。他把扇子同台历纸一起装进一只大信封，用钉书机封了口，再锁进办公桌的抽屉里。从此以后，只要进出医院大门，他好像总是要朝门房间的窗口望一眼。

　　"谢医生，有你的信。"新来的看门人确实身高体胖，四十多岁左右,脚稍有点跛。

信?谢城池跨下自行车没有急着拿信,却先去车棚放车。听到有信,他的心跳便不由地停顿一下。在收到那只藏有一张黑白小照的空信封以后,他不知不觉就有一种等待的心情,总觉得还会有信来,哪怕寥寥数语,总得说明一下关于那张小照关于那个男孩……放好自行车,稳了稳自己,他才返回门房间。

"是个病人家属留给你的。"新来的看门人这时候才说。

"喔。"谢城池在接信的一刻间,心落地了,既失望又踏实,一阵复杂的情绪雾一样地笼罩他。过了好一会儿,"雾"才慢慢散去。

信,是阿七头的大姐写来的,没有邮戳,是她自己送来的:

谢医生:

我不好意思当面去找你添麻烦,只好写封信留在门房间,阿七头经常提起你,说你是好人,他一眼就看出来了。我相信他的话,阿七头心好,看人也会将心比心。

谢医生,医院不肯再留阿七头看门,我的几个兄妹都冲我叹气,因为马上面临一个谁照顾他的难题。大家都有难处,都拖家带口的,谁还有能力顾得上这个小弟弟呢?上个礼拜六,阿七头冲到我家里又哭又闹,说阿六头天天喊来一伙人在家里搓麻将,他想睡没法睡,想坐没地方坐,想玩又没钱做赌注,只好出去荡马路。天气凉了,荡在外面不是味道。但是,我也不好怪阿六头,他有他的理由:夜里不搓麻将叫我做啥?他三十六七岁了,讨不着老婆,心里也憋着股闷气,找我几次,要求把父母留下的"九平方米"归了他,否则,哪个女人肯跟他这样一个没有立锥之地的男人家？他去非洲做劳工，拼死拼活想赚钱回来买房子，可这几年房价飞涨，根本买不起，所以，这次阿七头出院回家，阿六头就不给他好脸色看，他的电饭煲、电炒锅不许阿七头碰一碰，阿七头只好自己动手生煤炉，阿七头笨手笨脚的，大半天也生不旺一只煤炉，倒把整条弄堂搞得烟雾腾腾，隔壁赵家婆婆看不过去，打电话给我。我哪里跑得开？就算调休两个钟头赶过去帮阿七头生炉子煮夜饭，可也不能天天都调休呀！

　　谢医生，我真是有苦说不出，当初嫁人的时候，我就掂量自己有五六个弟妹需要照应、负担，不嫁个老实人，日子就没法过。我丈夫在码头做装卸工，天天扛货包卖力气，回到家只要给他拷足半斤黄酒他就心满意足，对其他事一律眼开眼闭。我自己在厂校里做行政工作，厂校离家很远，要调三部车，天天像拼命一样轧车子上下班。厂办有意思照顾我路远调回厂里干，工厂毕竟离家近多了，但我还是舍近求远。几个小姐妹说我财迷，贪图在厂校兼管一个车间可以捞点外快。她们哪里晓得，没这点"外快"，我用什么去填阿七头这个"无底洞"呢！阿七头实在是个大包袱，说是由兄弟姐妹共同负担，一人摸十元。这几十元钱在十年前还能派用处，现在，靠这点钱他怎么能生活呢？我也不想再同他们磨嘴皮讨钱，只好自己多担着点了。我女儿读高中了，吵着要买台彩电，答应她两年了，就是攒不齐钱。她要是知道我月月的"外快"都支援了小舅舅……就为这点"外快"，我得提前一个钟头出门，下班回到家天墨黑。女儿不理解，怪我又不当校长又不做书记，天天忙得这样辛苦究竟为啥？我有苦说不出呀！

吃点苦，我也认了，只要阿七头太平无事。前几个月，他在医院看大门，干得挺像样的，我比发了笔横财还高兴，可惜好景不长。谢医生，那天夜里，阿七头和我们一家人吵得没法睡，他怪我不帮他找工作。我没能力帮呀！要找个适合他干的工作多难！现在哪个单位都人满为患。何况，他得过精神病，又没多少文化没多大本事。但他自己直嚷嚷：我是个人呀！我要工作！我得了精神病，我还是个人呀！被他嚷烦了，我女儿脱口说他几句，伤了他的自尊心，一气之下跑了，当夜就吞下一瓶安眠药。还好，阿六头上中班回来发现得早，送医院灌肠，命保住了。谢医生，以后怎么办？我和几个弟妹商量，想来想去只有一个办法，还是送他来住院最保险。住院费、伙食费大家再继续分摊。这样，负担是重一些，但比较放心，免得阿七头荡在外面看什么都眼红，但要什么都得不到，七想八想又要发病了……前天，我打电话到你们医院办公室，回答说没空的床位，我感到这是推脱，只好麻烦你和两位院长说说情。谢医生求求你了，可怜一下阿七头吧。

阿七头大姐

谢城池把信纸对折再对折，折成四方的一小块，然后又打开信纸撸平。手指在触及有痕的纸面时，似乎感觉到一个个有棱有角的字，像石片隐隐地刺激着每一个手指头。

一个小护士走进办公室，用很细的声音说："谢医生，鲍副院长叫你马上去催眠室。"

"好的。"谢城池迅速地把信纸又折成四方形塞进白大褂的口袋里。

"谢医生,阿七头的大姐来找过你,我问她有什么事,她支支吾吾不说就走了。"小护士得稍稍仰起脸,才能和谢城池的目光有所交流。

"她有封信留在门房间,阿七头又吃安眠药了……"谢城池边说边走出办公室,脚步促促的,心里在想,正好和鲍副院长说说这封信……

"活着受罪真不如死了轻松,"小护士走在谢城池身后轻轻地说。

"谁活着都不容易。"谢城池急刹车一样地停住脚步,动作干脆地一个转身,"因为不容易才值得活!"他铁板着脸,像面对法庭在捍卫什么。

小护士一怔。

谢城池意识到自己态度生硬,有点莫名其妙,便把手拔出口袋挥一挥,仿佛驱赶什么,又冲小护士莞尔一笑。

小护士也不自然地笑笑,并笑出一丝惊讶。

六

催眠室的门开着,老院长和鲍敏丽副院长都在。老院长站着,并在整理桌上的包,似乎马上有急事要走。鲍副院长却稳稳当当地坐着。

谢城池一出现在门口,老院长就像接通电源的机器人立刻拎包,并扭头对谢城池说:"我们来一起谈谈顾阿菊的事。我和鲍副院长的想法一致,但是,我要去参加一个关于脑病学研讨会的筹备会,具体问题你们定吧。"他像发表声明,言简意赅,说完立刻拎了包三步并两步地跨出了催眠室的门。

"坐吧。"鲍副院长稍稍动动身子,为坐得更加踏实。

"顾阿菊……"谢城池没有坐,先摸出烟点着火。

"两个律师又来过,还是问诊断问题,顾阿菊到过两个医院,诊断不一样,所以,他们办案就困难一些了。他们还是想问问你,对疑病性神经症的诊断有没有改变?"鲍副院长好声好气地说。

"改变什么?改变对我自己的诊断?不会改变的。"谢城池说得斩钉截铁,丝毫没有余地。

"说话,不要那么绝对。"

"和你院长说话,像自家人一样,总不需要外交辞令吧?"

"谢医生,你是不是再考虑考虑?"鲍副院长用商量的语气说。

"我医生的诊断像法官的判决一样,不是随随便便的呀!"谢城池说。

"谢医生,我今天说话推心置腹,像老朋友一样。"鲍副院长上身前倾一些。"有时候,可以灵活一点,无非是出个证明,不妨碍照样按你的想法治疗。当然,你作为医生多为病人着想,这很自然。问题是,顾阿菊的疑病症要彻底治好也难,她精神不健康,拖着婚姻也享受不到什么,不如放人一码。至少,她丈夫还是健康的,正常的,还需要生活。"

"问题是,顾阿菊从来没享受到什么;问题是,对顾阿菊的不健康,她那个还健康的丈夫是有责任的;问题是,办成离婚,顾阿菊的精神再受到刺激,她的疑病症会加重,会真的变成精神分裂症,那就很难治愈了!"

"你说的话有道理,但生活不光是道理呀!"鲍副院长摆弄着桌上的一枝笔。"如果你坚持你的诊断,他们就想让顾阿菊办出院手续……"

"办出院手续能吓唬住谁?"谢城池一下子愤怒起来,"我早就同她的家属谈过,顾阿菊住医院并不利于治疗,只要改善夫妻关系和家庭气氛,让她出院会更好些。"

"是呀,顾阿菊出院吓不住你,但能吓唬住我!"

"什么意思?"

"你是医生,你只考虑治病。我是院长,要考虑全院的利益,医院靠什么生存?靠收入、效益,靠我们的两百只病床保持客满。留顾阿菊这种病人最好,有公费医疗,病情又不重,管理也方便,但是你口口声声要让她出院。你不想想,你所说的改善夫妻关系,说改善就能改善?"鲍副院长从椅子上站起来,仿佛坐着谈已不足以表达自己,也不足以说服对方,"谢医生,顾阿菊离婚不离婚,和我们医院和我们做医生的无关,那是法院的事,家庭的事,我们管不了那么多。我们医院经常自身难保,所以,不得不采取实际一些、客观一些的态度。"她在屋子中央的空间走了一圈,使她的思路也这样地绕一遭,"我还是这句话:做医生和做人是一个道理,凡事做过了头,不留余地,会把自己逼上绝路的,还会引来一些不必要的麻烦,何苦呢!"

谢城池用力吸烟、吐烟,让烟雾遮住自己的视线。他不想看清楚鲍副院长此时此刻的神情。

他坐在长椅的一端,像坐在跷跷板的一头,他感到身子仿佛在往下沉落,而空着的那一头在徐徐上升。谢城池不得不承认,这个精神病防治院，实际上是由这个副院长在当权、当道。客观地说，她当得不算十分高明，却万分的实在，像操持一个家，能保持住小康水平，日子过得还乐惠。据说，鲍敏丽曾在全院大会上立过誓言："别看我们医院小，缩在弄堂里，又是防治精神病的，愿意来治疗的病人还不普遍，但是，我要让我们医生、护士的奖金决不比任何一个大医院低！"她说到做到，使全院平均的季度奖、年终奖的确升到了卫生系统的最高水平线。而重要的一条措施，就是让病房的床位保持客满，比如收留了像"大头娃娃"这样用成倍外汇来支付住院费的"白痴病人"，尽管毫无治疗价值……

"你不要愁眉苦脸么。我刚来这个医院的时候，也苦恼过。精神病不仅复杂而且还涉及其他许多问题，政治的、社会的、道德伦理的，但是，医院毕竟是医院。"鲍敏丽两只下垂的眼角刻意地往上一挑，使她瘦长的脸像僵硬了不再吐絮的棉桃突然绽开了一点，"好了，我们再谈点高兴的事吧。刚接到通知，要召开一次全国性的精神病学的研讨会，局里要我们报几份材料再交两篇有价值的论文。我衡量了一下，我们防治院，一个是老院长可以写一篇，再就是你了。你做医生的实践虽然不多，但你的理论底子很厚，你参加卫生局自学报考的文章我看过，很不错。"

"不行。写论文，得有许多临床的实例做论证。我做医生的时间太短，缺乏经验。我看梁大夫可以，他能文能武还能说能道。"谢城池有自知之明，对参加全国性的研讨会不存奢望。在精神病学这个领域中，他涉足太浅，只是刚刚迈入。但是，他内心有目标，一定要认真剖析人的精神世界，研究精神的种种病态及症状是如何形成该怎样治愈。若干年之后，他要求自己写出中西医和心理治疗相结合的经验性文章,并有足够的理论为依据,还要发表在全国性的报刊上。到那时候再去参加全国性会议,他心里才坦然。"不过,院里领导能看重我,我很高兴,这是心里话。"他又进一步说,"我相信自己不会辜负领导的看重,来日方长。"

"谢医生,我不是当面奉承你,你干工作的确踏实,待病人全心全意,这一点,大家都有目共睹的。梁大夫人聪明,反应快,但是,他不甘心在我们这种不正规的小医院里埋没掉,不愿意天天对付精神病人。这可以理解,人各有志么。他能去大医院施展,我拍手欢送。我这个人不喜欢搞本位主义,谁有能耐奔前程,我鲍敏丽决不阻拦。庙小总是留不住大和尚的。"鲍敏丽两手甩着大圈,表现出一种女人少有的襟怀,"有一点,我挺佩服你谢医生,分在仓库里工作,竟然会想到钻研精神病学,还学得很全面,真是少有。"

"鲍副院长,你还不太了解我,我这个人脾气很强,心里面的东西不轻易改变,年轻的时候,有过理想和抱负,尽管受挫折,但就是不肯放弃自己。"谢城池诚恳地表达了一下自己。

"一个人没有点抱负还活着干什么?你看我都这把年纪了,还想把我们这个小小的防治院办得像个样,起码得在区里的大小医院当中抬头挺胸。这两年,我们的收入不错。我正在联系一部分贷款,无论如何要把四楼的平台利用起来,加盖一层。一旦病房增多了,效益还会上去的。"鲍敏丽一说到远景、规划、设想就开始手舞足蹈。

谢城池感慨。眼看身边的一些女人,一个个都仿佛焕发了青春,一个个都斗志昂扬,一个个有豪情有雄心,并有声有色地能落到实处,使业绩显赫,有的甚至让人望尘莫及。比如常去国外竞赛的苹莉,比如他的余橙橙,一边风风火火地做着办公室主任,一边又深谋远虑地企图更上一层楼,去坐公司副经理的位置,不愧为"天天向上"。在这些气息旺盛的女人面前,他自觉矮了半截。虽然,他内心不以为矮,可是,她们确有一种本事,能在实际生活中如鱼得水般地走俏并马到成功。相比之下,他最难做到的恰恰是如鱼得水。他好像总在逆水行舟。

"谢医生,我兜底说,我做护士出身,没读过大学没什么学问,现在要我领导一个医院,我心里有压力。不过,我有一个长处:识才用才。我敢说,从那些报考的人当中把你挑来,是绝对没挑错的,你要助我一臂之力喔。"鲍敏丽走到谢城池面前,双臂合抱在胸前,身体仿佛一下子狭窄了削弱了,"谢医生,顾阿菊的诊断问题,你再想想。"她的思绪突然峰回路转地回到正题。

谢城池刚刚被正常的谈话调节到正常的情绪,好像适应不了这样兀然的陡转,他眼光呆了一下,才恍悟到他面前的这位副院长,东拉西扯地说那么些又豪情又诚恳的话,无非是虚晃一枪,而归根到底还是为了这个目的:希望他更改诊断,让顾阿菊丈夫顺顺当当办成离婚,医院也能名正言顺地长期收留这个有公费医疗的"精神分裂症病人"!两全其美,却唯独不为病人考虑。这些病人一发病都疯疯癫癫,让人怜悯又讨厌。面对一堆废物,即使有嫌弃,似乎也正常,可他们毕竟是病人,是人,只是某一部位出现了故障。精神病人的故障出现在大脑里,这部位显要又隐蔽,包含着精神、情绪、思想、灵魂、性格,都是看不见摸不着的,而一旦出现病变,就会从根本上扭曲损坏一个人。谢城池不说话,他的心在默默地往下沉,犹如铁锚渐渐地扎进海底。

"那两个律师说,下个星期再给我打电话。"

"让他们直接找我。"

"你……"鲍敏丽用揣摩的眼神斜睨着谢城池。

"我是顾阿菊的医生,应该由我负责到底!"谢城池坦然地说。

鲍敏丽仍斜睨着他,好像仍在揣摩着什么。

七

放下碗,谢城池闷声不响地抽支烟,然后对余橙橙说:"我要去一个病人家里,别等我,你先睡吧!"

"人家做教师的才家访。"余橙橙在喝汤,一小口一小口地呡,勺是不锈钢的,勺把是景泰蓝,有艳丽的色彩,"现在都是病人求医生,没听说医生主动送上门的。"她手里锃亮的勺"叮咚"地磕碰着细瓷的碗,"那个病人有什么来头"?

"一个普通的营业员,在食品店卖糕点,她姐姐是小学教师,不,是校长,管几十个教师一千多个学生,实在太忙。但是,她妹妹的病没她的帮助不行。"谢城池看烟缸里的烟头还在冒烟,用力摁摁,"她想送她妹妹来住院,好放心一点。我劝她还是不要住院,现在住院治疗没有更好的办法,就是靠吃药镇静。可这个病人的问题,最关键的还不是吃药治疗。"

"你这种观点说出去谁理解谁接受?"余橙橙挥着手里的小勺指指点点,"你劝人家别住院?这种话要是传到你们鲍副院长那里……她抓的就是病房的客满率,还派人深入到里弄做宣传,给那些怕丢面子、把精神病人藏在家里的居民讲医学道理,劝他们让病人住院治疗。你倒好,来个反其道而行之。顾阿菊的事,你已经不给她面子了,那件事还说得过去,让一个医生违心地更改自己的诊断,这不尊重科学也不尊重人。可是，你不能一而再，再而三……"她把捏着的勺不由地敲打桌沿，桌上有桌布，只闷闷的响两声，"谢城池啊，别嫌我说话重，你看你，调到哪里都吃亏，不讨好，还不吸取教训！"她一回到家，脸上就没有了做公关部主任时那恰到好处的笑容，却常常得保留着那个惯于指使人、指挥人、责怪人的办公室主任的架势。

"我没打算讨好！"谢城池不快地顶一句。他反感余橙橙把做主任的架势情不自禁地端回家里。而对她那一套善于讨好的处世态度，他也始终保持缄默。

"是呀，你清高你伟大。"余橙橙用光滑的小勺搅着剩在盘子里的几块肉排和几只鹌鹑皮蛋，"这些肉排、皮蛋都是人家送我的，我俗气，你别吃呀！"

"我没说你俗气。"谢城池缓和语气声明。在人堆里她能活得游刃有余，一些"好处"顺手牵羊就到手了，而且，不过分不费劲。这些到手的"好处"，不仅推动她的工作，有利于她的前途，同时也大大提高着他们这个小家庭的生活水平。他坐享其成，还有什么可批判或批评的权利和资格？

"你嘴巴上没说，但你心里就这么想的。"

"我心里想的你也看出来了？"

"喔，夫妻这么多年，连这一点都看不出来？你当我是傻瓜、白痴！"余橙橙话一多，就忍不住地激烈起来。

"我怎么会娶个傻瓜做老婆？她当然是个聪明人。"谢城池一碰到她的激烈，马上收兵，偃旗息鼓，否则难以收场。而夫妻之间的嘴仗，即使打得你死我活，也没有正义和原则可断，不如以避免"战争"为上策,以求"安定团结"、"和平共处"。

"算了吧,说得好听。如果你心里真的认为我聪明,那你听我一句,不要主动去病人家里。干吗送医上门?做人,有时候就是要端点架子,不能让人随便摆布。"

"端架子也要看对什么人,不能一概而论。"

"她是什么人?不过是个小学教师呀!她忙,别人就不忙?"

"她是真忙,要教育这么多孩子,一点儿马虎不得。我们管一个丫丫,就听你大呼小叫的。"

"她有能力做校长,就没办法帮助她妹妹?"

"不是想象的那么简单。问题不仅仅是一个柜台,不仅仅是和几个人的纠纷,还涉及商店领导,涉及整个商店内部的风气,如果再揭露得深一些,可以直接质疑:这个商店到底是真先进还是假先进?而且,还反映了局里某些领导的官僚作风。"

"好了好了,不要说得那么严重。"

"不是我说得严重,事实如此。我当然想单纯地就病治病。可是,就病治不了病呀!"

"那你就治得了商店里的歪风邪气?治得了某些领导的官僚作风?"余橙橙一撇嘴,"你总是过高地估计自己,要改造这个要改造那个。就算你的想法都正确,你有什么力量去改造、改变?好不容易调出仓库进了医院,就安安心心做好医生么。家里也不指望你别的,你有多余的时间和精力,我赞成你写写文章写写书,将来要发表要出版,我负责联系,可不用你操心。"她终于放下手里的那把不锈钢小勺,语重心长地说,"城池,人家说三十而立,你都四十了,才找到一定的地位和比较理想的工作,千万不能再把你自己白白浪费掉,傻乎乎地去做那些无功无利亦无用的事情！"

　　谢城池站起来，想立刻出门，要不然，她会无休无止地"教导"下去。这些话听起来还不无道理，但他没耐心再听下去。他不是个善于听取别人教导的人。

　　尤其被妻子教导着——她的口气，像在教导一个完全不懂事的小学生。每当这时候，他心里的反感，如同一只活螃蟹被扣进热气腾腾的笼屉里不出声地挣扎。好在，他还能躲开"笼屉"。谢城池向门边走去。

　　"你还是要去？"余橙橙怒气冲天地一脚踢开椅子。椅子摇晃几下"砰"地倒地，"我的话都算白说了！"

　　谢城池竭力遏制自己的情绪，还是走回去把椅子扶起来，搬到墙边，然后再转身出门。

　　"你敢走！"余橙橙嚷一声，冲到他面前挡道。

　　"橙橙，别这样，你知道，我想做什么事，谁也拦不住的。"谢城池捏住她胳膊，"工作上的事，我们最好互相不干涉。你设计服装，你还想做办公室主任，我可从来不多嘴，因方我尊重你。"

　　余橙橙像在撒娇，使劲甩胳膊想摆脱他的手。他的手如老鹰抓小鸡。

　　谢城池一抬头看墙上的钟，已过了约定的时间，急忙松手。

　　余橙橙的胳膊真被捏痛了，情绪才安静下来。

　　谢城池看看她，便转身离去。

八

　　"月月，你盖好毯子，我要开风扇。"

"姐姐,你还觉得热?冰箱里有雪糕,你吃一根。"

"不吃,你睡吧,头还晕?"

"不能睁开眼睛,头不能动。"

"你别动,我来给你盖毯子。"

柳阳把一条厚厚的旧毛毯抖开,从脚到头将柳月裹紧。柳月蜷着身子像只被裹在茧里的蛹。

"姐姐,你怕热,我盖那么厚的毯子,你怎么睡?"柳月的头钻出毯子。

"你睡你的。一会儿谢医生要来,我还得开夜车写总结。"柳阳坐在小床边。

小木板床比那种可以折叠的钢丝床宽出半尺,床架是铁的,天蓝的油漆不仅褪色黯旧。还驳驳落落地露出一小块一小块铁锈斑。床狭窄,她们姐妹俩一人睡一头。柳阳的枕头芯是木棉的,塞得实实足足像只大冬瓜,外面还裹着软篾的枕头席。

"姐姐,我眼睛酸疼,但就是睡不着。每天夜里听到你一声一声打呼噜,就数你的呼噜声,想你白天忙死了,累死了。可我,不好上班又不想出门……"柳月把手臂也伸出毯子,有气无力地交叉在胸前,像搭着两根又细又软的布带子。

"把手放进去,不能再着凉了。"柳阳抓起柳月的手放回毯子里。她的手臂如两根碗口粗的木棍子又粗糙又强壮。

柳月听话地把脖子也缩进毯子里。她用力睁大眼睛,一眨不眨的看着柳阳:"姐姐,你陪我坐一会儿。"她一边央求,一边侧转身,像只大虾米偎着柳阳。她觉得自己仿佛一天比一天小了,小得好像刚学会走路,最好整天牵住姐姐的衣角寸步不离。她想象这个家如果没有姐姐，就像天会塌下来一样可怕。而有没有父亲倒是无关紧要；父亲只是按月寄回工资，一天不差一分不少。但姐姐才是一根实实在在的顶梁柱，安排着家里大大小小的事。为了帮母亲拉扯弟妹，姐姐没考大学就工作，她迟迟不谈对象，可一转眼过四十了，姐姐还不慌不忙的，她说受不了被别人挑剔，发誓一个人过，向教育局申请到了这间小屋，柳月有这间小屋的钥匙，没病的时候就喜欢挤着姐姐睡，还喜欢枕着姐姐的粗胳膊，睡起来又踏实又舒服。自从自己有病以后，大白天也像在梦里，满脑子奇奇怪怪的念头，想得连自己都心惊胆颤，更盼着姐姐早点下班早点回来。但姐姐没有一天能按时下班的，就是回到家也是匆匆吃饭匆匆洗澡，然后就坐在小方桌旁办公、备课。姐姐除了当校长还主动要求兼课。柳月只看到姐姐一刻不停地忙，忙困了，支撑不住了，躺到床上头一碰枕席就睡着了，好像连似睡非睡的这点时间都不舍得浪费。怪了，姐姐越忙越结实，身体壮壮的，走路的脚步重重的如敲鼓一般。柳月从心里佩服姐姐坚强，站在那里就像一座塔，稳稳实实地谁也推不倒。柳月虽然长得比姐姐还高，但腰身细软，念高中时班里都叫她"柳条"。她和姐姐并排走，弟弟取笑她们说："一个像长颈鹿一个像熊瞎子。"柳月认为姐姐的脸挺耐看，如果目不转睛地盯着看，还会看出一种能深入人心的亲切之感。可惜，除了她，再没有第二个人会目不转睛地看姐姐，而姐姐恰恰吃亏在猛一看时只给人粗壮的印象。柳月长得细巧，如月牙似的清丽纤秀，所以她经常不知不觉地被人打量，有些人的眼光很讨厌，直来直去地在她脸上扫射。缺德！她在心里骂，但骂过之后，还是有点美滋滋的。现在病了，谁还会打量她，注意她？她都不敢站到镜子前面去了，脸一定像片枯谢的花瓣，头发也没有光泽了，梳头时还一把一把地脱落。她很灰心很自卑，不知道什么时候才能恢复健康，才能让脑子清醒过来？医生叮嘱天天吃药，可吃了药就迷迷糊糊地瞌睡，有时一天都得躺着振作不起来，像只在冬眠的动物。好不了了！有时她会绝望，一绝望，额头就炸裂一样地痛，痛得在床上打滚。每天有姐姐陪着，看姐姐不埋怨不叹气地忙碌，头痛便减轻些，情绪才好转一些。

"月月，去住院吧。待会儿谢医生来和他说说看。"柳阳撸开挂在柳月眼角的一缕头发，"我忙，不能经常陪你。你心里闷，病更加不容易好。医院里有医生、护士照顾，我也放心。"

"姐姐，那是精神病医院，我害怕。"柳月把头钻进柳阳的臂弯里。

"你的病是精神受刺激造成的，人家看你也是精神病人，你可怕吗？月月，你善良、单纯、可爱，我想，别的精神病人，也因为遭遇种种不幸，自己没能力抵抗精神才垮掉的，他们不可怕。在医院里按时吃药，生活有规律，对你的病有好处。"

"我没离开过家，没离开过你……"

"月月，你得了这场重病，我像挨了一棍子才有所触动。过去，我把你们的事都包办代替了，以为这是我做大姐姐的责任、义务，我就像块挡箭牌护着这个家，看起来，一家人都平平安安，其实，你们几个都软弱都无能，抗不住事。而我自己……"

"姐姐，你怪我们了……"柳月心里很酸。两年前，她谈过一个男朋友，有一次去公园，走过儿童乐园看到许多好玩的孩子，她脱口说道："我将来有了孩子，一定要他们首先待我姐姐好。"他脱口反驳："这没有道理。"两人就为这句话争执起来，结果吵崩了。几天以后,他冷静了来找她,她执拗地不愿再见面。这是她第一次恋爱,分手以后难过了好一阵。姐姐问过她,为什么分手?她编了个理由。她知道,姐姐很自尊,不愿意让弟妹再为她付出什么。

"怎么会怪你们。我怪自己没带好你们,让你病成这样。"柳阳饱满的脸,像气球稍稍收缩了一下。

"姐姐,我的病怪我自己,早知这样,四百元钱拿了就拿了。"

"拿了四百元也会得病。"

"为什么?"

"因为我们不是这种人,拿了不义之财会感到心安理得吗?"

"但我想来想去,归根结底还是一个最简单的问题:那四百元钱,拿还是不拿?姐姐,我待在家里整天盘问自己,如果事情能从头开始,我怎么做才能不伤害自己?才能不得这种精神病?我想得头痛,想得心乱,但还是想不出结果!"

"你在病中,思维能力很低,思想如一张扯破的网,就是撒到河里也捞不住一条鱼。所以,你现在要做到尽量克制自己,什么也别想,先把病治好。等恢复健康后,许多疑问自然会迎刃而解的。"柳阳站起来,"我去厨房烧壶开水,谢医生不喝饮料喜欢喝茶。"

"姐姐,那我去住院,好好治病。"柳月提高声音说。

"好的。月月,你能想通,我心里也轻松了。我一定对谢医生说。"柳阳弯下身摸摸柳月的额头,"转过身睡吧,台灯刺眼睛。"

柳月听话地转一个身,脸冲墙,避了灯光。柳阳把风扇拧到最小一档,关了房门下楼去厨房。

厨房几家合用。沿墙壁架了只煤气灶,倒扣在灶上的四五只脱排油烟机,像屋顶似的把不大的厨房间又割据成四五块"领地",而灶下又一律做了小橱，橱门上都吊着把小锁。

柳阳的煤气灶紧靠着水池。水池是公用的，好在有条俗成的规定，任何一家都不能用厨房里的这个水池洗东西，不然，厨房里太潮湿。为此，厨房外的小天井里接了只大水池，但几户人家只能轮流用，于是，又制定出每户轮流的时间表。柳阳自告奋勇地把好时间完全让出，她洗菜、洗衣服都安排在家家户户入睡以后。她一个人简单，需要洗涤的东西也少。在柳月有病期间，家务事才增加一些。

水壶是不锈钢的叫壶，水烧开时会"呜呜"地发出汽笛般的叫声。柳阳住亭子间，必须有这个叫声的传达，她才可以及时地下来冲掉壶里的开水。柳阳把灌满冷水的壶坐上煤气灶，用自动点火枪打着火，便到外面的大水池旁搓洗衣眼，一边等着水开，一边等着谢医生敲门。

九

午休时间。

病人们午睡了。大办公室也安静下来。

梁大大伏在办公桌上打瞌睡，却只能朦朦胧胧地睡。趴着的姿势不利于入睡，他神经又敏感，就是躺在席梦思上，都难得有酣睡的时候。他两只手重叠，脸枕着手背。而他的手背皮包骨头，手指稍稍弓起，嶙峋的骨关节便棱棱角角地硌脸。他的小尖脸又不经硌，左摆右放地不断变换方向和位置，仍然没找到一块平坦的地方。幸好办公室里没人走动，没人说话，闭目养神不被干扰，他也就迷迷糊糊地得以休息一下。

可惜，好景不长，不一会儿办公室外的走廊里响起了脚步声。梁大夫的耳朵很灵，听得出其中有鲍副院长的还有陌生人的。

果然，鲍副院长没进门就先声夺人："我们医院条件差，我们两位院长没有办公室，老院长搞催眠疗法，就把催眠室当办公室，我么，管的杂事多一些，暂时就和几位主治医生挤着办公。我们设想在四楼平台上向上加盖一层，多几间办公室就调配得开了。如果允许，让两位主治医生合一间办公室。我们的病人特殊，他们住在医院里也闷得慌，经常要来纠缠医生，我们应该让医生有比较宽敞的办公环境，好接待病人与家属。"

梁大夫很想睁开一条眼缝，看看鲍副院长陪进来的究竟是何许人？她为什么有这样的兴致、情绪把医院情况介绍得如此具体，像汇报工作一样。也许她这番诉说，是想赢得对方的同情与援助！但援助与不援助都与他不相干，他懒得睁眼了。

"老庄，坐，坐，只好泡一杯清茶了，不像你们食品店，好吃好喝的样样有。"

梁大夫听出来者是食品店的，还听到鲍副院长拿茶杯开茶叶罐的"叮当"声。接着又猜想：来者是病人家属？不像，他马上否定。对一般家属，鲍副院长没必要这般的热情。

"鲍副院长，你是大忙人呐，我打过几次电话没找到你，只好跑来打搅你，添麻烦了。我们商店的经理关照我，你们医院如果需要什么，别客气。你们医院的这些精神病人都值得同情啊！所以，我来跑一趟，我们就算熟人了，有什么困难好互相照应。"

梁大夫凭经验，感觉这个食品店派来的使者长得圆头圆脑，身体胖胖的。这感觉很强烈很确实，连睁眼看一看确证一下的想法都被他自己排斥了。

"老庄，喝茶，一般的绿茶，怠慢了。"

"我带来两盒好茶，我们自采的，是几百元一斤的特级龙井，你尝尝看。"

"啊呀，你还给我送茶，不好意思。"

"没有特意准备。这是我们工会给职工搞的一点'福利'，来的时候顺便领一份。"

"你们食品店到底是家大商店，气派也大。在你们店里做职工有福气啊，待遇多好！"

"这话不假，分到我们店工作的人，没有一个想离开的，站柜台累是累，但相当实惠啊。我们店地段好，经营好，营业额年年是局里最高的。局里只要评先进，不管什么名堂，总落不下我们店，因为硬碰硬我们利润高，顾客反应好，从店面装修，货色的花样品种到营业员的服务质量，都是数一数二的！这不是自吹自擂，局里搞过民意测验，全市几大食品店让顾客评头论足，我们店得分最高。所以，局里给我们全店职工每人提升半级工资以示奖励。"

"关键是你们店领导有水平有能力。"

"鲍副院长，你这句话说到点子上了。还是一句老话，火车跑得快，全靠车头带。"

他们你一句我一句地说得投机，仿佛排练过的相声，双方的接口无懈可击。梁大夫听得入神，并竭力揣测，他们兜着圈子津津乐道的，究竟要触及到一个怎样的实质性话题？

"以后有机会，去认识认识你们店的经理。"

"这个人不简单，年纪比我轻得多，但是，处理问题又稳重又周到，店里的职工人人都服气啊！所以，到你们医院来看病的那个小店员，只好装疯卖傻，否则她没有下场了，一会儿揭发这个，一会儿检举那个，把我们店说得一团漆黑。局里面根本不相信，因为工作成绩明摆着的。她姐姐算念过几年书，还写了封匿名信告我们。她自己怎么样？教唆她妹妹装病，骗了病假在外面做私活捞钞票，我们有好几个营业员亲眼看见的！说柳月有神经病，谁相信？这个柳月性格很开朗的，我们工会每次组织舞会，她跳得最起劲，这种人会得精神病？但是，她姐姐就是用神经病威胁局里领导，还动足脑筋想让她妹妹住院，这样就既成事实了。我们店里领导研究了，柳月可以住院，但住院费自理，我们店不予报销。这不是我们店小器，我们有个老营业员开大刀，心脏里要装个启搏器，二万元喔，按照规定，这笔费用只能自理，但我们考虑到他的实际困难，补助一万元。那个营业员的家属感激得差点向我们的经理磕头。我们经理这个人真是很讲情义的！哪个店员过生日，我们工会就负责往家里送蛋糕，好几年了，像制度一样坚持下来了。鲍副院长，你也是做领导的，最体会在基层做领导工作的苦处，不可能让人人都称心。其实，有意见提出来么。我们店很民主的，还给顾客设了意见簿，月月都总结一次。我们对顾客都如此，何况对自己的职工了。问题是，她们非要小题大做，还闹到你们医院来了，我们经理一定要我代表他向你们表示歉意！本店内部的矛盾，还是我们自己平心静气地解决。"

梁大夫这时才明白这位工会干部的来意，是要求他们防治院别接收他们店那个"冒充"精神病的营业员。前几天，他听见谢城池对鲍副院长谈起过这个病人的情况，还隐约记得为金项链、四百元等细节。他当然不相信那个女营业员是装疯是冒充，因为装疯骗得过一般人，却骗不过精神科医生的眼睛，而且装疯卖傻的人，是不会自投罗网地来医院求医的。如果只听一面之辞,这位姓庄的工会干部的振振有词,似乎也很有说服力,接下来就看鲍副院长的了。梁大夫掀开眼皮,从眼角斜射出探询的目光,直接盯住鲍副院长。她坐得端端正正,脸上笑容可掬。她只以亲切的态度答复对方的谈话,而没有任何别的表情。这是她的聪明:不忙亮相,即使想接受对方的要求,也得半推半就模糊一阵,让对方捉摸不透或者再进一步追加一些条件。根据他对鲍副院长的了解,她只会选择不收留这个病人住院的决定,既然病人的单位明确拒绝报销住院费,那么,她肯定顺水推舟把这种带有麻烦的病人排除掉。但顺水推舟地往外推,她也不会做得很干脆。

"老庄啊,你们店的先进事迹都登过报,我也有所耳闻。你们经理年轻又能干真叫人钦佩。不过,关于那个叫柳月的营业员到底是真病还是假病,我现在不能马上下结论。她来这里看过门诊,我们的医生有病历记录,有诊断,所以……"

"鲍副院长,不瞒你说,我们已经了解过,你们医院这个姓谢的医生,认得柳月的姐姐,好像是很熟悉的。所以……"

"病人认得医生,或者通过什么关系介绍过来,认得主治医生,这是很普遍,不足为怪。就是认得,也要实事求是地做诊断。医学是科学,要有根有据的。"

"要说病,谁身上没一点小毛小病?要论精神病,严格地说,谁都有精神不正常或犯神经质的时候。"

"精神不正常或有点神经质,或有点歇斯底里,那只是一时一阵,而精神病完全是一种病态,这当然有区别,否则,还要我们这些精神科医生做什么?"

"鲍副院长,我绝对没有贬低医生的意思,我是说……"

"你是说，住院问题？"

"对，对！"

"我们再研究研究，再听听主治医生的意见。"

梁大夫心里得意地一笑。没猜错！这就是鲍副院长欲擒故纵的策略。果然，姓庄的工会干部身子向前倾，又突然回头朝梁大夫看一眼，见梁大夫一动不动地睡得又沉又实，便压低声音："这是我们经理给你的一些礼券，不在我们店买，是食品公司搞活动，给兄弟单位的领导送一些……东西，不一定合你心意，不如自己去买。而且，不在我们店……"他又重复了这一句。

梁大夫感觉鲍副院长的神态一定是不以为然，她不会浅薄地流露欢欣。几百元的礼券，不算轻也不算重。

"过几天，我再给你打电话……添麻烦了……"

"麻烦倒是有点麻烦。"

"我们经理一向挺沉得住气，但碰到这种情况，还是第一次，也有点发愁。柳月一旦进医院，她姐姐说话更硬了，肯定要去局里大吵大闹。解决这种纠纷很麻烦的，要分出很多精力，会影响到我们店的正常营业，还是想办法避免为好。"

"我理解。"

"有你鲍副院长的理解，我们就放心了。"

"现在的社会就这样，不理解也得理解。我们整天接触病人，等于接触社会，无奇不有，什么没见过？见多也就不怪了。"

"我们经理有眼力，吃准了鲍副院长见多识广，有大将风度。"

"说不上大将风度。我这个人心肠软好说话。"

梁大夫在肚里暗笑。人，大概都有这个弱点，一听好话就得意忘形。要把"心肠软好说话"这顶漂亮的高帽子,戴在鲍副院长头上,那无论如何是张冠李戴。

姓庄的工会干部告辞,鲍副院长礼貌地送他下楼。

大办公室又安静了。

梁大夫仍伏在桌上。考虑到鲍副院长有可能马上返回,他必须继续装睡,何必让她生一份疑心,这女人本来就多疑,不轻信身边任何一个人。表面上,她十分器重梁大夫,他毕竟是医学院毕业的高材生,在这所精神病防治院里,他的学历最过硬,头脑又活络,医术也不差。但梁大夫深知她的为人,她只想用花言巧语稳住他,又云山雾罩地压住他——不让他施展得超过她。因为他的同班同学在卫生局当处长,曾有消息透露给他,局里有意向准备提拔他为副院长。作为副院长人选,梁大夫正合适,既有业务水平,又有实际能力,并且灵活,又精明又能干,由他辅助忠厚的老院长管理这所防治院,确实是最佳搭配。按编制,他们这样一所中小型医院,配备两名副院长也不算多。何况,老院长老了,鲍敏丽亦不年轻,而梁大夫正年富力强。但正因为梁大夫有种种优势,她才有担心有防备。可以预见,梁大夫只要得到用武之地,她便无疑地会相形见绌。为此,鲍副院长让所有的医生、护士都认为她十分器重梁大夫,同时她又不露痕迹地把梁大夫当作那个孙行者永远压在她这座"五行山"下,再神通也无法施展。这一切,梁大夫心里一清二楚,但难以说出口;而这种感觉日积月累,逐渐变为气愤、苦恼,却又不能表现、流露。这样一个聪明人在这样一位副院长手下,犹如一口泉眼堵塞了,泉水再汹涌也喷不出来,只有悄悄地在地底下埋没着。梁大夫当然不甘埋没,唯一的出路就是"跳槽",换个地方再凿眼,于是,他只有忍痛割爱地放弃本来可以到手的副院长位置。当然在"可以到手与真正到手"之间，还有一段"望山跑死马"的距离，还有一场"你死我活"的战斗。对于这"距离"、"战斗"，他不会书生气十足地去硬拼硬上，俗话说，好男不和女斗。因此，他决定"绕道而行"，并且下定决心，非绕出个好前景不可。不过，这谈何容易？但他相信，心想事成。而关于他企图"绕道而行"的打算，不知哪一天，在全院上下已传播得满城风雨，这就逼得他不走也得走了。既然早晚要走，他对耳闻目睹的事一概装聋作哑，不愿再惹是生非地为自己最终的走添麻烦。

过了十分钟，大办公室里还是很安静。

可以断定鲍副院长不直接回办公室了，梁大夫便站起身，开始舒展起因趴在桌上过久而有点麻木的手脚。

这时，谢城池走了进来，他开玩笑地对梁大夫说："梁医生，你倒真能见缝插针锻炼身体啊！"

"我这副骨瘦如柴的身体，再怎么锻炼也无法和你并驾齐驱啰。"梁大夫很幽默地回答。

"哎，瘦人筋骨好啊。我这种人，纯属傻大个，只是一个空壳子。"谢城池说。

"谢医生，你傻？不，不！"梁大夫继续转腰晃胳膊。"不过，恕我直言，你看上去福气不大，信不信？我会看相。"

"这还用看相？明摆着的。我这个人，不仅没有福，而且始终倒霉。我对自己并不乐观。"

"世事没有始终如一的。物极必反，熬到头了，总会变化。"

"哪才是头呢？"谢城池不掩饰地流露出愤怒。为柳月的病，他刚才去食品店找经理谈了，希望他们尊重医院的病假条，补发柳月病假期的工资，不能按事假扣除。但经理的态度冷淡，而且理直气壮地说，他不相信什么病假条；还说，现在只要有关系，搞一张病假条还困难吗？那位与他年纪不相上下的商店经理还举例说明："现在买机票为什么一定要看身份证？就因为伪造一般的工作证都轻而易举，何况一张病假条！"谢城池针锋相对地责问："言下之意，我们医院的病假条是伪造的？说得更具体一点，我给柳月看病，她的病假条是我开的。按照你的逻辑推理，我不是根据她的病情而是因为有关系就给了她病假？"经理不置可否地一笑，好像不屑再回答，便用外交辞令逐客："柳月是我们的店员，她的问题是我们内部的矛盾，我们会正确处理的。"谢城池还能说什么？他快快地走出食品店，像被挫败了一样，浑身疲软，似乎伤了元气，无精打采地挤在人行道上，一路推着自行车走。回想到刚才的对话，愈想愈不肯作罢，渐渐地又鼓起劲，走下行人道，翻身上车飞快地骑回医院，奔进护士室，要让宋樱樱刻不容缓地安排出床位，他要马上通知柳月来住院。他还暗暗地想，要说服鲍副院长，让她和梁大夫共同来治疗这个病人。这倒不是因为她的病情严重、复杂，只是需要向那个食品店经理证明，柳月的病是确凿的，病假、住院是必须的。

但宋樱樱不在，小护士说她调休一天。真不巧。再下楼进大办公室，只有梁大夫一个人在。办公室难得这样安静，他们经过前面的几句对话后，谢城池便紧接着对梁大夫说："哎，求你一件事。"

"干吗用'求'字，这不好。"

"那改为帮忙吧。"

"只要我帮得上。"

"我有个病人，想请你一起来治疗。"

"住院的病人?"梁大夫心想,住院的病人中,好像没有必须会诊的病人。

"我想让那个病人马上来住院!"谢城池说,"她的病情不复杂,复杂的是病人的单位……"

"喔,我知道了。"梁大夫脱口说。他立刻联想到鲍副院长送走的那位姓庄的工会干部。

"你知道?"谢城池问。

"喔,我大概不知道。"梁大夫马上改口。

"你不会知道的。一个门诊病人。"谢城池只对宋樱樱谈起过柳阳和柳月姐妹俩,所以,他很主观地说。"按她的病情,在家吃药、休息也可以,问题是涉及她和柜台领导、商店领导之间很蹊跷的纠葛,就不单单是个治病问题。就是治病,也不单单是吃药的问题。"

"究竟什么问题?"梁大夫故意问。

"三言两语说不清楚。"谢城池长长叹一口气。"你接触病人就知道了,这两天,我一直想这个病人的病因。如果把经过原原本本写出来,别人肯定以为我是胡编乱造。可她的遭遇恰恰说明有些人很脏,她太干净,干净得碰到脏的不同流合污,那就只有得病。我像在写诗,但事实如此。我刚去过她单位,单位领导坚决不承认她得了精神病,还倒打一耙,说她不懂事、不领情,歪曲别人的一片好心,还告发到领导那儿,挨了批评又装病装疯等等,简直……"

"谢医生,你的心情我理解。但是我想问一句,你把这个病人收进医院,可以解决什么问题?病人在医院里不接触外界,很快恢复正常,可是她和领导完全弄僵了,出院后怎么办?"

"一步步来。首先商店领导承认她有病;然后,承认对她的病他们负有责任,保证不再刁难她,并让她调个柜台工作。"

"谢医生啊不是我给你泼冷水,这怎么可能?"梁大夫扔一枝烟给谢城池,"她不过是个普通营业员,多一个少一个不稀奇。你想让领导向她认错?天方夜谭。"

谢城池接过烟没有马上点着。他把烟在两只手指间来回转动。那烟卷仿佛是一剂有着镇静作用的药物,能迅速通过手指传导给大脑,使他由于激动的情绪,突然如烧着的大火挨了水浇稍稍减弱,他意识到,让梁大夫也卷入这桩有麻烦的有难度的病例中,并助他一臂之力,那只是他自己的良好愿望。

"你把这个病人安排来住院,以后的情况,可能还要棘手……"梁大夫吞吞吐吐地说。

谢城池看了梁大夫一眼,梁大夫也回敬他一眼。这眼光的接触,似电焊切断了一道屏障,一切便不言自明了。

谢城池这才把手里的烟送到嘴角。

梁大夫摸出打火机,将跳出的火苗伸向谢城池。

躺了一整天,没吃没喝也没说一句话,电话铃响过几次,宋樱樱不接。照理,她可以请病假的,昨晚在一家医院的急诊室躺了两小时。她不知怎么被送进医院的,等清醒过来的时候,只感觉额头发胀,右手发胀,原来右手被固定着正在输液,一根细长的橡皮管从铁架上蜿蜒下来,像一条倒挂的蛇,蛇头仿佛在咬啮她的手。她用力眨眼,眼前的一切才变得清晰,才看见站在铁架后面的彭达,正目不转睛地在监视那只瓶口朝下的盐水瓶,一脸的疲倦、紧张和懊恼——他没感觉到她的眼光,她赶紧闭上眼,仿佛偷看了不该看的东西。一个男人在完全袒露真实的时候,常常会让别人不忍细睹,还会产生一种心疼的感情,像心疼一个知错的孩子。可以说,她还不认识他,还是陌生的。但是,一种令人难堪的关系,使他们结合成临时阵营,成为"一条战壕的战友"。

"战友"?这称谓莫名其妙,又叫人哭笑不得,可昨晚上他们就在扮演这样的角色而"并肩战斗"……

昨晚的事,宋樱樱不敢再从头到尾地想。如果有一种橡皮能擦去烙印在脑子里的记忆,她一定拼命擦,像在擦一层污垢。昨晚她下班一回到家,电话铃就响了,响得那么及时,好像有电脑的传递和遥控。她一个闪念:他又来长途了,告诉回家的日程。快到半个月了,该回来了。她把手里的包像扔篮球似地抛到床上,几乎用跑步的速度奔到电话机旁。拿起话筒,传来一个陌生男人的声音,他自报家门说:"我是彭达。"哪个彭达?她马上不快地回答对方:"你打错电话了吧?"那个名叫彭达的人执意说:"没打错,我找你,你是马巽方的爱人?我是钢管厂的。"他一提到钢管厂,宋樱樱的心"咯噔"一下,仿佛落进一个洞,并不大不小地正好卡住。在她心里有一页档案,花伞下那个名叫章筠的女人,她丈夫在钢管厂做厂长,于是,她语气缓和了。他们虽素不相识,却存在一种微妙的关系,便自然地缩短了由于陌生而产生的距离。

"你爱人出差了?"

"你怎么知道?"

"我看到他了。"

"在珠海?"

"不，就在这个城市里。"

"什么时候？"

"就这几天。"

"不可能！"宋樱樱口气肯定，心却突然空虚。

"那么……你想去见他吗……"彭达犹犹豫豫地说。

"……"宋樱樱捏电话的手抖了。去见他——意味着什么？她脑子里"轰"地一声，像电闪雷鸣般把自己震惊了。电话像中断了没有任何声响。她把话筒更贴近嘴，牙齿咬住自己的手，手背上刻出了齿印，手才停止颤抖。去见他——没什么可犹豫的。不哭也不吵，仿佛去幼儿园接回儿子一样正常。他是她的丈夫，她理所当然应该领他回家！"去。什么时候去？"她镇静了。

"马上，我叫车，接了你一块儿去。"彭达说。

"我等在楼下。"她放下电话，若有所失地站着，像失掉了心灵、头脑以及一切，只剩下一个空壳，木偶一般，要靠牵动，才能抬手举足。

来接她的是一辆出租汽车，后排的座位上已坐了一男一女。彭达介绍说，这是派出所的两位同志。派出所？为什么叫上派出所的人？宋樱樱的心口又紧缩一下。坐上车，坐在派出所两位同志旁边，像是押送她，她绷着身体，脖颈上仿佛夹紧着枷锁。她努力使自己放松，并努力说服自己：彭达的考虑也许是对的，要粉碎一样东西，只有靠结结实实的打击，不然，藕断丝连更麻烦。既然她不想放弃这个家，除此之外，没有其他办法可想。而两位派出所的同志，像戏台上的布景，是为制造气氛的。想到自己终于拥有主动，一举粉碎可以解恨，她的情绪才稍稍安定。轿车开得顺利，到了马路口，红灯转换了绿灯，一路通畅。宋樱樱希望阻塞，希望减速，好让她再安定一些。

车停在一扇大铁门前，铁门里有几幢六层楼的新工房。彭达对两位派出所的同志说："五号楼三门302室，灯亮着。这是章筠弟弟的房子，她弟弟和弟媳妇都出国了，房子空关着，她母亲有钥匙，定期来照看一下。你们去敲门，我和宋樱樱最好进对面人家，你们叫开门，我们趁机张望一下。"派出所的同志表示赞成，并出示工作证向对面那户人家说明情况。彭达和宋樱樱便站在那户人家的门后，昕派出所的两位同志敲302室的房门。敲门声像击鼓，由轻而重，由缓而急，足足敲了几分钟，门里没动静。宋樱樱贴在对面人家的门后，心晃晃悠悠地像一层脆薄的纸，快被那不依不饶的敲门声震破了。敲门声更加激烈起来，这时，门才徐徐拉开。彭达很灵敏，立即推出了一条门缝。穿过门缝，宋樱樱看见一个瘦高的女人用身体严严实实地遮挡住房门。她披头散发，好像刚睡醒。接着，是一来一去的短促对话！

"我们是派出所的，来查户口。"

"这里是我弟弟家，他出国了，我来帮他看房子的。"

"你一个人住这里？"

"我一个人。"

"我们需要进去看看。"

"看什么？"

"看看还有其他人吗？"

"要进屋看，得有搜查证。"

瘦高的女人沉着。派出所的人，当然更富有经验，那女的一伸手钳住瘦高女人的胳膊，那男的便箭一般地射进门。不一会儿就推推搡揉地拖出马巽方。

宋樱樱只觉得自己像雪人被烤在火上,急遽融化,马上瘫在地上,眼前白花花的什么都模糊了。但脑子清醒,能听见一阵审询式的问答:

"你是她丈夫?"

"不是。"

"你是谁?"

"我是我。"

"穿好衣服,跟我们走一趟。"

杂乱的脚步声顺着走廊、楼梯逐渐消失。

"是他吗?"彭达问宋樱樱。

宋樱樱浑身发软,真像一滩水,头颈、四肢都活动不起来了。

"我送你回家。"彭达又说。

宋樱樱扶住门框用力吸气,僵硬的脸色也终于缓和了一些,才有气无力地回答彭达:"我想一个人走走。"

彭达很尊重地让她先走。她几乎像逃跑一样奔出那幢楼,奔过马路,奔进马路边的街心花园,人像喝醉了一样东倒西歪地把一簇簇小树丛碰撞得哗哗直响。这时,有人冲她吆喝:"嘿,干吗啊?"她被喝住了,头发懵。她站在一簇树丛旁,突然如迷路了,不知该往哪儿走。回家?家在哪里?她不停地东张西望,又猛地没有了心跳,两条腿像两根饿瘪的肠子软软的没法动了。她"嗵"地一头栽倒,眼睛发黑,仿佛所有的路灯、车灯一下子熄灭了,天地变成一个漆黑的山洞……

宋樱樱闭着眼回想,自己是怎么回到家的?她不愿回想,但是,脑子里管思想的闸门坏了，思绪放任自流，截不住也收不拢。她想起来活动活动，也许能分散思想，可身体像被抽掉了筋骨只能平躺在床上，眼皮也十分沉重，仿佛有一层稠稠的胶粘着，而且风干了，刺激着眼睑，又酸涩又刺疼，她只得打电话给护士室说调休一天。她不想请病假，怕那些热情的小护士兴师动众地跑来看她。她不想见人。她担心自己装不出若无其事的样子而让别人看出什么。她不愿张扬，只想自己默默地忍辱负重。因为有条原则她不想改变——她要维护住属于自己的东西——只要不张扬不退让，这个家就能存在。她需要这个家。用打仗来比喻，这叫"以守为攻"。尽管这个"守"字，需要度过一段近乎于煎熬的日子。她仔细权衡过，一个女人没有了家的煎熬，将是更加漫长更加不堪忍受的。她认为，所谓感情、爱情，其实像玻璃杯一样不堪一击。有了昨夜的"一幕戏"，过一阵他就会回到家里，因为，前面是汪洋，后面才有一块还可以安身的陆地——家。所以，在彭达送她出医院的时候，她言简意赅地表示了一个态度："告诉你妻子，我宋樱樱绝对不让出丈夫！"在表态的那一刻，她似乎精神焕发，完全不像个刚出急诊室的病人；倒是彭达有些垂头丧气。她还是坚持不要彭达送，让自己走了两站路才回到家……

　　翻个身，侧着睡，枕头摆得很高。羽毛片的枕头不软亦不硬，托着头很舒服。为了把这个家搞得舒服，宋樱樱对买回来的每一样日用品都经过精心筛选。她真摸不透他的心思，为什么还不满足？他还要什么？真是人心不足蛇吞象。想吞就吞吧，谁拦得住？宋樱樱竭力让自己心平气和地面对所遭遇的事实。她在医院里看多了，那些不能在内心端平自己致使精神受挫而支离破碎的病人。她要保持身心健康，她要活得正常，因此，她必须"心平气和"。如果在这一两天之内他马巽方打电话回来，她一定装得像什么也不知道。

电话铃响了，宋樱樱断定不会是他，她不接；电话铃继续响，很吵人，她一撩手，干脆把话筒拿开。

挪开话筒，心好像踏实了一点，不会再有任何别的干扰。宋樱樱想强迫自己睡。她又翻个身，摆一个容易入睡的姿势，让手臂放松了摊开，两腿也舒展，后脑勺平平整整地在枕头上压出一个窝。果然这姿势能催眠，她开始有睡意了。突然，房门传来"笃笃"的响声，把刚有的睡意冲掉了，"谁？"是彭达，宋樱樱首先想到。开不开门？她犹豫。她不希望再扯那些不愉快的话题，事情到了这地步，还有什么可说的？话，是一种最空洞的东西，像一阵风，吹来的时候舒服，吹过了什么也留不下。而往后的路，得闷着头小心地走，犹如端一只用碎片拼起来的碗，喘气都得放匀了。何况人在不快活的时候爱说气话；一旦气消，话却让别人听进去了，再惹出是非多添麻烦，何必？宋樱樱很警惕，她要管住自己。

敲门声还在响，响得不轻不重、不紧不慢，并且有礼貌地响几声，然后间断片刻，既不让人感到烦，又不让人感到来者的心切。不能拒绝去开门。

宋樱樱下了床，身子有些晃，头轻脚重的。"谁啊？"她走到门边时问一声。不像彭达，她否定自己最初的猜想。她印象中，彭达的动作又快又急，不会这样从容不迫。

"宋樱樱，是我。"

"谢医生！"

宋樱樱很意外。难道，谢医生听说什么了？她掩饰一下自己才开门。

"你调休我还来打搅。"谢城池说,"我下班回家弯过来,有点急事,想请你出出主意。"他不掩饰地露出一脸的愁绪。

"还有什么事能难倒你?"宋樱樱把谢城池让进门。

"你不舒服?"谢城池扫一眼房间,看到床上凌乱的毯子,才定睛打量宋樱樱,见她脸色灰灰的像粉了一层土。

"没有……就是有一点累,刚才躺了一会儿。"宋樱樱转身沏茶。

"别倒茶。"谢城池马上敏感到什么,并联想到彭达曾委托的事……他心里顿时不安了。应该关心一下,可他怎么启齿?怎么询问?"宋樱樱,你快去躺着,改天说吧。"

"怎么啦?"

"我看你像有病的样子。到底哪儿不舒服?"

"没有。我在家就这副样子。在院里上班么,总是精神一些。"

"你还是躺下,等你上班,我们再谈。"

谢城池固执地要走。宋樱樱不勉强挽留,她想象不出会有什么不能隔夜的急事。她感到自己心绪很散,也不是出主意的时候。

"让你白跑一趟……"

"没白跑,看看你的家。早就听小护士们说,你的家收拾得最好,百闻不如一见么。"谢城池在走出房门时,又扭头注视了宋樱樱。

宋樱樱努力地一笑,多少笑出了作为主妇在备受夸耀时的一种满足和高兴。

第 九 章

关 于 手 册

"为柳月住院的事和鲍副院长吵起来……"

谢城池提笔刚写了一行字,笔尖干涩画不出墨迹了。他拧开笔管却没有拧开墨水瓶的盖子。笔胆的软管外还包着一层不锈钢片,锃亮的,并刻着"永生"两字。笔胆横在谢城池的手指里,像护士捏着从病人腋下取出的体温表在查看度数。"永生——永胜。"他嘴唇蠕动一下,突然蹦出一个声调不同的谐音。他心里猛地冲动起来,似乎就为这两个字。他用劲地吸足墨水,迅速地旋紧笔管,顾不得擦一擦沾在笔尖外的墨水,便用镇纸压平工作手册,另起一行飞快地写,思潮犹如滚下山坡的石头,势不可挡:关于"生",关于"胜"。这是两个多么铿锵的字啊,可以涵盖一个人的全部内容——生命生活;胜仗胜利——对一个男人,这样说更准确。

"人生在世,都想取得种种胜利,这是无论如何不能放弃的目的,否则,生,还有什么意义?"

谢城池了解自己骨子里的好斗好胜,像只公鸡,一旦暴跳起来,鸡冠、羽毛都支棱着,眼珠也会突出来,并充满血丝。可好胜不等于常胜。

"我得承认,活到如今,我取胜的时候不多。什么原因?想原因是痛苦的事,就像追究某些疾病的根源,查到底便发现是基因的遗传,难以避免。尤其是精神病的遗传,使相当一部分人防不胜防地会遭遇这样的悲剧:精神失常、错乱、分裂。

"但我不知道,使我常常失利的注定性是什么?是太顺应了社会还是不顺应社会?曾经很顺应,十七年,'文化大革命',三好学生、红卫兵小将、下乡务农、继续革命……渐渐地我不再顺应了,是不想顺应还是无法顺应?

"只有万花筒才千变万化,只需摇晃一下,就会轻而易举地变出不同的形状和图案。人,总是由一些基本材料组成,而材料的性能便确定了你。

"造就我的又是怎样的材料呢?

"这种材料好像不具备无往而不胜的坚硬以及能屈能伸的柔韧。它硬的时候太硬,太硬了易折;它该屈的时候不屈,太直了易挫。讲道理似乎又明了又轻松,但碰到具体问题,这份材料,照样宁愿折断也不肯弯曲。我想,胜不了的原因,大概就在于这'不肯'与'不愿'。"

谢城池收住笔,让石头般往下滚的思绪停顿一下。事后总结自己,就像站在一面精确无比的镜子面前,能把自己映照得那样逼真明白。审视自己,他有自知之明,能客观地描绘自己。自己就是自己,生就的这副模样，无法改变！他这固守自己的心情，好像由来已久了，即使在处境最糟糕的时候，他也没有过否定自己的意思。他做事都是有理可循的，而且是振振有辞。那天，他和鲍副院长争得面红耳赤，把四楼的护士室都惊动了。宋樱樱和两个小护士急忙下楼来想劝架，可是一看谢城池慷慨激昂的，很难听进一句规劝的话，她们也就断了劝的念头，只好看热闹似的听他们一个比一个声高地辩论。谢城池来精神病防治院工作，还是第一次"原形毕露"。两个小护士看呆了，缩在宋樱樱身后，她们没想到这个平时极和气极文雅的谢医生竟然有如狮如虎的火气。

空一行，又起一段，谢城池接着写道：

"经常的胜不了，这无疑会让人沮丧！那天，我之所以那么激动，不能控制地对鲍副院长大声嚷嚷，便是这种胜不了的情绪积蓄到一定程度，不能不爆发了。总不能事事败下阵，不分青红皂白的。何况，让柳月住院治疗，是最佳方案，是挽救这姑娘的最好办法，不能再让她一个人关在家里整天闷头发呆、胡思乱想，这会断送她的！我当然要据理力争。尽管，看柳月的病历，她的病情不至于严重到要住院。但是，她的病因特殊非住院不可，否则，无法纠正那个食品店领导的荒唐态度，不纠正领导的态度，不改变他们对柳月的看法，柳月的病无法治根。我把前因后果以及其中的利害一一地向鲍副院长阐明了，她为什么无动于衷？为什么这样固执？她一口咬定：柳月的病症完全不需要住院，配点药吃吃就可以了！

"'问题是，她的病情还会加重！'

"'我们收病人住院，只看目前的症状，不看还会。还会，只是一种可能性，也有可能，吃了药就见好了。'

"'不可能见好的，病人现在环境很坏，领导说她是装病，扣工资奖金。病人有压力，情绪愈来愈坏，门诊以后我给的药量不断在加，病情并不见转化。'

　　"'让她住院，领导就会给工资奖金了？'

　　至少，他们就得相信，柳月确实患有精神病而不是装病！'

　　我想做领导的不会那样没水平吧？扣不扣工资，发不发奖金，都有明文规定的，哪个领导敢自作主张？谢医生，我们的职责就是治病，就病论病，手不要伸到医院外面去，管不了那么多的。再说，我们的床位够紧张的，让不该住院的住进来了，如果真有重病人就不好安排了。再说，在单位里碰到困境、矛盾就来医院避风头，我们医院不就成收容所了？再说，既然食品店领导认为柳月是装病，那么，你让她住进医院后一切费用找谁报销？她有能力自理吗？'

　　我被鲍副院长一连串的'再说'说哑了。我知道，床位紧不过是借口。床位再紧，有再重的病人，鲍副院长也不会舍得请支付外币的'大头娃娃'让位。让我哑口无言的，是鲍副院长提到的住院费用——这不能不顾及——如果食品店拒绝承担，我有再充足的理由，也不过是肥皂泡。

　　鲍副院长在走出大办公室的时候，向我又重申一句：柳月住院的事不要再提了，大家省点力气！

　　鲍副院长一走，宋樱樱蹑手蹑脚地来到我办公桌旁，好言好语地怪我：你怎么搞的，总爱把自己的脑袋往石头上碰。有些事，根本办不到的！

　　我反驳她：但有些事，是必须要办的呀。柳月是我的病人，她找我看病，我帮她治病，很自然地要涉及她在单位里碰到的问题，我不可能袖手旁观，因为这些问题关系到她的病，不解决问题，就治不好她的病。

"我为自己辩解。

"宋樱樱嘲笑我：还是你自己多事，喜欢把治病和解决问题搅在一起，这就复杂化了。你见过哪个医生除了诊断、开药方，还帮着病人解决单位里的问题，解决离婚问题，解决夫妻之间的感情问题？你长三头六臂？

"我听出宋樱樱的弦外之音。对顾阿菊、对单玫的治疗，她同样认为我多管闲事了。她又俯身在桌上小声告诉我：听梁大夫说，那个食品店的工会主席来找过鲍副院长。

"'他们说些什么？'

"'你自己问梁大夫去，话一传播就会走样！'

"宋樱樱对大事小事都一样谨慎。

"我不再追问，也不想去为难梁大夫，他正在办调动，不要再节外生枝地麻烦他了。其实也不必多问，鲍副院长已经说出食品店领导不肯付住院费的不讲理的态度。一切都不言而喻了。

"'下一步怎么办？'

"'到此为止吗？'

"'我不甘心。'

"宋樱樱看出我不肯罢休，便坐了下来，大概想继续劝我。我没等她开口，先问道，你丈夫出差回来了吗？

"'回来了。'

"'我想找他一次行不行？'

"宋樱樱稍有紧张：'什么事？'

"'能不能请记者帮帮忙说说话?'

"'你的想法太单纯了。请记者,你用什么代价?我们家那位出去采访,不会空着肚子空着手回来的。我只是对你说明一点,人家都很讲实惠,哪像你……'

"'通过你的关系,帮帮忙都不行吗?'

"'说实话,这种事我不想插手!谢医生,没用的,你不掂量掂量,你那个病人,不过是个普通的营业员呀!别说病了,就是死了,又能怎么样?'

"宋樱樱说得彻底,劝得也坦率。

"我又一次哑口了。

"就这样无能为力!

"我划了几次火柴都点不着烟,我感到手在抖。

"宋樱樱从我手里拿过火柴划着,并向我提议:不要自寻烦恼,就让你那个病人多来几次看看门诊,和住院治疗差不多。

"我深深地吸气,把满嘴的烟,全都吸进肺里……

"宋樱樱又苦口婆心地开导我:你来医院的时间不长,以后类似的病人少不了,看多啦,就知道你现在的这一套做法实在是行不通的。鲍副院长的话不是没道理,当院长的当然要从医院的利益考虑。无论多么复杂的关系、矛盾,一放到'利益'这个天平上,很自然地就有了衡量的标准。依据这个标准,她决定自己的态度、立场便简单明了。可你呢?你把你自己卷在复杂里,闹心闹肺的,结果只跟你自己过不去,还吃力不讨好"。

"听宋樱樱讲这些通俗的道理,我始终表现出耐心、虚心。尽管,我绝对不会吸取,绝对不会因此受影响而使自己有所改变。我不怀疑我自己的这一套做法，即使真的行不通，也不能说明这一套就是错误的。凡是正确的、科学的、真理的东西，都曾遇到过行不通的时候。在行不通到行得通的过程中，可贵的精神和品质就是坚持。我虽然失败到如今，一无所成，但我坚持到如今，一如既往"。

"见我不说话，宋樱樱很懂得地改了话题：单玫的情况见好"。

"我感谢她在我不高兴的时候说了高兴的事。

"单玫的好转的确令人高兴。由于她自己搞医务工作的缘故，脑子稍清醒就十分配合医生的治疗，又加上郑君君来医院看望她的次数逐渐增多。最近两周，每一次探视，郑君君都来了，哪怕放学再晚，都会赶来。一见到女儿，单玫或平淡或忧郁的眼光，就像两股封存的冰突然活动了有生气了。看来，那次在茶室的谈话很有效，这使我对单玫的治疗，彻底医治，增加了信心。接下去的任务，要找单玫丈夫谈。很显然，与一个成年男人的谈话比较困难，也许正如宋樱樱所说的行不通。但按照弗洛伊德说出来的治疗法，我们医生、护士有责任说通病人的心理，还应该发动更多的、对病人有作用的人一起来做说通的工作。对于单玫，女儿和丈夫都是有着重要作用的人，尤其是她的丈夫。她心理的压力，很大一部分是出于丈夫的怨恨和坚决的不肯给予理解、宽容。因此，即使行不通，我也得行。

"下一步：

"给郑君君打电话，向她约定时间。我上门去谈；

"找柳阳商量：柳月暂时不能住院的治疗安排。"

下一步要做的两件事都有一定的难度。谢城池放下了笔，对着写得密密麻麻的这本手册重重地喘口气，仿佛背着重负在登山，每往上攀登一步，都得做一次小小的调整，需要运气，需要蓄力。

第 十 章

一

顾阿菊要出院了。

一吃完早饭，女病房里的病人像开了锅的饺子，趁着一股热气都浮了起来，还有说有唱的，同过节一样。

"顾阿菊，穿好看点，穿最漂亮的衣裳。我也换件衣裳，一会儿小分队要来演出，毛主席派来的小分队。"三号病房的姚红，梳两条齐腰的辫子，穿一件灰格子的两用衫，看背影还是个上世纪60年代的中学生，但面容苍白，像个干瘪小老太婆，一睁大眼睛，额上的抬头纹细细密密，如同一把合拢的折扇，要比她实际年龄显老相许多。其实她才四十四岁，老三届学生，当年是红卫兵头头，曾率领一批人，炮打过×××，不久，×××成了无产阶级司令部的核心人物，姚红就成了全市通缉的反革命。她潜逃过，在逃亡的路上病了，高烧不退，昏倒在路边的河沟里，不停地抽搐，嘴里吐白沫,说胡话,幸好被过路的两个农民发现,把她抬回村里。但退烧以后,她的神志再也没有恢复。一晃二十多年过去了,她仿佛仍活在那个年代,从穿着到语言,还是"文革"时期的那一套。

"顾阿菊,你丈夫来接你了。"

"顾阿菊,看你开心得像个小姑娘了。"

"顾阿菊……"

"顾阿菊……"

顾阿菊笑得满脸像朵盛开的菊花。她第一次像一个大人物被大家团团围住,有羡慕的,有凑热闹的,也有依依不舍的,毕竟同吃同住一年多,互相还同病相怜着。顾阿菊陷在人堆里,冲这个笑笑,又朝那个笑笑,笑得没了眼睛,笑得嘴角都快弯到耳朵根了。她情不自禁地笑,把几个严重的忧郁症病人都感染了,使她们从早到晚都阴阴沉沉的脸,似乎也少见地开晴了,闪露出一些亮意。

"顾阿菊,为了欢送你,我来唱一支毛主席语录歌吧,还边唱边跳。"姚红果然换了件粉红色尖领衬衫,尼龙的面料,式样已过时了,衣服上有一道道枕头压出的折痕。她的两根辫子重新梳过了,辫梢上扎了两朵大红的蝴蝶结,两片嘴唇抹了浓浓的口红,抹得很不整齐,使嘴角像花猫似的长出了红红的胡子。但她对自己的一番化妆打扮感觉良好,忙拨开人群,又推推这个,拉拉那个,把人群分布成一撮一撮地两排,然后站到一撮一撮的中央,像个醒目的"点",郑重其事地登场,她用一口很标准的普通话给自己报幕:"下面,我给大家唱一首毛主席语录歌:我们的共产党人好比种子,人民好比土地……"说完,她抿住红红的嘴唇酝酿感情,脸色渐渐地变庄重了变神圣了,又渐渐地变热情了变洋溢了。接着,她朝后一仰脖,激情高亢地唱起来："我们共产党人好比种子，人民好比土地，我们……"她的歌喉嘹亮开阔，她的情绪激越饱满，仍是活生生的一个当年的红卫兵小将，热血沸腾的。

病房里的两排听众，站得乖乖的，听得痴痴的。她们有的熟悉这首歌，有的不熟悉，但不管熟悉不熟悉，她们都一样地被姚红回荡的歌声震住了。姚红不仅唱得奔放，还手舞足蹈比比划划，那姿势和动作虽硬邦邦的，但充满豪情、她曾经参加小分队演出，还是领队，经常到郊区农村去宣传演出……

女病房里飘出的歌声。把男病房也搅动了，他们全都挤到病房门口探头探脑。但病房有纪律，男病人绝对不许进女病房的。他们很守规矩，虽然人头层层叠叠一致向往着女病房，但没有一个人迈出门槛的。

"在人民中间生根开花，在人民中间生根开花，在人民中间哎，生根开花！"姚红张开双臂，坚定地唱出最后一个休止符号以后，便像座雕塑似的固定住自己的造型，并久久地一功不动。

女病人一起鼓掌了，掌声七零八落，还夹杂着几声赞许几声喝彩。

谢城池一进大楼就听到四楼上有鼓掌声、欢呼声，猜想到因为顾阿菊要走，病人聚在一起热闹热闹。别看这些病人，发病时一个比一个傻，一个比一个呆，一个比一个不明事理，可一旦清醒好转，他们一个比一个善良，一个比一个简单，一个比一个听话。只要有空，谢城池喜欢去病房和他们谈天说地，他们会像孩子听有趣的故事，一个个睁大眼睛聚精会神的。这时，谢城池心里会有一阵难以形容的感动和满足。高中三年，曾是他最风光的时候，当学生会主席当团委书记，不管在什么会议上，所有的同学，都像现在的这些病人一样，心悦诚服地听他谈论，他总有居高临下、鹤立鸡群的感觉。在"文化大革命"时期，他仍是学校里最出众、最瞩目、最富有威信和号召力的"领袖式"人物。所以他很习惯别人的崇拜与服从，也习惯以自己的意志影响别人、领导别人。而过去的二十年，这种感觉已无从获得，哪怕在妻子和女儿面前，他似乎也找不到从前的那个谢城池了。可有过的感觉顽固，像一颗极有生命力的种子，埋在很深的土里悄悄地活着，又恰恰在众多的精神病人中间，那"种子"才有隙可乘地冒出土层，使他内心有那种良好的感觉。

谢城池蹭蹭地上楼，脚步腾跃般地有着一股向上的弹力。他的脚步敏捷，还像小伙子一样青春、有劲。他比平时的上班时间提前十分钟到，也为了顾阿菊今天出院，想早点来叮嘱她几句，比如吃药啊。睡眠啊，情绪啊，等等。而对于顾阿菊的家属突然决定接她出院，他内心有隐隐的疑虑。虽然，他一直主张顾阿菊的病还是以回家休养为妥，顾阿菊的家属却坚决不肯接她回家，又聘请律师打起了离婚的官司，可顾阿菊还始终蒙在鼓里。但那场官司好像还拖着没判决，可能就因为谢城池不肯出庭对"精神分裂症"的诊断作证。既然根本的一条理由不能成立，他希望对方撤诉。这一阵，关于"离婚案"无声无息了，但谢城池还在替顾阿菊暗暗地等着消息。没想到，家属一反常态，要接顾阿菊出院。那天，是顾阿菊的小姑子打来的电话，那女人在电话里的声音很热情很高兴很客气，说她哥哥的身体好些了，既然你谢医生认为我嫂嫂应该出院，我们想来想去总觉得尊重医生的意见才对，所以么……谢城池松了口气。对这个病人的处理由于自己的坚持，总算如愿以偿。尽管，那女人的语调，使他觉得有点蹊跷，还似乎有"黄鼠狼给鸡拜年"的味道。可感觉只是感觉而已，他不想让自己再感觉什么，只要顾阿菊出院以后的情绪比住医院稳定，再定期来门诊、复查，他预料，情况不会太糟的。

走到女病房门口，见顾阿菊容光焕发，谢城池很高兴并有节奏地拍响房门，像做击鼓传花的游戏，引得病人们都高兴地击起掌来。

"谢医生，谢谢你喔，我总算可以回家嘞。明天正好是礼拜六，小三也要从学校回家来，让他娘娘好好地烧几只小菜。我要是做得动，我就自己烧给他们吃。还有我家老头子，顶喜欢吃我烧的油焖茄子，什么时候，谢医生有空来我家里坐坐，我烧饭给你吃。"顾阿菊喜气洋洋，像个马上要出嫁的老姑娘。

"我一定去看你，去吃油焖茄子！"谢城池走到顾阿菊病床旁边。"东西都收拾好了，别拉下了金银手镯，让我捡了就算白捡，不还的，我有言在先。"他玩笑着说。

女病人都被谢医生说乐了。姚红还挺认真地掀被翻枕，一边检查顾阿菊的床一边问："顾阿菊你真有金银手镯？你不是出身工人阶级吗？查出来要'斗私批修'的！"

"姚红还要在'灵魂深处闹革命'呢，对哦？"小护士靠着病房的门开玩笑地接一句。她们很熟悉病人的一些疯话，经常用来逗病人。

"当然要革命，走资派还在走么。"姚红严肃地回答，把两条小辫子甩到背后，好像"走资派"已走到面前，她得迎头痛击。

谢城池走到姚红面前拍拍她的肩："不要找了，顾阿菊没有什么金银手镯，我是开玩笑。"他每次见到姚红，心里总有痛楚之感，从来不忍心看别人取笑她，好像她是自己的同胞姐妹；他也庆幸自己在那个疯狂的年代里没有疯,也懂得姚红为什么会疯……

"谢医生,我一看到你就觉得面熟呀!"姚红扯着自己粉红衬衫的角,像个怕羞的小姑娘,腼腆地一笑。

谢城池理解她说的"面熟",因为在他身上多少还保留着那个年代的气息,大概只有她能敏感到,因为她还没脱离那个年代,而且将永远留在过去的岁月里。姚红是从市精神病防治院转来的,是她父母要求让她住进一个离家近的医院,以便他们看望。她父母都年迈了,看她病史,她母亲的家族有精神病史,所以,她的疯还有遗传因素。谢城池主动接受了对姚红的治疗,虽然,她已经完全丧失了治愈的可能,但她母亲哭着告诉他:"得病初期耽误了,那时候害怕,不敢送医院,她整天胡言乱语要闯祸的,一家人都会受牵连,遭灭顶之灾,所以,只好把她锁在家里……"

谢城池只能安慰她母亲,并要求自己尽心尽力地帮助她、治疗她,哪怕争取一丝一毫的进展。总之,得多多少少地让她走出二十年前的那个时代,不能让她就这样完结一生,像个历史的陈列品。

"姚红,顾阿菊出院了,我重点负责你喔。"谢城池的眼睛故意盯着她一脸害羞的表情。"姚红,读书的时候我就听人家介绍过你的,区里作文比赛你得过第一名。"他从转来的病历中了解到一些她的历史。

"是的,是的,我参加过市里中学生歌咏比赛,也得过第一名,我唱的《红梅赞》歌剧中江姐插曲。我唱给你听。"姚红喜形于色地挺挺胸又开始唱,"红岩上,红梅开,千里冰霜……"

"别唱了,别唱了,该下去劳动了。"宋樱樱来招呼女病人到活动室去装别针。

上午下午，男女病人都各有一小时手工劳动的时间。这是一种简单的康复治疗，让病人灵活灵活手指，以防完全迟钝和活动能力的退化。

"我不要去劳动了哦？"顾阿菊看到宋樱樱亲热地迎过去，"护士长，谢谢你的照顾，我要回家了。"

"回家不要同你丈夫作了，好好过日子。"宋樱樱说。

"不作了，不作了，老头子体谅我，让我出院回家，我一定改正脾气，让他高高兴兴。"矮胖的顾阿菊像只冬瓜一样又从宋樱樱身边来到谢城池面前，"谢医生，我向你保证，回家后一定不作了，一定把胃病治治好，让他高兴高兴。"

"顾阿菊，要说到做到喔。"宋樱樱让女病人站好队，指挥她们一个挨一个地下楼，最后她自己也跟上队伍，又回头对顾阿菊说，"今天我值班，不送你了，有空来个电话讲讲情况。"

"再会喔，再会喔。"顾阿菊走出病房走到楼梯门，不停地朝大家摆手，"再会喔，再会喔。"

谢城池站在走空的病房里，看着顾阿菊挥手的背影，不知为什么，心里一阵难受。

二

郑君君来医院说，她父亲终于点头了，同意谈谈。

"啊呀，像总理接见。"宋樱樱不满地说。

"管他像什么呢，只要同意谈我们就胜了。"谢城池对于每一点进展都感到欢欣。

去单玫家的路上，谢城池特意弯到一家大宾馆里，用外汇券买了两包"万宝路"。这之前,他好像很随便地问过郑君君:"你爸喜欢抽什么烟?"郑君君说:"他抽烟很凶的。他说外国的进口烟抽起来过瘾。"有两包好烟揣进口袋,谢城池感到定心,并有了把握。

天色已暗,路灯一盏盏亮了,按地址横一条路竖一条路地穿越一阵,才找到名叫"大方街"的里弄。这条大弄堂名副其实的像街,有各式各样的房子,错杂无章地延伸,好像走不到尽头。郑君君说好等在一家小食品店门口,她说这家店好找,门口蹲着一头没尾巴的石狮子,街里的老邻居说,最早的时候这里有过一座小庙,但不知什么时候也不知住进了什么人,从此,小庙断了香火,随乡入俗地旺起了一只煤球炉……

城市的由来和变迁呢?谢城池在夜色中来这条老街,寻找一头没尾巴的石狮子,似乎也包含着一种意义。就为这种意义,他心里有点激动。按理说,找病人家属谈谈话,是精神科医生工作的一部分,有什么可激动的呢!

谢城池暗自嘲笑自己好激动,但心里仍然隐隐地激动。

在一条小支弄的弄堂口,终于看到了蹲着的石狮子。斜照的路灯,给灰白的狮身涂上了一片淡淡的光亮,使得那只石狮子仍如同在白天一样焕然。郑君君站在路灯下,双手抱在胸前。她好像站得很久很累了。

"君君。"谢城池在石狮子前面停车。

"谢医生……"郑君君奔了两步,"我爸爸……"

"他又不想谈了?"

"他吃晚饭的时候喝酒了,喝了半瓶,我怕他冲你发酒疯……"

"不会的。"

"那，我走了。"

"你去哪儿?"

"我去'蚕豆'家，你知道的。我在，爸爸不好说话。"

"也好。"

"往这条小弄堂进去，29号，二楼亭子间。"

"你走吧，我能找到。"

"谢医生，我爸不会待人，不会说好听的话，戆兮兮的……"

郑君君一迈步，就小跑着朝街的深处奔过去。

谢城池找到29号，走上二楼，在亭子间门口停顿片刻。没等他敲门，门开了。

"你是谢医生?"

"是的。"

"我听到脚步声了。请进，房间很小。"

谢城池跨进房门，坐到一张沙发上。

"我们还有一小间，五六个平方米，只好放一张三尺的小床。"

谢城池摸出两包"万宝路"，把一包扔到桌子上时，他迅速打量对方：矮个子，黑瘦，小尖脸扁扁的，像只没了水分的梨，脑门很宽，光秃秃的，头发稀稀拉拉盖不住头顶。他上身穿一件有点皱巴巴的西装，面料缝工都很蹩脚。

"抽烟。"谢城池特意带来一只高级打火机。

"抽我的。"单玫丈夫掼出一包"红塔山'。云烟的价格比外烟还贵。

"你不是喜欢抽外烟吗?"谢城池打开"万宝路"，弹出一支递过去。

"那就不客气了。"单玫丈夫打着火,先让谢城池点烟。

两支烟点燃起来了,他们默默地抽。小亭子间渐渐地弥漫开烟雾。

"谢医生,说吧,你要我怎么做?"单玫丈夫捏灭烟头,又立即点着一支。

"原谅她。"谢城池也接了支烟。

"这种窝囊事,要轮到你头上你肯原谅吗?"

"当然得看情况。"

"看什么情况?"

"看她的态度。"

"她的态度,只有我最清楚。你没尝过那种味道,有好长时间,她就是不肯陪我睡觉。我是个男人!"

"她是个女人,女人和男人不一样;女人心里有了别人,回到家里就装不出无所谓的样子。应该说,这也是女人真实的一方面。"

"我可不愿受这份真实!"

"问题是,过去的事情已经结束了。她自己也受不了才病成这样的。如果她真不在乎你,不在乎女儿,不在乎这个家,她的精神就不会崩溃。"

"那是自作自受!"

"你不能这样说她。"

"我怎么说?表扬她,肯定她?"酒气加烟气把他的两只眼睛烤红了,好像在充血。

"我们还是平心静气地谈,事到如今,再说气话,再发牢骚,还有什么意思?这不解决问题!我们还是实际一点,你到底怎么打算?

她病到现在,你不去医院看她,她会怎么想?"

"她爱怎么想就怎么想。她干出那种事,怎么不考虑我会怎么想!"

"我们不谈过去,多谈谈眼前:这个家,你要不要?这个妻子,你还要不要?"谢城池说出了最关键的话。

单玫丈夫咬住嘴唇不说话,夹在手指里的烟横着,一动不动,烟头在悄悄燃出长长的一截烟灰。

谢城池眼看着那截烟灰终于断裂,不声不响地落地。

"如果你打算离婚,那也干脆,我们可以给单玫做工作,相信她会想通的,也顶得过来。最折磨人的是你现在的这种态度,不明不白,这不像个男人的做法!干吗粘粘乎乎?要,或者不要。要,你可以要得理直气壮,让女儿让妻子都感到你有胆量有能耐要她们。和女人赌气,算什么本事!"谢城池加重语气地刺激。自进门第一眼瞥见对方的情绪起,他断定单玫这个丈夫不会有勇气做离婚这件事,"既然不准备离婚,你就应该努力弥补生活。"

"哎——"单玫丈夫长长地叹口气,仿佛要把压在心底的积怨一齐吐出来。此后,他黯黑的脸稍稍亮了些。

谢城池紧紧审视对方,感觉到自己的话渐渐有效了,决定再追加攻势:"我是单玫的医生,这段时间我和她接触较多,我知道她心里最大的顾虑是你!往后的日子,她还是很想和你在一起过。过得好过不好,就看你们双方的态度。还是既往不咎吧?宽容别人等于宽容自己。你宽容她,她的病也能好得快些;她的病能好得彻底,这对于君君对你们这个家,尤其对你,事关重大呀!君君大了,快出道了,将来,就是你们俩相依为命。你如果能在这样大的事情上原谅她,她一定会加倍报答你的。人心都是心换心。男人么,气量大一点,眼光放远一点,好日子还在后头呢!"

"是啊,说说容易……"单玫丈夫叹口气,语调却轻松了一些。

"当然,这叫旁观者清,当局者迷,要让迷糊者做清醒的事,的确不容易。迷糊一时可以理解,但执迷不悟就要坏事。"谢城池借题发挥,他觉得对方还能听进自己的话,便发挥得更加自如了。"其实做起来也不难,毕竟是夫妻么。不要搞得剑拔弩张,只要你来医院跑两趟,她朝你掉几点眼泪,什么事都没了!"他感到自己像个妇联主任,在劝说婆婆妈妈的事,"我劝你不妨试试。这个星期的探视时间,你来医院,可以先来办公室找我,我陪你一块儿去病房,怎么样?"

单玫的丈夫取过桌上的烟盒,抽出两支,但没有马上分发给谢城池。两支烟在他手指间来回搓动,就像他的心情踯躅、犹豫。

谢城池在沙发上站起来,走到放电视机的五斗橱旁,背对着单玫的丈夫,他体谅这种内心矛盾,而且多数的男人都有着真正的软弱,不能决断,不能战胜自己。

亭子间浸透了呛人的烟雾,人和家具都像在云里一般变得虚幻了。

谢城池意识到谈话应该到此为止,应该让对方继续地犹豫一阵。不要逼人,任何事情都有个火候,一到火候,生米自然煮成熟饭!

"我要走了,回家太晚,我妻子也要怀疑我了。"谢城池转身说了句玩笑话,"我们再打电话联系吧。"

"抽了这支烟再走吧。"单玫丈夫这才把手里的一支烟递给谢城池。

两人又点了烟对抽一阵。两股浓烟默默地交织一起,把小亭子间又默默地污染着。

三

走出大方街,谢城池看表,九点整了,他估计余橙橙和丫丫还没回到家。她们去苹莉家了,苹莉自己要开一家时装店,请了新闻界一些人聚聚,希望为她鼓吹鼓吹。搞这样的聚会,苹莉就得依靠余橙橙张罗。邀请报社、电台、电视台的记者,余橙橙的电话绝对有一呼百应的号召力,为此,她很得意。对待记者,余橙橙的方针明确,养兵千日,用兵一时。"养记者",服装公司出手大方,送真丝睡衣,成双成套的,按照出厂价计算,备这样的一份礼物,就得花销两千多元。谢城池提醒过她:你们这样搞,下面会有意见的。余橙橙反驳他:说你有书呆子气,你还不承认。你不算算看,我们如果请报纸、电视台做广告得花多少钱?电视台黄金时间做一分钟广告好几万元呐,但是,我们和记者搞熟了,请他们写文章做宣传,比广告影响还大,他们会笔下生花的呀!同样一笔账,正算反算出入大着呢。余橙橙在这方面的灵活精明,在整个服装公司有口皆碑。谢城池有时也惊讶,和她朝夕相处这么多年,却没有发现她还有这类心计和能力。这使他有时竟觉得她的陌生,便越来越经常地寻找理由拒绝参与她的社会活动。当然,他也不全是推托,他确实忙,确实累。此刻,他把自行车推出那条大方街,就觉得没有力气再骑它。高度兴奋过后会突然感到四肢软弱无力,头脑眩眩晕晕,仿佛中了烟毒。

谢城池绕过市中心灯红酒绿的大马路,抄一条僻静的小马路,虽然远一点,但那条小马路上有几个国家的领事馆,不通行货车、公共汽车，格外幽静。一棵棵玉兰花形的路灯等距离间隔，散照的光圈不明也不暗，影影绰绰地照见一座座颇有风格的建筑群和一片片疏密有致的绿荫；小马路中间，也有人在推车漫步。谢城池心想，人们常有一样的心理，希望拥有独处的空间与时间，安安静静的，或者什么也不想，或者想一点只藏在自己心里的事。此刻，他希望什么也不想，使头脑如同沙漠寸草不长、白茫茫一片。也许，这样就真正的休息了，不会感到累了。于是，他竭力停住思想，让整个脑袋像一只不上发条的钟，分针秒针如同摆设一动不动。谢城池好激动，但也有自制力，像张渔网，经常撒开去，也能收回来。

尽量不再思想，昏昏的脑子果然清醒许多，轻松许多。思想到哪里去了？思想是一种什么东西？谢城池只是隐隐约约地还在想，仿佛还存有思想的残余。思想是什么？思想就是对世界的看法……这概括似乎太抽象。思想到底是什么？谢城池常常为自己的某些表达过于书面化、过于理论化而沮丧。余橙橙有时一脱口就说他："你书生气十足。"他反驳："书生气总比俗气好。"她鼻子里哼一声："不见得，俗气的人讲实际，人家活得结结实实的，书生多多少少空洞？"他当然不能苟同："书生气是崇高精神。"余橙橙不让步："快算了吧，人家说你书生气，就是说你迂腐，不识时务，就是傻乎乎的。"唇枪舌剑到这一步，谢城池只得装傻了，好像没听懂没感觉，不再反击，决定不败而退，让她到此为止，心满意足。不知为什么，他们每一次谈话，都是这样半途而废地深入不下去，很少有互相认同或一致的时候，尽管，由于他的迁就他们没有因为观点的对立争吵起来，但他感觉到压抑，回到家里以后，情绪便自然而然地低落，懒得说话，没情绪说话。她是否有同感？他们好久没有推心置腹地交谈了。在外面忙一天，躺到床上，总是快半夜了，他还得翻几页书，她还得打几次电话，没等她打完电话，他已传出呼噜声了；或者没等他读完某本书的一个章节，她已经睡着……

思想的残余不知不觉又连成一块，又渐渐塞满脑子，使额角又胀鼓出青筋。其实，对她、对家，包括对自己，谢城池一向只愿意看个大概或轮廓，如站在远处躲在云雾中，也只能看个大概和轮廓。过去，她那么崇拜他，像崇拜一个英雄。但在那个过去，她还是一个女学生……

谢城池直直地把握着车龙头，沿着直直的人行道，直直地向前走。在这个喧闹的城市里，这条小马路有得天独厚的幽静，好像吹来的风也不忍心发出响声，静悄悄摇出婆娑的树影，无声无息。谢城池不由地放慢脚步，希望这条小路没有尽头，他可以多走会儿。他已不再限制思想，并放任地思想。他属于比较看重自己的人，不趋炎附势。在许多人都改弦易辙做生意、投实业、赚大钱的热潮中，他偏偏选择了做精神科医生，且没有动摇过。据调查，这些年由于社会生活的骤变，精神病的发病率明显上升，据不完全统计已达千分之十三，这数字很惊人，不能再忽视了。而精神病的出现，往往是因为无法面对变化的社会和变化的世态，精神受到冲击，又找不到平衡点，一般都属于"不识时务"或没能力"识时务"的一类。当然，要医治好他们，难度很大，必须要往他们的头脑中注入"识"的思想和观念。可是，作为精神科医生的他，又究竟"识"了多少！谢城池被沉重的思想压得浑身沉甸甸的。专注地剖析自己，用冷眼端视陌生人一样审度自己，他心里没有乐观也不悲观。每个人都有注定的一面，还有局限的一面，自己就是自己。此刻，他迈着信步，怀着平静，内心没有激情也没有冲动。也许，是这条小马路特有的气氛，使得他也如此宁静，如此安详。

在这少有的情景中，谢城池刚刚有所沉浸，一团毛茸茸的东西，却在他脚边猝不及防地游动。他不由地跳起脚，再低头一看，是一条白极了的巴儿狗，肥肥的绒绒的，像团大雪球围着他滚来滚去。

"雪白，过来，雪白。"

谢城池听到身后有女人沙哑的声音传来。他停住车转身望一眼，从树荫里走出一个女人，她穿一身纱一样飘拂的睡衣，披散着光亮的头发，趿着一双鲜红的羊皮拖鞋，手里甩一根闪着银光的链子。巴儿狗听到女人的叫唤，乖乖地朝她跑去。一走近她，它伸起前脚亲热地扑到她脚上，她立刻蹲下，捧起"雪白"的脸放到自己的嘴唇边"叭"地亲一下，然后把链子套上它的颈脖，一边呢呢喃喃地说："带你出来散步，你就疯，刚洗过澡，再弄脏了，那可不让你上床！"巴儿狗仿佛听懂这些话，摆着短尾巴，知错一样地把头埋在她手心里。她拴好"雪白"，牵着它穿过马路，很悠闲地继续散步。路灯下那根很亮的链子和她脚上那双红的皮拖鞋很醒目。谢城池仍站着，眼光追随着雪球般的滚远的小狗，只感到那像银幕上的一个画面。看不出那个穿睡衣的女人多大年纪，但看得出她睡衣里的身体有些浑圆了。

巴儿狗和穿睡衣的女人在夜幕里消失。谢城池开始推动自行车。但没走几步，便影影绰绰看到一家小酒吧门口，有一个女人的背影，亭亭玉立十分动人。小酒吧也装修得别致，像大森林中的一座小木屋，伸出的屋檐用装饰板钉成，挂在屋檐下的一盏仿造的汽油灯，射出朦朦胧胧的光，使小木屋像浮在雾里。那个腰肢纤巧的女人，也如童话里纯朴的农家女,穿着一条长到脚踝的蓝底白花蜡染布喇叭裙,白的长袖衬衣,脚上是一双白的时装鞋,平跟的,式样文雅。谢城池几乎看呆了,如果身边有只高级照相机,将这"小木屋"和"农家女"一齐拍摄下来,展览出去,谁会相信这是大都市夜幕的一隅。她站着干吗?等人吗?他又一次停住自己的自行车,好像不舍得走过去搅扰这幅具有诗情画意的景。他远远地欣赏:从背后看,她略低着头,两手交叉在身前。是在等人,然后进小酒吧喝咖啡?他心里忽然生出一丝惋惜:她不进酒吧多好,她是这样的纯净。谢城池默默地看着,仿佛在美术馆大厅里,久久地站在一幅使他入迷、使他神往、使他遐想翩翩、又使他流连忘返的名画前。这时小酒吧的门开了,走出一男一女,他们朝少女看一眼,少女也微微抬头。静止的画面好像一下子被破坏了,同时也破坏了谢城池的感觉。他猛地惊醒,嘲笑自己竟看得这样如醉如痴。他命令自己大踏步走,命令自己在走过她身边时目不斜视,命令自己要走出若无其事的神态。但是,走过她身边的一刹那,谢城池对自己宣布的所有"命令"全部瓦解。他不知道这"一刹那"是怎么来临又是怎么度过的?他不知道在这"一刹那",他的脚步、他的眼光、他的姿态又是如何的?但就在这"一刹那",他像接受检阅的士兵行注目礼,把脸和目光"刷"地投向她。他看见了什么?听见了什么?他看见她手里托着一只大哥大,并用很清晰很坚决果断的声音在向对方说着一笔生意。他当然无法听出那是一笔怎样的生意,但是从她简洁有条理的话语中,他听出这是一笔可观的大生意,她在操作,她在周旋,她在指示。

谢城池在走过小酒吧后,又停在暗处,惊诧地怔怔地看那个"农家女"对着"大哥大"旁若无人地向对方点拨着什么。这时候,他面对她了，才看清她另一手里燃着一支细长的"More"烟……

再往前几米，幽静的马路到头了，向左或向右拐，一边是通往广场的人民路，一边是直达火车站的交通路。无论通广场还是通车站，都是人流如潮，车辆如梭，不再有这段小马路梦一般的静谧。

可是，走这段小马路所见到的"梦"，竟使谢城池整整一夜都不能入睡，也就无法再有自己的梦了。

四

星期四的探视时间一般都延长半小时，因为这一天家属来得比较多。所以宋樱樱安排值班护士，也比平时多两个。

下午两点半，病人还在午睡，护士们就开始轻手轻脚地布置活动室，安排桌椅，以便接待病人家属。

宋樱樱留在护士室整理病历卡，鲍副院长上午关照过，这星期局里随时可能来抽查病历的记录，全市的精神病防治院要进行一次大评比。精神病人的病历记录，的确不同一般，因为精神病人的病态千奇百怪，变化无常，要书写详细，描绘得准确，比较麻烦，还要具有一定文字水平。可再麻烦，也得认真记，所以，宋樱樱对新调来的每一个护士，第一条要求就是字迹端正，表达准确。她自己练过字的，因此她记录的病历像用钢板刻印出来的，连标点符号也很少涂改。

病历卡每一份都是厚厚的一本，宋樱樱对每一本都严格过目，有不合标准的放一边，等探视时间过后，让护士们一起来评，而且还要让记录记得不好的护士做检查。对自己分管的工作，她一丝不苟。她心里明白，只有这一份工作是属于她的，能证明她的。

被挑拣出不合格的病历卡不多，这也要归功于宋樱樱平时对护士们抓得严。参加全市的检查、评比,她很有信心,不可能名列第一,也不会落在第三名之后。

"护士长,今天午睡单玫表现不好,两只眼睛瞪得很大,还翻来覆去地就是不肯睡。"小护士走进护士室,摘下白帽子,一甩头便流泻下一片松软的披肩发,"我已经发现好几次了,一到探视那天,她就睡不好午觉。我想,她还是为丈夫不来看她心里有疙瘩。早知这样,何必当初呢。"

"道理都明白的,但是人被道理管着,总不那么舒服的。谁不想活得痛快?可是,痛快过头了,就要受惩罚的。"宋樱樱说,"单玫这一阵好转多了。病好转,人清醒了,她就有点后悔,大概想来想去还是觉得守着这个家实惠。"

"非要守一个男人吗?"小护士站到镜子前,用一把带硬刺的木梳子把长长的头发拉顺拉直,"男人有什么意思?你看单玫的那个男同学,明明知道单玫为了爱他才痛苦得精神失常的,但他根本没勇气站出来,保护他们的感情。就算理解他一点,那么,他起码得托个人来看看吧?好,连个口信都没有,好像这事情跟他压根儿不沾边。这种男人,只顾自己不管别人!爱情他要的,代价他不肯付,什么爱情?无聊,不像样!可单玫的丈夫,耿耿于怀的气量小得像针尖,老婆病成这样,死活都不管,光计较自己在感情上吃亏了,什么素质?单玫和这样两个男人纠缠,不值得!"她把两个男人都批判得体无完肤。

"你还是小姑娘,不要尽说男人坏话,我看过两个月就跟男人荡马路去了。"宋樱樱看透这些年轻护士的偏激,这叫看人挑担不吃力。不到一定的时候,不在一定的处境里,看什么问题都简单。但生活的运算,不是一加一等于二。如果真是这样简便,他们这样的精神病防治院尽可以多关闭几家了。而在小护士数落男人时,她也不禁想到他,他像个男人吗?

那夜之后,时隔三天,他背着那只粉红色的旅行包回家了,一进门还说是坐飞机回来的,脸上似乎还确有风尘仆仆的疲容。她像平日一样马上进厨房烧水煮饭,他也像平时出差回来一样先抽支烟歇歇气,然后洗个澡,精神恢复了,一边吃饭一边东拉西扯地讲点见闻。她好像很用心地在听,心里却想从他脸上看出破绽来,看出他进过派出所的迹象,看出他和那个叫章筠的女人在遭遇了这样的羞辱以后,打算怎么处理关系。可她什么也看不出,什么也不便问。就这样,一个装得什么也不知道,一个装得什么事也没发生。但是,有一点明显地改变了,他比以前恋家了。没有采访任务,他就早早回家,看书看电视,好像很安心。只要他有所改变,只要他安心在家,她会永远装得什么也不知道。不管他像不像个男人,他是个男人,她需要男人,她需要家。

"护士长,我才不是那种人呐!"

"你是哪种人?"

"反正不是你说的那种。"

"我说的那种才好呐,我就是不喜欢嘴巴硬的,骨头软的。"

"我嘴巴硬,骨头也硬。"

她们俩你一句我一句地接得顺口,谁也没发觉谢城池在门口站了好一阵,听了好一会儿。忽然,他插进一句:"什么这种人那种人的,到底是哪种人呐?"

"啊呀,护士长,谢医生在偷听我们讲话。"小护士笑着摇头,好看的披肩发,像一块黑绸子飘来飘去。

"我声明,我没偷听,我是正大光明地听,你们的门大大方方敞开着的。"谢城池走到宋樱樱放病历卡的办公桌旁。

"我没有什么话怕别人听的。"宋樱樱说。

"其实我也没有。"小护士说。

"你肯定有。"谢城池说。

"凭什么?"

"凭你还没有和别人出去逛过马路。"

"啊呀,护士长,你看谢医生呀,把这种话也听去了。"小护士举起拳头娇娇地朝谢城池挥着。

"这种话有什么?我有言在先,这种事情不出两个月嘛。"宋樱樱把挑拣出的几份病历卡交给谢城池。

"这都要让她们重写!"谢城池翻看病历卡,马上皱起眉头。

"谢医生,你比我们护士长还凶么。护士长已经够严厉的,也只要求检查,你还要来个重写!"小护士朝谢医生格格地笑,眼睛睁得大大的,"别太苛刻人了,我们以后注意点就是了么。"

"不苛刻点,就不会有今后的注意。我们医生经常得根据你们记录的病历做诊断、开药方,有时差几个字,就会耽误大事的啊!"谢城池把病历卡交还宋樱樱时,又加重口气,"这种时候,你可半点不能迁就。"他又瞥一眼小护士,"你现在嫌我凶,以后会念我好的。"

"我才不念你好呐!"小护士一边还嘴,一边甩着秀发跑出护士室,走到门口又回头冲谢城池甜甜地一笑。

"现在的女孩子,一个比一个会……"宋樱樱理好病历卡,整齐地放进柜里。

"会什么?"谢城池问。

"会勾引你们呗。"宋樱樱答。

"也不会那么容易上钩的吧。"谢城池坐下来,身体放松地靠到椅背上。他感到很疲惫。

"你昨天值夜班,到现在还不回去?"宋樱樱想到谢医生的疲倦,是因为缺睡。

"我想看看今天下午的探视。"

"有什么好看的。"

"看看单玫的丈夫会不会来……"

"你呀,怎么说你呢……"

"随便你怎么说,我总得看看那次谈话有什么结果。"

"要是没结果呢?"

"……"谢城池从椅背上欠起身,沉默着。他希望不是没结果。所以整个上午下午,他的心情始终像个对自己没有把握的考生在等待发榜,"但愿不是没结果。"

"但愿……"宋樱樱觉得自己对一切已越来越少"但愿"的期望和等待,犹如一只早已被剪了翅膀的鸟,再也不会飞得很高,去瞭望那些很远的东西。而没了翅膀的鸟,便同鸡一样只会脚踏实地低头啄食,只会转悠在很小的一方天地里。可坐在她面前的这位谢医生,仍然似一只钩着爪子的老鹰,目光犀利地盯住目标不放。不可思议!但有时,她心里还是挺佩服他,竟然还有这股子锲而不舍的精神。

"我这个人,常常是一只技穷的黔驴,直到力穷尽了,办法穷尽了,如果还是没有什么结果,才肯罢休!谋事在人,成事在天,谁也违不了天意,那就认输。"谢城池还想说什么,但稍稍克制了一下。

看表,三点正,楼梯上已响起杂沓的脚步声,病人的家属陆续来了,"哎,我们来打个赌吧。你说,单玫的丈夫今天会来吗?"他想用做游戏的办法,松解自己的情绪。

"我不知道,"宋樱樱看出他过于紧张了,"打什么赌?来不来其实都无所谓。他就是不来,单玫的病不是也好多了吗?"

"当然,中药西药双管齐下的疗效很好,另外一方面,郑君君对母亲的看法大有改变,使单玫的精神压力减少许多,情绪也松快了。现在就剩下最后这'一帖药',如果能如愿以偿地用上,我敢说,一个月以后,我让单玫出院!"谢城池撩起白大褂,从裤袋里摸出一个五分的硬币,放在手里掂了掂,"我抛一次,天安门朝上,说明会有结果!"

"你怎么还信这套把戏?"

"玩玩么。"

谢城池叉开腿,像小时候玩香烟牌,弓着身弯着腰,那只捏成拳头的手,又像抛骰子一样激烈地一抖,然后向地上一撒,五分的硬币打了两个旋才停下。谢城池连忙蹲下查看,两只手一起撑着地板。宋樱樱见他这副认真的模样,也凑过身来低头看,发现朝天一面恰恰不是天安门。谢城池拍一下自己大腿,大呼一声:"惨了!"

正在这时候,小护士兴冲冲地奔进护士室,身后的黑绸子似的秀发几乎飞起来:"哎,哎,头号新闻,单玫的丈夫来了,单玫的丈夫来了,女病人都离开活动室挤到病房门口张头探脑看西洋镜一样。"

"真的!"还蹲着的谢城池,弹簧似的跳起来,又一脚踩了那枚五分硬币。

"到底哪个是天意?"宋樱樱嘲笑道,又推开谢城池捡起地上的硬币。

"你们这是什么意思?赌什么呢?"小护士问。

"你问谢医生。"宋樱樱把硬币抛进洗手的水池,只听"叮当"一声。

"你问谁?"谢医生装糊涂。他装糊涂的时候,显得很可爱。

临时做接待室的活动室,已像茶馆一样,热闹声、笑声、谈话声,此起彼落。

五

昨夜的一场雨,把天洗得比海水还蓝。太阳还没升起来,一大片霞光似粉红色的纱幔柔暖温顺地飘扬在天的东边。

余橙橙和丫丫在阳台上做操,用同一个音乐,但各做各的动作。余橙橙练的是健美操,她改编简·方达的一套动作,为自己所宜,主要活动腹部、臀部,如能控制住这个身段,整个体型就有了保障。丫丫在做儿童操,兼有迪斯科风格,扭来扭去蹦蹦跳跳。她纯粹是来凑热闹的。

谢城池还在睡,半睡半醒,一只耳朵压着枕头,另一只耳朵能听见阳台上传来的音乐。通阳台的大钢窗虽然遮一层纱帘,却挡不住红红的霞光热情地普照进来。他似乎能感觉到这是个好天气,但眼睛没睁开,眼皮重重的、肿肿的睁不开,像两只没煮熟的饺子黏乎乎的。昨天加班,一个假释回家的狂躁症病人基本恢复了,但到家没几天又突然发作,幸亏有两个邻居帮忙,一人拧一条胳膊地又把他扭送来医院做紧急处理,一直忙到十一点钟,才把病人安顿住。护士室是宋樱樱值夜班,他才放心回家。回到家,余橙橙和丫丫早睡了,他累得心慌,坐在阳台上接连抽了几支香烟,将近半夜一点钟才进屋躺下。躺下了思绪又兴奋起来,还不断回想那个病人发作时一阵阵可怕的癫狂。那病人是个木匠,做一手好活,住进医院半年,病情逐渐稳定,他就吵着要回家、要干活。回到家,据那两个邻居反映,他老婆讨厌他,他没住满两天,她就跑了。他没人作伴没活可干,越想越气闷又发病了……精神病的复发率很高,很主要的原因就在于家庭关系、生活环境不协调。不少精神病人,经过住院治疗,都能较快地恢复正常和健康,可是一出医院,正常及健康都不能很好地维持。看来,医院像只"保险箱",得把精神病防治院扩大再扩大,以便把所有的病人都保护在医院里。当然,这是臆想,不现实,甚至很幼稚。难怪余橙橙有一次很郑重其事地对谢城池说:"我提醒你喔,既然做了医生就老老实实、安安心心地做医生,不要再别出心裁地想出怪念头。我看你啊,自从去了精神病防治院,有时露出怪样来,好像脑子也出毛病了!"他只是笑笑。天晓得,这是一种什么样的毛病?

"城池,你还可以稍许睡一会儿,等我洗了澡你再起来。十点钟,我们去'胖胖'家,上星期就约好了,让她的宝贝丈夫给我们包三鲜饺子。那位部长先生一直在我们面前吹嘘包饺子最拿手,一个人能承包全部的活儿。苹莉就钉住他了,说百闻不如一见,把朋友们都叫上,集体看他表演。"余橙橙做健美操比做办公室主任还用心,每次都练得满头大汗,然后直奔盥洗间淋浴,浑身一轻松,她觉得比让人按摩还舒服。

谢城池一听要去看什么部长包饺子,心就吊起来了。他不喜欢余橙橙的这个女同学,身上一股俗气。但是余橙橙和苹莉都认为"胖胖"俗得有道理有远见,她当初嫁的这个男人很一般的,却官运亨通，一路被提拔，去年又升到市里当上副部长，便举家乔迁，搬进一幢很气派的"高知楼"，于是，就同市里的一些名流们混为一谈了。那幢"高知楼"的显赫，不仅表现在楼前的轿车络绎不绝，而且，还不时地蹿出几条品种名贵的狗。"胖胖"也样样不落后，很及时地搞了条摇头摆尾的小狗，还经常牵着狗在楼前遛来遛去招摇过市。

"爸爸，快起来吧，我们早点去'胖胖'阿姨家么，我喜欢玩那条小狗。"丫丫来床边催谢城池起床，又央求道，"爸爸，你也给我买条狗么，我一个人在家没意思。"她很小的时候就有了这句口头语："没意思。"

"你还没意思？你妈妈把你领进领出到处兜风。"谢城池闭着眼睛说，"小孩子不能见什么要什么，一会儿变形金刚，一会儿游戏机，一会儿又要玩狗，要什么有什么，都来得太容易，将来，你对什么都不会在乎。"他多次劝过余橙橙，不要让女儿经常泡在她的生活圈里，这对女儿没好处。他也不希望余橙橙过于热衷地跻进她很看重的"高层次"里。可是，对他的劝告，余橙橙只当耳边风。所以，他懒得劝告了。也许，是出于一种逆反心理，他一次比一次更强烈地想抵制她安排的种种社交活动。他觉得在那样的场合里，他找不到自己的感觉。

"爸爸，你又说大道理了，我不爱听！"丫丫娇嗔地推他，"你就会说大道理！"

谢城池像被黄蜂猛地蜇了一口，"嗵"地坐起来，睁不开的眼睛一下子睁圆了。因为缺少睡眠而网着血丝的眼珠，如子弹一样仿佛马上要射出眼眶。

"爸爸，你怎么啦？"丫丫吓得小脸都白了。她从没见爸爸有过这样怒不可遏的样子，像老虎要吃人了，"爸爸……"她小心地碰爸爸的手，感到爸爸的手仿佛触着电似的一抖。她害怕，眼泪"啪哒啪哒"地滚下来了。

女儿哭了，谢城池才意识到自己的情绪过于激烈。怎么会的？就因为丫丫的一句话？他心里明白，这句从丫丫嘴里说出来的话，不过是鹦鹉学舌。这句话余橙橙经常挂在嘴边，他听多了，长期积累在心里，其实在积累着一层很深厚的反感情绪，他自己却没意识到。可突然地冲着女儿爆发了，他才知道，他多么在意这些好像是随口说出的话。他这才清楚，对人对生活的不同态度，已潜移默化地在他和余橙橙之间生出了很厚的隔膜，只是谁也看不见。

"爸爸，你到底怎么啦？"丫丫扑到他身上。

"没什么。"他用手心替女儿擦了眼泪。

"我说错话了？"

"没有……"

盥洗间里，余橙橙又命令似的在喊："丫丫，叫爸爸起床。"她走出盥洗间时已换好衣裳，穿一条橙黄色亚麻长裙，上身套一件大鸡心领的羊绒衫，乳白色的，式样宽松，有两只高高的垫肩衬托起挺挺的身架。被大鸡心领敞开的脖子上，挂一条颗粒均匀成色也好的珍珠项链。这条项链，是一个温州的客户送的，再三声明不是送礼，是留点小小的纪念品表示感谢。

"爸爸已经起来了。"丫丫跑出房间侧脸进盥洗间拿毛巾。她不愿让妈妈看见她哭了。

"城池，你也冲个澡再换衣服。"余橙橙一进房间，看见谢城池盘腿发怔像和尚在打禅，"哎，你怔着干吗？"

谢城池无精打采地看她一眼。她脖子上的珍珠项链很夺目，使他定睛多看了她一眼。

"客户送的纪念品。"余橙橙留神地解释，"他们搞到我们公司很好的睡衣，新产品，本来是出口的……我们经理也有一条，他爱人也很喜欢……"她得先堵住谢城池的嘴。有一次，他一定要她去退还这类太贵重的"纪念品"。

谢城池低下头不再看她，也不再看项链。眼不见为净。

"你今天有点不对头么。"余橙橙很敏感，坐到床边，"没睡醒？医院里出什么事了？"

"就是还想睡……"

"今天晚上早点睡。"

"橙橙，你带丫丫去'胖胖'家，让我好好睡一天。"

"你不去没劲！"

"你知道的，我不喜欢在别人家吃饭，好像怎么吃也吃不饱似的。"

"我看你去阿法的小铺吃饭挺起劲的么。"

"那不一样。"

"有什么不一样的？"

"我们是老同学。再说，他的馄饨铺本来就是让大家去吃饭的。"

"你别找理由了。快去洗澡换衣服。"余橙橙离开床，坐到梳妆台前，眼光从椭圆形的镜子里监督他。

谢城池进盥洗间刷牙，丫丫还在里面仔细地擦脸，父女俩都不说话。谢城池刷得满嘴起泡沫，丫丫"扑哧"一笑："爸爸，看你的嘴，像大螃蟹。"谢城池也笑笑，撸撸女儿的头，用清水漱掉嘴里的泡沫，他才觉得浑身清爽了，情绪也稍稍平复，刚才那些很执拗、很激烈的想法，也如系成疙瘩的绳扣松开了一些。去就去吧，毕竟不是太原则的事情。他命令自己退让。

一家人穿戴好打扮好正准备出发，门铃响了。

"不管找你的还是找我的，最多谈十分钟。"余橙橙马上对谢城池说，"时间不早了，我们总不能到了'胖胖'家坐下来就吃，这样太不礼貌。"

"妈妈，肯定是找你的，你朋友多。"丫丫积极地去开门。

柳阳站在门外，她好像也精心修饰过了，穿着黑灰格子的西装套裙。

"阿姨，你找谁？"

"我找谢医生。"

"找你的。"余橙橙用胳膊轻轻撞一下谢城池，"别啰唆，十分钟喔。"

谢城池一看到门外是柳阳，马上想到柳月的病情不妙。他请柳阳进门，立刻问道，"柳月……"

柳阳见他们一家人穿得衣冠楚楚，很知趣地说："你们要出门，我改天再来。"

"你先说说柳月的病情。"

"情况不太好。"

"怎么个不好？"

"她听她们店里的小姐妹说，领导不相信她真有病，不给报销住院费，她一下子就……这几天饭也不吃，又睡不着觉，整天抱着头闷哭。我劝她，她不听，就回我一句话，我才二十二岁，这辈子就让人看死了？没出路了！"

谢城池的心一紧。他感觉到问题严重，如果再不让柳月住院，后果将不堪设想。但医院不是他的私人诊所，他没有权利决定什么或否定什么。尤其涉及住院的费用，谁有经济能力来代替一个单位？柳月属于她自己，但在许多意义上，她不属于自己，要依靠单位，依附单位。单位是什么？是社会的缩影，是制度的化身，它在相当的程度上规定着一个人。谁有力量超脱、摆脱？因此，柳月"我让人看死了，没出路了"的哀叹，让人痛心，让人感慨，也让人无奈。一个人活着，年纪轻轻的，为什么就哀叹只有一条死路？

"有话快说呀，大家都等着呢。"余橙橙用力推了推仿佛冻僵了没有知觉的谢城池。

"谢医生，过两天我带柳月再去找你看门诊。看样子，她的药量得加大，否则……"柳阳很歉然地又朝余橙橙转过脸，"真抱歉，耽误你们了。今天是礼拜天，我也只有在礼拜天上午有点空，所以才来打搅。"

"我们也都忙，和几个朋友约了很长时间，就是凑不到一起，今天……"

"你别说了，你带丫丫快走。"谢城池打断余橙橙的话。

"你呢？"余橙橙不掩饰地拉下脸，"不是在等你一块儿走吗？"

"我不去了。"谢城池口气坚决，"这个病人的情况得马上想办法解决。"

"不，不！谢医生……"柳阳见余橙橙变了脸色，很尴尬，心里过意不去，"谢医生，不急的，改天吧，你们快走，我走了。"

"怎么不急？要出事的！"谢城池说，"柳月的病本来不严重，看看门诊也就可以解决了。但这样僵下去，病越来越重，会把她一生都毁了。没听到她在痛惜自己：'我才二十二岁'！"谢城池蹙紧眉头说。

"你不要把事情说得那么严重，不至于的。就是受点刺激嘛，多劝劝她。"余橙橙又安慰柳阳，"听谢医生说话，你要稍微打点折扣，我最了解他，你别急。另外，和单位里的关系，要想办法缓和，就像抽筋一样，只要放松放松，痛一阵就过去了。人和人就怕闹僵。"

"他们太不讲道理了……"柳阳说。

"道理不道理，何必太认真？什么事都可以灵活处理的呀！"余橙橙说。

"事情到这一步了，当务之急是要控制住柳月的病情。"谢城池说。

"要治病，也不靠现在这一会儿。"余橙橙说。

"谢医生，就这样吧。"柳阳说，"我走了。"

谢城池眼睛发直，好像在定定地想着什么。

"哎，人家要走了。"余橙橙拽他的胳膊。

"先别走，一定要想办法帮柳月调个单位。"谢城池像在说梦话，前言不搭后语地突然冒出一句莫名其妙的话。

"你管治病，还管调工作？你到底想干什么？我看你神经搭错了！"余橙橙一下子火了。她实在没耐心再等下去奉陪到底，拖着丫丫"蹭蹭"出门，又一反手把房门"砰"地撞紧。

柳阳仍站在房门边，一脸窘迫：把人家一个好端端的星期天给搅了。她后悔冒冒失失地跑来找谢医生，添了麻烦还添乱。怎么弥补他妻子？柳阳心里又懊悔又难过，并一筹莫展。在对待柳月的事情上，被动了又被动,她已经感到自己无能为力了。尽管在她自己的单位里,从来没有过这种无能为力的感觉,她管理的这所小学,还是区里的重点小学,从老师到家长,都公认她是个能干的校长;教育局也满意她的工作。她教育了多少学生?帮助了多少孩子?却偏偏帮不了自己的妹妹。

"坐吧。"谢城池对柳阳说,"最好的办法,得尽快让柳月换个工作环境,摆脱过去的种种人际关系。"

柳阳没坐下,她知道,就是坐一天一夜,也谈不出关于调动工作的办法。还有什么比调个户口、调个工作更困难的事?当然,她也认为能调个单位是最好的办法,如同一些过敏性的疾病,没有特效药可治,最好的治疗就是移地——换个适应的环境,病症就会立刻消失。

"我们大家都来想想办法。"

"谢医生,我们柳月能碰到你这样医生,也算她祸中有福了。"

"不要这样说。我这个人始终很倒霉的,能不能给别人造福,也难说的。"

"谢医生,今天真不好意思……你快走吧,到人家家里还能赶上吃饭。"

谢城池反而坐下,他感到站累了。他不会再赶去"胖胖"家。

"调单位的事,我马上托托人看。"柳阳退两步就到了门边。她得快走,好让谢医生不误掉和朋友的聚会,"我走了。"她拉开门一步迈了出去。

谢城池没站起来送。在柳阳走了很久以后,他还是默默地坐着。

电话铃响了,响了很久……

六

谢城池给阿法打电话,要彭达家里的地址和电话号码。阿法却马上想到彭达托的那件事,在电话里就"哇喇哇喇"地问:"你找护士长谈过了,情况怎么样?"

"没谈。"谢城池声调高不起来,好像做了亏心事。他实在找不到开口的机会,一拖再拖,"可能都没事了吧?彭达又找过你了?"

"没有。"阿法说,"你找彭达干吗?"

"为柳月的事,想请彭达帮忙,让柳月调进他的厂。"

"他托你的事不办,你好意思开口?"

"现在顾不得好意思不好意思了。"

"要不要我出面?"

"我自己先出马,不行了再搬你这个救兵。"

谢城池马上给彭达打电话,彭达正好在家,并说正好也有事想找谢城池。约在哪里谈?两人都不约而同地不愿在家里谈。去公园?去饭店?去咖啡馆?都不合适。两个男人,两个不十分亲近也不常来常往的男人,似乎只有偶尔邂逅便站在马路边说上几句最自然。

"还是去阿法的馄饨铺吧。"彭达建议。

"也好。"谢城池赞成。

"我厂里马上有辆车来,顺便过来接你。"

"要绕很多远路,"谢城池考虑路线不顺,便决定取个折中,"我坐两站公共汽车,在十里亭公园门口等。"

星期天的公共汽车比平时空一些,车厢里的乘客基本上都有座位,少数几个站着,站得很宽松。谢城池一上车,站在车厢的中间部位。三扇车门先后关上,驾驶员刚一起动车,谢城池就听到一个有点耳熟的声音像售票员似的叫起来:"哎,开车啦,开车啦,上车的请买票,月票请出示!"谢城池手伸进口袋掏钱,又听那耳熟的声音伸出车窗朝路上的行人喊,"哎,老同志,你的鞋跟掉下来了。"被喊声提醒的老同志不由地抬起脚看自己的鞋跟。但鞋跟分明天衣无缝地紧粘着鞋帮。老同志恍悟到什么,没来得及作反应,公共汽车已滑出好几米远了。而那个耳熟的声音又继续喊:"哎,女同志,你脚踏车后面的东西掉了。"正全神贯注骑着自行车的女同志,情不自禁地回头察看自己车的后座,绑在后座上的一只小纸盒仍绑得结结实实的。女同志由于急着回头,双手没把好龙头,车身摇晃起来,差点没把女同志从车上晃下来。等女同志终于明白什么,公共汽车已从她身边开过了。车厢里的一些乘客"轰"地笑起来,像看滑稽戏一样。

谢城池往前半个车厢走去,想看清这个无端戏弄行人的耳熟声音究竟是谁。没等他靠近,耳熟的声音又用唱山歌似的调门朝着一辆正从一家宾馆的大铁门里开出的出租汽车喊道:"哎,哎,'差头'、'差头',排气管放炮嘞,排气管放炮嘞。"出租汽车的驾驶员一听到吆喝,不假思索地推开车门朝轮胎下看,没看出什么情况,才猛地醒悟到那吆喝声是恶作剧,便破口大骂。但公共汽车车厢里的反应仍然是忍俊不禁的笑声。那耳熟的声音被大家的笑声鼓舞着,好像更加有劲,几乎把半个身体伸出车窗。这时,谢城池才看清楚,那耳熟的声音原来是阿七头。他的心"格噔"一下。他本想靠近一些阻止,但忽然听到他身后有两个乘客在小声议论:"这个人大概有神经病的。"

"就是神经病。我在车上碰到他两回了,就这样一路喊过去,从起点站喊到终点站。路上的行人,被他喊得一个个都鸡犬不宁,真是又好笑又好气。"

"他家里人怎么不管住他?"

"这么大的人了,怎么管得住?看样子快三十岁了,人长得瘦小呀!"

"送他去精神病医院呀,这种病人怎么可以放到社会上来的!"

"哎,现在的精神病医院……有种人不想进,有种人还不一定进得去。复杂啊!"

谢城池不禁回过身,又尽量不惊动那两个乘客地用余光打量他们。两个乘客干部模样,一个戴眼镜,一个还拎一只黑色人造革的包。

车靠站。阿七头比售票员更积极地报站:"岳阳邨到了,要换17路电车的乘客请下车。"他又朝车窗外斜出大半身,双手挥舞着对车站上的人群呐喊,"先下后上,先下后上。哎,哎,老师傅不要挤,不要挤,摸摸你口袋,皮夹子被人家掏走哦?"这个"老师傅"膀阔腰圆,正一马当先地把着车门,忽然听说"皮夹子被掏",立刻摸自己口袋。还好,皮夹子安然地在口袋里放着。他松口气,却发现原先在他身后的人群都上了车,并且把车门堵塞了,使他很难再往上挤,于是就恼火起来,指着阿七头劈头盖脸地骂,骂爹骂娘地骂了好一会,好像还不过瘾,又骂出一大堆不堪入耳的脏话。阿七头咧着嘴笑嘻嘻的,似乎在听一番称赞。那"老师傅"愈加暴躁起来,一只脚踏上车,侧身向满车厢的人大叫大嚷:"你们不把这个傻瓜、神经病轰下车,不把他的这个座位让给我,今天就别想开车!"这一声威胁好像很有震慑力,车厢里马上有人响应,七嘴八舌的:

"这只戆大,老早好让他下车了。"

"只听他瞎咋唬,还始终占个座位。"

"快让他下车,快点开车吧!"

"门口的人让开点呀,车不能开,耽误大家的时间喔!"

阿七头似听非听,他仍笑嘻嘻的,但笑容渐渐僵硬,脸上的肌肉一抽一跳的。

这时,驾驶员回头对售票员说:"再跑半圈我们就要下班了,这么停着算啥名堂?叫他下车!"

售票员像接到圣旨一样,开始动手动脚地拽阿七头。

"我买过车票的,做啥下车?"阿七头反抗,两只手抱住自己的头,身体像拨浪鼓似的拼命摇,仿佛预感到马上会有拳头落下来。

"大家动手呀!"

"快拖他下去呀!"

不知谁下命令似地鼓动。

果然有几只手伸过来拖阿七头。

"不要动手!"谢城池吼叫起来。他一忍再忍地目睹着,再也忍不下去了。意外地碰到阿七头,意外地看到他又疯成这样,他像挨了一闷棍,浑身说不出地痛。接到过阿七头大姐的信,知道他又吃了一瓶安眠药要寻死,知道他的兄弟姐妹无奈地还想送他来长期住院。他能想象阿七头的情况一定很糟,但想象是抽象的,可眼前目睹的是活生生的。如果不招来群起而攻之的这一幕,他只想到站后悄悄下车,不让阿七头认出他来。认出了,他能说什么?他是医生,他曾经是这个精神病人的医生呀!像工人看到自己生产的次品一样,他感到有不可推卸的责任和无言的惭愧与痛心。

谢城池拨开一层层乘客,挤到阿七头面前,坚决维护道:"谁也不许碰他!"

还在车厢下的那个"老师傅"跳脚了:"你他妈是谁?你眼珠子瞎了,没看到他乘着车胡闹吗?"

"他有病。你如果不能放过一个病人,我看你也快疯了!"

"骂我疯了?你他妈欠揍,敢下来吗?"

"我下来可以,让车先开走,别影响一车人,影响交通。"

"你把话说说清楚,谁影响交通?是这个神经病!"那个"老师傅'耍赖了。"让车先开走?没那么容易!"

"那你上车来,"谢城池踮起脚对乘客们喊,"大家挤一挤,让他上车,车停着总不是一回事。"

乘客中有人开始挪动。阿七头像抓着救命稻草一样,紧紧攥住谢城池的手。他被那么多鄙视嘲弄的眼光吓住了。

"让我上车,凭什么?'那"老师傅'拍着胸脯说。

"凭什么?凭你总算还是个人吧?"谢城池声色俱厉。

"谁不是人?"那"老师傅"的脸色顿时像块酱猪肝一样发红发紫。"你骂我不是人!我倒要看看,谁熊?谁不是人?"他一步迈上车,左冲右撞地向车厢里挤来。

车厢里炸锅了,一片混乱。

"你们不要打谢大夫,不要打他,他是好人。"阿七头声嘶力竭地呼叫,"不要打人呀,他是医生,他是好人!"

"什么医生?谁相信你这个神经病的话!"那个"老师傅"已挤到谢城池面前,拳头挥来挥去地摆威风。

谢城池眼睛瞪成三角形怒视对方,两条眉毛也竖了起来。他没学过打架,从小到大还没有打过人。但他已决定了:一、不先动手;

二、对方只要擦着他一点皮毛,坚决还击,就是打不过也要打个明白!

周围乘客有的开始劝"老师傅":

"算了算了,为一个神经病打得头破血流的不值得。"

"啊呀,你不要同神经病一般见识么!"

不知是听了劝,还是被谢城池毫不畏惧的目光镇住,那"老师傅"的拳头软下来了。

"司机,人都上车了,快开车么!"谢城池见机行事,像指挥官下达作战部署一样。他毕竟是个精神科医生,研究心理的,很知道这满车乘客的主要心情是希望尽快开车,尽快到达各自的目的地。

售票员关了车门,驾驶员发动了车。车厢一晃,车轮终于缓缓地转动了。那个"老师傅"的拳头这时才收敛,虽然嘴巴还在不干不净地嘟哝。

谢城池深深地松口气,才猛地想到自己是否已乘过了站?他马上问售票员:"同志,十里亭公园……"

"老早过站了。"几个乘客异口同声地说。

"谢大夫……"阿七头的手还是不肯放松地捏着谢城池的胳膊。

"下一站我们一块儿下车,"谢城池对阿七头说,"没关系的。"

"你真是个医生?"旁边的一个乘客小声问道,"治精神病的医生?"

谢城池没点头也没回答。

<h2 style="text-align:center">七</h2>

十里亭公园门口连车影子都没有。

谢城池给阿法挂电话:"彭达到了吗?"

"你怎么回事?等了你足足半个钟头。彭达的车刚开走,以为你不来了。"阿法说,"你现在在哪里?"

"我在十里亭公园门口。"谢城池说,"他不来了?"

"他把事情留在我这儿了。"

"那我的事呢?"

"我可以全权代表。你马上过来吧。"

"不可能马上,我还得去找公共汽车站,还得换一部车。"

"拦部出租车,我报销。"

"那还不至于。"谢城池走出公用电话亭,便拦了一辆出租车。

到阿法馄饨铺快两点钟了。铺子已收拾干净,十几只雪白的圆凳子叠成梯子形,仿佛要开演杂技。桌子也鸟枪换炮了,引进了广东出产的贴装饰板的小圆桌,也是白色的。店铺的墙面运用最新技术喷塑的,是白色。四壁还装了若干个乳白色灯,造型像小磨菇,又玲珑又可爱。

"哟,时隔数日,得刮目相看啦。猛一眼,我还以为走错地方了。"谢城池站在小铺子门口,欣赏了一会儿才迈进门。

"这就叫日新月异,蒸蒸日上!"阿法在往墙上钉什么,"装修一下,我打算改成快餐店。"

"先给我来一份快餐吧。"谢城池一屁股坐到白色圆凳上。"饿瘪了,前胸快贴着后背了。"

阿法端出一碗大排冷拌面,小砂锅里的三鲜汤还温吞吞的:"出什么事了?"

"差点和人打起来……"谢城池挑起一大筷面条往嘴里塞,再也顾不得说话。狼吞虎咽地把面条、排骨、三鲜汤统统倒下肚,他才缓过气,"阿法,有烟吗?"他一摸口袋,烟盒也是瘪的,"你先说说,彭达有什么事?"

"他请你帮他妻子看看病,他不愿带她去医院,因为这种病……可以理解,城池你跑一趟。"阿法甩出几种牌子的烟。

"他妻子,怎么突然也有这种病了?"

他吞吞吐吐说了几句:"让他抓住了,他还领着派出所的人……"

"他的妻子到底和谁?"

"就是你们护士长的丈夫马巽方!"

"不可能吧……"谢城池将信将疑。他感到宋樱樱的表现很正常,"那么,我们的护士长知道吗?"

"怎么不知道,彭达把她一块儿叫去堵门的,在彭达妻子的弟弟家……"

"后来呢?"

"派出所的人把他们拘留半天,主要是吓唬吓唬的。彭达说,他妻子从派出所回家后,再没有说过一句话。"

"怎么可以这么干?"

"不这么干怎么办?彭达和你们的护士长都不想拆散自己的家。那么,只有动快刀斩乱麻了。"阿法点烟,"彭达说,他实在是不得已而为之,还不能张扬出去。派出所的同志答应保密。所以,也想求你上门去看病。"

"我去。"谢城池一口答应,但心里还是疑惑:难道宋樱樱真有这样惊人的理智和克制力!

"下面该你说了。"阿法以全权代表的口气说,"什么事情?"

"就是你介绍的病人柳月,想帮她调个单位,能不能去彭达的厂里?我没其他人可托了。"谢城池目光忧虑,"我知道,这种事不太好办。"

"确实难办。"阿法说,"彭达的工厂是轧钢厂,大部分车间不需要女工,很难安排。再说,柳月的病就是治好了,也要休养一阵,否则,病病恹恹的哪个车间肯接收?将心比心,我这个快餐店一旦营业,也要招一两个服务员,我绝对也要挑三拣四,首要的条件就是身体健康手脚勤快。"

"是呀,不好办……"谢城池明白,是自己给自己出了难题。调工作调单位的周折,不是一般人能对付得了的。他是一个普通医生,柳月只是他的病人,无亲无故,就是开口托人,人家也未必愿意当回事情去办。

"哎,我看呐,求彭达还不如求你自己老婆帮忙,一个年轻姑娘终归更适合在服装行业工作。"阿法满以为自己想出了一个好主意。

谢城池缄口。求余橙橙帮助一个与她毫无关系、对她毫无作用的人,又是他的病人,那是根本不可能的。

"求自己老婆总比求别人好说话吧?"阿法继续阐述理由,"我老婆对我绝对言听计从,说一不二。"

"那是你老婆……"谢城池很自尊,他最怕求人,为难人,麻烦人,因为他感到自己没有实力可回报,也没有方便之处可帮助人。他决定马上收回自己的请求,"阿法,柳月工作的事,你不要再向彭达提起了。我再想想别的路。"

"或者,让彭达托托别的厂……"阿法了解谢城池,他感觉到自己说话有点疏忽。

"不说这件事。"谢城池坚决回避掉这个话题,"听听你快餐店的设想。"

"设想宏伟。"阿法夸口。

"就你这点破地方,还能搞出宏伟?"

"别小瞧这点破地方,我们读'老三篇'的时候,不就背熟了一句话:儿子死了,又有孙子,子子孙孙是没有穷尽的。破地方会变成好地方,小地方会变成大地方。穷则思变,变是绝对的。只要有改变的理想,就会有改变的现实。"

"嗬!一套套的。"

"不是吹牛。我这个小铺子,如果不动脑筋改变,很快就会被饮食业激烈的竞争挤垮。"

"谁还能挤垮你阿法?蹲七年牢也没能把你怎么样!"

"幸亏蹲过牢,我阿法才有了做个体户的决心,才有改变小铺子的宏伟计划。不过,我是下里巴人,哪像你啊,仍旧是阳春白雪。"

"你还来讽刺我!"

"不是讽刺。绝无讽刺的意思。我只是有点……"阿法对谢城池的看法很复杂,有几分崇敬,有几分叹息,还有几分心疼。

"别说你了,我对自己也有那么点……"谢城池把竖在手里的烟向桌上"笃笃"地弹几下。他对自己有几分肯定?几分否定?很年轻的时候,他对自己当然全盘肯定,自信、狂妄、充满气概;如今,总算有点自知之明了。这是成熟的标志?但成熟似乎也意味着一种固定,即使有否定自己的认识,也难以有彻底的改变,不像阿法办铺子,能从卖馄饨变到快餐店,而且还有更宏伟的计划。每次来小铺坐坐，他总能感到一股洋溢的生气，尽管阿法自称"下里巴人"，却有着"下里巴人"的活力。至少，小铺有着一目了然的改变。虽然，他不承认自己是什么阳春白雪，但是，做医生确是一种比较高级的职业，尤其是精神科医生，需要走进人的内心，走进人的精神，走进人的灵魂，可是要真正地肩负起来，谈何容易！他对自觉肩负的这份使命也有怀疑：是否过高地估计了一个精神科医生所能起到的作用？比如给柳月治病，他完全可以不涉及调工作的难题，这终究不在一个医生的职责范围之内。也许，多少得学会对那些力不从心的事不闻不问或麻木不仁一点……谢城池又暗暗地想：柳月的工作问题决定不向彭达提出，这就对了。别再多想了。他为自己终于也有了一点小小的改变而感到一丝欣慰。他点着烟，轻轻地吸，悠悠地吐，从从容容地抽掉半枝，身上解乏了，心里舒坦了，他便站起来想撤退。不能太晚回家，也不想再坐出租车，还要走到车站，还要换乘两部汽车，路途挺漫长的呢！他对阿法说："你快忙你的，我得早点回家，橙橙和丫丫去朋友家了，我回去烧晚饭。"

"城池，我真服你，你做什么都是模范。"阿法拿出一条"三五"牌香烟，"奖赏你。"

"无功受禄？"

"嘿，没那么多讲究。抽吧，只要我阿法能挣钱，今后你抽的烟由我包了！"

谢城池不客气地把烟挟在胳膊里："你告诉彭达一声，我后天去他家。"

阿法点头。

八

在医生的办公室门口犹豫了好几分钟,单玫才从门框后闪进半边脸,悄悄朝里扫视,见办公室里人不多,谢医生正在埋头写着什么,她才举起手在门上一下一下地敲出两声。

"请进。"谢城池回答,没有抬头。

单玫抬高了脚,下步时轻得几乎没有声响,像小猫怕惊动耗子一样。

"请进。"谢城池没听到脚步声,又答复一遍。

单玫已走到办公桌旁,谢城池才有所感觉地昂头。

"是你啊,怎么像仙女下凡没声没响的。"谢城池说了句玩笑话。单玫的精神状态基本恢复健康,脸上常有微笑了,笑起来还稍带点羞涩的表情,仿佛刚熟悉了一个陌生环境,还有点拘束,不能完全放开。谢城池让小护士们常去和她聊些轻松愉快的家常话,让她充分地自如起来,他自己则更加用心地安排出时间,找些有趣的话题和她单独谈谈,说话时尽量注意风趣、亲切,以便帮助她干干净净消除紧张症病人往往会留下的一些后遗症:"请坐。"

单玫在谢医生端来的椅子上坐下,坐得规规矩矩,两只手平放在自己腿上,两条腿紧紧并拢。她很少出病房来医生办公室,不像有的病人喜欢随便走动好纠缠医生、护士;在病房里,她也是最安静的一个,不管闲事不说闲话。护士们都反映她素质好,显然不同于一般的女病人。有时,单玫还主动提出帮护士卷卷酒精棉球。做这种活,她得心应手。单玫能恢复得这样快这样好,医生、护士都感到惊喜,谈论起来,总要回想她当初进医院时高烧昏迷的情景:有一夜宋樱樱值班，她用酒精棉球不断帮单玫擦身，直到清晨，热度才退下两分，否则，烧坏了神经，彻底完了，再高明的精神科医生也无济于事了。而单玫迅速见好，是从她丈夫来医院探视之后。他第一次来，谢城池让宋樱樱安排他们夫妇到楼下门诊室单独在一起。以后几次，他都准时来，单玫和其他病人一样准时等在活动室里。谢城池去观察过，见他们的相处还自然，心里也很宽慰。

"谢医生……"

"有什么事，尽管说。"

"我想出院了，你看我的情况，能不能马上出院？"单玫说了自己的心情，又懂道理地征询道。

"喔，想出院……"谢城池顿了一下。他还没有考虑过单玫的出院问题。按照治疗的几个阶段，她还需要住在医院里稳定一段时间，再观察一段时间。

"我觉得完全好了，我回家休息，君君和他就不用跑医院了。另外，我想早点去上班，我们这种地段医院，居民集中，每天的门诊人数很多，医生、护士少，大家都很忙，尤其我们做护士的，一个萝卜顶一个坑。我一病几个月，我的一堆活就摊到大家头上，她们各自的工作够多的了。再说，我护师的职称报上去了，这样的病假下去……"

"你不要想那么多，既来之则安之，先把病治彻底了，复发的可能性就小。至于工作，你们医院领导会安排好的。职称么，你有一贯的表现，还有突出的成绩摆在那儿，绝对不会因为休病假而受到影响的。"

"但我这种病，传出去很难听的……"单玫低低地压下头，下巴颏紧贴着前胸,仿佛颈脖一下子酥软,撑不住沉重的头颅。

"你是搞医务工作的,你知道谁都难免得病,精神病也一样,没什么难听的。病就是病,人抵抗不住一些侵害健康的东西就得病了呗。"谢城池说,"单玫,不必担心,你在医院工作,医生、护士都有医务常识,不是一般性单位,大家都会理解的,体谅的。"

"当然。我们这个地段医院在区里经常评上先进,同事之间的关系比较好,我们护士班尤其团结,尽管都是女同志,但大家相处得很友好,中午带菜,我们天天像聚餐一样,素菜荤菜拼在一起吃,一边吃一边说说笑笑多开心啊!谢医生,我真的很想上班去,病得厉害时没办法,现在好了,再住在医院里,我觉得闷。我这个人喜欢劳碌,闲不住的。你问君君,哪怕坐在沙发上看一会儿电视,我手里也要摸摸索索地做点针线活。空着手什么也不干,我觉得难受,像浪费了什么。一病几个月,我真是懒得可以。这一阵,手又痒了,病房里又没事可干,实在待不下去了。谢医生,我回家保证按时吃药,每星期来复诊一次让你观察。回家以后,可以活络一点,精神好,就去医院值值班,可以帮她们随便做点力所能及的活,不算正式上班,主要解解寂寞。"单玫一讲到医院和她的护士们,情绪振作了,脸侧仰起来,脸上又有了微笑。

谢城池很理解她的心情,也明白她的用意,而她的想法也有一定道理,只要工作单位的气氛好、关系好,每天去做点事,适可而止,这样的安排,能调剂心境,有利健康。

"谢医生,你考虑考虑。"

"我不用考虑……"

"不同意?"单玫问。

"同意。"谢城池答。

单玫笑了,笑得比微笑更开朗。

谢城池被单玫的笑深深感动了,他也笑了笑,由衷的高兴,为单玫的健康,当然,也为自己终于看到了一份成功。

九

余橙橙办公室里的那只电话,仿佛永远是忙音,没一点间隙可让人见缝插针地挤进去。谢城池实在没耐心再守着电话机没完没了地拨那七个枯燥的阿拉伯数字。但在下班之前,必须打通电话,告诉她下了班带丫丫一块儿去宋樱樱家吃晚饭。这邀请很突然,事前没一点风声。可是,宋樱樱邀请得恳切,让人推脱不了:"给他过生日,四十岁大生日。他自己不肯过,也不愿请他的同事……我想,光是自己家几个人没气氛……你们一家人都来吧。我调休半天,烧几只拿手菜给你们尝尝。你们也可以聊聊,我那位是跑新闻的,消息可多了,你们保证能谈得投机,难得热闹热闹。再说,你调来医院以后,我们两家也没机会互相走动;再说,你这段时间工作很辛苦,治好了单玫,让顾阿菊也如愿地回家了,有这些成绩,也该松口气,也该庆祝庆祝。今天晚上,就算放假,大家在一起放松放松。不过,有一点我得事先声明:千万不要带东西送礼物。本来,我不该告诉你是他生日,但是,生怕请不动你!我想,我代表他邀请你,你总得给他面子吧。我知道,你这个人不太愿意去人家串门的。反正,我们都是同事,平民百姓,没什么讲究的……"她说得周到,方方面面都说到家了,谢城池好像没理由拒绝。他心里清楚,宋樱樱要把丈夫的生日搞隆重些,目的还是为挽救这个家,想弥补感情的裂痕。他也清楚,宋樱樱之所以邀请他,是一种信任,虽然,关于她自己的生活,她对他只字未提。正因为她能做到只字不提,他才认识到这个女人的不简单。谢城池去看过彭达的妻子,比较这两个女人,他只能这样解释宋樱樱对待家庭生活的原则:宁可玉碎,也要瓦全。对待"玉碎"般的生活,她的心又如密封钢罐,以坚硬光滑露外,而里面究竟封着什么,谁也不知道。所有的喜怒哀乐,她自己默默包藏、消化,这使他吃惊。彭达妻子已卧床不起了。彭达说,看她这副样子,他也就心软了。将来怎么办?由她说了算,如果她一定要离开这个家,他决不阻拦。彭达也把这意思对妻子交代过。她似听非听,犟犟地不说一句话。谢城池去帮她看病,她才含含糊糊地应付两句。谢城池叮嘱彭达,什么话也别对她说,让她好好地躺,好好地想,想出结果,病就好了。他觉得彭达现有的态度才像个男人,如果早这样处理问题,而不是去搬动派出所的人,她不至于躺倒……人与人,何必相煎太急!由此,谢城池又感到,宋樱樱的"宁可玉碎,也要瓦全"的态度不妨是一种切实的政策。可是,生活一旦只是有"瓦"一样的质量,也会令人懊丧、遗憾。可是——他的思想在这样一个"可是"那样一个"可是"之间好像确定不下明白的坐标。

　　谢城池继续拨电话,并暗暗对自己说:"拨最后一个,拨不通坚决不拨了。"余橙橙的忙碌热闹可想而知,连她的电话也像热线电话接连不断。

　　话筒里终于响出呼唤的铃声,谢城池吐了口气。

　　"哪位?"余橙橙的声音哑了,但声调仍保持热情。

　　"是我。"谢城池流露出抱怨的情绪。

　　"什么事?"

"晚上，我们医院的护士长请我们吃饭，她爱人过生日，你回家一趟领丫丫，我骑车直接去。"

"去你们护士长家？我不去了。我都快累死了，今天一下午电话没断，事情特别多，我还要处理好几件事，到下班还办不完呢。"余橙橙听到他的声音，像根绷紧的弦松懈了，说话声顿时软得提不起调来，"你带丫丫去吧，我回家想早点睡。"

"也好……"谢城池不勉强她。他又往家里打电话，叮嘱丫丫好好做功课，等着他回去接。

"爸爸，今天你带我去别人家吃饭呀！"丫丫喜出望外，又多一句嘴，"太阳从西边出来啦！"

"以后你不要学妈妈的话！"谢城池很凶地对女儿喊一句，便"啪"地挂了电话。一放下电话，他觉得情绪坏极了，不想再做事，顺手拿起报纸看。一版的国内新闻和四版的国际新闻中午看过，只好再看看他没多大兴趣的专版。

这时，梁大夫走进来，兴冲冲的，脱了白大褂，往椅背上一甩，又端起当茶杯用的大口玻璃瓶，像灌溉一块干旱的地"咕嘟咕嘟"地喝。喝痛快了一抹嘴，哼出两声不成调的歌。

谢城池看出梁大夫情绪特别亢奋，他猜想大概调动的事成了。

果然，梁大夫藏不住喜悦地对谢城池说："局里终于解冻了，同意放我，市里那家医院这两天就把调令开过来。"

"祝贺你啊！"

"嘿，十年媳妇熬成婆啊，你不知道，这么拨拉一次，多费劲呐！"

"你到底走了，这是精神病防治院的一大损失呀！"谢城池的话是由衷的。梁大夫的学问、医术，在这所防治院里屈指可数，虽然论经验、专长比不上老院长，但老院长快退休了。他直率地感慨道，"其实，在大医院你未必能得到充分发挥，那里人才济济，有多少专家、教授；我们这种小医院，条件虽差，却有用武之地。而且，精神病专科很需要真正有水平的医生。这种精神疾病、心理疾病的发生、发展，在现在和将来的社会中会越来越突出，越来越严重，这样的趋势只是没引起足够的重视……"

"谢医生，你是站在卫生局长的角度看问题。老实说，我可没有这样高瞻远瞩的胸怀、理想，也不想有，我就是我，我只想在一家有名声、有条件、有设备、有威望的医院里像像样样地做个医生。"梁大夫也推心置腹地说。

谢城池理解，并觉得自己的感慨显得多余、可笑，甚至很迂腐。

"抽烟，抽烟。"梁大夫摸出一包好烟。

"我喜欢抽淡一点的。"谢城池摸出自己的一包烟。

"今天抽我的。"梁大夫把烟弹出烟盒，递到谢城池面前，"谢医生啊，不是我当面吹捧，这所精神病防治院里值得一提的就是你了！虽然你比那些从护校毕业的小护士来得还晚。但你身上有一种精神，很可贵很独特。可是，恕我直言，不一定行得通啊！我好歹也做了几年精神科医生，老实讲，我心里很明白，要真正治疗这种病，现在医生、护士的素质、水平都不合格、不称职，这种病不像其他病可以就事论事，就病治病，精神病太复杂，包括生理的、心理的、病理的，还包括社会生活、文化传统、思想观念、人事关系和政治因素，等等，几乎包罗万象了，这怎么对付！"

"梁大夫，你看得很深刻，很清楚。"

"再清楚，再深刻也没用。不瞒你说，越清楚越深刻越没法干。人嘛，还是糊涂一点、平庸一点、实际一点还能过得去。说句老实话，我对自己这些年的工作也很不满意，但是，没法做到满意，不光是医院的条件和设备问题，最根本的，是对治疗精神病的认识问题，是整体的素质问题。我在报上看到一条消息，说意大利的病理学家发明了以诗歌镇静，就能压抑兴奋控制狂躁，就能消除病人的幻想、幻觉、幻听和哭哭笑笑疯疯癫癫的症状，其实……"梁大夫吸了口烟却不再说下去了。

"其实怎么样？"谢城池追问，因为在"其实"后面才是关键所在，才是梁大夫对治疗精神病的真知灼见。

"其实么……说了也没用。我这个人就这样，没用的话不说，没用的事不做。现在什么东西都得讲实用。仔细想想'实用'这两个字，听起来很平常，但很有道理，几乎可以用来指导人的一生呀！"梁大夫讲话口齿清楚，并有抑扬顿挫的声调，再加上情绪比较激奋，他的表达更其有宣传效应，"谢医生，你大概不会赞同我的思想。看得出，你无论做人还是做医生都做得不寻常，但这样地做下去，太吃力，而且，吃力还不见得有收效。这些话听起来不顺耳，但我很真心，就算一句临别赠言吧。我想，你这个人值得一交，我才直言不讳的。你是个聪明人，一定能理解我这一片诚恳。"

谢城池抽着梁大夫的好烟，听着他好心好意的临别赠言，但不知道为什么，他嘴里觉得涩，心里好像也涩。他又不善于掩饰，一有不舒服的感觉，眼神眼光便不由地流露了。

梁大夫太灵，会察言观色，并且，他很像一个会随机应变的演员，一看情况不妙马上即兴地改戏、改台词，而且不动声色，让观众不知又不觉:"谢医生,这几本有关精神病学的理论书,是几个最著名的教授编写的,很有价值。我看你对这方面确实很钻研,送给你。"

"你自己留着吧!"

"我用不着了。和市医院谈好的,不安排在精神病科,具体工作,去报到后再商量。"梁大夫从他办公桌一边的小柜里捧出几本比砖头还厚的书,都是精装本。

谢城池接过书,才消除了抽"好烟"和听"赠言"时所产生的很不是滋味的涩感。

梁大夫却继续颇为得意地抽着好烟。

带丫丫回到家快十点钟了,余橙橙却不在家。

"你妈妈又不知道忙什么去了,她说很累,想早点睡觉的。"谢城池自己也感到很累。在别人家吃饭,对他来说,并不是补充而是严重消耗,动不了几筷子,说的却要比吃的多得多。

"爸爸,妈妈有张纸条压在电话机下边。"还是丫丫眼睛尖,一进房间就有所发现,并且带有表情地读起纸条上的字:

城池:

你陪丫丫先睡。我接到苹莉的电话,她去法国参赛的事碰到点麻烦,要我去商量解决。

饭没吃饱,冰箱里还有一盘饺子,放进微波炉热一热,不要饿肚子睡,你的胃已经出问题了。

谢城池会心地笑起来，橙橙算说对了，他一进家门就觉得饿，肚子好像还是空空的。有好几次陪橙橙去朋友家吃饭，回到家他总得再填补一些。

"爸爸，我吃得快撑死，你怎么没吃饱啊？"丫丫已把纸条折成小帽，"宋阿姨烧的菜比饭店里的还好吃，你不吃才傻呢。"

"别啰唆，快去睡！"谢城池把女儿打发进小屋，自己也一头倒在床上。他懒得再吃饺子再开微波炉，顺手开了床头的壁灯，搬起梁大夫给的"砖头"翻看起来。躺着有好书看，做客的累、吃饭的累、寒暄的累都像晨露被太阳一晒就不见了。他看得津津有味，连电话铃响了好一阵，响得实在拖不下去了，才不得已放下书接电话。他断定是余橙橙来的电话，心里嘀咕：她自己喜欢折腾还要折腾别人，都快半夜了……

"嗯……"谢城池拎起话筒，有气无力地发出很低的一声。

"……找谢城池……很抱歉，这么晚了打搅你们了……"电话里是个女人的声音，很轻柔很客气，说的普通话又标准又好听，像教师又像演员。声音由于轻，仿佛是从很远的地方传过来的。

是长途？谢城池觉得声音陌生。对生人，他自然得热情，便扬高了声调："我就是谢城池。你是……"

"我是……"

谢城池浑身一震，放松在床上的身体突然绷紧，一下子坐起来，精神抖擞又激动："你在哪里？"

"我在车站。"

"哪个车站？"

"火车站。十一点四十五分的火车。我想来想去，应该在离开时给你打个电话。电话号码,是我打听到的……"

"十一点四十五分的火车……"

谢城池看表,已经是十一点十分了。

"我马上来。"

"不,来不及了。我查过地图的,你家离车站挺远的呢。"

"为什么不早点来电话?"

"不为什么……能通个电话就挺好了。"

"那……你不能晚两天走吗?"

"不,我给我儿子都发了电报,他会来接我……"

"你儿子的照片我收到了,长得很精神。"

"儿子真的很棒,功课也好。"她一夸耀儿子,语气洋溢起来,"他还喜欢画画,到省里展览过,他在班里就负责出黑板报。"

"儿子像你,很聪明。"

"不,儿子像他父亲……"她的声音忽然低落下去。

谢城池不明白她的声音为什么低落。难道,那孩子的父亲发生了什么意外:"他……"他的问话滑到嘴边又吞了下去,"你,你来出差的?"

"公私兼顾,一半为单位的事,一半为自己……"

"事情都办好了?还需要我帮忙吗?"

"单位的事办好了,我自己的事……你帮不了的。"

"说吧,什么事?我一定尽力而为。"

"……"她好像犹豫了一下,但还是转了话题,"听说,你当医生了,精神病科医生,怎么会的?"

"我喜欢给人治病,你应该了解我的;那个时候轰轰烈烈地搞革命,好像也是为了救国救民。"

"你总想救别人,为什么不想想先救你自己?"

"我自己怎么啦?"

"……"她轻轻地笑起来,"没什么。那么多年不见了,我对你什么也不了解了。"

"所以说,你不应该临上火车了才告诉我你来过这里了。来一次多不容易啊,我们能谈谈多好!"

"我只能这样做……"

谢城池猜想:她丈夫也来了?这有什么关系!

"但下一次可不能这样了。"

"不知道有没有下一次……但我儿子说,将来,他要来你们这个城市读大学。我告诉他的,这里有全国最好的大学……"

"那太遥远了。"

"时间过得很快的,我们已经十多年没见了……"

"我很想念那段生活……"谢城池动情地说。时间、距离和这根细长的电话线虽然使她的声音变得生疏,可一旦交织起话语,一种很亲切的感应,使距离、时间和细长的电话线都消失了,他们仿佛在面对面说话,他们之间好像完全不存在那十多年的间隔。

"什么时候你再回北大荒来看看,会有许多新的感触。我一定给你炸一大锅土豆,炖一大盆豆角儿……"

"还记得么,那时候吃你炸的土豆,像饿狼一样。"

"那时候毕竟是那时候。"

"现在也一样。"

"不会的。"

"我向毛主席保证!"谢城池一脱口,才发觉自己竟顺嘴说了一句那个年代的话。

她"格格"地笑起来。

"你笑什么?"

"笑你还那样……"

"是的,老样子。见到了你肯定会说:怎么一点都没变?"

"不变才好呐。说真的,有时很想见你,有时又很怕见你,就因为怕你变了,变得不像我印象中的你了……"

"所以,你就干脆不见,打个电话表示表示?"

"不,不!不完全是这个原因。"

"还有什么原因?"

谢城池换个手拿话筒,好像准备长久地谈下去。听到她的声音、话语,那么意外,那么突然,他的心一阵阵欣喜,一阵阵快活,又在这样夜深人静的时刻,而且,余橙橙恰巧不在,他可以很自在地谈,很尽情地说。这种欣喜,这种快活,这种自在,这种尽情,确是少有的、珍贵的。他真想让时间停下,或者让火车不开。

"以后有机会再说吧……我得上车了,广播里在催大家检票,只有十分钟了……"

时间不可能停下,火车得按时出发。谢城池无限遗憾地看着手里的话筒,十分无奈,也十分伤感。

"你愿对我说一声再见吗……"她的声音已变得遥远。

谢城池把话筒重新放到耳畔和嘴边,话筒里只有电流带来的"嗡嗡"声,她仿佛在等待他说"再见"。但他怎么也说不出这两个字,嘴似乎麻木了,张不开,而缩在嘴里的舌头也硬了,动不了,只感到气在喉咙口呼进呼出,却发不出任何声音。不一会儿,他听到很轻微的"咯噔"一声。他知道,她不得不搁下电话赶火车去了……

再躺回床上,那几块"砖头"便被冷落在一旁了。

谢城池关了床头的壁灯,在黑暗中仔细地回味刚才的每一句对话。他感到她的声音又变得很熟悉很熟悉,使得所有的记忆,如同开闸的水一泻千里灌进一条条干涸的渠。"渠"因此而欢腾而生气勃勃。他两只手重叠着枕在头下,一动不动,好让记忆的渠水畅快地流。最好,余橙橙更晚一些回来……

但是,楼下的门响了;接着,楼梯上有不紧不慢的脚步声;再接着,房门开了,吊灯亮了,亮得晃眼。

谢城池抽出脑袋下边的枕头扣在脸上。

"你还没睡着?"余橙橙回头看一眼。

"睡着了。"谢城池翻了一个身。

第十一章

关于手册

"病例（一）：顾阿菊。"

"病例（二）：单玫。"

"病例（三）：柳月。"

这三个病人在谢城池的这本工作手册中记得最多最全，似乎成了三个典型。既然是典型，就得有头有尾、有始有终地把全过程作更为详细地剖析，以便从这些过程中发现问题、总结经验。

谢城池对自己的这个想法感到满意。每一阶段的工作，如果都能记录下几个典型病人的病历、病史以及治疗、康复的情况，这将是十分重要的资料，也是十分宝贵的积累。

头开得不错。有的需要补充，有的需要做追踪调查。虽然这几个病人都不在医院里了，但是，不了解她们目前的康复情况，仍不足以证明治疗结果的完整。

"需要补充的情况:

"一、顾阿菊自从出院以后,家属没陪来看过门诊。有两种可能:恢复得很好,没必要再看门诊;恢复得并不好,但家属怕麻烦、不重视或不愿再陪来医院就诊。

"二、单玫打来过电话,一切正常。她说,暂时还没有去她的地段医院,因为医院里有同事来探望都劝她还是以静养为好,医院里虽然缺少人手,但还是打发得开,让她不必过多操心工作。单玫在电话里说,这是客气话,谁会劝我少休息早上班?我不能拿客气当福气。我还是想尽快去医院工作,哪怕先上半天班……

"三、柳月来看过两次门诊,一次是有柳阳陪着。她的情绪还是低落,很少说话,很少其他活动,每天关在家里,连邻居家也不肯去。她说,吃了药经常想睡觉,白天都能一睡几小时。睡得还好,但醒过来,懒得动,看书头疼,看电视眼睛疼,也不想听广播不想听音乐。而且,她说自己的脑子好像锈住了,动不起来,有时晚报来了,拿起来翻翻,连一些很短小的文章也读不下去,许多字似乎不认识了,文章的意思也读不懂了。她觉得自己很快就会变成个废物,干什么都不行了。因此,中学同学要来看她,她不见。柳阳问她为什么?她说,看到她们一个个都生活得很好,心里更难过。

"柳月的忧郁症在加重。

"柳阳告诉我,关于工作调动的事,她托了不少朋友,大家都肯帮忙,但回话一致:等柳月病好了。哪个单位肯接收一个正患着精神病的人?而且,大多数单位都在搞精简,进人太难。何况,柳月只是个普通营业员,没有文凭,没有特长,人家凭什么要她?"

谢城池在写着柳月的病情时,手里的笔好像沉重了许多。那天去彭达家帮他妻子看病时,他也婉转地提了柳月的事。彭达说,他们厂不进女工,这一点,劳资部门卡死的,因为各个车间都不需要女工。如果柳月是干部,还有安插的可能。至于再拜托别的厂,他认为这种没有直接利害关系的托人,成功的可能性不大。

"调动的希望似乎山穷水尽。

"而那个食品店对柳月的态度已完全不闻不问,好像他们店已没有这个职工。他们有这样大的门面、这样兴隆的生意、这样好的地段、这样多的荣誉,还在乎对一个普通营业员的得与失?何况,柳月不能上班,他们不发工资,对他们毫无损失。

"可柳月本人遭受的损失太惨重了!"

谢城池感到一筹莫展。而作为医生面对这样一个软弱无力的病人,他又无法不闻不问、麻木不仁呀!

"追踪调查的安排与提纲:

"一、去顾阿菊家。

"找她小儿子谈谈。

"离婚的事怎么了结的?

"她的生活、身体状况?

"二、去单玫家看看。

"找她女儿郑君君谈谈,对母亲出院后的感觉怎样?

"他们夫妻感情及家庭生活恢复得如何?

"单玫一旦上班,还应该去地段医院问问情况:她的工作能力、处理人际关系的能力是否受到病的影响?看精神病治愈以后的后遗症是怎样表现的?

"三、还得跑食品店。

"调单位的考虑既然都没有能力办到,迂回不成,那么,还得针锋相对地让单位拿出解决办法,保证柳月的基本权利:工作的权利,享受福利的权利。或者调到后勤部门工作,离开柜台,离开原来的环境与人事。

"具体做法:

"1. 复印一份柳月的病历送商店领导审阅。

"2. 一定要说服商店领导去柳月家慰问并察看病情的真实状况。

"3. 摆事实讲道理,要据理力争地让商店领导以一定的姿态处理好与本店这个青年职工的纠纷。"

在写出以上几条方法后,谢城池对柳月的问题,似乎忽然有了"柳暗花明"的信心。他肯定自己的思路:退避不行干脆顶风而上。他接着写到:

"人,大概都有欺软怕硬的心理。这硬包括很多方面:权力、势力、实力、能力、财力、社会关系及社会背景。柳月不拥有这些硬东西,她不过是个铁路工人的女儿,普通、平凡,唯一的硬,是占着理,但是,过去所谓有理走遍天下,无理寸步难行的说法,在当今的社会现实中,似乎失去了普遍性,道理往往不能决定一切。虽然,我还是认为:真正的道理是不朽的,一定能战胜邪恶。关键就是占理的一方不能退避。社会中有势利的人、有俗气的人、有自私的人、有品行恶劣的人,但也有讲理的人、有通情的人、有善良的人、有品行端正的人,这两类人,是要靠斗争才可决一胜负。"

谢城池被自己胸中逐渐澎湃起来的激情进一步鼓舞了。他仿佛预见到,有这股激情垫底,他去帮助柳月摆事实、讲道理,多少会见分晓。他断定,那个商店的领导对他这个局外人的硬气,总得在乎一下。想到这里，他信心倍增。

也巧，在写完以上那段话时，正好写完这本工作手册。

合拢手册，满满一本的字，记载下的究竟是些什么？

谢城池用充满爱惜的眼光久久地看着桌上这本写完的工作手册，心里有一种满意和安慰——对自己；还有一些感慨和叹息——对那些病人。无论对自己还是对病人，一个总的要求是：无愧地做一个医生。

当然，仅仅无愧是不够的。谢城池还有雄心，还想在从事精神病治疗和研究的这项工作中，取得更大成绩。一个男人对成绩、成就不倦的追求与渴望，大概如同一个孩子对玩具无厌的兴趣和占有。

谢城池从抽屉里又拿出一本崭新的工作手册，并在牛皮纸封面上标写上"2"字。

第十二章

一

按地址找到一座旧式楼房，门框宽宽大大，门板厚重硬实，很像从前大户人家的住宅，几代同堂或有几房几妾合住。现在，被"七十二家房客"瓜分，各家各户蜂窝似的割据着。

谢城池站在大门外，仰面看一扇扇都敞亮着灯光的窗。但推开门，过道里的灯却暗得像鬼火，只能大致地照见挨家挨户的房门，如要查准房门上的号数，身体就得贴上门板。

304室在三楼。谢城池摸黑上楼。靠着楼梯的扶手旁倾斜着一辆辆自行车，把不宽的楼梯挤得更窄了，像踏出的盘山道。谢城池对于爬这狭窄的楼梯仍然习惯，他自己就是住阁楼长大的，那时架着阁楼的梯子还是竹子的，一格格很狭长，如动物园里供猴子跳上跳下玩耍的那种。还好，那时候人小，爬上爬下也同猴子般机灵。

找到 304 室。

隔门能听见门里传出电视机的声音,好像在播一出新加坡的连续剧。谢城池有礼貌地敲门,敲出均匀的响声。他的敲门声一停,门里就有拖鞋声由远而近地响过来。

"你找谁?"来开门的是顾阿菊的小姑子,穿一件碎花的睡裙,脚上是一双半高跟的硬底拖鞋,"喔,你是谢医生,稀客、稀客。"她热情地扬出声调,热情地把谢城池请进门,走路也热情地一跳一弹,并有力地带动着两只厚敦敦的乳房也一弹一跳,"小三,谢医生来了。"

那女人喊出顾阿菊的小儿子小三。他名副其实的小,小个子小脸,但两只眼睛不小并水汪汪的透着灵气。

谢城池走进房间随便扫一眼,房间零乱,像住着个不会料理生活的单身汉。床也是三尺多宽的单人床,还有张长沙发,沙发上躺着个十来岁的小姑娘,她只顾看电视,对人不理不睬。电视机前空着一把竹的躺椅,躺椅上铺着一块镶拼的皮垫,不知是狗皮还是羊皮。

"你是顾阿菊的小儿子。"谢城池看到小三心里一喜,原以为碰不到他,还准备去大学里找他。

"谢医生,我妈妈经常提到你。"小三讲话慢吞吞的,口气像女孩子还有点羞怯。

"你妈呢?"

"我妈……"

"谢医生,你不晓得,顾阿菊回家以后神经病发得更加严重了,吵得我哥哥躲出去写书。家里人都受不了她,只好让她住出去了。"

那女人抢着说,"很近的,就在对马路。"

"娘娘,我带谢医生去看看妈妈。"小三接一句。

"去吧。你正好去关照她一声,你爸爸这两天又开始头疼了,不许她再闹,闹出性命,她负责喔!"那女人坐到垫着皮子的躺椅上,躺椅发出"吱格"的一声。显然,她已经没热情送客了。

走出房间,走在黑魆魆的过道里,谢城池忍不住地问小三:"你娘娘和她的女儿都住在这里吗?"

小三点头:"她要照顾我爸爸。我爸爸没病的时候,她们也经常住这里,对我爸爸管头管脚的……"

"她自己没家没男人?"

"有的。"

"那她男人……"

"她男人挺窝囊,我娘娘厉害。她喜欢守着我爸爸过,情愿困沙发,有时就睡在躺椅上。我也看不懂她这是什么心理。要说,我娘娘也有点不正常……"小三轻声说,说得一针见血。

谢城池一走进房间就感到了这种"不正常"。通过黑漆漆的过道,走出厚重的墙门,他大口呼吸,好像长久地憋在一个闷罐里。小三走在他身旁,心事重重,低着的头把他细长的脖子压弯了。

"你爸爸对你妈妈好一些了吗?"谢城池拍拍小三瘦瘦的肩。

小三摇头。

"还是不好?"

"他们要离婚了。"

"你妈妈同意离婚?"

"我妈妈还不知道,我爸爸起诉法院,听说要判离的。"

"你妈妈的病不是精神分裂症，不应该判离婚的呀！"

"你不肯做'精神分裂症'的诊断，所以他们才让妈妈出院的，后来还是搞到了一张诊断，我也不知道从哪个医院搞来的。法院依据那个医院的诊断做了判决。他们让我做我妈妈的监护人……"

"你答应了？"

小三点头。

"小三，你知道吗，你妈妈的病就是疑病性神经症，她只是个普通病人，有权利维护自己，包括面对法律，不需要什么人监护。"谢城池说话的声音变了。他没有想到在顾阿菊出院的背后，竟藏着这样不可告人的用心。

"我没办法。我爸爸说的……只有我能做监护人……我爸爸待我很好，还有两个同父异母的哥哥，他们都工作了，是他们三个在供我读大学。我……我也同情妈妈。但我现在没有能力帮她。等我大学毕业、工作了，我……"小三说得轻细，那声音仿佛是从心壁间挤出来的，"谢医生，你可能不知道，明天开庭……"他猛地抬起头，眼光哀哀的，像头迷路的小羊羔茫然又绝望。

"明天就开庭？"谢城池搭在小三肩上的手瑟嗦地一抖。明天开庭，但他无法阻挠顾阿菊的小儿子作为监护人去出庭。这个年轻的大学生已经把自己说得很真实、很无奈了。这是实际情况，这是复杂的感情。谢城池理解。是啊，理解？所有健康人的做法、想法都被理解、被接受，而一个病人一个弱者却被置之一旁，蒙受欺骗、愚弄。作为这个病人的医生，他为自己不能理直气壮地站出来说话，不能真正保护自己的病人而感到深深的内疚。早知这样，他决不放顾阿菊出院！如果顾阿菊仍住在医院里，至少，他们不能明目张胆地搞到假诊断。他心里追悔着，并由追悔生出一阵悲哀。

两人都沉默了。

默默地走，默默地穿过马路，默默地迈进一幢古堡式的旧房子，大门套着小门，而且，每道门上都有门锁，气氛很森严。小三摸出一大串钥匙，一个换一个很熟练地使用。谢城池跟在他身后，只觉得进入了神秘的地道。推开最后一扇门，门里山洞一般的黑。小三正伸手开灯，就听见一声声硬邦邦的宁波话，放鞭炮般地响起来：

"是小三？侬阿爸身体好点了哦？前些日子我在弄堂门口碰到伊，看伊气色蛮好么。饭吃得落哦？娘娘烧点啥好小菜给你们吃啦？关照娘娘，阿爸就是欢喜吃咸菜黄鱼汤，咸菜少放点，小黄鱼汏清爽晾晾干，先用油煸一煸，再喷点料酒，生葱切成沫。侬娘娘勿大会做格，又勿让我回转去……"

"妈，谢医生来看你了。"小三开了灯，打断顾阿菊的话。

"顾阿菊，你好哦？"谢城池走进门又走前两步，见顾阿菊半躺半倚在一张小钢丝床上，身下铺一张黑黢黢的席子，席子下面垫着颜色发焦发黄的棉花胎。

"啊呀，谢医生，真罪过，你还跑来看我啊。小三，叫谢医生坐呀，把凳子上的衣裳搬到我床上来。"顾阿菊把身子挪了挪，让小钢丝床再腾出块地方。

"不要动了，我站一会儿。"谢城池不让小三搬凳子上的衣服。那些衣服有过冬穿的棉衣，也有春秋天穿的薄绒衫、毛线衫，好像都没有洗过、晒过，有一股发霉的气味。这间小屋的确很潮，像地窖一样不通风，只有一扇很高很小的气窗，通外间公用的客堂间，水泥地也湿漉漉的，在角落里也许还长有苔藓或蘑菇。

"谢医生啊,我还是老毛病吃勿落呀,胃里难过呀,里面的癌越长越大嘞!"顾阿菊说。

"妈,你不要瞎讲,你没有生癌,说过多少遍了。"小三说。

"顾阿菊,你整天躺着,当然没胃口吃饭啰,要出去多活动活动,外面空气好呀。"谢城池说。

"妈,你要听谢医生的话。"

"谢医生,我听话,但我不跟你回医院,我不是神经病,是他爸爸和娘娘硬把我说成神经病,是骗你们的。他爸爸样样好,就是耳朵根软,样样事情听他娘娘的。他爸爸文章写得好啊,但是有一点我看勿惯,专门把他学生写的文章改改弄弄就写上自己的名字拿出去登,我抢过来不让他登,他娘娘还骂我。他娘娘太厉害,太霸道,他爸爸常常出去讲课,厦门、广州也有人来请,她也要跟着去玩。小三长得像我勿大好看,但脑子像他爸爸,聪明啊,读书也肯用功,前年考大学,复习功课时天天关在这间小屋里,热出一身痱子。他爸爸也帮他复习。他爸爸学问深啊,就是待我不好,我不怪他,怪他娘娘在当中挑拨离间呀!"顾阿菊滔滔不绝地讲。大概一整天没说一句话了,见了人就像开了水龙头,不肯关也关不住了。而且,一讲到丈夫、儿子,她两只小眼睛犹如灯泡似的发光发亮,"谢医生,你看见他爸爸了,是不是气色蛮好……"

"妈,你少讲两句,人家谢医生……"小三站在门口,听得不耐烦了。

"还不让我讲话?谢医生,他们不让我回家,就嫌我烦。我整天没人讲话呀!小三,你放假啦?你要天天来看看我喔。谢医生,我们小三也作孽,回家没地方住,他娘娘把小三轧出来了,他放假也只好住在学校宿舍里。我这间房子实在太潮太闷,热天热,冷天冷。我年轻的辰光,和车间里三个小姐妹一道住在这里,她们一个个都待不下去,嫁的嫁,跑的跑,厂里就把这房子分配给我了。他爸爸娶我的时候,讲好要想办法调房子的,两调一,多好!结果呢?小三今年都二十岁了,房子还是老样子。他娘娘有办法,但存心不肯调……"顾阿菊喋喋不休。

"妈——"小三又一次阻止母亲。

谢城池尽管在医院里听顾阿菊唠叨了不少,但有些细节还第一次听她讲起。这女人心地善良,可是太缺乏能力,她对生活用尽了自己的力气,却仍然没办法对付生活,反而让人嫌弃,落到这样可怜的一步!他深深地同情她,但同情又能帮助她解决什么问题呢?他伸手摸摸席子下的棉花胎,棉花胎也是潮的,还有点粘手。

"谢医生,你特地来看我的?"

"看看你的病好透了没有。"

"我就是胃里难过……"顾阿菊又要开始重复那些絮叨。

小三一只脚迈出了门:"谢医生,我们走吧。"

"顾阿菊,改天再来看你。"谢城池直起身子对顾阿菊说。"我提个建议,你能不能回宁波乡下去住一阵?乡下还有亲戚么?"

"乡下还有蛮多亲戚。我就是舍不得小三,我一走,就苦了小三了。这个家,也走不开呀,现在他爸爸身体也有毛病了,前一阵说脑子有病,我怎么好一个人回乡下去?终归不放心的。"顾阿菊欠起身要送送谢城池。

"妈,你躺着别动,我送谢医生。"小三已走到外间的公用客堂。

谢城池急忙跟出来。他突然感到头晕,像中暑了。小屋里空气太差,又有潮气和霉味的夹攻。再走出连环套的大门小门,他便靠在门口一根水泥的电线杆上狠狠地透了几口气。贴着荫凉的水泥杆,他才觉得舒服一些。

"谢医生,你不舒服?"小三对着电线杆叹口气。"我妈就这样,话太多,爸爸和娘娘才烦她。她一直这样的……前几年还挺勤快,我们家很干净,现在,她自己的衣服也懒得洗,吃饭就下点面条。以后怎么办?"他发愁地说。

"我还是这个建议,送她回宁波乡下,叶落归根,这对她会好一些。"

"她不肯去的,你看,她还不放心爸爸……"

"你骗骗她……"谢城池一说出这个"骗"字,舌头就像被蜂子蜇了。他能保证自己的建议会给顾阿菊带来好一些的结局吗?当初,他竭力建议她出院回家休养,不也是出于一个良好的愿望!事实呢?明天就开庭了……

一想到明天开庭宣判离婚,谢城池的心像只抽紧的布口袋一下子瘪了。

"谢医生,你坐公共汽车来的?"

"对。"

"我送你到车站。"

"不用了,"谢城池又把手搭在小三的肩膀上,"明天,你给我打个电话……"他在小三的肩上轻轻拍两下,拍得很意味深长。

"好的。"小三耸耸肩,耸得很无可奈何。

二

过了冬至就快到元旦了。

街上渐渐地有了新年的气氛，许多商店扯出大红条幅搞商品展销，从皮鞋到皮茄克；从人参蜂皇浆到各类延年益寿的营养液；从大披肩到长围巾；从大大小小变形金刚到名目繁多的游戏卡。而且，配合条幅的还有醒目诱人的招牌："优惠十天，全市最低价"等等。

一年之末，哪个地方哪个单位都显得又紧张又松懈，要搞年终报表、年终总结、年终汇报。但毕竟是年终了，辛苦一年，谁不想松口气，犒劳犒劳自己，慰问慰问别人，于是，奖金啊，礼品啊，大包小包，好像真有个圣诞老人笑嘻嘻地来了，他背上的大口袋一定是个魔袋，朝下一抖落，便人人都有一份收获。

精神病防治院也召开全院大会，先听鲍副院长做总结报告。她的报告很振奋人心：

"……形势大好，而且越来越好！今年，在我们全院职工和医务人员的共同努力下，我们不仅完成了上级给的各项指标；而且，我们的医疗作风、精神文明、为病人服务态度都被卫生局里评为先进。尤其可喜的是，我们防治院今年采取了一些改革措施，在争创经济效益方面作了种种努力，取得了一定的成果。我只说'一定'，当然，我们还是应该谦虚一点，谦虚使人进步么，明年我们还要有新的目标。"

鲍副院长神采奕奕地又宣布了一些由医院领导批准的年度先进工作者，有宋樱樱也有谢城池。

"散会以后，我就把红榜贴到大门口。另外，我们年终的奖金也分一、二、三等，评上先进工作者的拿一等，我认为这是合情合理的，应该有区别，虽然区别不是很大。但总的说，我们的年终奖，在全区的卫生系统是最高的。局里也同意我们适当高一些，因为，这些钱是我们大家一起辛辛苦苦挣来的。"

会场响起一片鼓掌声。

鲍副院长的情绪更加昂扬，脸上放着光彩，刚吹理过的头发弯在耳根，使她显得年轻了几岁。

"再告诉大家一个好消息，我们关于扩建医院的报告，局里批了，同意拨款，让我们再自筹一部分。医院一旦扩建好，按规模、人员，我们医院还有可能升一级。这样，大家的职称问题、工资问题都可以迎刃而解了。"

又是一阵兴奋的掌声。

谢城池的一只手象征性地在另一只手上起伏几下，但没有起伏出响声。整个会场里，好像只有他对鲍副院长欢欣鼓舞的报告及频频而传的喜讯，不报以高兴与热情；而且，对于自己被评上先进工作者的荣誉似乎也没多大兴趣。他人坐在会场里，四周的气氛也很热烈，可怎么也不能影响他——他还在想着小三的电话：法庭正式宣判了离婚。他立刻问小三："下一步你爸爸打算怎么办？"小三说："娘娘已经想办法调好房子了，先搬家，让爸爸住得离妈妈远一点，省得烦……"小三只知道这一点。谢城池又问："离婚的事你爸爸准备告诉你妈妈吗？"小三说："娘娘说，这事情由她处理，让我爸爸安心养病安心写书。"谢城池很气："怎么都是你娘娘说了算，离婚、分家是你爸爸、妈妈的事。"他能想象，有法院判决书拿在手里，那女人会凶得吃掉人，对顾阿菊绝不会有好的处理！自从去看望了顾阿菊，他眼前常浮出那间地窖似的、又潮又霉的小屋……而这又潮又霉的气息留给他的刺激，远远胜过鲍副院长给予的先进工作者称号。因为这气息的刺激，反复在向他说明：你干得不漂亮，你干得不成功！可以料定，离婚的事一经那女人处理，顾阿菊的病会雪上加霜，很可能由一般性的神经性疑病症转化为精神分裂症。到那时，顾阿菊再住进医院，就会同吴恩培、邬朋朋一样，像判了无期徒刑，得终生禁闭在精神病人的病房里了……而顾阿菊的病，本来是可以治好的。但他没有把她治好，何况又是这样的结局……像烙下一块心病，这几天，谢城池闷闷不乐，有时还会责怪自己：为什么想不到他们可以从别的医院搞到诊断？为什么没想到离婚的官司他们一定会想方设法打赢的？为什么……他好像摆脱不了这些为什么。

大会结束，贴红榜的贴红榜，领奖金的领奖金，发礼品的发礼品，整个防治院从一楼到四楼，喜气洋洋，沸沸腾腾，使病房里的病人都纷纷跑出病房，到护士室和医生办公室门口探头探脑地打听："发一箱橙子啊？发两只肉鸡啊？发三十斤大米啊？发一桶豆油啊……"

"今天也给你们改善伙食。"宋樱樱把病人一一轰回病房，像把上岸的鸭子赶到河里一样。

谢城池把领到的鸡、大米等拎到护士室。这两天，家里的冰箱已经塞满，几乎关不上门了。一间小储藏室的地上，也铺满各种各样的水果、食品，有的是余橙橙公司里发的，但更大一部分，是没名没姓由司机开车送来的，拎上楼一放转身就走，像"活雷锋"坐也不肯坐，因为，他们还有这样的任务要去完成。当然，有车开来的，都是服装公司的关系单位。这些礼节性的往来一到过年过节，成风成灾。

所以，余橙橙早就关照谢城池："你们单位发东西，你一样也别拿回来！"

"宋樱樱，你负责把这些东西分掉。"谢城池把"皮球"一脚踢给了宋樱樱，"如果你需要，你统统拿去。"

"我不要。"宋樱樱说，"过元旦，我们不在家……"

"出门去？"谢城池问。

"他去深圳出差，要搞个关于特区的专题节目，那边出钱请的，条件是可以带家属，因为过年过节的没人愿意跑那么远去采访。他答应下来，就是考虑到可以带我去深圳看看。"宋樱樱说。"过去，他到外地采访，就算可以带家属，我也不爱跟东跟西的。现在想想，有假期有机会，应该出去转转看看，开开眼界。这次，我打算调休一星期。这些年，我积攒了许多天假期，跑半个中国都够用。所以，鲍副院长一口答应。但我自己还是有点不放心，尤其是元旦的值班……"

"你放心走吧，值班我替了。"谢城池明白宋樱樱这次要跟他去的缘由。但这种严加管制的政策，未必能管住人心！可是至少是约束、是限制、是防范、是看守，就像套一个笼子，还是具有看管作用的。而对于宋樱樱来说，认真负责地看管住这个家，如同她认真负责地看管好这些病人一样，是她毕生的一项事业和任务。谢城池很难评价她的这份"看管"精神，但心里还是有种理解。无论如何，她以忍耐和克制保住了自己的生活，那是很实实在在的，不可缺少的。

有几个小护士已经围在一起七嘴八舌地商议："在深圳的沙头角买料子很便宜；那里的时装太贵，买不起的。"

"所有的电器都比内地便宜。"

"电器不好带呀！"

"买小件的,袖珍收录机、电吹风什么的。"

"那还不如买根项链,或者买只手表,样子好看一点的。"

这时,鲍副院长走进来凑在护士堆里一起谈论在深圳买什么东西最便宜、最合算。她们毕竟都享受不起高级的、时髦的、名牌的,包括这位鲍副院长。

"我先声明,我不大会买东西的,买得不满意你们可别叫冤。"宋樱樱说。

"护士长,我信得过你,你穿的衣服看上去都很舒服的。"一个小护士说。

"我的衣服,都是他买回来的。"宋樱樱说。

"你们不是一块儿去么?那就让他当参谋。护士长,你丈夫真是什么都行啊!"另一个小护士说。"还有本事带你一块儿出差!夫人陪同出访,这可是总理一级才能享受的待遇喔!"

"别开玩笑,还是说正事,你们每人需要买什么,仔细想好了,把钱拿出来,让宋樱樱一个个记下来。"鲍副院长终究是领导,立刻把乱哄哄的一团糟做出有条理的安排。

宋樱樱拿出纸和笔。

小护士们一个个都拿出了刚刚发到手的奖金,争先恐后、层层叠叠地把宋樱樱盖没。

谢城池撇下肉鸡、大米,赶快离开护士室。

三

元旦值班。

天一亮就有鞭炮声在很远的地方"噼噼啪啪"地响,断断续续,此起彼落。

丫丫很兴奋，一听到有鞭炮声就从小屋里冲出来敲大房间的门："爸爸、妈妈，你们好醒醒嘞！"

"还早呢，再去睡一会儿。"余橙橙不许谢城池起床去开门。

"还早呢？人家都在放鞭炮了。"丫丫伫立在门外大声说。"过元旦你们还睡懒觉？"

"丫丫，爸爸晚上回来陪你放鞭炮。"谢城池很想开门，让丫丫钻在他们的被窝里一块儿说会儿话。

"爸爸，你晚上才回来呀？"

"爸爸要去医院值班。"

"过元旦还值班呐。"

"医院里还有病人。"

父女俩隔着门，遥遥地对话，不得不提高声调。

"你们吵死了，"余橙橙推谢城池，"你不想睡到小屋去，别像牛郎织女隔得那么远还说得那么热乎。"她不确切地比喻。

"哈，丫丫，你妈妈终于放我过银河了。"谢城池撩开被子，光脚踩着地毯快步地跑出房门，像偷了什么宝货，没顾得穿衣服就窜到女儿的小屋里，躺到女儿的小床上。

丫丫兴高采烈地跟进屋，小鸟般地扑到床头，伏在谢城池的胸脯上："爸爸，你今天别去值班嘞，陪我玩么。你老是不陪我玩，人家爸爸都比你好！"

"是吗？"

"是的。"

"好吧，我们给丫丫换个爸爸。"

"不！就要你这个爸爸。"

"要我这个爸爸就得听话。"

"那……过节了，你不在家，我觉得没意思。要么，我陪你去医院值班！"

"可以啊，爸爸医院里还有值班的护士阿姨，你跟她们玩，她们会很喜欢你的。不过……"

"不过，你医院里的病人都是精神病，会打人骂人的，我害怕。"

"你听谁说的？他们不打人不骂人，他们一点不吓人的。"

"我们班小朋友讲的。他们还讲，有神经病的人都很讨厌，所以，他们讨厌谁，就骂谁是神经病！"

"得了神经病是很讨厌，但是，没得病之前，他们大多数的人很善良。倒是那些真正令人讨厌的人，他们不会得神经病。"谢城池自言自语地说。

"那是为什么？"丫丫喜欢看爸爸讲话时微微皱起的眉。

"你太小，讲给你听你也不懂。"谢城池搂着女儿。

"讲么，我懂的。"丫丫用小手轻轻拍爸爸的脸，表示她急切想听的愿望。

"这不是个简单的问题，几句话回答不了，爸爸还需要思考。等你长大了，和爸爸一起来研究人，研究社会。"

"爸爸，什么叫社会？"丫丫小脑袋转得很快。

"社会就是……"谢城池经常会被女儿问住，因为她的提问需要回答得通俗，像讲故事一样，"社会就像我们到剧场看戏的舞台，上面有很多演员在扮演各种角色，有的当爸爸，有的当妈妈，有的当女儿，有的当老师，有的当领导，因为他们各当各的，就会发生一些矛盾，因为他们之间总有些联系，就会产生各种各样的感情，有时候高兴，有时候不高兴，于是，就有故事可写了，就有戏可演了。所有这些都包括在一起，就叫社会。"他信口地说，也不知道说明白了没有。

"喔，社会是这样的……"丫丫定神琢磨。

"好了，我的小思想家，今天就谈到这儿，你去换件衣服，我们出发！"谢城池想到要带女儿一块儿去值班，心情顿时有点新鲜。因为这不同于平时的值班，毕竟是过节，不开门诊，防治院又不设急诊，只是为防备病房里的病人有什么意外。放假前，院长和主治医生轮流查过病房，每个病人的情况都详细察看过，病人的状态基本都稳定。病情较轻的病人，有几个都假释回家过节了。

丫丫穿一件带帽子的红格子呢大衣，穿了双系带子的红皮靴，很像图片上圣诞老人后面给大家分发礼物的那个小女孩。她还斜挎了一只红的小皮包，鼓鼓地塞了很多好吃的东西，还塞了一个布娃娃和一副飞行跳棋。

"今天爸爸用自行车驮你去，好吗？"谢城池见女儿打扮得可爱又喜气，情绪也格外好。他用电动剃须刀把下巴磨蹭得光溜溜的很精神很抖擞。

"丫丫，再戴条围巾，骑在爸爸自行车后面风大。"余橙橙披着绒布的睡袍，把一条红围巾挂在丫丫脖子上，"丫丫，只许在办公室玩，不许去病房喔。"她又瞪一眼谢城池，"你也真是的，偏要带女儿去精神病医院，大人去了都汗毛凛凛的。"

"那是因为大人有偏见。"谢城池穿一件粗花呢西便服，浅棕色的，又衬着米色的半高领羊毛衫，很帅气很潇洒。

"你今天没有我的指导也穿得蛮像样么，"余橙橙总算夸了一句，"早点回来，等你们吃饭。"

谢城池下楼推车。昨天下班回来，他抽空把自己这辆快成"泥猴"的自行车狠狠地擦了，牺牲了两块旧毛巾，才使很久不见本色的车架焕然一新，像个其实很英俊的小伙子，因为风尘仆仆、蓬头垢面才黯然失色；一旦穿戴整洁，显露出本来面目，便令人赏心悦目了。

"嘿，丫丫，快上车。瞧爸爸的车，像新买的，多神气。"谢城池一边扶丫丫坐上车的后座，一边哼起了歌，"我骑着马儿过草原，清清的河水，蓝蓝的天……"他感到心情少有的畅快。昨晚，他睡了一大觉，梦也没有，似乎把一年的疲劳都清算了。也因为今天过节，他童心焕发，竟像孩子般欢喜雀跃。还因为一年之终他总算把车擦出了水平，为新的一年预示了明亮的兆头。对这辆车，谢城池充满着感情，风里来雨里去伴着他许多年，尽管轮胎补了又换，换了又补，旧得很不起眼了，余橙橙几次劝他买辆神气的跑车，尤其调工作以后，要去精神病防治院当医生，她几乎勒令他换车，理由是："天天要用的东西、随身要用的东西，应该讲究一些，这是一种体面，别人看了也舒服。有些小东西甚至能显示一个人的身份和身价，比如男人用的打火机、皮带以及别在胸前的钢笔……"但他就是不舍得换掉这部旧车。他觉得一骑上自己的车就有种顺当自如的感觉，这种感觉只可意会不可言传，余橙橙无法体会。要让他抛弃用惯了并用得得心应手的旧东西很难。余橙橙说他年纪不老，却有了"古董气"，不接受新事物。他承认又不承认。他认为自己不是绝对不接受。

"爸爸，你今天的车也像过节了，"丫丫也发现了这辆车的改变，

"坐上去更加舒服了!"

谢城池在女儿的脸蛋上亲一下,代表他的自行车感谢女儿的称赞与发现。在家里,在一些家务事上,他常常是孤立的少数,女儿的立场往往不倾向于他。当然,家务事没有大是大非的问题,他不在乎。他只需要女儿在心灵上能感觉到他,能懂得他,他就很满足,还会暗暗心动。

天,晴朗得像块巨大的蓝宝石,天色晶莹透明,太阳像嵌在蓝宝石中的一点,红得柔和鲜亮。

"爸爸,你看天空真好看。"丫丫搂住爸爸的腰仰面看天。

"丫丫你说,天好看得像什么?"谢城池举目遥望东边天上的太阳。

"不知道。"丫丫摇摇爸爸,"我们唱歌吧,都唱天上的歌。"

"什么叫天上的歌?"谢城池侧脸。

"就是,关于星星月亮什么的。"

"喔,懂了,你先唱吧。"

"月亮在白莲花般的云朵里穿行,晚风吹来一阵阵快乐的歌声……"丫丫轻细的嗓音,悠扬、抒情地唱着,"我们坐在高高的谷堆旁边,听妈妈讲那过去的事情……"

谢城池也跟着轻轻的哼。这支歌,他小时候就唱了,能唱得让自己掉眼泪,为妈妈述说过去的苦难……丫丫唱得好听,但不会有他小时候的那种感情。他小时候的那个年代,告诉了他多少关于苦难、悲壮、英勇的故事——是阶级的苦难,是革命烈士为人民献身的悲壮,是党的战士为党工作不畏困难的英勇——他是接受这些教育成长起来的。虽然,时代在发展,社会在改变,但是,对于心里保留下来的过去,他似乎不忍心完全否定——那些纯真的热情,那种赤诚的理想,那么愿意为人民利益贡献一切的牺牲精神——回顾起来,他内心仍怀着特殊的感受,尽管再提及这些标语口号式的话,别人会嘲笑、讥讽,他自己也会觉得很难启齿。如同把他的这辆旧自行车,推入滚滚的摩托车、轿车的车群中却还要大声地说:我骑着这辆车很舒服不舍得扔。这份情感,是他精神世界的组成部分,是他的历史。一个社会的历史,一个人的历史,都有根深蒂固的影响,不会像熊瞎子掰苞米一样,摘得那么利索,扔得那么干净、痛快。

丫丫又在重复地唱:"月亮在白莲花般的云朵里穿行,晚风吹来一阵阵快乐的歌声……"

谢城池却不哼了。

"爸爸,你唱啊!"

"换个歌唱,唱个雄壮的。"

"什么叫雄壮的?"

"雄壮,就是进行曲,咚、咚、咚!"

"我知道,就是……"丫丫又高声唱起来,"妹妹你大胆地往前走喔,往前走,莫回呀头!"

谢城池哭笑不得。他想,丫丫这一代真是"流行"的一代,什么流行唱什么,什么流行穿什么,什么流行说什么,什么也固定不住他们。如果有一天,他像歌词里唱的那样把他那些过去的事讲给女儿听,她一定像听外星人的故事一样感到奇怪:"爸爸,你们怎么会这样的?你怎么会这样的!"

"唱呀,爸爸。"丫丫用手掌拍他的后背,拍出强烈的节奏。

"唱……"谢城池突然觉得心里什么歌什么调都没有了,什么都不会唱了。

丫丫又自顾自地唱："……外面的世界很精彩、外面的世界很无奈……我总在夕阳里等待着你的归来……"

"这是什么歌？"谢城池问，"什么叫无奈？"

"这是卡拉OK里的歌。"丫丫说，"无奈就是没办法呀！"

"谁告诉你的？"

"听听就知道了，香港的歌星，总唱无奈无奈的。爸爸，苹莉阿姨家就有卡拉OK，我们也买一个吧，我喜欢唱。"

"就喜欢唱无奈啊，等待啊，烦恼啊……"谢城池心想，一个人如果总把"无奈、烦恼"挂在嘴边又说又唱，他肯定没尝到过真正的烦恼与无奈。想到这里，不知怎么的，车龙头突然像失控的飞机来回晃几下，晃得很激烈。

"爸爸——"丫丫一把抱住他的腰，"你怎么啦，龙头把稳呀！"

"我把着呢……"谢城池一捏刹车，车龙头才像马头套上缰绳一样老实了。他一脚着地，车停了下来，他又一手扶住丫丫。

"爸爸，你骑累了？"

"没有，刚才突然……"

"我下来走走吧。"

"不用。好啰，开车！"

谢城池再跨上车，感觉良好。刚才的一刹那，莫名奇妙地摇晃，仿佛受到了一股看不见的旋风、气流的冲击。他回忆在车龙头开始摇晃之前的迹象、情景，没什么呀，他只是在暗自地想着歌词"真正的烦恼与无奈"。他又继续刚才的想：他是否感到过真正的无奈？没有。即使由于"文革"中的问题挨了批判，他心里仍然挺拔的，相信一切都会过去。当然,也有过无奈的时候。什么时候?问题一跳出脑海,他的心口"扑嗵"一声,像只皮球被人重重地拍打一下,便一蹿几丈高地弹跳起来。他马上用一只手更牢地把住龙头,另一只手按胸口。心跳异乎寻常地快,仿佛要跳出胸膛。出什么事了?

他相信有心灵感应。他对自己说:"到了办公室,先给橙橙打个电话,家里厨房的煤气关紧了没有……"

等心跳平复,他们已骑到了精神病防治院。

因为过节,大铁门上了锁。见谢城池到,门房间值勤的人晃着一串钥匙来开门,并且告诉他:"有人来找过你,是个年轻的女的,说有封信要给你,我说你不在。她捏着那封信发呆,老半天才回过神,慢吞吞地对我说:我想看着你把这封信放到谢医生的办公桌上。我挺生气,这人真烦,她是不相信我还是怎么的?但看她心事重重,我想这封信一定很重要很重要,她才不放心。我答应她了,让她跟着上楼进办公室。我把信端端正正压在你桌上的一只玻璃杯下。她眼睛定定地看我放好信,又盯着信看了一会儿才跟我下楼。走出大门,她又回转身站了一会儿,好像还拉下什么事没关照。我主动上前问。她说没事情了,才低着头走了。谢医生,信在你桌上。"

"她什么时候送信来的?"谢城池首先想到郑君君,可能她父母之间又发生了什么事。他打算过了元旦再去看看单玫。

"一大早,天刚刚亮,病人都没醒呢。"值勤的人说。"我看她神情有点不对劲……"

谢城池感到心跳又在加快:如果不是君君,就是柳月……他在铁门旁停了车,没顾得往车棚里送就直接奔上楼。

"爸爸,你跑慢一点么?那封信很重要吗?"丫丫小跑着紧跟。

谢城池顾不得回答。一阵强烈的预感，使他的心跳如汽锤般一下一下地扣击。

办公室的门锁着。谢城池开了门像救火似地闯进去，身子前倾，扑到自己的办公桌上。

桌上有只湖蓝色大信封，自己糊的，四只角上还画着四朵洁白的小花。信封口用胶水粘得很紧，好像生怕被人揭开。谢城池抓起信封迫不及待地撕。由于太用力，信封被扯得很破。信封里叠着两条真丝手绢，一条鲜红的，一条纯白的。在两块手绢中间，夹着一片湖蓝色的纸，纸上有几行字：

　　谢医生，病了一场，但能认识你，我总算没白活。谢谢你给我的帮助。你的一片好心，像一股清水，早晚能洗掉那些脏东西。我在另一个地方为你祈祷……

柳月

另一个世界？

谢城池捏着纸片的手一阵冰凉，心尖不寒而栗地一颤，浑身抖了抖。他马上给柳阳打电话。她是校长，可能会在学校里值班。他转身在鲍副院长的办公桌上抓电话，电话铃响了。

"喂，找谁？"

"你是谢医生，我是柳阳。"

"我正要给你打电话，柳月……"

"柳月……"柳阳在电话里失声地哭起来。

"……"谢城池冰凉的手好像渐渐冻僵了,握不住冰凉的电话筒。他把话筒放到桌上,不忍心听柳阳哀恸的哭声。

"爸爸……"丫丫趴在桌上伸手要去拿电话筒。

"别动。"

"怎么啦?"

"一个阿姨死了。"

"怎么死的?"

"……"谢城池不愿对女儿说出"自杀"两字。这两个字太触目惊心,丫丫不会懂。他不希望她太早懂,最好以后也别懂!柳月死了!这么年轻呀,才二十二岁!他的心冷得哆嗦。她患了严重的忧郁症,这种病症自杀率很高,他应该想到这一点,应该不顾一切让柳月住进医院,应该早早地提醒柳阳,应该……

谢城池又慢慢提起话筒。柳阳的哭声缓和了一些,还在抽泣。

"柳阳,这要怪我,疏忽了……"谢城池感到自己的话也是冰冷的。此时此刻,怎样的话才可温暖人呢?

"怎么能怪你呢……柳月给我留了条,千说万说地要我谢你……其实,她早有这个念头,她再三说,调不出食品店,就没出路了……我总想,她还年轻,会熬得过去的……"

"她毕竟是病人!她比健康人更缺少熬的能力……"

"可我是个健康人呐!"柳阳撕心裂肺般地叫出一声。

"……"谢城池很想安慰柳阳,但胸口像压着块铁板硬邦邦阴嗖嗖的,把心压得没有了缝隙也没有了话。

"昨天晚上,我们在我母亲那儿吃的晚饭,她就话少,看不出要寻死的样子……吃过饭我去学校值班,我让她到我小屋去看电视里的元旦联欢会，她答应得好好的。一早，我值班回来，看屋里没人，就急了，刚想下楼去找，才看到门背后她贴了张湖蓝色纸条……她说她上天了。她说天很蓝，一大早就是蓝的。她说天上一定有很多白云，像棉花，很干净……"柳阳冷静些了。

她怎么死的？谢城池想问，但嘴唇发硬。

"谢医生，我要去柳月单位找他们领导，"柳阳恨恨地说，"他们不是硬说她没病，是装病，硬说她是存心跟他们过不去！我们柳月要是真有装病的魄力，真有存心的计策，就不会病得去死的！"

"……"谢城池还是说不出一句话。

"谢医生，柳月的病够麻烦你的了，结果还是这样……"柳阳伤感地说，"有一阵，柳月的病好一些了，她还说，她要包饺子请你来吃。她很会包饺子……"

"我在东北呆过好几年，我喜欢吃饺子……"谢城池终于说出一句。他又竭力地回想：有没有对柳月谈起过北大荒、吃饺子……

"新年新时的，就给你打这种电话，报告这种消息……"柳阳抱歉地说，"我想，总得先告诉你……"

"值了班，我马上过来。"

"不用了，谢医生，不能再打搅你。你是医生，既然病人都不在了，你的责任就完了。"柳阳说。

"我是个很糟糕的医生。"谢城池说。

"不能这么说。你是个难得的好医生。"柳阳说。

谢城池不会承认这个"好"字。好什么？他轻轻地把两块一红一白的真丝手绢又方方正正叠好，又平平整整地放进湖蓝色信封。他想，这只信封要锁进放病历卡的柜子里，这是一份最活生生的、最刻骨铭心的病历!

不知什么时候,柳阳已搁了电话。谢城池手里的话筒却握了很久。可他的手依然冰凉,话筒也冰凉……

四

宋樱樱从深圳回来,第一眼看到谢城池就脱口说道:"啊呀,你好像瘦了一壳,生病了?"

"没有。我不大生病的。"谢城池摸摸自己的下巴,大概是几天没刮胡子的缘故。但他这一阵的的确确吃不好、睡不好。柳月的自杀,使他连着几夜失眠,一是心灵受震动,二是帮柳阳与那家食品店打官司。虽然人没了,怎么赔偿都没有了根本的意义,但柳阳说,不给个公正的说法,这口气咽不下。人活着不就是为一口气!他很支持。他的支持,不仅为柳月争口气,他还想到,不借柳月的死狠狠教训一些人,她的死更加不明不白了。为达到教训的目的,他决定给电台、报纸写文章,造成一定的舆论。这两天,他就在等宋樱樱休假回来,可以找马巽方谈谈"柳月事件",最好让记者来采访,介入这件事,在报纸上披露一下。

"给你,"宋樱樱从包里拿出来一条"三五"牌香烟,"他送你的。"

"干吗送我。"

"他说对你印象不错。"

"真的么?"谢城池把烟放到桌上,"那么,我求他一件事,他肯帮忙吗?"

"是柳月自杀的事?"宋樱樱从深圳回到家的当天晚上,急着来拿衣服、项链的小护士们就把这个消息带给了她,"现在,忧郁症病人自杀的很多,对于这个问题,你打算从哪个角度提给社会?"

"我不想单从一个精神科医生的角度来谈什么忧郁症现象。我觉得应该剖析柳明的死因,揭露出问题所在,让更多的人一起来正视一起来思考:柳月的精神忧郁症怎么会导致自杀的悲剧!"谢城池一说起柳月的事又开始激动。在家里,他已经很失控地摔碎了两只盆子,都是在吃饭的时候和余橙橙谈起柳月的死,因为她轻描淡写的话激怒了他,他竟然很暴烈地把饭桌上盛菜的一只青花瓷盆"啪"地甩进厨房里,盆子撞在水池上碎成几瓣。余橙橙气得脸色发青,小声骂道:"发神经病了!"见他真来了脾气,她也就放低声音,不做火上加油的事。

"这样搞……"宋樱樱含含糊糊地说,"要不,你自己去找他谈谈看。"她对柳月的死心里也感慨。尽管这个病人没能来住院,但经常听谢城池说起,有一次在门诊间还碰到过,谢城池介绍了一下,她留心打量了这位女病人,长得挺高挺端正的,真是可惜!所以,对谢城池的激动,她能接受。但是,激动归激动,想摩拳擦掌地声张正义,是不是又激动过度了?她心里好像有一杆秤的,不管对什么事都能量出明确的轻重感。她知道,在目前这种情绪下,劝,不管用也不恰当,先听之任之吧。人的有些情绪会自生自灭,劝多了,反而会助长情绪,"他今天上班去了,你要么打个电话到电台,约个时间还是电话里谈……"她估计马巽方会帮忙。别看他当记者越混越油,一副满不在乎的样子,就是从派出所回家以后,他照样能装得不露蛛丝马迹。但是,碰到社会上这些欺人太甚的事,他会表现出热情和正义感。

"我先打个电话。"谢城池马上拎起电话。

电话很快接通。谢城池简要地把柳月得病以至自杀的前因后果对马巽方讲了一遍。

宋樱樱的估计正确，马巽方在电话里就表示了义愤："过两天，我约两个报社记者先去你们医院采访你。不过，也得去那家食品店做调查。"

"那好，记者什么时间来，你事先打电话告诉我，或者让宋樱樱转告。"

能赢得新闻界的帮助，谢城池沉闷了很多天的心情，才由阴有所转晴。

"不过，电台、报纸的事，也不是几个记者有热情有看法就能说了算的。他是部主任了，有些文章有些节目台里领导不点头照样不能播。"宋樱樱还是泼了瓢冷水，好像要给马巽方留块余地，也让谢城池给自己留条缝隙，万一不顺利，大家的情绪都好有个去处。这样，不至于走极端，也不至于没退路。她相信一条：做人做事不可一竿子插到底。这许多年天天护理精神病人，看这些病人的遭遇，她更牢固地确信：人要保护好自己，最重要的一点，凡事都不能寄满希望。

"当然，什么事都有个万一。但是，还没动手就想万一，那就没情绪干了。"谢城池由于心境放松一些，讲话又神气起来。

宋樱樱笑笑不再多说。刚休假回来，她好像仍有一部分心绪还留在深圳的宾馆里、商厦里，还留在火车上、飞机上。她第一次坐飞机，第一次住那么高级的宾馆，第一次被当作贵宾出席宴会，有漂亮的女招待迎进送出的，并随时为你倒酒、撩菜、换盆子、递毛巾。她真是第一次这样舒服地由别人侍奉。一开始，她手足无措很不自在，渐渐地进入一种感觉,像在梦里,像在电影里,但又那么真实。她这时才有所震惊:原来,过去的她只活在芝麻绿豆般的一小块世界里。她这时才有所理解:他为什么这样不知疲倦、不辞辛苦地愿意奔波、采访!难怪都说记者是无冕之王呢。他们外出采访、替人做宣传,会受到这样的礼遇、接待,连她作为家属也沾了光。宋樱樱感到,此行收获不小,根本的一点,她进一步肯定了自己委曲求全的做法对了。对有些事情就得咬牙忍一忍,否则,她哪里还会有夫唱妇随的工作加旅游的风光?以后,只要有机会,她还想跟他出去走走,也不枉了这些忍耐的日子。

谢城池这时才把那条"三五"牌香烟拆开:"得多留几包,到那天,请记者抽抽。"

"你就痛快地抽吧,我家里还有。他是烟鬼,进商店就买烟,人家给的一点港币都让他买烟了。"宋樱樱说。

"那也是你宠的。"谢城池说。

宋樱樱又笑笑。不知为什么,她愿意听这种话,好像包含了很多一下子说不清的意思。

五

明天,"鬈毛"可以出院了。

在下午的探视时间里,"鬈毛"的母亲和妻子将同时来医院谈判:"鬈毛"出院跟谁回去?这问题似乎很荒唐,一个三十岁的男人,没有决定自己的主张,却被两个女人争来抢去。为了对病人负责起见,这次谈判由鲍副院长亲自主持,谢城池参加,护士长宋樱樱也得在场。院方的阵营很强大了。

谈判开始之前,谢城池向鲍副院长建议:"我们再找'鬈毛'谈一次,让他自己先有个决定,应该尊重他。"

"没有必要,"鲍副院长说,"他心里要有主意,就不会得这种病,两个女人也就不会这样鸡飞狗跳地吵个没完。他在医院里住这么久了,你还不了解他?"

说不通鲍副院长,谢城池也就不再坚持。对"鬈毛"的治疗,效果还算好,症状基本都消失了,他的情绪、思维也都已恢复正常。但有一点很让谢城池担心:"鬈毛"害怕出院,害怕上班。问他怕什么?他说怕人。

"怕什么人?"

"什么人都怕。"

"为什么?"

"不知道。我心里只觉得谁都比我能干、灵活,谁都比我有办法。我一碰到事情就不知道怎么办才对。我一见到生人,就不晓得说什么才好。我觉得别人都比我有心眼,我……"

谢城池心里叹气。"鬈毛"的紧张症、恐惧症在住医院期间是消失了,但治疗后的这种消失,似乎又潜伏下更紧张、更恐惧的因素,因为精神病防治院的病房生活比较特殊,它兼有着医院、监狱和幼儿园的多种性质,既有严格的管制又有单纯的气氛,病人住在这里,一切听从医生、护士。护士们像监狱的看守又似幼儿园里的保育员,连呵斥加哄劝,软硬兼施。也只能这样。而社会是五光十色、纷纭复杂的。习惯了被呵斥、被规定、被哄劝、被照顾的病房生活,"鬈毛"就会更难以适应社会。如果,家庭关系好一些,病人能得到帮助,让他有个渐渐适应的过程,但"鬈毛"面对的家庭,像一层夹板把他挤压得无所适从，怎么再去适应社会？而在出院之前，还要摆开这样的谈判席，也是闻所未闻的！

谈判准时开始。办公室里的其他两位医生都让出来，四五张椅子围着鲍副院长的办公桌。"鬈毛"的母亲和妻子成斜角坐，互相视察对方的眼光，都是从眼角射出的。

鲍副院长说开场白，开门见山："你们两位都抢着要'鬈毛'，'鬈毛'成宝货了。照理说，'鬈毛'是个成了家的男人，跟老婆回自己家才合情理。但是，你们夫妻俩合不拢，又要闹离婚，这样闹来闹去，对'鬈毛'身体不利，他的病刚好，没有一段时间的静养，恢复不好容易再发病。考虑到这个因素，'鬈毛'娘想让儿子跟她回家住，也不是没道理的。公说公有理，婆说婆有理，只好让大家来评评看到底谁有理。你们俩也可以把各自的理由再说得充分一些。说实话，我们医院是多管闲事，这种纠纷就是吵到居委会，人家也不见得肯插手调解。我们是冲着病人才愿意来管管闲事的。所以，你们俩心里有数，说话想事，也要多为'鬈毛'的身体考虑。"

谢城池补充一句："病人没出院，医院可以代表病人利益说话。首先，你们要把'鬈毛'真正的当作儿子、当作丈夫。我们没兴趣听你们吵架。"

宋樱樱也提醒道："一个一个讲。讲话态度要好点！"

他们这一番话有作用。"鬈毛"的母亲和妻子互相看一眼，都不像平时抢着争着说了。

"你先说。"鲍副院长指着"鬈毛"的母亲，"尊重老人么。"

"我要说的，对医生、护士都说过好几遍了。'鬈毛'从小老实，我的话说一句他听一句。没离开家之前，他多少好？在学校里老师经常表扬他，说他纪律好团结好，又懂得孝顺父母尊敬老师，在外面碰到针头大的事，回到家就会告诉我征求我意见，所以，样样事情都做得有分有寸，一向规规矩矩。到了部队里，部队首长每年有慰问信寄到家里，专门夸他能吃苦耐劳，不舍得让他复员，一留再留。我想，部队是革命的大熔炉，既然首长赏识他，就让他多锻炼几年，我是很放心他的。鲍副院长，谢医生，你们看看我这个儿子多么本分，有一年回来探亲，火车上被人掏了钱包，两天两夜光喝水没钱买东西吃，就这么咬牙饿着，也不肯开口向列车员说明情况，更不好意思开口向别人借点钱。一下火车，他饿得东摇西晃眼睛都花了。就这么老实，这么个孩子。没想到进了厂，从谈恋爱开始，我就发觉他不对头了……那些事不说了。眼看他得了这种毛病，我做娘的心痛哦？我还能让他住出去受罪么？再这样下去，他这一辈子都要交待了。他还年轻呀，还要有前途呀！""鬈毛"母亲说得生动，把自己的能干、儿子的老实，描述得栩栩如生，还简明扼要地说明了他们非同一般的母子关系。

轮到"鬈毛"妻子发言了。她略施淡妆，穿着讲究，却有个叫人看了不舒服的动作，一只手经常地捏衣领。她说话显然不如婆婆顺嘴，尽管尖声尖气地有点激烈，但意思经常表达不好，更不能打动人："我反复考虑过了，坚决不离婚，就是不离婚。做啥离婚？房子、儿子他们家样样不给我，我不就吃亏啦？好不好就这样过！当然，尽量过好啰。所以，他得跟我回家，他在家里歇病假，还可以帮我接送儿子。我现在这种样子算啥生活？他的母亲多么厉害，要了儿子还要孙子。我死也不给。我儿子放在他们家养得好才怪呢，长大了，肯定比他爸爸还没用。他们口口声声待儿子怎么怎么好，照我看，他的病，根子就在他妈妈那里。"她瞥一眼婆婆，"我说话就这么难听，反正，我是这么认为的，而且没认为错。所以，我一定要他从他家里搬出来，不搬出来，他样样事情还得听他家里的，连厂里发块毛巾、肥皂也要先交给他家里。人家说不要，他才给我。我算什么？落脚货？垃圾筒？养媳妇？我可没那么好欺侮的！说来说去，就是这句话：我不离婚，我是他妻子，他就得和我过。"

"你不离婚，我们要求离婚呢？"婆婆开始反击。

"我们什么意思？谁跟你们结婚啦？我嫁给你儿子的，让他自己说，他又不是鹦鹉！"媳妇也顶得凶。

"不许吵！"宋樱樱听她们吵架有经验了，只要吵开了头，不及时劝止住，就像滚下坡的车再也刹不住。

谢城池一直用心地听。虽然，婆媳俩的这些话，他不止听了一遍，但他还想从哪一方听出一点道理，哪怕是一点点，只要对"髦毛"今后的生活状态有利。可婆婆的"生动"和媳妇的"表达不好"，都使他再一次地大失所望。他从心里感到，安排这样的谈判毫无意义。说穿了，"髦毛"跟谁回家都一样，她们都不能为他提供健康、正常的生活环境。而这样的婆媳之争，争来争去，只是为她们自己。

"你们俩讲的还是老一套，没什么新道道，这叫我们医院怎么定？"鲍副院长摊开手表示难办。

"把他叫来么，让他说，愿意跟谁走！"媳妇对自己的吸引力充满信心。

"叫来就叫来，我养他几十年了，心血白费的！"婆婆更加不怀疑自己与儿子的这份血缘之情。

"怎么样？"鲍副院长问谢城池和宋樱樱。

谢城池和宋樱樱交换一下眼光。

谢城池想，这样的场面多少有点恶作剧的意味。不过，让"鬈毛"表态，无论他倾向谁，或者不偏不倚，对她们的争，倒是一种讥笑与讽刺。

宋樱樱对谢城池的想法已心领神会。

他们默契地点点头。

"我去叫'鬈毛'。"宋樱樱站起来就走。

办公室顿时安静下来，在等待的几分钟里，谢城池感觉到那两个女人的眼光都闪烁着含而不露的紧张，仿佛在等待一种宣判。他也猜想："鬈毛"面对母亲和妻子会怎么说？谢城池替"鬈毛"为难了。其实，安排这种场面太刺激人，对"鬈毛"不利。

"鬈毛"跟着宋樱樱下楼来了。他剃了板刷似的头，脸胖出一圈，气色也还好。只是，一进办公室门，一看到母亲和妻子同在，人就萎缩了，表情不自然了。

"你坐下。"鲍副院长把"鬈毛"叫到自己身边的一把椅子上坐下，这好像能使他定心，能给他壮胆。"明天你出院了，你的病好了，大家都为你高兴。现在，有个问题你自己决定，出院以后，你想住在哪个家？"她的手指在那两个女人之间划一条线，"她们俩都说，愿意听你的。你怎么想就怎么定，她们没意见。"

两个女人同时把期望和略含要求的目光射向"鬈毛"。

"鬈毛"立刻低下头。

"'鬈毛'我们都在，你心里怎么想就怎么说"。谢城池走到"鬈毛"身后，把两只手轻轻放到他肩上，并捏了捏他的肩胛，"现在，你唱主角，像戏里一样，大家听你的。"

"鬈毛"比较愿意听谢医生的话，而且，肩膀上有谢医生的手压着，飘飘荡荡的心慢慢落定下来，这才讷讷地问自己：心里到底怎么想的……

"说吧！"宋樱樱用和蔼的目光鼓励他。

"我说……""鬈毛"抬起头，迅速地扫了母亲一眼又朝妻子瞥一瞥，然后很虔诚地面对鲍副院长，"院长，我想，我想在医院里再住上一段时间。"

"你……""鬈毛"母亲的脸僵了僵。

"他想再住一阵就让他住一阵呗！""鬈毛"的妻子大有略胜一筹的得意，他毕竟没说要跟他母亲走。只要他住院，不受他母亲垄断，她心里就好受一些。

"病好了干吗还要住院？这里又不是疗养所。""鬈毛"母亲厉声责问儿子。

"你，你们不是说听我的……""鬈毛"嘴唇一哆嗦。

"听你的，你得说出个理由啊！""鬈毛"母亲说。

"理由？我住在医院里心情舒畅，不害怕，病房里的人好像都一样的，好相处……""鬈毛"说不出更多的理由了。

"没出息！哪你就一辈子住医院算了！""鬈毛"母亲恨恨地说。

对这个儿子，她就是恨铁不成钢，越长越不像她了。她年轻时为逃婚，从湖南跑到江苏，一路上披荆斩棘的，也没有过后退一步的念头。

"'鬈毛'，你这是真心话？"鲍副院长感到吃惊，很少有病人在允许出院以后还来向她要求在医院里继续住一阵的。她承认，她这个医院的病房条件不太好，病房小病床多，病人住得拥挤，又加上窗是铁格子的，有风吹不畅，夏天很热，而冬天又没有取暖设备，冷起来够受的。

"鬈毛"看母亲的脸色变得灰白,不敢点头了。

谈判进行不下去了。

"明天,暂时不出院吧?"鲍副院长用征询的口气对谢城池和宋樱樱说。

"还要拖到什么时候?"宋樱樱说,"现在病房很紧张,还有几个门诊病人在等着住院呢。"

"当然,住在医院里不是解决问题的办法。"谢城池说。

"但是,除此之外还有什么更好的办法吗?宋樱樱,你先领'鬈毛'回病房去,我们同家属再谈谈看。"

"你们谈吧,我得张罗给病人开晚饭了。"宋樱樱不想再旁听这种谈话。

"我也要到局里去拿评职称的表格。"鲍副院长名正言顺地推卸了。

谢城池心想,好啊,剩我一个人要给两个女人"办学习班"了。他灵机一动,决定各给她们五十大板,然后,以医院的名义作出一个折中的决定:"鬈毛"在母亲与妻子身边各待半个月,以观后效,再让"鬈毛"自己作选择。这有点像游戏,但只有这么办了。

为自己终于想出一个主意,使谈判总算有个结果,谢城池长长地吁了口气。

六

谢医生:

你好!

上次你来我家,可惜我去学校参加英语会话比赛了,我一回到家，爸爸、妈妈像报告重大消息一样争着告诉我：谢医生来过了。

妈妈出院以后，一开始情绪还好，但渐渐地我发现她又睡不好觉了，半夜还得起来吃片安眠药，到清早才能睡着一会儿。我悄悄问过爸爸："你们又吵过了？"爸爸说："是因为单位里的事。"我打破沙锅问到底："单位里什么事！"爸爸支支吾吾地说："对你妈妈有看法……"我很气："关他们什么事？"爸爸说："你没踏上社会，你不懂！""是啊，不懂，不懂，不懂！"我就敢对爸爸无法无天地说话。看爸爸不理我了，我自己生闷气，越想越闷气。我不知道那个地段医院对我妈妈到底有哪些看法？但我知道，妈妈很看重别人对她的看法，受到领导表扬，听到同事夸她，她会特别高兴，回到家里干活就像跳舞一样轻快。我看得出来的。去年，妈妈被评上区里的优秀护士长，参加完颁奖大会，她硬拖我去照相馆合影，借口说，我们母女俩从来没有进照相馆正正规规地拍过照片。我只好陪她拍。照片是两寸的，取出样片一看，妈妈笑得可自然了，那种笑是从心里溢出来的。妈妈把照片放大，买了镜框，没镶她的奖状，但把我们的合影挂到了墙上。我点穿她："是不是挂奖状很土？用这张照片代替了，象征性的……"妈妈说我"诡"。其实，这是我太了解妈妈了。如果，她不那么在乎别人的看法，包括我和爸爸的，她心里会轻松一些，就不会得这种病。当然，我说说容易，她怎么能不在乎？学校好几次开家长会，她都让爸爸参加。但我希望妈妈去，爸爸坐在那里像根木头，不声不响，妈妈随和，能同许多家长聊许多事情。

但是，妈妈又一天天地不说话了，我心里干着急。单位里有看法，妈妈能怎么办？脑袋长在别人身上，眼睛长在别人脸上，人家要这么想，这么看，谁挡得了！可我很想帮助妈妈。谢医生，自从你说服了我，自从爸爸的态度有了变化，我们这个垂危的家好像又活过来了，我们都很珍惜。现在怎么办？那时候，有你的帮助，改变了我们对妈妈的看法。而单位里的看法，谁能改变？前几天，我去找过以前和妈妈比较要好的几个护士，我问她们："单位里到底怎么看妈妈？"她们让我不要管，管不了的。她们还说，你妈妈的事，放到哪个单位，都会有看法，那是没办法的。她们让我劝妈妈想开点。还有，听她们的口气，妈妈就是病好了去上班，也不可能做护士长了。这是为什么？妈妈干工作很投入，做护士长很出色，没有过一点失误和差错。不让妈妈再做护士长，这打击……谢医生，我想来想去想不通，结果又想到了你。我把这些想不通的话写给你，心里就觉得轻松一些。

妈妈的一场病，使我明白了很多事情，但是也有很多事情我好像更加不明白了。真痛苦！

君君

"谁的信？看了一遍又一遍的。"余橙橙刚洗完头，拿着吹风机插上电源，正对着梳妆台的大圆镜准备自吹自理。

"一个病人家属的信。"谢城池把信插进信封。

"哪个病人？"余橙橙按动吹风机开关，小巧的吹风机却吼出很猛的响声，"呜呜"的像只小马达。

"单玫。"

"哪个?"

"一个地段医院的护士长。"

"哪个医院?"

说话声在"呜呜"声中时隐时现,听不清楚。

"你关了那玩艺儿。"谢城池有点火。郑君君的信已经使他烦恼了,原以为对单玫的治愈,在他所有的病人中是最完满的一个。那次家访以后,他自认为为这个病例画的句号,很无愧地该是个没有缺点的圆。没想到……

"你火什么?"余橙橙把吹风机开到小的一档,"呜呜"声轻柔了一些,"我发现你脾气越来越大了。我不希望你把精神病人的情绪带到家里来。"

谢城池默默地把信放进包里。他努力管住自己的情绪,像个打渔的用力收拢着网。是啊,工作别与生活混淆,应该井水不犯河水。

"是不是那个被女儿偷看到信的……"余橙橙的口气也缓和了。

"不是偷看。"谢城池很注意地纠正一下。

"那个病人不是出院了么?"

"现在情况不大好,单位里不准备让她当护士长了,她有点受不了。"

"她应该想得到的。发生了这种事,单位里肯定有风言风语,领导怎么会不考虑影响问题!"

"什么影响?只要不影响工作就可以了。这是她的个人生活问题,和单位的领导和同事根本没有关系。"

"城池,你好像刚从外国回来一样!"

"有些东西应该改一改了。"

"你说改就能改掉了?四十岁的人了,还这么幼稚!"

"问题是,单玫下一步怎么办?"

"怎么办?很简单,忍着吧,这就是自食其果!"余橙橙用微风吹卷的头发,波浪的起伏很柔和、服帖,她对着镜子前后照,很满意自己对自己的修饰。

谢城池从镜子里看到她一脸得意又自负的表情,心里有点莫名的反感,甚至还有点隐隐的讨厌。他立刻移开眼光,低头整理桌子,不再说话,一边很吃惊地想着自己竟然生出了讨厌她的心情。怎么会的?是自己的脾气越来越不好,越来越不能容忍了吗?

余橙橙从镜子里看到他低头的背影,似乎像耶稣受难一样。她毕竟了解他,心思很多,心气又高,还总想按他自己的心思、心气做成几件事,这就是自讨苦吃的命。有时她觉得他可贵,有时又觉得他可笑。可贵与可笑,合起来就是他。自从去了精神病防治院,他的心思和心气像发酵的面,有了一定的温度更加膨胀了,更加重了他的心理负担:工作上的,精神上的。她眼看他瘦了,她也心疼。

"城池,你看我今天的头发吹得好看哦?"余橙橙走到桌旁用手推他,"看看呀!"

谢城池抬头,又把她的身体旋转一百八十度,让她背对他。他只想看她的后脑勺,以避免她的眼神、表情,生怕自己再看出讨厌来:"嗯,不错。"其实,他只看到一团黑乎乎的头发,没看清形状,也没看出什么发式。

"今天你回家早么?"余橙橙问。

"早不了。"谢城池答。

"什么事?"

"下午,我要去那个地段医院。"

"你呀……"

"我总得把能做的事情做到家。"

"老顽固!"余橙橙拉开衣橱的门,在一排眼花缭乱的衣服前挑三挑四地选择。

谢城池拎着包赶紧走,否则,她会拉他一道站到橱门前,像看时装展览,还要强迫他加以评论。

果然,余橙橙在喊了:"城池,你过来看呀,我穿哪一件好?"

他不应她。她回头看,人影都没了。

谢城池走下楼。推了车走出大门,他才面朝楼上嚷一句:"橙橙,我上班去了!"

她也不应他。

七

地段医院的院长室和支部办公室都在顶楼。这层楼是加盖的,有一条露天的走廊,推开一扇玻璃门,是个四方的会议室。不开会的时候,长条的椅子靠着一边的墙,叠罗汉似地往高处堆,便腾出了很宽敞的空间,会议室里挂了不少镶着镜框的奖状,还有一面面锦旗,充满很红火很光辉的气氛。

沿会议室,有几间办公室,分别是院长室、党支部办公室。

谢城池先找到院长,刚说明来意,院长便推脱说她要出去开会,让支部派人接待他。院长是个严肃的中年妇女,削成男人一样的短发,使她本来就显高的两块颧骨更加突出。

"我简单说两句，耽误你一点点时间。"谢城池郑重其事地说。面对女院长的严肃，他只有更加地严肃，"我是精神病防治院的医生，给单玫看过病，她恢复得很好，可以上班了，所以，我想了解一下，她的工作是不是会有所变动？"

"这是我们医院内部的事。再说，根据工作需要，做适当变动，这是很正常的事。"女院长说话滴水不漏。

"那么，你们医院领导，对单玫的病，到底有什么看法？"谢城池进一步切近问题的要害。

"看法么，难免会有一些，具体的，你找党支部谈，他们负责医院的思想工作，我主要抓医务、行政。"女院长坚持推脱，并挟了一只公文包表示出马上要去开会的意思。

谢城池只好退出院长室去隔壁一间党支部办公室。他没有首先进这间办公室是有道理的，在单玫住院期间，他曾听她说起过这个地段医院的情况，他问她，在情绪最不稳定，被两种感情纠葛得自己不能对付的时候，为什么不找院里的领导谈谈？单玫回答说，她有几次已经走到党支部办公室门口了，有一次党支部书记也看到她了，叫她进去坐，但他只顾起劲地了解这个护士、那个护士的情况，丝毫不觉察她有难言之隐。她以护士长身份不得不回答支部书记有关护士学习、思想的调查，不好意思再开口说自己的问题，何况又是那样难以启齿的问题……谢城池能够想象那个党支部书记：桌上摊开一份文件，横一道、竖一道画了很多条条杠杠，并在小本上摘录下文件的主要精神，主要观点，还有方法步骤，还有政策界限，还有具体原则……这些东西的确重要，将规定着几百人、几千人、几万人、几亿人的命运。而单玫的命运，是否能躲过这些"条条杠杠"呢？谢城池所以先找院长，大概就为这个"躲"字。院长和护士长在工作上接触多，院长对自己手下的业务骨干，应该有更多的了解更多的偏爱，也许会更多地宽宥。但这个女院长只给他严肃的干巴巴的印象。没等他走进党支部办公室，已听到她一步一步地下楼去了。

党支部书记是个胖乎乎的老头子，谢顶了，只有一圈稀稀拉拉的头发像铁箍似地从左耳朵围到右耳朵。他桌上果然摊着些材料，好像是表格不是文件。

"请坐，请坐，"党支部书记一脸和蔼的笑容，"请你稍坐一会，我把这两张表格填好，马上要派人送到局里去的。"

谢城池坐下，扫一眼那两张正待紧急处理的表格，好像是干部登记表。因为是关于干部的，他很想从表格的名单上看到有单玫的名字。但填在表格里的蝇头小字，使得他那副校正视力达1.5的眼镜也不起作用。他点了支烟。尽管，他看到门上有一块小牌写着"室内严禁抽烟"，但他想：这里不是油库、仓库，又不在飞机上，也不在有空调的卧铺车厢里，干吗严禁？"严禁"了，当然没有烟缸可使用，谢城池只得把口袋里两个半盒的烟并成一盒，把一只空烟盒用来弹烟灰。大约抽掉半支烟，那个书记同志才笑容可掬地开始接待谢城池的来访。

"实在抱歉，我们下面没有别的科室，宣传的、干部的、思想教育方面的，杂七杂八的事，我们支部办公室都包了，所以，稍微忙一点……你，喔，对了，是精神病防治院的医生，来了解单玫的情况。你想了解哪方面情况？我们也是在她病了以后才听说一些情况，恐怕还不如你们医院了解的多。"

"不是过去的情况，是现在的情况。"

"现在有啥情况？"

"据院领导研究了她的工作，不准备再让她当护士长了？"

"情况是这样的，单玫病了很长时间，她病假期间，我们请另外一个同志代理护士长，那个同志干得相当不错，完全有能力胜任护士长工作，所以，单玫一提出要来上班，我们医院领导就得做全面的考虑和安排。考虑的结果，还是不改变单玫病假期间的安排。单玫来上班，先做点一般护士的工作，因为要照顾她的身体状况。"

"她的身体没问题，恢复得很好。如果，没犯工作上的错误，不让她做护士长，这不合适吧？而且，她是个很优秀的护士。"

"工作上是没犯错误，但是，今后的工作肯定要受影响。"

"凭什么作这样的肯定？"

"她的事，在医院里议论纷纷，如果我们领导一点不做处理，将来再发生类似的情况，我们就很被动。另外，她有了这样的事，威信下降，再做护士长工作，恐怕就不好指挥别人，人家可以不听她的，人家会说，你先把自己管管好。"书记同志遗憾地摇摇头。"我们也为单玫同志感到可惜。她在业务上是下了工夫的。这次评护师职称，全区只有两个名额，通过层层评选，还要看外语成绩，结果，单玫进入了前三名竞争，局里透出的消息，她本来很有把握的，因为她的业务水平和外语成绩比其他两个都好。但是，偏偏在这个节骨眼上，她得了精神病，偏偏又是生活问题引起的，局里的评委会马上有了分歧，她的得分一下子下降。上个星期听说，两个护师职称批下来了，没有单玫。你看，多少可惜啊，对我们医院也是个损失！"

"职称的事，还没告诉单玫吧？"谢城池觉得嗓子眼被什么堵了，用力挤出声音，但还是又低又喑。

"等她来上班以后再说吧。"书记同志脸上的笑容消失了,他好像真为单玫的损失、医院的损失而难过。

谢城池很想对这位长得像菩萨,面容挺慈善的书记同志说,这损失原来是可以避免的,这损失严格地说,是你们医院自己造成的……但是,他的嗓子仿佛封闭了,连又低又暗的声音也挤不出来。

"当然,等单玫来上班,我们要找她谈的。她可能一时想不通,我们会尽力帮助她想通。这点小小挫折,克服克服就过去了,关键是好好工作,取得组织和群众的谅解。"书记同志像背书一样朗朗上口地说。

谢城池目瞪口呆地听着,像坐在课堂里的一个智能低下的学生,面对老师激情的抒发却无动于衷。

"谢医生,你还想了解什么情况?我们是兄弟单位么,互相支持是应该的,都为了把医务工作搞好么。"书记同志满腔热忱地说,"单玫得这种病,对我们也是个教训。看一个同志,不能光看表面呀。过去,我们对单玫的评价一直很不错的,一直评她当先进,只看她对工作对同志很热情很负责,都没有透过现象看本质、看灵魂,也疏忽了这方面的教育,结果,就出了这样的事。所以,这几个月,我们就抓紧补课,反复召集护士们开会讨论,让大家从小事情上回忆单玫的思想意识问题,这对每个人都是一种教育,也是一声警钟。"书记同志像在大会上作经验介绍一样侃侃而谈,尤其看到这位精神病医院的医生眼睛定定的,好像听得大受启发,便愈加发挥起来,"我们还召开过全院大会,要从小事着手经常进行自我教育。单玫的教训很深刻,在生活上稍微放松对自己的要求,就会像大坝决堤一样一发不可收拾。这一系列的思想教育活动,收到了很好的效果。我们向区卫生局汇报，局里也肯定我们的做法。下一步……"

"我走了！"谢城池定定的眼睛突然转动，"嗵"地从椅子上跳起来。

"哎……"书记同志还没明白过来，瞠目结舌，"哎，你走了，以后还有什么问题需要了解，随时联系，随时联系……"

谢城池大步迈出党支部办公室，没有再回头。

胖乎乎的、秃顶的党支部书记很礼貌地送到门口。

谢城池奔下旋转的楼梯。在走出这家地段医院的大门时，他才懂得单玫为什么几次走近党支部办公室门口，甚至跨了进去但仍然只字不吐。他深深叹口气，此行也不算枉来，对郑君君在信里所说的"单位里的看法"，他有了具体感受，并且，同样的感到束手无策。他还想到，余橙橙那些挖苦他的话，也许不无道理。他也嘲笑自己了。但是，在他匆匆赶来这家地段医院时，他还是抱着一些希望，想以自己的努力为单玫挽回一些。但希望破灭了，或者说，本来就不存希望。他心里怅怅的，犹如站在一片暮色苍茫的旷野里，无法确定自己的方位，也不知该往哪里跨步才能走出一条到达目的地的路。

天渐暗。暮色笼罩城市，一切都朦胧了。

八

很耐心地等了三天电话，马巽方那儿还没有音信。有两天中午，谢城池跑到护士室想问宋樱樱，但是，话到嘴边，又被自己卡住：问什么呢，有消息，她自会转告；没消息，不是白问？还显得急猴似的。他一向性急，因此，常常被自己的急躁搞得心烦意乱，心境像一块布被扯得零碎。

谢城池一边劝导自己,一边又忍不住跑进护士室。

"谢医生……"宋樱樱在消毒针头、针管,一看到谢城池进来就猜到他的来意。前两天,她其实也看出了他心里的急切,但是,马巽方没给她消息,她不想催。今天,她得到消息了,但是消息不妙,她一拖再拖地不想马上去医生办公室找谢城池,怕他听了会不高兴。可她不下楼,他迫不及待地上楼了,虽然,他走进来的神情好像若无其事。宋樱樱立刻放下手里的活,"谢医生,柳月的事……"

"怎么样?"谢城池心急地问,终于装不下去了。

"马巽方约了报社的几个记者,一谈情况,几个记者都有兴趣插手这个事件的报道,有的已经开始作调查了。马巽方刚想跟你打电话,约时间接受记者采访,报社几个记者同时给他打电话说,他们报社领导提醒他们:对先进单位作反面报道,要报市委宣传部。而且,那家食品店刚刚被评为市精神文明单位,所以,更加要慎重一点。马巽方说,那几个记者都是报社里的老记者,都是很有经验的,什么样的风云没见过?他们一听到这种提醒,马上明白报社领导的话有来头,而且是不约而同。于是,他们利用一些关系了解事情的背景,果然,市里某个领导有话。他们分析,肯定是那家食品店听到风声,先下手为强,通过一些途径恶人先告状地向市里造舆论,市里领导就发话了……"宋樱樱一口气说了情况的全过程。

谢城池听着听着,不由得变了脸色。他咬住嘴唇半天没说话,再松开嘴时,下唇上刻出了一排齿印。

"他,让我劝劝你,这种事,他们记者碰得多了,不要太在乎,说到底,也不是你自己的事。社会么,鱼目混珠的事多着呢。更为复杂的是,有些人既是鱼目又是珠,你告他是鱼目,他却可以展示出许多珍珠的成分,让你没话可说。"宋樱樱传达马冀方的话。"他还说,报社的那几个记者还是很想见见你,说你这个人很难得。并且,他们对治疗精神病的问题也有兴趣。什么时候约在一起聊聊,喝咖啡还是喝酒,让你定!"

"他们还想见我?大概认为我同出土文物一样稀奇古怪!"谢城池憋了很长时间冒出这么一句。对那几个记者的不便插手帮忙,他理解又感到万分懊丧。

"谢医生,不是他们不帮忙。我早就说过,报纸、电台都是宣传工具,什么话能写能说,什么话不能写不能说,都是有明确规定的,是上头的精神,小记者有什么用?"宋樱樱马上替记者们辩护。

"我不怪他们,丝毫没这个意思。"谢城池的两只眼睛像木头珠子没有了光泽。他不知道应该怪谁?好像谁也没错,谁都有道理。只有他咬牙切齿地想还击,但捏紧的拳头却找不到具体目标,所以一拳也打不出去,一拳也打不中。这反而显得他无理了:何必反击?反击什么?那天走出地段医院,他竭力不让自己垂头丧气,回到家,他也不流露任何情绪。那晚,余橙橙吃了饭去广源宾馆看望两个香港客户,代表服装公司陪他们去市里最高级的旋转餐厅喝咖啡,因为第二天要举行谈判,需要摸底、交流感情,以便在谈判桌上气氛融洽,能当即订下合同。所以,她忙到半夜才回来,没顾得和他说什么;他呢,也装睡,什么也不想说。其实,那一夜他始终醒着,一直在替单玫着想:去上班以后她能承受那种气氛吗?别看她工作起来热情爽朗,内心却细腻,要强又脆弱。何况,她的精神已崩溃过,刚刚恢复,还很不坚实,如同新修的还没凝固的堤坝,是经不住潮水汹涌冲击的。也许,他的"失眠",他的"着想"是多余的,病人既然出院了，他满可以坦然，不必再想去出击那些对他病人有损害的事情。但他自不量力，非要难为自己，这能怪谁？怪责那个笑容可掬的党支部书记？还是迁怒那个严肃的院长？同样，劝这群记者的偃旗息鼓，是怪责他们报社领导的提醒？是迁怒那位市领导有话？还是怀恨那家食品店恶人先告状？报社领导的提醒是对的，报社不能置市委领导的话不顾；市委领导的话："不要一叶障目地看待一个先进单位，尤其动用新闻媒介，影响面太大，要慎重。"这话说到哪儿都是有道理的；至于那家食品店，他们要维护现状，必须以攻为守。所以，面对所有合情合理的做法，谢城池都只有哑然。

"谢医生……"宋樱樱绕过一张桌子，走到离谢城池很近的一把椅子背后轻轻地说，"谢医生，虽然我一直不太支持你的一些想法、做法，但我心里一直以为你这个人真是很难得的，社会上不多了。不是安慰你……从你调来我们防治院，我就有一种感觉，好像这个医院一下子多了很多的东西，这些东西，对我有一种新鲜感，所以，每天来上班，就觉得浑身有劲，好像这幢小楼自然而然地有一股吸引力，使我从心底里愿意来这里从早到晚忙……每天看到你那么认真地对待病人，急起来，眉头皱出比核桃壳还深的纹，我很受触动；另一方面，也真为你捏把汗，因为，我在这个医院干的年头长了，我知道要真正治好精神病有多难。但你那么不安分，不甘心，还有那么多奇谈怪论，还有那么多理想、追求，这就难上加难了……怎么说呢？我心里也矛盾：让你没了这些东西，活得轻松些，干得轻松些，至少不要经常皱眉头，也是可以做到的。但做到了，就不是你了；不是你了，我又觉得生活中似乎丢掉了一样宝，有点可惜……谢医生，我说不清楚。但说一句实话，我很少对一个男人说那么多话，而且，都是心里话。我……"她停顿了。她把头压得很低很低,仿佛说一大堆认错的话,使她没勇气正视对方。她不想记住说出的这些话,只需要有一种感觉:一吐为快!她事先没想过要对他说这样一番话。她甚至没有在心里整理过这些话,都是零零星星的感觉、感想。今天怎么会突然连成一篇?而且表达得这么完整!她从来不爱表白自己,即使对丈夫,也是做的比说的多。而在发生了那出"闹剧"之后,她对他说话,每一句都思忖过。相比较,她在谢城池面前的表达,无论赞同不赞同,都很由衷、真实,话也就自然得多。尤其今天,她毫无准备却一古脑儿说了那么多,说得她自己都抬不起头来了。

谢城池很惊诧很感动地凝视着宋樱樱。他是毫无准备地在听着这些话,听得心跳,听得慨然。和这位护士长的交往一向比较亲切,很多时候,他把她当作一个总会迁就他、偏袒他、原谅他的姐姐,他把工作中遇到的任何情况都向她汇报似的谈,不管她的见解如何,态度如何,这无关紧要,他只需要有人说。宋樱樱就是这样一个不认同他的听众,但这并不妨碍他们之间的交往。他也有同感,在一个单位里,如果有了这样一位可以放松交谈的同事,单位的意义就有所不同了。而对于这种感觉,宋樱樱可能更强烈一些,深入一些,因为,她的家比较沉闷。谢城池点烟了。这时刻,似乎只有袅袅的烟,能表示他对她的谢意。她的话很温暖,使他低落得仿佛掉入了井底的心绪,渐渐地开始有所回升。

"我,我在胡说八道了……"宋樱樱感觉到谢城池的凝视,不好意思地晃晃头,又渐渐抬起来,自嘲地一笑,"你就当我什么也没说……"

"说和不说都是存在的,这没关系。我心里明白,你为什么在这时候说。很谢谢你。"谢城池几乎绝望的眼睛里又跳出几点火星,"有你这些话,我心里的确好过一些。你不知道,使一个男人最痛苦的是什么?就是处处失意事事失败的境遇。我又碰到了这种境遇。很多年以前也有过类似的情况,怎么走都有绊脚石磕磕碰碰地走不稳当。那时候,还自以为即使失败也很英雄,是我们这代人必须为历史为时代付出的代价。现在呢?所有的烦恼,我好像是自找的。一个人不能自找成功而一味的自找失败,你想想,我该怎么认识自己?"他被宋樱樱的坦率冲开了心扉,越说越深入了,"我常常感到疲劳,很累很累,好像要赶很远的路,又说不出为什么逼自己去走那么远的路?有时,我很想躺倒,找个静静的地方躺着,一动不动。"

"谢医生,这些想法这些情绪都会过去的……"宋樱樱说。

"但愿会过去。"谢城池说。

"一定会过去的。"宋樱樱又说。

谢城池不再说了。他对"一定"没有把握。

九

果然,情绪落到低谷,怎么也过不去了。谢城池向鲍副院长请了一天事假。他可以请病假,头痛欲裂,像只熟透的西瓜被摔在地上顿时豁出许多裂缝;好像还有几分热度,两条腿酸溜溜的,怎么搁都不舒服,只得不停地翻来覆去摆各种姿势。

"我陪你去看病。"余橙橙很少见谢城池软成一团泥似地倒在床上。

谢城池摇头。他最不愿进医院。他知道进医院治不了他的病。

"城池,你额头很烫。"余橙橙坐到床边把手心放在他额上,"你到底怎么啦?"她这几天接待两个香港客户,忙得卓有成效,忙得劳苦功高:合同签订了,生意谈成了,所以,公司经理一定要她全程接待,直到把那两个香港人送上飞机,她才有时间有心思回家来关注女儿和丈夫。丫丫期终考试的成绩退步了,被她骂几句,一哭鼻子就算过去了。过不去的倒是谢城池,精神振作不起来,而且病倒了,还有热度,又不像感冒。就为了几个病人?她不可理解。他一般不服输,处境最糟糕的时候,他被局里的几家工厂当活靶子借来借去地挨批,他都没有倒下,没有生病,没有发烧,"城池,有热度还是要当心,可能是哪里有炎症了,一定要去医院看看的,耽误了不好。"

"躺躺会好的。"

"那你再躺半天,中午我打电话给你,如果不退烧,我回来陪你去医院。"

"要去医院,我自己去,你很忙的。"

"再忙也不在乎半天。再说,你生病了,再忙再急的事我也得放下。"

"橙橙……如果你真的很看重我,我求你一件事。"谢城池第一次像外人那么客客气气地对余橙橙说话。

"什么求不求的,只要我能办到。什么事我让你求过啦!"余橙橙不爱听这个"求"字。

"能不能陪我去'胖胖'家?"

"你不是不喜欢我这个同学吗?有好几次邀请你都不肯去,搭架子了。"

"我有事想找她的那位部长先生……"

"还是关于你那几个精神病人的事?"余橙橙流露出不屑的口气。

谢城池很敏感，马上听出了余橙橙的态度。

"城池，陪你去'胖胖'家跑一趟很方便，但是，你不想想这样的奔波到底能解决什么问题？就是解决了这些问题又有什么意义？柳月已经死了，你还想替一个死人告倒活人？而且又是一些正活得强有力的人，怎么可能？顾阿菊神经兮兮，也就这么稀里糊涂地活着了，你偏要为这样一个废物似的人再去为难她前夫，人家各方面还是好端端的，还是个大学教授，还会写书，还可以重新开始生活，你何必呢！单玫的情况好一些，其实也好不到哪里去，她自己做了这种事，差点葬送了一个家庭。现在，女儿、丈夫都原谅她了，就蛮好了，她还要怎么样？还要大家围着她评功摆好？还不允许人家有看法？城池，平心而论，你的这些病人，本身都有缺陷，在社会上都是弱者，你这样认真负责地为他们看病，已经体现了一种很高尚的人道主义精神，很可以了，再做下去，就过分了。说到底，他们这些人对社会没什么大用场了，你还为他们奔走呼号，为什么呢？你怎么不掂量掂量，现在办事都讲实效，没有人还肯做无用功，白白地消耗自己。就你傻乎乎地折腾自己，让自己也成了个病人。这简直……"余橙橙从床上站起来，好像坐着说不能说得淋漓尽致，"我劝你多少次，你都不肯听，结果怎么样？该吸取教训了。做医生，就老老实实地钻研医术，就老老实实地……"

"你说够了吗？"谢城池两手一撑，冲着余橙橙咆哮一声。他上半身离开床，头颅前倾着，"告诉你，少来教训人，我是你丈夫，不是你儿子！"他一只手挥起拳头，如果余橙橙离他近，那握紧的拳头很可能会冲动地朝她击去。

余橙橙被谢城池突如其来的咆哮声镇慑了，她两眼发直，眼球仿佛卡紧在眼眶里不会转动了。

谢城池一横腿下床,趿了拖鞋踉踉跄跄地走出房间。他换鞋,又跌跌撞撞地下楼,并摇摇晃晃地推了自行车离开了家。

十

一走进阿法的馄饨铺,谢城池两腿便酥软,"扑嗵"一声跪倒在地,像喝醉了酒完全不能自制。

"你怎么啦?"阿法在厨房里听到声响奔出来,看谢城池半躺半跪在他的店堂里,很吃惊,忙搀起他,"到我床上去躺着。"

"我坐……坐一会儿。"谢城池在靠墙的椅子上坐下,身子和脑袋完全依附着椅背和墙壁。他是推着自行车走来的。好几次想骑上车,但把不稳车龙头,像个不会骑车的人,一跨上车身子就歪歪斜斜地拖着车子倾倒了。

"你喝酒了?"阿法给谢城池端来杯滚烫的茶水,"喝口热茶,会舒服一些。"他第一次看到谢城池这样失态这样颓丧。

"没喝酒,"谢城池紧握着烫手的茶杯,让那股炙烤一般的烫,通过手掌传到心尖,就像给自己注射一剂强心针,把情绪刺激起来,"想来你这儿喝酒,身上有点寒。"

"想喝酒有的是,"阿法从一角玻璃的货架上取出一瓶竹叶青,"走,到我房里去喝。大白天过路人多,眼杂,受干扰!"

坐进阿法简朴整洁的房间,谢城池才感到软弱的四肢在渐渐恢复活力。他没想过要来喝酒,也没想过为什么要来。走出家门的时候,他心里只有一股火气,像从煮沸的高压锅里喷出来的,而这股气一旦喷完,身体瘪了,如一只空空的麻袋挂在自己的自行车上,由着车东游西荡。他不知道走了多少路？不知道在沿着一条怎样的路线？不知道什么时候决定来馄饨铺的？是谁决定的？是他还是他的车？

阿法拿出两只高脚的玻璃酒杯，法国的，红葡萄酒一样的颜色，造型像莲蓬，还有圆的底座。

"这酒杯不错。"

"彭达送的，这小子出国一趟，上星期刚回来，他说，买不起洋酒，就买两只酒杯。我问他扛回什么大件？他说，他想买录像机，但他老婆要音响，只好服从老婆。那件事以后，他老婆折腾了一场病，差点没疯，全靠你上门给治住了。好，现在她反而像有功之臣，彭达样样都得听她的。别看彭达长得五大三粗，别看他在厂里吆三喝四，但实际上很软弱，要面子，要影响。好，他老婆吃准这一点，就拿住他了。女人真厉害！"阿法两只手指像捏田螺似的捏着两只并拢在一起的酒杯，薄薄的玻璃片水晶一样透剔。

谢城池没接话。对彭达的生活，他不想发表任何看法。他送医上门，发觉那女人根本没什么大病，不过想吓唬彭达而已。这样精明、厉害的女人，怎么会疯？但他没把真情告诉彭达。告诉是没有必要的。彭达能管好一个轧钢厂，却不见得会处理好与老婆的关系。既然为某种考虑他妥协了，那么，他只有妥协到底。所以，谢城池做得有始有终，开了点无关紧要的药，以后又抽空去复诊一次。那也是做给彭达看的。否则，彭达哪有心思出国访问。

"彭达还给你留了一只很高级的打火机，他说，谢谢你治好了他妻子的病，家里一切正常了。"阿法倒酒。

"不谈彭达，不喝酒。"谢城池阻止阿法倒酒。

"你说想喝酒的。"

"身体缓过来了。不喝了。"

"哪……"阿法猜不透谢城池发生了什么事,竟然在上班时间来找他闲坐。

"你上午没有什么事吧?"谢城池胡乱地推开酒杯,推开桌上的东西。酒杯推倒了,"当"的一声,他不扶,也不看一看碎了没有。

"事情当然有。你想干吗吧?"阿法对表现反常的谢城池咧嘴一笑。人在反常时,往往很任性、很可爱。

"玩。"

"玩什么?扑克牌还是麻将?"

"你有电子游戏机吗?"谢城池想玩时髦的、超级的。"我看好多人都玩得上瘾了、入迷了。"丫丫曾吵着要买游戏机,余橙橙反对,认为这东西影响学习,影响视力。一个女孩子戴副眼镜多难看!他不发表意见,他也没体会过那种电子游戏机究竟有多好玩。"

"有,我还有十盘游戏卡呢。你想玩什么?魂斗罗?超级玛莉三代?俄罗斯方块?双截龙?忍者神龟?"

"你说什么好玩?"这些名堂谢城池都没听说过。

"都很好玩。"阿法一说游戏机,就像男孩子一样情绪特别高涨了。他踏上凳子,从橱顶上搬下游戏机,又从一只纸盒里"哗"地倒出一排游戏卡。然后,插电源,接电视机,一边忙一边还指挥谢城池,"你去客堂里搬两只方凳来,再拿两把小椅子。"

两只方凳并成一张小桌,端端正正放在电视机前,游戏机就搁在"小桌"上。两把小椅,阿法和谢城池一人坐一把,但是仅坐得下大半只屁股。好在,一打开游戏机,如何坐很次要,甚至没感觉了。全部的注意力被跳跃在屏幕上的赛车、小人、怪物、飞机、飞碟、坦克、大炮、勇士、强盗以及最流行的动画片里的神怪、变形金刚等等的人物、动物、怪物、事物之间阻碍与反阻碍的战斗，追击与反追击的厮杀所吸引，神经处于极端紧张、兴奋、刺激状态。而操纵的灵巧，判断的敏捷，围追堵截的机智，以及取胜的快感，使这种游戏具备了很大的迷惑力。而且，还伴有轻松活泼的音响效果和鲜艳明快的色彩、图案，这使玩的过程在听觉与视觉上都能得到一种愉悦和满足。

谢城池和阿法并排坐在小椅子上，人都矮了大半截。他们一人手里操纵一只键盘，四只手四只眼睛密切配合，而两张嘴巴还不时地大呼小叫，一会儿惊喜，一会儿叹惜，一会儿紧张得眼珠都快瞪了出来，一会儿又得意地跟着音乐哼哼唧唧，一脸的喜形于色，就如同两个顽童，好像都一下子缩小了二十几岁。

谢城池玩得尤其激动，尤其投入，尤其新奇，全神贯注，还不停地呼喊，放肆地宣泄情绪。他没想到游戏机如此好玩，使人忘了一切。他真的忘了推车走来时如何被一团坏情绪困扰得不能自拔；忘了那些在他心里占据着位置他却爱莫能助的病人；忘了在为病人的一系列纠纷中他的失利、失败、失望。什么都忘了，只沉浸在眼前丰富多彩、趣味无穷的"战斗"之中。

"你真行，第一次玩就这么熟练，"阿法说，"你这家伙，要么拒绝玩，玩起来也相当有水平啊！"

"这又不难。玩游戏，我再没水平，再失败，再输那也太差劲了。"谢城池说。

"你别说，玩，大有讲究，智商低的人，就是玩不出花样。就说这些游戏卡里的节目，大部分都玩不到底的。"

"我今天就要玩出一个底来!"

谢城池玩得更用心更投入了,并且,确确实实已经能机警地躲过各种障碍、阻挠、攻击、暗害、陷阱,一往无前地通过一关又一关,还得到各种勉励、奖赏,屏幕上出现一个金光闪闪、无坚不摧的小勇士,神气地到达终点,最后,他穿越一座城门,站到城楼之上,像接受万众检阅一样威风。这时,一面面彩色小旗为他徐徐升起,一颗颗礼炮为他欢快地鸣响,还有一个个漂亮的小女孩为他翩翩起舞。这时,音响也变得喜庆,仿佛奏响了胜利的凯歌。

"哈哈,"谢城池扔下键盘手舞足蹈地为自己庆功,"阿法,怎么样,说打到底就到底了吧!"他看着屏幕上正在为自己的胜利而举行的隆重典礼,心想,设计游戏卡的人真棒,居然还想到为玩赢了游戏的人安排这样一个热烈的庆典活动,欢欣鼓舞的,调动了积极性,迫不及待地想继续征服另一个节目。设计者抓住了人的心理,尤其是男人的心理。他果然又在那排游戏卡中翻来覆去地再要选个精彩的节目。

"你自己玩吧,"阿法从小椅子上站起来,"我得干活了,中午要营业的。"

"干什么活?"谢城池这时才觉得不应该拖着阿法玩。他自己是请了假的,而阿法没假可请,馄饨铺天天要开张营业。

"我得先去加工厂运三百盒快餐。"

"用什么运?"

"黄鱼车。"

"我也去。我来蹬车。"谢城池关了游戏机。很多年没踏黄鱼车了,还是"文化大革命"的时候,他们蹬着车去街上刷大标语……

"你今天不上班?"

"请假了。"

"怎么啦?"

"累了,想休息。"

"那你呆在我家里继续玩游戏机。"

"不!我去运快餐。"

阿法把一副棉手套扔给谢城池。

谢城池戴上手套,又闷闷地拍两下,感到一阵亲切。在仓库工作的时候,他天天戴着纱手套运货、发货。从"文化大革命"又一下子回顾到仓库做保管员的情景。回顾只是一瞬间,岁月却流逝了二十多年……

起先是阿法蹬车,谢城池坐在车板上,没坐一会儿,他要求蹬车。

"你行吗?"阿法不放心,他看谢城池脸上仍有病容,面色也不好。

"行,怎么不行!"谢城池把手套戴好。

"蹬慢一点。"阿法让出车座。

"快慢都没关系。"谢城池很自信。

谢城池踏黄鱼车果然拿手,稍躬着背,把车蹬得稳稳当当:"阿法,忘了吗?当年去刷标语,都是我蹬车。"

"没忘。不过,已经不去想那些事了。"阿法说。"到老的时候再来回想还来得及。"

"我大概老了,这一阵经常回想过去,"谢城池回头,对阿法说,"而且,回想得很厉害。"

"这不是老了的原因。"

"那是什么原因?"

"因为……"阿法说不准谢城池的心理,但他有感觉,这位老同学好像还是一只蛹,虽然把茧咬破探出了头,却没有脱胎成虫,也没有完全地爬出来,所以,对于还束缚着他的茧常有顾虑常有回顾:过去好不好?现在好不好?将来呢?他自己早在蹲监牢的七年里就把裹住自己的茧咬得粉碎。这比喻也许不准确,说出来也不雅观,什么蛹,什么成虫?可他想不出美妙的富有诗情画意的形容。

"阿法,我现在的心境很怪,真的,甚至还想回一次北大荒。这是怎么搞的?"

"回一次北大荒很有劲么!我一出监狱,头一件事,就是回到插过队的村子里去看望了那些老乡们。"

"你真的认为这很有劲?很有必要?很有意义?"谢城池问了一连串。

"我可没想那么多,什么必要,什么意义。既然你很想很想回那里去看看,这就说明,肯定有道理。至于什么道理,暂时认识不到,先不去管它,去了再说。事后,那道理自然会明白的,像雨过天晴,太阳就露脸了。"阿法还是说出了比较富有诗意的比喻。

谢城池沉默。尽管阿法劝他先别想其中的道理,他不行,还是想。但是,想回北大荒走一趟的愿望,似乎真没有道理可寻。就是觉得心里累,心里烦,想去个空旷安静的地方调整一下休息一下。这地方只有北大荒最妙,有草原雪原,有山坡山脉,有树丛有森林,有江河有湖泊,好像应有尽有。而冬天的北大荒,"千里冰封,万里雪飘",多久没有领略这样独特的景致和不胜的高寒……

第十三章

关于手册

"准备调休十五天,院里同意。

"三天后走,票已订好。

"临走前,有几个病人的事还需处理:

"1. 吴恩培先生:

"给他的姐妹们打电话,春节怎么安排?她们之中总得派出一两个来医院看看她们的兄弟。或者,她们之中的哪一位,把吴恩培接回家过个年。查病历,他有八个姐妹,两个在外地,六个在本市,可能有几个是同父异母。我一个都没见过,她们一个都没来过医院。我问过吴恩培先生:姐妹中与哪个亲一些?他说:都差不多。过了一会儿又说:我母亲只生我一个。那么,这八个姐妹都不是同母。六个在本市的姐妹有工作地址有电话,挨个儿打吧,相信总有一两个还有恻隐之心吧。

"2. 邬朋朋:

"情况似有好转,主要表现在对他父亲的认识上,他一直扬言自己有八个父亲。在病情最厉害时,邬教授来医院看望他,他的目光里有一种仇视或者像见到陌生人一样的冷漠。最近我又问他:邬朋朋,你到底有几个父亲?他不好意思地笑笑说:可能是一个。我又接着问:以前为什么一口咬定说有八个父亲?他说:以前我就这么认为的!我再问:哪几个呢?他说:到北京去开会、进过人民大会堂的是一个;对我母亲没有笑容的是一个;对随便什么人讲话都客客气气的是一个;坚决不许我和一个女同学谈恋爱的是一个;还有……邬朋朋很惟妙惟肖地讲了他心目中的八个父亲。其实是一个,是邬教授在儿子眼睛里的八个侧面。应该说,邬朋朋的疯话有一定道理。病前,他是个很听话的孝子,大小事情都服从父亲的意志,但在潜意识中,他对父亲肯定有不满和看法。那些被自我压抑,自我否认的内心活动,只有在他患有精神分裂症以后,才强烈地暴露出来,才胡言乱语地说他有八个父亲。并且,由于他母亲病故的悲伤,使他精神病又一次发作,竟操起菜刀要砍杀父亲。邬教授每次谈起儿子恶狠狠地举着菜刀朝他冲来时的情景,都黯然伤神,并说:无论如何没想到,这么孝顺的儿子在得病后的病态竟是这样一副叫人伤心的面目。

"这一阵子,邬教授病了,住院了,给我打来一个电话,让我告诉邬朋朋,他一出院就会来看他的。他问我邬朋朋的情况,我如实告诉他:你儿子现在认为只有你一个父亲了,而且,很惦记你,一到探望时间不见你来,他会表现出很难过的样子,一个人坐在角落里。邬教授在电话里叹口气说:谢医生啊,这段日子住在医院里,我把自己一生经历的事前前后后想了一遍,其他都过得去,就是对不起这个儿子呀!虽说,他是搞'四清运动'受刺激得病的,狂想大楼着火了,就从窗口往下跳，差点没送命，他实在是太老实听话、太安分守己、太善良软弱，在家里当好儿子，在学校里当好学生，哪里经受得住一搞运动人与人之间那些残酷卑鄙的事？这要怪我的教育方法，管得太多，在当初，看起来是管出了一个好孩子好学生，实际上害了他。他得了精神病，才骂我恨我要杀我，我只好让他骂让他恨了。但我心想，如果邬朋朋早有这骂老子恨老子的脾气、性格，大概就不会得这种病了……

"邬教授不愧是教授，最终还是有了明白的反省，尽管晚了。

"前天，我对邬朋朋说了他父亲生病住院情况，他一直低头不说话。我刚想要安慰他两句，他突然央求我：谢医生，好不好让我到医院里去看看我父亲？我很感动，马上请示鲍副院长，她说没必要，而且很麻烦，要派人陪他去，一出医院万一发生点意外的事……

"我还是想陪邬朋朋去看一趟邬教授。如果在休假之前安排不了，一定记得让宋樱樱去说动鲍副院长，可以由龚大夫陪同去。龚大夫办事很小心。

"3. 有两个门诊病人需要请老院长做催眠治疗。

"A. 陈菊英，强迫症，洁癖。婆婆死后，总觉得家里脏有死人的气味，天天擦房间拖地板，有时半夜爬起来打扫擦洗到天亮。走在路上也总觉得灰尘沾着鞋子了，不断跳脚，引得路人都好奇地看她，她仍然不能制止自己。

"B. 庄淑芳，妄想症。这是个长得极丑的女人，矮胖，身体像正方形，肩和腰几乎成直线，脸扁平如圆盘，而脸上的五官又似画在盘上的几条线，眼睛不用力睁大几乎看不到眼珠。但她逢人都说自己如何漂亮，像仙女，好几个导演都选中她了……

"还有什么事需要在休假之前交待给其他人的?"

谢城池把这次的记录当作备忘录。

这已经是第二本工作手册了。

第十四章

一

雪还在下，很大的一片片，好像天上的云朵被扯碎了借着寒风纷纷扬扬地飘下来，渐渐积厚，把大地变成了遮满白云的天。

在地上又像在天上，天和地都一样的白。

谢城池站在双层的玻璃窗前。窗的两层玻璃上都挂着白茸茸的霜花，仿佛浓缩了窗外寥廓的白色的天地。而那个缤纷陆离的现实世界恰如梦境，很虚幻、很遥远了，像海市蜃楼没有了实实在在的感觉。实实在在的是眼前的雪天雪地和雪景，白皑皑、白茫茫、白花花，怎么形容都不为过，怎么形容都单纯、单调。他默默地面对窗上白得不能再白的霜花，很希望自己也能这样单纯地只是一种色调。暂时的走出家走出精神病防治院，走出纷杂与陆离，不远千里的，似乎就为寻求单纯而来的。北大荒的冬天最单纯最壮观——千里冰封，万里雪飘——那时候吟诵毛主席的词《沁园春·雪》豪情满怀。那种情怀就是单纯。用单纯的豪情看壮观的雪景,相得益彰,非常统一非常协调。每当大雪纷飞的时候,不出工了,他专心地坐在火炉旁读《资本论》,写心得体会,心情同火炉一样热气腾腾,还满怀着"胸怀全球放眼世界"的磅礴气概。有这种气概,使可怕的风雪和肆虐的大烟泡如同戏剧舞台上的背景,只为了衬托英雄的本色。所以,对北大荒的许多怀念,谢城池感到最强烈的就是"银装素裹"的冬季。他恰恰在冬季又返回这块土地。

到哪儿都看不见黑油油的土地了。谢城池到达的那天又开始下雪。雪下得好大,扬扬洒洒,仿佛就为迎接他的回来。他突然闯来,没通知任何人。进村的时候天傍黑,家家户户的房顶都在冒烟,几乎不见人影。他在村口站停片刻,一栋栋平房一柱柱炊烟使他心跳。他好像需要证实:眼前这幅静止的"画"曾是他十几年前的一段生活。十几年,弹指一挥间。当他又站在村口,又看到村口用土坯垒的马厩时,才切实感到光阴如箭,十几年的漫长却在弹指间如流星一闪而过了。曾以为早已消失得久远的东西,像一张幻灯片兀地插到面前,猛然间有种错觉,仿佛从未离开或失去过这样东西,而以后发生的一切又成了回忆、想象和消失的东西。而这些留在记忆中始终那样亲切朴实的平房、马厩、炊烟,一旦走出记忆真真切切地又呈现到眼前,亲切朴实的印象又变成一种真实之感:这里仍然偏僻、荒凉。可外面的天地间已发生了多少天翻地覆的变幻、变动及惊心动魄的变故变迁?暮色中,红砖的平房显得矮小黝暗,土坯的马厩更破更陋。马厩外有井台,井架上的木辘轳长期被水腐蚀有点朽了,绞着的绳子和绳下的木桶都毛毛糙糙的,不耐用了但还是用着。谢城池仔细看木桶,隐约地可看出刻在木桶铁箍下的一行正楷字："路遥知马力。"这几个小字还是他一笔一画镂刻的。那时井台刚修好，管马厩的柳大爷，请木匠新做个桶，不知出于什么讲究，柳大爷让谢城池想句话刻在桶上，必须和马有关联的。一晃十几年，桶上的字虽模糊却还能辨认。马厩里有灯光了，黄黄的一片。谢城池心里有了安慰，他在的时候，电线没接到马厩，柳大爷总得提着马灯起夜喂料。柳大爷手脚勤快，把两盏马灯的玻璃罩天天擦一遍，一尘不染，亮得像用透明的玻璃纸围的。谢城池向井台走近两步，就在短促的两步之间，很多的往事一涌而上。在这个村子里，他最喜欢的一处就是马厩，因为他喜欢骏马喜欢赶车，尤其喜欢让小马挂上爬犁在雪原上奔跑，最好在下雪天，最好大雪纷飞，下得紧密如烟并雾一般弥漫。积雪深过马腿，马很难甩步。他扬鞭策马，又顶风冒雪。被风雪呛得透不过气，只能张开大嘴像马一样粗鲁地喘息，不一会儿，胡子、眉毛被自己呼出的气染白，还在整个狗皮帽上积满毛绒绒的霜花，霜花一朵粘一朵成立体状，似嵌着精雕过的云母片，帽子便成了一件妙不可言的饰物，戴在头上像个雪神、雪王，神秘尊贵。为此，他常常不舍得离开冰天雪地，怕回屋后会立刻融化了这大自然赐予的饰物。为此，他常常冻得浑身麻木，仍高举手臂拼命挥鞭，争取知觉争取时间，以便更长久地逗留在风雪里，感受一种少有的痛快、发自内心的热力和一种心花怒放的兴奋。一坐上北往的火车，他就开始回想并激动；车窗外的景致越呈现北方原野的粗犷与辽阔，他的激动越按捺不住。想象自己还会不减当年勇地套上马爬犁跋涉雪原，还要顶着风雪大声呐喊，把心喊个底朝天，把十几年日积月累储蓄在心里的东西统统喊光。于是，心空旷了、单纯了，像雪原一样……可真的又踏上雪地真的又看到满目皆白的雪景,他在心里想象的激动并没有出现,他的心情出奇的平静,只觉得只有白色的天地太单调太萧瑟。他没有去套马趟雪,好像那时候的浪漫以及那时候的豪情不知不觉遗失了。他只在雪停的间歇里,帮房东大娘扫院子里的雪,用硬的苕帚把雪往两边堆,清出一条路。堆在两旁的雪像两脉山峰起起伏伏。他折了几根玉米秸插在雪峰上,表示一种对高处的征服。做着这件事,他才感到自己同孩子一样,有自以为是的天真,并在心里幡然地觉悟到,自己好像从来就是这样自以为是的"天真"。天真——可爱亦可笑——他对自己的反省使他的心境仿佛猛地落到低处黯处,看什么都没有了光彩,使他远道而来的兴致变得索然了。

夜渐渐深了,谢城池仍没有睡意。热炕是房东大娘亲手烧的,塞的干豆秸不多不少,火势不强不弱,把一条小炕烘得暖暖的,躺在上面像躺在刚被太阳晒过的沙滩上,有一股温吞吞的热包围着,使浑身的筋骨都松开,身体便轻软了,似卸了货的船轻飘飘地浮在河面上悠然地荡漾。睡热炕真是一种享受,比城里高级的席梦思舒服得多。铺在炕席上的一条花褥子是新絮的棉胎,轻薄柔软,能恰到好处地把炕面的热量均匀地传递出来。把身体平展展地摊开在新的褥子上面,谢城池觉得自己很像一张面饼,紧贴着一只被微火烘着的平底锅,面饼在慢慢由生变熟,却不会变糊变焦。世上的好东西好就好在一个"度"上。当然,最困难的也就是对"度"的把握,既要凭感觉凭理智,还要识透事物量变与质变的不同。躺在温度再恰当不过的热炕上,谢城池在心里默默衡量自己做人做事的"度"——为什么遇事总不能如愿以偿?默默衡量,使那个缤纷陆离的世界又从遥远中推近,他又思绪万千,心烦意乱。他蹑手蹑脚下炕,不让自己再继续衡量。可他不就是为了对自己有个清醒、冷静的衡量，才走出不远千里的距离，并希望在走出的距离之中找到新的支点？二十年前，在走出城市走出距离之后，他才开始了一种人生。二十年后，他再一次走出城市走出距离，尽管只是一次短暂的旅行。谢城池披上外套又站到窗前，很想把关紧的门窗都豪迈地敞开，让漫天翻卷的大雪涌进屋来，像奔进无数个快活的小精灵使他也快活起来，并同小精灵一起旋转一起飞舞。这想象颇有童话意味。他满心以为回到北大荒他会快活，因为这段生活留存在心里的大都是快活的记忆。而最令他快活的是跟着房东大娘的儿子大虎哥在山里狩猎，打野兔，套狍子，还有过雄心壮志：逮个熊瞎子方显英雄气概。当年，他和大虎睡这小炕。有一年冬天，大虎往山里一钻便没有了音讯，把大娘急白了头发。谢城池开着铁牛进山里找，听猎户说，深山里还有人家住着，不必发愁。果然，在阴历年底的前几天，大虎回家了，身披一张黑乎乎的熊皮。更逗人的是，他还给大娘带回了儿媳妇"小常宝"——一个猎户的女儿。这年春节，大娘家热闹得像滚开的一锅粥，几乎顿顿喝酒顿顿包饺子。开了春，大虎哥和"小常宝"成亲了，新房就是这间小屋。谢城池帮着把小屋粉刷了，大虎把一张虎皮钉在墙上，小屋顿生威风。闹新房时，谢城池盘腿坐到炕上，背靠贴墙的虎皮，活像个座山雕。那时，样板戏正轰动全国，闹新房的主要节目是知青们的大联唱《智取威虎山》，与其说唱，不如说吼，一个个憋得脸红脖子粗，就差没把房顶掀了。那个闹劲儿，那个酣畅，是离开北大荒之后再也没有过的。这次回来，他希望在有限的这些天里，能重新感受那种酣畅与痛快，把心里的一切都排除掉。可惜，大虎哥进山了，还没见着人影。这间小屋好几年前就不住人了。大虎盖了自己的房，还添了个小虎仔，也是块虎料，小胳膊小腿硬硬实实像铁打的。谢城池一看到小虎子，立刻联想到她寄来黑白小照上那个虎头虎脑的小男孩。东北的孩子，被黑土地养育，都憨憨壮壮，都有那么一股小悍劲儿，比城里的男孩子更像男孩子。

大虎不在，少了很多热闹。虽然，村里的老乡们闻风而来，像赶集，拎着篮挎着筐地送来山货土产：人参、鹿茸、猴头、蘑菇，真把他当大人物了，家家户户还争先恐后地请他吃饭，让大娘做说服工作，好像能请他吃饭是万分荣耀的事。谢城池被老乡们的热情抬举得心里很不自在。他不愿意来做客人，他只想寻找当年的感觉，和老乡们打成一片，像他们一样起早贪黑地滚在田里，一锅里吃一屋里睡……现在，他俨然来视察工作的，有好吃好喝的款待，这在无形中有了种居高的感觉，而这种感觉又使他心虚。但老乡们都说，回了城的学生出息了做成大事了，还能想着回来看看这穷地方，他们又感动又高兴，像遇着大喜事一样，整个村子都掀动了，大人小孩都拥来看望，把小屋挤得水泄不通，还像召开记者招待会，谢城池得应接不暇地回答问题，都是关于知青的情况，这个那个成家了没有？生男孩女孩？然后便回忆许多从前的故事。那许多往事在被大家回忆着的时候，谢城池的心怦然而动。他们这批城里的学生，不过像一阵浪头冲过来又卷了回去，然后成一条条支流各奔东西了。而这个地方这里的老乡如同一片固守的岸。无常的是浪，稳定的是岸。现在，他又脚踏上这"岸"，回顾曾席卷的"浪"，到底是为寻求变还是企求不变？他对迢迢而来的目的动摇了。可他似乎没有目的，只想休息休息，清静清静。

但到达后的这几天，比过年还要热闹，根本无法休息，每天都排满着五六顿酒席，每一顿都被好客的主人塞得酒足饭饱，来不及消化，下一顿又接上了，还得继续吃继续喝。盛情难却，他推脱不了。东北人又实在，大鱼大肉端上桌，一动筷子就得是实实足足一筷。他的喉咙和胃口虽然已经适应不了这样粗犷的食法，但他仍拿得出气魄，能应付东北老乡们的热情。他理解，这个边塞的小村子，好像借着他的到来，才有了热闹一番的理由。有几顿饭是几家人合伙凑的，又为避免炒菜的重复，几家人横商量竖商量，真比开国宴还隆重还用心。谢城池尽情地配合，尽量做到有请必去，劝酒必喝，从早到晚，从清醒喝到微醉。尽管他努力地尽情尽量，却再也感受不到从前的那种痛快与酣畅，而且愈尽情愈海量，愈觉得心里有一片没法弥补的空虚，总觉得惶惶不安，不能同热闹融为一体。昨晚上喝多了，他摇摇晃晃走回房东大娘家，过沟时滑一脚摔倒在地，脸埋进雪窝里才冻醒了酒。他在沟里傻坐片刻，看四周苍茫的积雪映着冰冷的月光，毫无动静毫无生气毫无活力。他能听到自己的心跳，他听得好奇，听得入神，仿佛要听出一个他自己不完全认识的自己。在这瞬间，他的感觉奇妙，仿佛只身到了月球上，遍地是冷硬的没有生命的石头，于是，他的心跳很孤立、很悬空，没有反响没有共鸣，无论宇宙多么壮观，他的心跳与壮观之间没有一条通道。他不想再听自己的心跳了。他把两手插进雪堆里直插到手心碰着冻硬的地面，支撑起软软的身体和飘飘的腿，才让自己从沟里站了起来。在继续往前走时，他让牛皮底的长统靴蹭着雪地摩擦出"咔咔"的响声。这有节奏的"咔咔"声掩盖他的心跳声，他的心跳才踏实安定。回到大娘家，他成个大雪人，衣服、裤腿都白了。大娘帮他掸雪："咋整的？"

"喝得高兴就在雪地里打滚了。"谢城池笑着说。

"明儿个还有五顿饭呐。"大娘见他喝得高兴也乐。

"大娘,你摸摸我肚子,哪还有空地儿装东西?"谢城池求大娘帮他挡驾。他只想呆在大娘家喝一碗香喷喷的大楂子粥,再有一张干烙饼,卷着大葱蘸大酱,嚼起来"咯吧"脆的,那味道又浓烈又刺激,能大开胃口。

"你难得来,大家伙儿就怕饿着你呢,你敞开肚子吃吧。"大娘抬起手臂拍拍他的后背。

谢城池知道挡驾不了。他很想对房东大娘说实话:我只有几天时间,不是来做客的……但他能说清楚自己吗?在乡亲们看来,他同游子,衣锦还乡,备受尊敬,必须厚待。他不愿承认又不得不承认,他因为节节败退,才不知不觉地退回到这块土地。仿佛需要在最初的支点上确定自己,确认自己。而"确定"与"确认"需要清醒的思索。可他每天都让一盅盅推不开的白酒灌得迷迷糊糊,整个脑袋犹如一只空心球被一股急风旋转,转得轻飘飘,既不着地又不升天。

屋里很暖,火墙上摸去还是烫手的,一定是房东大娘起来往炉子里添过煤。谢城池空空的心里也渐渐暖了,再感觉屋外悄无声息的飞雪,恰如舞台上用灯光打出的雪景,没有丝毫寒意。

二

"进山得带上点酒。"大娘把一只细长的用水曲柳做的木筒塞进谢城池手里。

"我就在山脚下走走。"谢城池揭开木筒的塞子,一股醇醇的酒香扑鼻。

"山脚下也够冷的,喝几口走起来有劲。"大娘转身回屋,不一会儿又拿来一双厚厚的彩色的毡垫,密密的针脚把毡垫扎得结实,"坐马车冻脚,把它垫到靴子里。大娘眼睛花了,做点针线活儿困难了。"

谢城池不舍得把这双纳得比绣花鞋还精细的毡垫踩到脚底下:"大娘,鞋垫我带回家做个纪念,还可以挂到墙上做装饰品。"

"这能装饰啥呀,"大娘乐了,"你没看我年轻时做的活儿,那才叫装饰。"

"我能想象。"谢城池说。

"比想象还要那个……"大娘很自豪地夸自己年轻时能干,眯起的眼睛变成了皱纹似的一条。

院子外有马的响鼻声传来。

"你柳大爷的车来了。"大娘先出门。

院子外果然停着一辆三驾的马车。

"柳大爷,我赶车你歇着。"谢城池把背包甩到车上,夺过鞭子"啪"地甩出很脆的一声,三匹马便听话地一齐迈开步伐。

驾辕的是一匹栗色的高头大马,在它后面并排的是两匹深灰色的马。马蹄声"嘚嘚"如小锤敲出的鼓点,又随颠簸的车轮弹跳出轻快的节奏,这清早的田野里除了马蹄声,再也没有任何别的声响了。静穆。好像一切都被雪停以后的酷冷冻住。覆盖四野的积雪厚厚的,凝然的,同一面巨大的墙无声无息地扣伏在地。林子里的树木光秃秃的,像支着一根根铁叉,也有仍然呈暗绿色的松,松针又被积雪涂出斑斑驳驳的白,于是,那暗绿似孩子们用蜡笔胡乱划到白纸上的画,东一道西一道。远处的山脉肃然屹立,酷似披挂全副武装的将士严阵以待。谢城池怀抱鞭子,鞭梢像垂在水里的鱼钩一动不动。他不愿让鞭子把马蹄声扰乱,更不愿马蹄声扰乱这雪原深厚庄重的寂静。他始终抬头,放眼瞭望,月光凝凝地仿佛也被凛冽的寒气封冻了。

驾辕的马没有鞭子的催赶,步子迈得轻慢、均匀,溜溜达达的,谢城池昨晚对柳大爷打了招呼,想赶早走,慢慢走,不慌不忙地像散步,可以从容不迫地浏览,可以全神贯注地体味,所以,必须早走。柳大爷没等天发白就亮灯喂马,没见东边天色冒红便套出了这挂车。这一会儿,柳大爷才开始瞌睡,裹紧光皮大氅,压低油光光的狗皮帽子,两手怀抱自己双膝,呼呼响出了鼾声。谢城池回头,看到柳大爷在这样冷的露天里竟睡得这样沉,就像躺在热炕上一样。他惊讶,居然有这样的适应性!他却不能。他心里常常会产生与周围环境格格不入的感觉,总想按自己的意愿和方式改变环境,并执拗着不让自己被环境潜移默化。这种对抗,使他的心理、精神高度紧张,好像时刻都处在战备状态中,即使回到家坐在卧室的躺椅上,他的心情也难以松懈,就像一只脆薄的玻璃杯让一根细绳悬在半空,不得不提防风吹、绳断。而这种松懈不了的紧张,久而久之,使他变得有些反常,比如,他下意识地喜欢敞门,余橙橙和丫丫进屋只要是随手关上门,他会立刻再去推开房门。他明白,喜欢敞门,是反常心理,是精神紧张症的一种表现,当然是轻微的最初的表现。应该说,每个人有时都会出现精神不太正常的状态,只是,不能让这种状态持续反复地出现。可以说,就为缓解隐蔽在内心深处自觉不自觉的紧张,为平衡协调自己,他才来重踏这块宽厚沉静的土地。目的和期望都很明确。是否太明确了?他想,他心里的累,是否因为期望太多,目的太多,又往往实现得太少达到得太少?他开始在寂静中思想,彻彻底底地想。

马车一起一伏一摇一晃,像荡漾在微波细浪上的一只小船。太阳升起来了，像在很淡的一片霞光中一只红得很淡的球，迟迟疑疑地很不情愿地露出地平线，又很快躲进一片白色云团里，连很淡的红也不见了。不见太阳的雪原显得更冷落更荒漠，并铺天盖地地笼罩起一片好像永远也融化不开的寂然。在这样深沉的寂然中，谢城池刚开动的思想，犹如一股还有活力的水流一旦注入这广大的冷漠与寂然中，顿时流不通流不动了，连同他还有热气的心跳，仿佛也在渐渐地微弱下去冷却下去。他感到冷。一股股冷气从后背后脖似利箭穿透他的皮大衣和棉背心，一直穿进肌肤骨髓钻到心口胸前，使心脏瑟瑟地抖，像一条刚从冰窟窿跳出来的鱼。想到鱼想到冰窟窿，他进一步想到那时候的不怕冷。为解馋，操起铁棍揭冰河。扒了棉袄干，飞舞铁棍，溅起的冰碴、冰块、冰屑劈头盖脑罩下来，他们的脸和手冻得发紫像酱茄子，仍干得热火朝天，非要砸出水，让冰层下的鱼蹿出来，"泼啦泼啦"地像点着一束礼花。那时候真没感到零下四十度有多么可怕；那时候身上还不沾皮毛的东西，就是一件普普通通的军大衣和一双普普通通的棉胶鞋。干夜班拉沙子备料，坐在没有篷的拖斗里由着寒风呼呼地吹，把棉大衣吹硬了，像裹一张铁皮。但那时候正年轻，身体储存的热量足以抵挡酷寒。现在老了？柳大爷更老，却能在冰天雪地里打盹！谢城池不能自圆其说。他缩着脖子抱紧胳膊，浑身还是打抖，先是肩膀，然后带动胳膊，接着是两条腿两只脚，最后反馈到头，使两片耷拉的帽耳像粘在树胶上的知了，不停地扇动翅膀。颤抖的脑袋又如筛子，把仅有的零乱的思想都抖光了。

　　这时，谢城池想到房东大娘让他带在身边的那只木筒。他立刻松开胳膊，解开大衣，把别在裤腰上的木筒取出来。在拔出木筒硬塞的时候，谢城池忽然嘲笑自己：为躲吃躲喝他才跑出来观光，结果还是喝，还得猛喝才能使浑身的血液奔流起来。他一仰脖，灌下半筒老白干，嗓子眼儿顿时着了火一样热辣辣的，头部很快感到沉重又眩晕，像实心的铅球托在旋转的木架上，不由自主地转。好在身体被酒温热可以舒展，冻麻木的脚能够活动了。但是，用晕晕的眼光再看莽莽的雪原，不能思想的他像独自面对一大张白报纸，白得空旷白得苍凉白得让人不知如何下笔添画，谢城池心里忽然生出失望的情绪。是对自己的失望还是对雪原的失望？

北大荒的雪野从来就是这样的景这样的貌，没有任何改变。谢城池理智地想到：改变的是自己。不管是一种怎样的改变，满意或不满意，改变的是现实，不变的是历史，历史留在身后，偶尔翻看一下，能看出一条轨迹。谢城池又努力地想到：眼前这浩瀚的、万籁俱寂的雪原，似一幅镶在框里的画，虽然曾经激动过、激励过他，但那是遗迹。谢城池想克服眩晕再继续想：不该对自己失望也不该对雪原失望。雪原拥有过他，他也拥有过雪原。可是这种"拥有"铸定了一个他，一个过去的他和一个现在的他。现在的他回头来寻找过去的他，究竟能找到什么？他回答不了自己，再也想不下去了，只感到一阵天旋地转，身体朝前扑去，竖在怀里的鞭梢擦着马背，三匹马立刻甩开步奔跑起来。马车强烈地摇晃，惊醒了柳大爷。

"你咋的啦？"柳大爷动作敏快，一把抓住差一点翻下车去的谢城池。

"……"谢城池一只手撑着冰凉的地，并被地上尖尖的冰碴深深地扎醒，才意识到自己所处的险情，及时地用脚背钩住车板下的一根横档，而另一只手因为柳大爷拽着，使他能借助这力把身体重新回到马车上。

"吁!"柳大爷粗声粗气地喝停马,又用鞭重重地戳了马背。

"不怪马,怪我自己……"谢城池被白酒烧红的脸顿时煞白。

"你也瞌睡了?"柳大爷下车紧紧缰绳。

"没有……不过,有点困……"谢城池含含糊糊地答,"是鞭子碰着马了……"

"你歇着吧,我赶,"柳大爷坐上车扬了扬鞭,"你坐好,快进山了,路不远了。"

对于进山,谢城池已没有兴趣了。

柳大爷接连不断甩出鞭子,马蹄声骤然加剧,车轮便转得急促了。马车拐了几条小道,便使耸在远处的山峰像突然拉出一个近镜兀地推到了眼前。

谢城池站到车板上,昂起头,看神秘不测的山顶,看盘曲在山背上似线一样细长却又不知弯向哪里的山道,看漫山遍野其实深不见尽头的山林。他好像什么都看到了,又什么也看不透、看不完全。离太远了看不清楚,只见山的轮廓;但走近了也看不明白,只见了山的局部。他不想再看了,已没有了看的兴致,因为山里的寒气更加强烈,而且他的酒劲也过去了。

"大爷,我们回去吧!"

"就看这么一会儿?"

"刚才我看了一路。"

"大冬天有啥可看的?"

"看基调……"

"什么调?"

柳大爷没听懂,谢城池一时也无法把这文绉绉的词解释得通俗。

基调，是音乐中的主要调子，是一部小说一出戏剧的基本精神。而这块土地的基调就是白色和黑色，即使在几十年、几百年之后，人们把这里开发建设得很繁荣很先进，但到了深冬，这里依然是银装素裹。这不会变化的，变化大的是社会是人。他的基调呢，变还是没变？希望变还是希望不变？

谢城池被自己的提问问住了。在停顿的一瞬间，他突然又听到自己的心跳如沙袋砸地一般，沉重地弹出一声，沉重得似乎难以再恢复到原处。他深深吐气，想帮助自己的心跳回升起来。他承认，他常常看不清自己，常常他有着对自己的固执，有着对自己的失望，还有着极强的自尊，并有着很深的自卑。要了解自己并不容易。他当然以为自己有着不变的基调，才回到这里想借助崇山、借助雪原、借助这辆颠簸的马车来确定自以为是的基调。但崇山、雪原、马车所给予他的却是闷闷的一棍：一切已格格不入。为什么到哪里都会感觉这种格格不入？他像一棵已长得粗壮的树，猛地被狂风连根拔起，基础、基调、基地统统没有了。怎么才能把自己重新扶植起来？根埋在哪里？该埋得多深？

他还是回答不了自己。

柳大爷手里轻轻摇动的鞭子，轻悠悠地擦着马背，马蹄声也轻轻松松地如踩着花鼓的鼓点。谢城池身体稍稍后仰，两手反撑着车板，抬头看天上的云块，并命令自己什么也不再想，只猜想那些飘在远空的云块：这像什么？那像什么？像一个很天真的孩子。他真的猜想起来，但没有太奇妙的想象。

三

　　大娘在厨房里包饺子，一根光滑的擀面杖，在她手心底下如一道白的光来回晃动，滚圆的饺子皮就在那道白光下一片片飞出来，像变戏法。谢城池在一旁帮着做最简单的动作，把圆的小面团摁成扁的。但谢城池的简单仍供不上大娘的复杂。

　　"大娘，你慢点。"谢城池求饶了。

　　"好吧，慢点。"大娘让粗短的擀面杖减速，可来回的几搓，一张皮子又成了，"等你从县里回来，大娘给你包蒸饺，大个儿的，馅多。"

　　"大娘，我从县里直接回去了。"

　　"去县里不就看看她，没别的事吗？"

　　"没别的事。"

　　"看看她，用不了半天，你再回来住两天。"

　　"我……"谢城池说不准自己。看她用半天时间够吗？坐火车来的时候先停在县城，他没有先去看她。没什么理由。只是按事先的安排，有主有次，看望她是其次的，他不打乱日程也不违反秩序。不过，一到大娘家，他就打听了她的情况。大娘说，她一家早搬到县城里，日子过得消停，她还是那样俊俏能干，嫁的男人老实忠厚，还有个儿子，和小虎同一年生的。谢城池马上在心里暗暗地计算：大虎哥的小虎子是在他离开北大荒的第二年生的……为什么要算……

　　"往县里的电话挂通了？"大娘停下手里的擀面杖。

　　"挂通了。"谢城池立刻低下头继续摁面团。电话里，她的声音喜出望外，毫不掩饰，还怪他没有先去看她。她的"喜"她的

"怪",才使得他对于见面的心情也变得迫不及待了,甚至感到有很多的话要说,主要是这几天的感受——更深的茫然更深的困惑——他不想带回城里。在城里没有人会理解他对这片雪原的复杂感觉。他相信,她理解,她是这块土地孕育抚养的。而迫不及待的心情又使他明确地感到,想见她,必须见她,在此行的目的中变得越来越主要了。她把见面的地点约在一家小餐馆。她解释:我们可以单独谈谈话。他赞成。

吃了房东大娘的饺子,谢城池就上路了,还是坐柳大爷的马车。在县城里,穿梭的马车还是比汽车多,零乱的马蹄把街上的积雪踩脏了踩实了踩出一条滑溜溜的道。谢城池找到那家小餐馆,名符其实的小,小得只放两排桌椅,每排只有两张桌子。而挑在餐馆门前的幌子却大得几乎遮掉了低矮的门。纸扎的幌子被凌厉的寒风吹褪了颜色,不鲜亮不招人,只是习惯地挂着作为一种象征。

时间还早,柳大爷装了货往回赶,谢城池在街上转转,看一群孩子在滑溜溜的道上滑冰玩,他们欢笑着呼叫着,摔的摔滚的滚,把几匹驾辕的马惊得嘶叫起来,把长长的鬃毛抖得像飘扬的旗帜。谢城池被这些大叫大笑的孩子们所吸引,很受感染,很想加入他们的行列一起摔一起滚。他尤其入神地注视那几个男孩,一张张脸蛋都瓷瓷实实的,像用土坯子捏成的,头上的狗皮帽都歪戴着,淘气得好玩可爱。忽然,谢城池眼睛一亮,好像发现了什么,立刻走进闹成一团的孩子们中间,拍拍一个男孩的肩。男孩子回转头,黑黑的眼珠像浸在清水里的两颗乌卵石。

"叔叔,干吗拍我?我不认识你。"小男孩打量谢城池。

"我认识你,认识你妈。"谢城池认定这男孩子就是那张黑白小照上的。

"我妈认识你吗？"

"认识。"

"那我怎么没见过你？"

"我见过你。"

"什么时候？"

"照片上。"

"喔，你是学校的老师，我在报名上小学的时候交过照片。"小男孩肯定地说。

谢城池笑笑，他不否定小男孩的肯定。

"你找我有事吗？"

"没事。"

"那我去玩了。"男孩子说话干脆，动作也干脆，一转身又混进孩子堆，立刻甩腿甩胳膊"哧溜哧溜"地向前溜去，并马上就遥遥领先了。

谢城池的眼光紧紧跟随那群孩子。在转身去小餐馆赴约时，他又回头遥望了一眼。孩子们滑远了，听不见笑声了。

按时到达小餐馆，她已端正地坐在一张桌旁。谢城池一眼就认出她。她没有多大变化，就是稍稍黑了点胖了点，精心梳理的短发擦着耳根弯出自然的波浪。她穿件天蓝色羽绒服，敞开着，露出鹅黄色的毛衣，颜色很艳亮，如衬着很白的雪地会更加夺目。

"对不起，我迟到两分钟。"谢城池迅速地扫视她又迅速地收回目光。他主动坐下。他要求自己做到像从来没有分别过一样可亲自然。

"两分钟不算迟到。"她把一杯泡好的茶推到他面前。

"我本来可以早到的，我一般很遵守时间。"谢城池捧过杯子焐手。

"没关系的。把大衣脱了吧，我也觉得热。"她脱了天蓝色羽绒服。"我刚到。我准备等你半小时。刚下过雪；道滑，马车不好赶，不像坐飞机、火车能准时。"

"我们天不亮就出发了。柳大爷赶车又快又稳当。他知道我来看你，半夜还爬起来一次给马添料，把拉车的三匹马喂得饱饱的，马肚子溜溜圆，跑起来可有劲了。我们半小时前就到县里了，我在街上溜达一圈。你猜，我碰到谁了？"

"谁？"

"你儿子。"

"我儿子……"她眉毛抖一抖，又抿住嘴唇，很专注地看了他一眼，才轻声的问，"你能认出我儿子？就凭那张小小的照片……"

"你儿子好认，长得很有特点，尤其是那两颗黑眼珠很诱人、很神气，还有……"谢城池想说，他还有浓黑的头发，像戴着顶油亮的貂皮帽。但是，他把已经冲出口的话又立刻收了回去。那时看照片，他确实惊疑，她儿子的头发怎么长得同他的一样，出奇的黑出奇的密！可他不愿把惊疑再流露给她。这毕竟是无稽之谈，是说不得的玩笑话。世界很大，类同的东西很多——他不是早已把自己的惊疑打消了。

"还有……"她接过他的话，"你看他长得像谁？"她盘诘的目光不再移开他了。

"我没见过你丈夫……好像，比你们俩都精神，集中了你们俩的优点。"

"是不是主要像我?"

"不,不……"不怎么像她。谢城池又仔细端详她,还是觉得不完全像,"可能更像你丈夫……当然也像你。"

"可你说了两个不字,"她好像非要他说出准确、真实的感觉,"到底像不像我?"

"怎么回事?"他笑了笑,"长得像谁就那么重要吗?男孩子长得怎么样很无所谓的,只要像个男孩子,刚强一点就可以了。你儿子很棒的,够格的。"

她低下头不说话了。

"……"他奇怪,为什么一见面她就一口咬住这个无足轻重的问题,一定要他明确地回答。他沉默片刻,"一定要回答吗?"

她点点头。

"像你……主要部分像你……"

她摇摇头。

谢城池为难了。他毫无思想准备,更没有想到谈话一开始,便会搁浅在这样一个没多大意思他也不感兴趣的话题上:"你希望我怎么说?"他只好直截了当地问。

"你,你真的一点都不觉得他长得像你,很像……"她出其不意地说,抬起的眼睛里放出火花一样的光芒,那光芒又很快收拢成一束,不遮不拦地直射向他。

"像我?怎么会像我?……不过,有点像……看照片的时候,我觉得你儿子的头发很黑……我的头发也黑……你过去好像也说过……"谢城池想回避却不能回避得很干净,"说我的头发黑得好看……"

"不光是头发,还有那双眼睛,还有那股神气,不都像你吗?"

"像……怎么会像起我来了……"

谢城池想让自己坦然地笑一笑,但他笑不出来,脸上的肌肉抽搐了一下,流露出紧张和局促。她偏说像他,有何用意?可是,在他心目中,她不是个有用意的女人。他曾爱过她,因为她清纯,清得像山里的泉,纯得像含苞的花。

"他是你的儿子,当然像你。"她镇定地说,目光平静,好像在说一件很普通的小事。

"我的儿子?"谢城池从心里紧巴巴地挤出一声,心就不跳了,木木地停着。他脸色青白,像块冷冷的石板。他相信她的话吗?不知为什么,在听到她这句很平静的话时,他心里有巨大的震动,但丝毫没有怀疑。他相信她,如同相信他自己。

"你相信我吗?"

他点点头。

"我会骗你吗?"

他摇摇头。

"我本来想永远不告诉你的……就是在你离开之前的那一次……你走了,我才发现有了。我束手无策,只有去把他消灭掉。但我不舍得,因为不舍得你,不舍得我心里的爱。我知道,如果我能留住这个小生命,便意味着留住了我心里的爱,留住了你,这对于我很重要,我一生都会感到满足的。虽然,我和我儿子与你毫无关系了,但我能时刻感受到你,这就够了。那时,我父母正好为我说了门亲事,我积极地去见面,看他老实忠厚,没加考虑就答应了,而且,催着他很快就结婚成家。他父母看我这样主动热情很高兴,也很意外。我心里当然觉得对不住他,所以,就加倍地待他好。我们从来没红过一次脸,很客客气气地过日子,他也丝毫不怀疑我。生下儿子,他乐坏了,他一家人都欢天喜地,只有我心里酸酸的,偷偷地哭了一场……但很快也就过去了。就这样……"她娓娓地说,把十多年的过程,简要成短短的一席话,入情入理。

"为什么现在又告诉我了……"

"因为一切都过去了,因为儿子大了。我想,应该让你知道,在这个世界上你还有个儿子,你心里又会多一样很宝贵的东西!尽管这东西只能藏在心里,但我认为,有和没有是不大一样的。不知道你怎么认为?"她眼里的光芒很柔和,如清淡的月光,远远地照来,水一般地漫过。她看他开始抽烟,不呼气地吸,吸得很深很深,好像一口气要把一支烟吸尽,"我没有别的意思,如果……"

"你不要再说下去……很谢谢你告诉我,很谢谢你抚养了我们的……"他对于要说出"儿子"两字,还是觉得陌生、拗口。

"不!不是我一个人抚养的,还有他……他真把这个儿子当宝贝,他们俩很亲……"

"我能想象……"

"我告诉儿子,让他十一点钟到这里一趟,本来想让你看看他,没想到,你已经看到了……"

"我还想看。"

"他长得太像你了。他一生下来我就暗暗高兴。当然,也担心别人有怀疑。好在,你不在当地了,人家没有比较,只有我自己总在心里比较你们……"她很想把有过的许多感觉、许多心情一一地描述出来，但那些感觉那些心情终究是为自己而产生而存在的，表达很多余，何况，她没有语言可表达。

"马上把儿子叫来……"谢城池也想好好地比较一下，深深地比较一下。可供他比较的时间不多，他们只能在这样一家小小的餐馆里，短短地见上一面。

"再过一会儿，他马上就会来的。"她看表，离十一点还差十分钟。这十分钟，她还想单独和他在一起，面对面的，谈谈儿子，谈谈这十几年。

谢城池好像等不及了，他的心情急迫又紧张，把抽了半截的烟刚摁进烟缸，但紧接着又点了一支。他借助满满吸足的一大口烟，全神贯注地回想在街上与儿子的对话来。再见面，还能这样放松自如没任何顾虑地说话吗？他能够说什么？应该说什么？他觉得自己像个最幼稚的孩子要去接受大人们的拷问，心跳个不停。

"儿子脾气很倔，受不得委屈，但平时很开朗、很活泼、很热情，像你……认准的事很难劝他回头，又像你……"她数说着心里最热爱的一份东西，眼光和口气那么温馨那么温情。

面对她温馨的诉说，面对她温情的眼光，面对她变化中始终不变的那份性情和那颗善良的心灵，他感到一种像绳结般再也解不开的惭愧、自责；他感到她的数说和眼光从此以后会像一座无形的十字架，永久地背在他的心灵上。他感到幸福吗？——突然有了个结结实实的儿子。他感到遗憾吗？——这个活生生的儿子是永远不能相认的。他没有权利认，没有资格认，也没有义务去认。既然这样，已经这样，她何必告诉他！不，还是要知道。无论如何，他有个儿子——他的生命又多了层延续感，他的存在又生下了另一条根。这真是一个太深刻、太痛苦的隐秘！她为他默默地包藏了那么多年。犹如生活给予的一份特殊的礼物，不能企及不能实实在在地到手，却又在名分中属于他。这是玩笑是戏弄？是奖赏是惩罚？

她看他额上渐渐渗出一层细细的汗珠，便隐隐心疼了："别急……儿子会准时到的，他做事从来不拖拉很守信用，也像你……你心里大概会怪我，没征求你意见，就保留了你的儿子。你感到有压力了？但我可以肯定地说，留下这个儿子太值得，他的确是个很棒的小伙子，不信，一会儿你同他聊聊就会同意我对儿子的评价。你们一定谈得拢……"

"不！不！"谢城池突然强烈地排斥想见儿子的愿望，突然竭力地压制想见儿子的心情。他感到自己心虚，没有勇气。面对儿子，他会如坐针毡；面对儿子，他感到自己无论说什么问什么都显得那么虚假；面对儿子，他会觉得自己同一张白纸般苍白，拿不出一点切实有用的东西。还是不见面对！他请求自己，一边又嘲笑自己，像个懦夫，走到了河边却害怕被河水淹没而怯步了。不！不是怯步。那是什么？不知道。他心里一阵阵慌乱一阵阵恍惚。突如其来的儿子如雷轰顶，他头脑里只有"嗡嗡"的响声，像轰炸机在盘旋。他需要静静地坐一会儿，想一想，从离开这儿、离开她的那一天开始想起……

"你怎么啦？"

"你赶快去把儿子叫住，别让他来，我已经见过他了……"

"不想再见了？"

"想的……但是，让我说什么？听他叫我叔叔，还得装得无动于衷……我装不出，请原谅，快去吧，理解我……"谢城池的说话声音颤颤的，他的心也像飘摇在风雨中的旗，在猎猎地抖。

她站起来。她理解他。她感到自己有点残酷,因为她感到自己的内心如卸了一副担子,顿时轻松了许多。但是,她的眼眶潮了。她快步向门口走去。

门被撞开了,一个小男孩热气腾腾地跨进来,像只刚出笼屉的窝窝头。他头上的狗皮帽抓在手里,一头乌金般黑亮的头发也仿佛蒸熟了在冒热气。脸花了,有一道道黑痕。但他继续用脏手抹脸上的汗,把小猫似的花脸又画成了黑张飞一样的脸谱。他还像他吗?

谢城池不由从椅子上站了起来。

四

离开车时间还有一小时。

马车走了,搬下一只木箱。木箱是大虎钉的,木箱里的东西是大娘装的,有黄豆、榛子、木耳、猴头、蘑菇、葵花子、金针菜。大娘说,这些东西都是她自留地里种的,是她进林子里摘的,没花钱。木箱里还有一条小狐狸皮围脖和一顶白色的野兔皮小帽。大虎说,围脖给余橙橙,冬天衬在大衣里很高贵,野兔皮小帽送丫丫,又轻软又好看,这都是用他的猎物缝制的,将来都准备出口。木箱有两只方凳那么大,盛了大娘一家人的心意,还装进了那块厚实的土地。谢城池站在木箱旁,心情同这只木箱实沉沉的。送他出院门时,大娘问道:"什么时候再来?"他支支吾吾,心里沉重地伤感起来。可能不会再来了。那天与她分手,她也十分伤感:"既然你见到儿子这样不自在,你就忘掉我的话,就当做了个梦,事实并不存在。你千万不要写信来,更不要寄钱来。我的原意,只想让你见他一面有个印象而已……"他沉默,无论她说什么,他只是沉默。他还能说什么?他没有想到生命在他过去的一页上竟留下了如此厚重的内容，像淤在河底的泥沙，不管河水流得多远，泥沙却实实地垫底成为河床，河水只要不泛滥，河床就是依托就是基础。而动的是水，静的是河床。人同一股水，生活不在源头，生活在流过的每一处地方，生活在前面。他绝对不会"泛滥"，脱离历史为他积累的河床，但他要流动，流得远远的。又要离开了，尽快离开，并且不会再来了。他好像很无理地下定了不再来的决心。可想到离开，想到不再来，想到默默留在这里的她和儿子，他的心顿时凝重了酸楚了，眼泪猛地夺眶而出，如决堤一般。他两腿一软，蹲下来伏在木箱上，由着汹涌的眼泪畅快地流泻，不阻止不克制。他从来没有这样痛快地哭过，从来没有流过这样多这样热的眼泪。眼泪把他的衣袖濡湿了，洇了一大片，并渗进夹层的羽绒里，使蓬松的袖子一下子瘪了，在手腕处仿佛凹下一块盆地。

月台上人不多，只有几个铁路工作人员在来回走动。远处有汽笛声传来，是一列路经这里的货车要进站。

谢城池把脸移开衣袖。湿的衣袖立刻被寒风吹得冰凉，还冻起一层硬硬的"壳"。他本想把木箱卸到月台上就去候车室取暖的，但他摸出手绢擦了眼睛之后，却走到了站前的广场上。

广场中央有一座雕塑。是一头母鹿和一头小鹿。母鹿低头舔小鹿的脸，小鹿昂头欢欣地迎着母鹿的嘴。谢城池凝视雕塑，他记得，这里原是一尊毛主席的铜像……广场两端衔接着县城两条主要的街道。街道上还有孩子们在滑冰吗？

谢城池缓步向广场一端走去。

雪停了好多天，只有车马碾不到、行人踏不着的房顶上还积压着雪层。街道上已没有了雪迹，也不见了滑冰玩的孩子。当然，不断地有孩子从街上跑过、奔过、走过。谢城池站停在广场边沿，对每一个走过或奔来的孩子都注意地看一眼。他有些后悔了，那天在小餐馆，他应该再见一面儿子，不管儿子称呼他什么，不管自己的表情多么别扭，就算演戏他也得演一回，至少，还可以和儿子面对面坐一会儿，他可以仔细地看看儿子，他可以仔细地体会自己。儿子的出现，使他的内心在短短几天内发生了变化，就像一个平面的东西渐渐地有了立体感，多了一些侧面，多了一些线条，仿佛还有了很多的角度，而从不同角度看自己，似乎能看出不同的自己。这些天，他就这样把自己当作一个多面的物体托在手心里，转来转去地看。只是他好像还不能马上习惯这些太多的角度。从不习惯到习惯总有个过程。但此时此刻，马上要登车离开这里了，一个强烈的愿望却不可抑制地冒了出来：再看一眼儿子，再看一眼儿子，尽管这是个很陌生的儿子，但这是他的儿子啊！

离开车时间还有三十五分钟。

想在街上偶尔邂逅？这像大海捞针没有指望的。谢城池仍在东张西望，心里却突然决定：只要她同意，他就去签票，往后推一天。他扭头小跑，穿过广场奔进候车室找到公用电话，拎起来就拨号。

接通的电话铃响了两声，他就听到了她的说话声：

"喂。"

"是我。"

"向我告别……"

"还有半小时开车。但我，很想再看看儿子，很想……"

"……"

谢城池等着她回话。他希望听到她的应诺："那就安排一下……"

但是，电话像切断了一样，没有了声响，而且，久久地没有声响；而且，似乎永远不会有声响了。谢城池把话筒挪开耳朵，握在手里。话筒是黑色的，是那种最老式的。

"……对不起，使你为难了。不过，我还有个要求，"谢城池又对着没有反响的话筒说，"你替我给儿子买些书，钱，我放在车站候车室的失物招领处，装在一只信封里，写着你的名字……"他说完，不等她做出反应就很坚决地把话筒放下了。然后，他把自己身上所有的口袋掏一遍，把所有的钱装进一只牛皮纸信封，仅留下旅途上必须要花销的十几元钱。钱掏干净了，谢城池心里才觉得好受一些，好像终于还掉了一笔债。

架在广场上的高音喇叭响了，一个尖尖的女声，用浓重的东北口音报告着火车即将到站的消息，催促旅客们快快检票。

谢城池摸出车票进站，木箱仍在月台上安静地等他。他把木箱往前拖出几米，然后坐在木箱上。他觉得有点累了，昨晚兴奋得几乎没合眼，和大娘、大虎哥聊过子夜又吃了夜宵才躺下，躺下也睡不着，等着天亮。但没等到天亮，他就去马厩帮柳大爷喂马套车了……

过往小县城的火车都只停顿两三分钟。在月台上候车的旅客们，都拿出冲锋陷阵的架式抢时间登车。谢城池一只脚踩着笨重的木箱，没开始搬动心里已感到有负担：好家伙，够扛的，扛了回去，橙橙也不会以为稀奇和珍贵。但他总得把这一番心意扛回去呀！

火车缓缓进站。

铁轨动了，月台动了，旅客们动了，那只木箱也动了……

五

回到家的第二天,谢城池就去精神病防治院上班,并把木箱里的黄豆、榛子、木耳、蘑菇等都装进一只米袋里,用麻绳扎了口驮到医院给大家分分。果然,余橙橙对这些土产没兴趣,只冷漠地扫一眼,就催谢城池快点送掉:"放在家里占地方!"她总算留下那条狐皮领子,但嫌给丫丫的兔皮帽子太土,让谢城池也拿去送人,显得慷慨。倒是医生、护士们很欢迎这些极有风味又有营养价值的东西,大家像分年货一样热闹了好一阵。

上班的第一天,谢城池看门诊。候诊的病人坐满两排长椅。

谢城池穿好白大褂,在走进门诊室的一刹那,他仿佛又听到了自己的心跳声:"咚、咚、咚。"有没有变化?有没有不同?没容他辨别,心跳声就被一片喧喧嚷嚷的说话声压灭了,他再也听不出什么,听不出不同也听不出变化。

坐到桌前,管理门诊病人的护士,就把一叠别着挂号条的病历卡按次序放到谢城池面前。

第十五章

关于手册

谢城池翻看一上午对门诊病人的记录,尤其是第一个进门的男病人,他的记录更详细一点:

"病例:1. 章详作,三十九岁,男。

"病人自己的陈述:……十岁的时候,我和同学打架,老师骂我精神病。我永远忘不了老师这句话,好像长在心里了,想起来就心惊胆战。以后,我怀疑母亲怀我的时候得过精神分裂症遗传给我了,因此,常常感到很恐惧,莫名其妙的,但怎么也排除不了对自己的疑虑,有时走到高楼大桥,害怕精神错乱会跳下去,看到电风扇转动,我害怕手指头伸进去轧断,看到妻子睡得很熟,又怕自己失去理智会把妻儿杀死,看到亮的刀片,我怕自己会割自己的动脉……其实,我明明晓得这些念头是胡思乱想,就是摆脱不了,而且,越克制越强烈,但是,又不能对同事、朋友、母亲、妻子说,只好闷在心里自己折磨自己，这使我痛苦了十几年。有时，实在难受就想自杀，一死了之，免得病情暴露让别人耻笑。可清醒的时候，我又舍不得死。我还年轻呀，我有一个体贴的妻子、一个可爱的儿子、一份称心的工作，怎么舍得去死？我要活，我想好好活！谢医生，你千万救救我，治好我这块心病。另外，我来你们这个医院看病，不想去单位里报销，免得传开来使我难做人。谢医生，求你也帮我保密。

"诊断：疑病性神经症。

"注：病人顾虑重重，主要不愿让人知道，所以不能来住院。但他的病史较长，治愈也需相当时间。暂时先服药。

"病例：2. 男，二十四岁。

"外貌：五短身材，偏胖，眼光反应很木，讲话口吃。所以，他一坐到桌旁，拿出一张事先写好的纸条，纸条上的字很漂亮很端正，是规范的仿宋体。

"摘录信：我知道，我的毛病就是因为长得太难看。我从小就羡慕别人有灵活的眼睛、健美的体型和伶俐的嘴巴。我很自卑，一到公共场合就觉得别人在注意我嘲笑我，于是出虚汗，说话口吃，怕出门，怕见到异性，觉得她们根本不会喜欢我这样的男人。但是，她们对于我有一种无法抗拒的诱惑力，她们的每一个动作都在勾引我。时间长了，我便在异性面前很拘束，局促不安，一见她们就脸红、心跳、出虚汗，手脚打颤不知放什么地方才对，眼睛也不知往哪儿看才好。这些情况人家不了解，就有各种议论、猜测，说我不正经，下流。

"医生，我很苦恼，这种苦恼长期折磨我，使我头痛、失眠。

"诊断：自鄙症、性心理变态。"

谢城池放下笔点了支烟。烟衔在嘴角轻轻抿住几乎没有用力吸。悄悄燃着的烟头悄悄地冒出一丝淡淡的白烟。白烟笔直上升在高出头顶以后悄悄散开。谢城池的眼光专注又恍惚，好像在凝视摊开在面前的这本工作手册，仿佛又在想着工作手册以外的许多事情。又开始面对病人、面对治疗、面对与病人的病因、病源有着千丝万缕联系的人事、社会。对于又开始的这一切，他会有不同和改变吗？上午一走进门诊室，他不就听出自己的心跳的不同和改变吗？遗憾的是，病人的叫嚷声把他的心跳声淹没了。但现在很安静，一丝风都没有，冉冉上升的烟都保持着一条直直的线，他可以扪心地听，仔细地鉴别。但是，他不想再鉴别自己了。该变的总会变的，不变的大概永远不变了。变与不变，在短暂的一生中，在有限的一个人身上，也只能是短暂和有限的。谢城池的眼光离开工作手册，平视着在他眼前画成直线的一丝一缕的烟，脑海里踊跃的思绪忽然犹如翻起浪花似地想起一些话。谁说的？哪本书上看来的？他想不起来了，只记得是很久以前读来的，那时候读一遍就能一字不漏地背下来。现在呢？

谢城池抓起笔，在工作手册上另起一行，试着一字不漏地记下回忆起的那些话：

"他无疑染上了'辉煌的痛苦'。那不是生活本身的辉煌，而是他在混浊的漩涡中奋力挣扎所显现的辉煌。他唯有痛苦，唯有以'不屈的心'来镇痛。神圣是不屈的灵魂之光，哪怕是崩溃的灵魂。"

谢城池满意自己的记忆，并满意自己的记忆竟藏住了对自己的总结，虽然这是很久以前的总结，现在重温仍然恰如其分。有总结，就像盖棺论定，心就坦然。他用两根手指把烟从嘴里夹出来，然后撅起嘴轻轻吹出一口气。轻轻的气流把直直的烟吹弯了，弯出一个浅浅的弧度。他也满意这个弧度。他仿佛拥有着不少的满意。他觉得自己变宽容了，至少对自己。这是唯一感到的改变吗？